国家出版基金项目
NATIONAL PUBLICATION FOUNDATION

“百部好书”扶持项目
GUANGDONG PUBLISHING

本丛书入选：
2018年度国家出版基金资助项目
2017年广东省重点出版物暨“百部好书”扶持项目
2018年广东省原创精品出版项目

文化自信与中国现当代文学丛书

抒情传统与现当代文学

刘艳 著

丛书总主编
蒋述卓
陈剑晖
贺仲明

广东高等教育出版社
Guangdong Higher Education Press
·广州·

图书在版编目（CIP）数据

抒情传统与现当代文学/刘艳著. —广州：广东高等教育出版社，2018.12（2019.7 重印）
（文化自信与中国现当代文学丛书/蒋述卓，陈剑晖，贺仲明主编）
ISBN 978－7－5361－6389－8

Ⅰ. ①抒… Ⅱ. ①刘… Ⅲ. ①中国文学－现代文学－文学研究 ②中国文学－当代文学－文学研究 Ⅳ. ①I206.6 ②I206.7

中国版本图书馆 CIP 数据核字（2018）第 302310 号

出 版 人：唐永亮
策划统筹：黄红丽
责任编辑：刘秀芝
责任技编：肖宿华
责任校对：严 颖
装帧设计：国 梁

书　　名　抒情传统与现当代文学
　　　　　SHUQING CHUANTONG YU XIANDANGDAI WENXUE
出版发行　广东高等教育出版社
　　　　　地址：广州市天河区林和西横路　电话：（020）87554153
　　　　　http://www.gdgjs.com.cn
印　　刷　佛山市浩文彩色印刷有限公司
开　　本　890 毫米×1 240 毫米　32 开
印　　张　11.125
字　　数　285 千
版　　次　2018 年 12 月第 1 版　2019 年 7 月第 2 次印刷
定　　价　48.00 元

总　序

党的十八大以来，以习近平同志为核心的党中央要求全党要坚定道路自信、理论自信、制度自信与文化自信。在这几个“自信”中，文化自信是更基本、更深沉、更厚重和更持久的力量，因它深植于中华优秀传统文化的沃土之中。而中华优秀传统文化既是中华民族独特的智慧结晶，也是全人类共享的精神财富，体现了“人类共同价值”。那么，当前应如何传承传统，实现中华优秀传统文化的创造性继承和创造性发展，从而提升中华民族的文化自信？这是近年来党和国家在思想文化建设领域关注的重点，也是当前学术界关注的热点。“文化自信与中国现当代文学丛书”正是立足于这一历史和现实语境，希望通过对传统文化的挖掘和再发现，将其有价值和有现实针对性的精神资源植入中国现当代文学，以此推进“文化自信”这一重大命题的理论与实践，为中国梦提供有益有效的精神支撑和文化滋养。

本丛书不是面面俱到地阐释传统文化，而是以专题为统领，针对中国现当代文学，尤其是当代文学存在的弊端，将优秀传统文化的基因与其对接并灌注其中，从而催生出一种符合新时代的新文学。比如，丛书的第一本《“文”的传统与现代中国文学》，针对中国现当代文学语言技巧越来越高，艺术形式越来越精致，但文学的路子却越走越窄，文学精神越来越稀缺的事实，提出中国现当代文学有必要到传统的源头去汲取营养，以丰富和强大自身。所谓“传统的源头”，就是“文”的传统或“杂文学”的传统。在“文”的传统中，文体既是体也是用，既是道也是器，文体的变革也是文学的变革。本书还从文章的体制、风格、文气以及叙事传统等方面，论述现当代文学应如何从传统文学中汲取营养，而不应矮化自己，“以西方的标准为标准，以西方的是非为是非”。

从文学所体现的实用价值和政治功能方面的内涵看，以“修身齐家治国平天下”的“家国情怀”，是文学忧患意识、使命感和责任感的集中体现。它主要从“入世”“有用”的精神维度，确立了中国文学“文以载道”的传统。但中国当代文学自20世纪90年代以来，随着人的欲望的膨胀，人文理想的失落，多元价值观的出现，作家的写作立场也发生了重大改变：从20世纪80年代的“大叙事”变为个人的“小叙事”，从过去高扬理想主义和集体主义，转变为犬儒主义、物质主义和享乐主义，不少作家失去了介入时代和社会现实的激情和勇气，而忧患意识、责任感、使命感与他们也就渐行渐远。因此，要振兴当代文学，就必须要求作家“文以载道”，追求文学的“有用”功能，要求作家创作要有“家国情怀”，要修身齐家治国平天下，将“小家”和国家民族的“大家”统一起来，这样才有可能创造出无愧于新时代、无愧于当下的优秀作品。丛书的第二本《载道传统与文学的使命意识》通过对“文以载道”概念的梳理阐释，重申文学的伦理道德与使命意识。

我国的另一个优秀文化传统，就是“道法自然”。老子说：“人法地，地法天，天法道，道法自然。”庄子说：“天地与我并生，万物与我为一。”这都是强调人与物即自然的融合和转化。在“万物将自化”的理念中，物化既包含人的变化，也包含物的变化，同时也是物与人的互化。在中国的传统散文中，如《世说新语》《秋声赋》等，都达到一种“神与物游”的境界。而中国现当代文学已在很大程度上丢掉了中国传统文学这一优良的传统。中国现当代文学过于夸大人的地位、作用和力量，从而导致对天地自然的忽略乃至无知，也导致了社会和谐的失衡。所以，在倡扬文化自信和文化自觉的当下，当代作家要向古典文学学习遵循天地自然的法则，克服人类至上的立场，将人与自然同一化，从而将自己及其作品培育得臻于完美。丛书第三本《天人合一与当代生态文学》对此做出了回应。

中国文学一直有一个浪漫翱翔、瑰意琦行的传统，从庄子的“鹏之徙于南冥也，水击三千里”、屈原的《离骚》，到李白的诗歌、陶渊明的“桃花源”，这一浪漫传统的归潜与飞扬，一直是中国文学的骄傲。然而，新中国成立以来，这一浪漫主义的传统几近绝迹。尽管有过“现实主义与浪漫主义相结合”的倡导，但那不过是一个口号，并没有真正成功的文学创作实践。因此，中国当代文学要从重物质、轻精神，重欲望、轻理想的状态中解脱出来，就必须继承浪漫主义文学传统，为文学注进生命激情和梦想。唯其如此，理想的文学才有可能出现。丛书中的《中国新时期文学的浪漫与理想》既重拾这一文学传统，又恢复了中国文学应有的文化自信。

总体来说，丛书确立了三个维度：一是优秀传统文化的维度；二是中国现当代文学的维度；三是中西文化比较的维度。通过对三个维度的融会贯通，推进中国现当代文学的文化自觉与文化自信。为此，丛书共收录12本著作，有些侧重从传统文化的思想内涵方面挖掘有价值的精神资源，有些侧重从艺术方面探讨中国当代文学如何从传统文化中汲取营养。

丛书虽属主题性出版，但具有鲜明的个性特色和原创性。具体表现在以下几方面：

第一，强烈的问题意识与建设性和前瞻性。中国现当代文学面临的问题：一是写作技巧越来越高，越来越精致化，但同时却是越来越小气和匠气，创作的路子越走越窄。二是许多作家缺乏社会时代担当和家国情怀。三是缺乏理想的文化生命人格塑造，也缺乏诗性精神和浪漫情怀。四是审美缺失，文风粗鄙。五是当代作家大多言必称西方，一切“以西方的标准为标准，以西方的是非为是非”。丛书正是以问题意识为导向来设计主题，这样便既有现实针对性，也不会重复别人。与此同时，丛书又注重“大传统”与“小传统”的传承对接，尽量从现当代文学中挖掘“文化自信”的因素，并强调在“解构”中“建构”，力图使丛书既有建设性又有前瞻性。

第二，注重传统文化的传承与创新。中华传统文化虽历史悠久、博大精深，但也存在着不少糟粕，因此要立足于现实，用时代精神去凝练、去整合传统文化，并善于进行创造性的转化。丛书从传统文化中提炼出“文的传统”“文以载道与家国情怀”“道法自然与天地并作”“超然浪漫与文学理想”“诗性飞翔与审美之维”“理想文化生命人格的重塑”等主题，正是在创造创新中彰显传统文化的时代价值，让中华优秀传统文化在当代文学创作中焕发出新的生命力。

第三，宏观研究与实证研究相结合。丛书虽有较宏大的构想和命题，但绝不同于那种假、大、空的理论。因为丛书要求每位分册作者，一定要把“文化自信”的理念落实到某个层面、某一个点，要有具体细致的个案分析。总之，命题要宏大，观点要创新，方法要实证，细节要丰满。

第四，强调学理性，又兼顾可读性。丛书作者均为国内知名，长期从事中国现当代文学研究，且有较好的古代文学素养的学者，这为将丛书打造成学术精品这一总体要求打下了坚实的基础。同时，为了让读者更好地了解传统文化，提高他们阅读的兴趣，丛书兼顾了学理性和可读性两方面，尽量回避过于“学院化”的表述，用鲜活优美、灵动诗性的文字来探讨传统文化与中国现当代文学问题。当下的中国已进入一个需要理论而且一定能够产生理论的时代，一个需要思想而且一定能够产生思想的时代。中华民族伟大复兴的生动实践为理论创新提供了丰厚土壤，构建“中国学派”可以说是恰逢其时。但是，过去中国的思想理论贡献与经济的高速发展，与中华民族的伟大复兴极不相称，这其中有西方话语霸权的原因，更主要的在于我们热衷于向“西天取经”，在为西方思想提供注脚方面花费了太多时间和精力，而忽略了从中华优秀传统文化汲取营养，这样自然便不够自信，便妄自菲薄，一切“以西方的标准为标准，以西方的是非为是非”，无法让世界知道“学术中的中国”“理论中的中国”。“文化自信与中国现当代文学丛书”希望通过对中华优秀传统文化的挖掘与价值再发现，在构建“学术中的中国”方面有所作为，有所贡献。

文化是民族的灵魂和血脉，是人民的精神家园。习近平总书记一再指出：要加强对中华优秀传统文化的挖掘和阐发，为人类提供正确精神指引，要围绕我国和世界发展面临的重大问题，着力提出能够体现中国立场、中国智慧、中国价值的理念、主张、方案。是的，在有着5000多年文明发展历史中孕育出来的中华优秀传统文化，积淀着中华民族最深沉的精神追求，代表着中华民族独特的精神标识，是中华民族生生不息、发展壮大的丰厚滋养，是中国特色社会主义植根的文化沃土，是当代中国发展的突出优势。它将对延续和发展中华文明、促进人类文明进步，发挥重要作用。“文化自信与中国现当代文学丛书”由于有着深厚的文化情怀和自觉的文化担当，坚守中华文化立场，立足中国现当代文学现实，面向世界，面向现代化和中国文学的未来，用时代精神去凝练、整合中华优秀传统文化和中国现当代文学，以文学来阐述“文化自信”，以此推进“文化自信”这一重大命题的理论与实践。因此，丛书获得了评审专家和有关部门的充分肯定，先后获得“2018年度国家出版基金立项”“2017年广东重点出版物暨‘百部好书’资助”和“传承弘扬岭南优秀传统文化和原创精品立项”。相信随着丛书的出版，“文化自信与中国现当代文学”这一命题，会越来越广泛地引发中国现当代文学研究者和读者进一步探究的兴趣。

蒋述卓　陈剑晖　贺仲明

2018年9月4日

前　　言

王德威在谈到"'有情'的历史"的时候，首先提出沈从文在1961年夏天，写下《抽象的抒情》，除了对沈从文"抽象的抒情"的特别的重视，他的目的也是为引出——就在沈从文默默思考"抽象的抒情"的同时，海外的中国学界已经兴起一股抒情论述的风潮：20世纪50年代新儒学大家唐君毅（1909—1978）南渡香港，以"诗人的情调"著书立说；用文学史家司马长风的话来说，唐君毅论述的诗意特征来自"故国山川的悲情"。在台湾，徐复观（1903—1982）则致力写出《中国艺术精神》（1965），从音乐、书法、绘画、诗论纵论中国传统美学的关键。由孔子的音乐精神发皇到庄子的艺术主体呈现，由六朝"气韵生动"观念的展开到元明南北宗画风的对话，都有独到的见解。与唐、徐相对，胡兰成（1906—1981）避居日本，以十年之力完成《山河岁月》（1954）、《今生今世》（1959）。今人对胡兰成的评价见仁见智，但胡博采儒家礼乐之说，杂糅《诗经》、禅、道、易的兴发通感观念，以之注史，以之忏情，形成妩媚多姿的胡式风格，毕竟自成一家。①

王德威提出，英语世界里对抒情问题的探讨，首推陈世骧教授的系列文字，如《中国的抒情传统》《中国诗字之原始观念试论》《原兴：兼论中国文学特质》等。陈指出西方文学源于荷马史诗和希腊悲喜剧，相对于此，"中国文学的荣耀并不在史诗；它的光荣

---

① 王德威．抒情传统与中国现代性：在北大的八堂课［M］．北京：生活·读书·新知三联书店，2010：7－8．

在别处，在抒情诗的传统里……以字的音乐作组织和内心自白作意旨是抒情诗的两大要素”。陈认为《诗经》和《楚辞》结合了这两大要素，时以形式、时以内容展现抒情的“道统”：“中国古代文学创作的批评和对美学的关注完全拿抒情诗为主要对象。他们注意的是诗的音质，情感的流露，以及私下或公共场合中的自我倾吐。”的确，西方的“抒情”一义虽然可以上溯到古希腊以七弦琴（lyre）吟唱的小诗，但无论体例或影响都不如史诗和戏剧。陈世骧认为抒情诗曾经“风靡六朝，绵延过唐朝以及以后的世代”；即使宋元戏曲小说兴起，抒情诗的强大感染力量仍然渗透这些文类的字里行间。究其极，陈世骧甚至认为“所有的文学传统‘统统’是抒情传统”。①

由此，王德威进一步指出：陈世骧的抒情道统论由同在美国的高友工教授做出进一步的扩展，形成庞大的“中国美典”架构。在王德威看来，“沈从文、陈世骧外加唐君毅、徐复观、胡兰成、高友工等人的抒情论述其实应该视为20世纪中期中国文学史的一场重要事件；长久以来这一事件的隐而不显，恰恰说明中国现代性及表述的局限。”② 又：20世纪中期中国抒情论述的思考者不限于在中国的沈从文和在美国的陈世骧等人。捷克学者普实克代表了欧洲汉学界的重要声音。1957年，普实克发表《现代中国文学的主体主义和个人主义》。在文中普实克指出现代中国文学的特色在于以小说为代表的叙事文学的兴起。相形之下，传统文类如诗歌等渐形式微。至少从西方文类观点而言，叙事文学的根源在于史诗（epic）。因此中国新文学的演变呈现了由抒情的（诗歌）过渡到史

---

① 王德威. 抒情传统与中国现代性：在北大的八堂课［M］. 北京：生活·读书·新知三联书店，2010：8－9.

② 王德威. 抒情传统与中国现代性：在北大的八堂课［M］. 北京：生活·读书·新知三联书店，2010：9－10.

诗（叙事）的过程。①

王德威近年则把有关抒情传统的讨论，延伸至中国现当代文学领域，成为关注和研究抒情传统的现代传承的一个重要代表人物。他把对抒情传统的辨正，置于从晚清文人呼吁文学改良以来，有关中国文学“如何现代”的辩论已经超过百年这样一个视阈当中，认为在一个世纪的文学论述里“革命”和“启蒙”这两大基调之外，“抒情”代表中国文学现代性——尤其是现代主体建构——的又一面向。在王德威看来，左翼传统里，“抒情”是被轻视和误读的，他们往往把“抒情”视为简化了的西方浪漫主义说法，外加晚明“情教”论以来的泛泛之辞。而西方定义下的“抒情”又的确与极端个人主义挂钩，被视为“其实是晚近的、浪漫主义的表征一端而已”。② 王德威认为宜将问题放回中国文学传统的语境，我们更可理解“抒情”一义来源既广，而且和史传的关系相衍相生，也因此成就了中国现代主体的多重面貌。王德威特地对此做了进一步的解释：中国文学传统里的抒情定义丰富多姿。从儒家兴、观、群、怨的诗教，到老庄的“心斋”“坐忘”的逍遥，《易传》传统的生生不息、气韵生动，还有禅宗所启发出的羚羊挂角、天机自现，都代表表述抒情的不同意识形态面向。而“言志”和“缘情”，不论作为抒情的认识论讨论课题，或是修辞技术的指标，从情景交融，到物色比兴、神韵兴趣，更是千百年来诗学对话的焦点之一。当晚明的汤显祖声称“志也者，情也”时，抒情传统的辩论达到高潮。近年有关抒情诗学的综合讨论可见如彭锋《诗可以兴：古代宗教、伦理、哲学与艺术的美学阐释》、李珺平《中国古代抒情理论的文化阐释》、李春青《在文本与历史之间：中国古代诗学意义生成模式

---

① 王德威. 抒情传统与中国现代性：在北大的八堂课［M］. 北京：生活·读书·新知三联书店，2010：14－15.

② 王德威. 抒情传统与中国现代性：在北大的八堂课［M］. 北京：生活·读书·新知三联书店，2010：3.

探微》《诗与意识形态：西周至两汉诗歌功能的演变与中国诗学观念的生成》、陈伯海《中国诗学之现代观》、胡晓明《诗与文化心灵》、萧驰《佛法与诗境》等。捷克汉学家普实克曾以“抒情的”与“史诗的”文类转换，延伸为中国现代文学和历史演变的隐喻。陈平原也以“史传”和“诗骚”的对话，说明20世纪文学发生的滥觞（见其《中国小说叙事模式的转变》）。①

综上亦可见，20世纪中期，陈世骧提出抒情传统这一概念，得到了高友工及诸多学者的持续关注，在古典文学、美学研究领域形成了一个互有关联又有差异的学术话语谱系。其实在所形成的参差的学术话语谱系当中，陈世骧的开创性和重要理论贡献，当然是最应该首先被重视的。于是我不得不引用陈世骧那篇有名的《论中国抒情传统》（1971年美国亚洲研究学会比较文学讨论组致辞）：

> 我想大家会同意，中国的古典传统之于远东的其他文学，就像希腊传统之于欧洲其他文学那样，在创作实绩和批评理念方面都处于开创性的地位。与欧洲文学传统——我称之为史诗的及戏剧的传统——并列时，中国的抒情传统卓然显现。我们可以证之于文学创作以至批评著述之中。标志着希腊文学初始盛况的伟大的荷马史诗和希腊悲剧喜剧，是令人惊叹的；然而同样令人惊异的是，与希腊自公元前10世纪左右同时开展的中国文学创作，虽然毫不逊色，却没有类似史诗的作品。这以后大约两千年里，中国也还是没有戏剧可言。中国文学的荣耀别有所在，在其抒情诗。长久以来备受称颂的《诗经》标志着它的源头；当中“诗”的定义是“歌之言”，和音乐密不可分，兼且个人化语调充盈其间，再加上内里普世的人情关怀和

① 王德威．抒情传统与中国现代性：在北大的八堂课［M］．北京：生活·读书·新知三联书店，2010：4.

直接的感染力，以上种种，完全契合抒情诗的所有精义。①

陈世骧进一步指出了抒情传统的另一个源头《楚辞》：

接下来就是动人心魄的《楚辞》——我以为可以更恰当地译作“楚地哀歌”（Ch'u Elegies），它代表了抒情的另一个主要方向。之所以这么说是因为当中的代表篇章《离骚》，其宏阔的视界、丰富的神话、辉煌的景象与意境，无论就形式还是意旨来说，都非史诗也不是戏剧。然而通篇近四百行的诗句中——套用当代讨论抒情诗的一句话——“艺术家以与自我直接关涉的方式呈示意象”。这是詹姆斯·乔伊斯（James Joyce，1882—1941）这样一位敏慧天才为抒情诗所下的、为人广泛引用的定义。提到乔伊斯，我突然想起他还在某些奇怪的时刻发明了“中国式精神分析”（sino-psychoanalysis）和“中国式精神变态”（sino-psychosis）的说法，好像是特意要让中国研究受惠。众所周知，《楚辞》中的其他篇章全都是抒情体：如祭歌、颂诗、悼辞、葬歌，或者其他主观的、激情地抒发一己之渴求、抗议、呐喊的韵文。②

在陈世骧看来，《诗经》和《楚辞》是中国文学传统（也就是抒情传统）的源头：

歌——或曰：言词乐章（word-music）所具备的形式

① 陈世骧. 中国文学的抒情传统：陈世骧古典文学论集［M］. 北京：生活·读书·新知三联书店，2015：4.

② 陈世骧. 中国文学的抒情传统：陈世骧古典文学论集［M］. 北京：生活·读书·新知三联书店，2015：4－5.

> 结构，以及在内容或意向上表现出来的主体性和自抒胸臆(self-expression)，是定义抒情诗的两大基本要素。《诗经》和《楚辞》，作为中国文学传统的源头，把这两项要素结合起来，只是两要素之主从位置或有差异。自此，中国文学创作的主要航道确定下来了，尽管往后这个传统不断发展与扩张。可以这样说，从此以后，中国文学注定要以抒情为主导。抒情精神（lyricism）成就了中国文学的荣耀，也造成它的局限。汉代的两大类文学创作：乐府和赋，都延续并发扬了这一趋势。乐府回归《诗经》一脉，扩大了这古老的抒情回响。又正如“乐府”一名所暗示，它把诗与乐歌合一的传统制度化下来。而赋所显露的抒情精神的优点，与其局限一样多；抒情精神已成为萦绕不散的一缕精魂。作为韵文与散文的奇异驳杂体，赋把个体于公于私的感兴抒怀，混入客观的描写和渺远的视境之中。无论从形式、风尚还是意图来看，赋都说不出一段史诗式的故事，演不出一幕戏。然而由于赋没有足以撑持繁重结构的故事情节、剧场扮演和动作，赋家的文学绝技的精髓，反而更靠近阿博克罗姆比（Lascelles Abercrombie）观察所得的抒情诗要义：“透过语言中悦耳和令人振奋的音乐性，把要说的话有力地送进我们的心坎里。”我往往会这样解说：赋中若有些微的戏剧或小说的潜意向，这意向都会被转化，转成抒情式的修辞；赋中常见铺张声色、令人耳迷目眩的词藻，就是为了要达成这抒情效应。①

陈世骧认为，乐府和赋拓宽并加深了以抒情精神为主导的中国文学传统的主流，并影响了戏剧和小说叙事艺术的出现和发展：

① 陈世骧. 中国文学的抒情传统：陈世骧古典文学论集［M］. 北京：生活·读书·新知三联书店，2015：5.

由是，乐府和赋拓宽并加深了以抒情精神为主导的中国文学传统的主流。这一局面贯穿六朝、唐代甚至更久远，而其他方面如叙事或戏剧的发展，都只能靠边站，长期萎弱不振，或者是被兼并、湮没。我们不消细说其间历史，我们只要留意，当戏剧和小说的叙事艺术极其迟缓地登场以后，抒情精神依然继续主导、渗透，甚或颠覆它们。所谓的元曲、明传奇，乃至清昆曲，每一部不都是由数以百计精妙的抒情诗堆成的作品吗？抒情精神在小说中常常是隐没不显的，然而当我们阅读传统的章回小说时，哪一个不曾对每部小说中点缀穿插的抒情诗留下深刻印象（又或有时被惹恼）？……我在这儿讨论的，不过是传统小说其中一项形式特征——在散文体叙述中遍插抒情诗。我相信，抒情精神如何渗透中国小说艺术，润色之、增美之，将会在米乐山（Lucien Miller）教授的论文中有更精细和具体的说明。①（省略号为笔者所加）

然后陈世骧得出了他的总体结论：

我的总体意见是：经过以上的广泛回顾，如果说中国文学传统从整体而言就是一个抒情传统，大抵不算夸张。我认为这个简括的说法对我们研究世界文学，可能是有用的参照。由此，我们可以将中国文学的传统，以及大致一体的东方文学（因为前者或可在不同程度上代表了远东的文学传统），摆放在一个聚焦点下，与欧洲文学传统并置、区辨。这个聚焦点就在于并置中的东方抒情传统与欧西史

---

① 陈世骧. 中国文学的抒情传统：陈世骧古典文学论集［M］. 北京：生活·读书·新知三联书店，2015：5－6.

> 诗及戏剧传统，因互相映照而突显的地方。证据历历可见，一边是原生的、足为范式的作品《诗经》《楚辞》，另一边是荷马史诗和古希腊戏剧，启动了两大文化的两个极其丰盛的文学传统。①

如此不嫌繁冗举其精要，正是说明了陈世骧对于开启和厘定中国文学抒情传统的重要性和重大的贡献。在业已形成的抒情传统学术话语谱系里，本书主要将中国现代、当代作家的小说作为主要研究对象。在研究方法上，本书会将陈世骧和高友工、沈从文等关于抒情传统的立论作为参照系，参考陈平原的研究，也会尤为注意王德威所注重和提醒的，在“革命”和“启蒙”这两大基调之外，“抒情”代表中国文学现代性——尤其是现代主体建构——的又一面向。如此，才能更好理解比如“沉沦”却又不甘沉沦的孤独者郁达夫的写作，理解他那在小说叙事艺术方面并不成熟，小说多宛若烙印了个人色彩和个人主体情绪宣泄的自叙传，呈显鲜明的抒情结构和抒情性特征，却如何又是中国文学现代性，尤其是现代主体建构的过程中的又一面向，同时也是现代知识分子现代主体建构的道路上绕不开的重要环节。

---

① 陈世骧．中国文学的抒情传统：陈世骧古典文学论集［M］．北京：生活·读书·新知三联书店，2015：6.

CONTENTS
目 录

总 序 /1

前 言 /1

第一章 郁达夫小说的抒情性特征
——“沉沦”却又不甘沉沦的孤独者的写作 /1
第一节 抒情传统与郁达夫小说叙事结构转变 /2
第二节 “零余者”形象与现代性主体建构 /8
第三节 深自忏悔、孤独感伤生命基调与抒情性特征 /18
第四节 郁达夫小说的抒情结构与作家不甘沉沦的反抗 /23

第二章 “情绪的体操”与“抽象的抒情”
——抒情传统与沈从文的小说 /37
第一节 从潜心探究艺术美到“抽象的抒情” /38
第二节 抒情传统与沈从文的短篇小说 /71
第三节 《边城》:“向生命的神性凝目”的抒情性 /90

第三章 抒情传统与萧红的创作 /109
第一节 “生命边界的孤独者”写作的抒情性特征
——从《生死场》到《呼兰河传》 /111
一、“生命边界的孤独者”写作 /113
二、“无主名”的生命悲寂体验 /125

三、永久的憧憬和追求 /136
第二节 限知视角与限制叙事的小说范本
——萧红《呼兰河传》再解读 /144
一、隐含作者、叙事结构、情节性以及限制叙事的可能性 /147
二、童心和诗心的意向结构与非成人视角的叙事策略 /156
三、如入化境的限制叙事："我的人物比我高" /164
第三节 固定人物的限知视角与限制叙事
——以《呼兰河传》小团圆媳妇婆婆形象为例证 /174
一、转换性人物有限视角和固定人物有限视角 /175
二、固定人物的限知视角与限制叙事 /180
三、固定人物限知视角与限制叙事里的叙述转换 /189

第四章 作为抒情诗的散文化小说
——抒情传统与汪曾祺的小说 /197
第一节 抒情传统与"汪氏文体"特征 /198
第二节 叙事与抒情：贴近人物叙述 /227
第三节 道是无情却有情
——以《异秉》《受戒》《岁寒三友》《大淖记事》等为例 /237

第五章 抒情传统与迟子建"小说的丛林" /257
第一节 抒情传统的赓续和扩展：童心与诗心的文学书写
——以萧红、迟子建为例 /260
一、童心、赤子之心烛照下的景物描写 /262
二、童心、诗心与物我两忘的文学书写 /270
第二节 神性书写与迟子建小说的散文化倾向 /278
一、神性书写中的风景、人性与"抒情传统" /281
二、沿循着文学的路写历史与构建日常生活美学 /287

三、神性书写：小说素材与情节性、故事性向抒情性的转化 /292
第三节 最是沧桑显温情
——以迟子建中篇小说《候鸟的勇敢》为例 /296

附录 谢有顺：《“70后”写作与抒情传统的再造》 /305

后记 有情的历史，有情的文学 /328

第一章

郁达夫小说的抒情性特征

——“沉沦”却又不甘沉沦的孤独者的写作

第一节 抒情传统与郁达夫小说叙事结构转变

20世纪60年代，沈从文写作《抽象的抒情》，被王德威认为是意图以文学和艺术的形式留住生命的吉光片羽，而且认为沈从文所谓的抽象、情绪和唯物主义的关系，时至今日依然值得辩证。而陈世骧提出抒情传统这一概念后，得到了高友工及诸多学者的持续关注，在古典文学、美学研究领域形成了一个互有关联又有差异的学术话语谱系。近年来，王德威则把有关抒情传统的讨论，延伸至中国现当代文学领域，成为关注和研究抒情传统的现代传承的一个重要代表人物。他把对抒情传统的辨正，置于从晚清文人呼吁文学改良以来，有关中国文学“如何现代”的辩论已经超过百年这样一个视阈当中，认为在一个世纪的文学论述里“革命”和“启蒙”这两大基调之外，“抒情”代表中国文学现代性——尤其是现代主体建构——的又一面向。王德威是希望既结合西方浪漫主义、个人主义的“抒情”一义，又把“抒情”放回中国文学传统的语境，并由此考虑“抒情”所代表的中国文学现代性，尤其是现代主体建构层面的意义。以此视阈来观照五四时期的作家，郁达夫小说的抒情结构和抒情性特征，其极有代表性便不容忽视。

陈平原在《中国小说叙事结构的转变》的思考中，言其注意到了鲁迅的《狂人日记》是交错叙述，这是中国小说叙事时间转变的一个重要变化，他提到了《狂人日记》的第一人称限制叙事，“而在中国小说叙事结构转变的论述中，我还将以《狂人日记》独白式的心理分析为开端”。陈平原认为：

> 即使“新小说”家已经比较注意心理描写，即使“五四”作家在此之前已有一些创作（如叶圣陶、王统

> 照、陈衡哲等），但只有在《狂人日记》中，现代小说的表现技巧才引起广泛的注意和充分的重视。这种几乎没有故事情节、全凭个人心理分析来透视社会、历史、人生的“独白”，对于急于宣泄情感、表达人生体验及社会理想的年轻一代，无疑是最合适的。再加上个性主义思潮和民主自由意识的萌现，“独白”（包括日记体、书信体小说）几乎成了“五四”作家最喜欢采用的小说形式。不只是鲁迅，还有郭沫若、冰心、庐隐、许地山、倪贻德、徐祖正、许钦文、潘训、王以仁、陈翔鹤、蒋光赤、章衣萍、周全平、石评梅、王思玷、向培良等作家，都采用过这种小说形式。如果再加上曾经鼓吹、介绍过这种小说形式的郁达夫、王统照、成仿吾、郑振铎等，“五四”主要作家几乎都曾注目过这种小说结构方式。在此之前当然没有、在此之后大概也不会有整整一代作家对“独白”表示那么浓厚的兴趣——说是“空前绝后”也许不算过分。①

陈平原进一步强调：不管作家意识到与否，“独白”无疑是对以情节为中心的传统小说叙事结构的最强烈冲击。《狂人日记》根本没有办法还原为一个完整的故事，或者改编成戏剧或电影；《落叶》有一个哀艳的故事做框架，但作家关注的是菊子姑娘内心的痛苦与欢乐，因而努力把菊子姑娘的四十一封信写成四十一首抒情写意的“绝好的诗”。此类基本没有情节的小说，其实正符合了五四作家和读者反中国传统小说以情节为叙事结构的心理。“‘独白’式小说跟传统小说的讲故事离得最远，因而也最容易引起作家和读者的注

① 陈平原. 中国小说叙事模式的转变［M］. 2 版. 北京：北京大学出版社，2010：116－117.

意。这是一个充满创新精神与反叛意识的朝气蓬勃的时代。”①

陈平原在他的《中国小说叙事结构的转变》一节，毫无疑问地将郁达夫小说叙事结构的变化，作为中国现代小说叙事结构转变的一个重要例证和研究对象来对待。他说：

> “五四”时期另一篇石破天惊、开一代风气的小说，是郁达夫的《沉沦》。那“对于深藏在千年万年的背甲里面的士大夫的虚伪，完全是一种暴风雨式的闪击”的“大胆的自我暴露”，曾经风靡“五四”文坛。本文不准备详察其功过得失，只着眼于其叙事结构的革新。据说作者写作《沉沦》时，并没有什么技巧不技巧的考虑，只是“觉得只能那样地写”；“正如人感到了痛苦的时候，不得不叫一声一样，又那能顾得这叫出来的一声，是低音还是高音”。实际上后一句话是对前一句话的否定，追求那种痛苦时随心所欲大叫一声，而不愿强装笑脸去编述有趣的故事，这不也是一种技巧的选择？“在常人感受到痛苦的地方，艺术家所感到的痛苦，非要增加到十分或二十分不可”；因此，作家“非要把这一层不满、反抗、或苦闷叫喊出来，表现出来不可”。所谓“痛苦”、“不满”、“苦闷”，都是“感觉”而不是“事实”。②

陈平原对《沉沦》开篇第一句话——并非交代事件的时间、地点，而是“他近来觉得孤冷得可怜”——的分析，是切中肯綮和饶

---

① 陈平原. 中国小说叙事模式的转变［M］. 2 版. 北京：北京大学出版社，2010：117.

② 陈平原. 中国小说叙事模式的转变［M］. 2 版. 北京：北京大学出版社，2010：118－119.

有意味的：

> 郁达夫把“凄切的孤单”作为“我们人类从生到死味觉到的唯一的一道实味”；成仿吾把这命题倒过来：“人类的一切行动”，“都是为的反抗这‘孤单’的感觉”；王以仁想调和这两者……不只是郁达夫、成仿吾、王以仁，“五四”好多作家的作品，都体现出对“孤单的感觉”的偏好。这种“偏好”当然带有时代与个人的精神印记。当个人意识真正觉醒后，第一个感觉到的必然是与他人的精神差异以及不可避免的隔膜。“五四”作家个人体验之深，是其他时代作家所难以比拟的。一切精神价值都必须重新估量，一切社会生活都应该自己感受，可能肤浅，却绝少无病呻吟。作家表达的“苦闷”，也许来自“穷”与“色”等具体的人生困境；也许来自“生”与“死”、“爱”与“憎”等永恒的人生大惑。但这些差别都无关紧要，关键在于是否具有独特的主观感受与人生体验。“五四”小说表现题材挺窄，真正使“五四”文坛显得绚丽多姿的，不是故事，而是作家的这种独特的“感觉”。①

陈平原认为：不只是叙述故事时注重“感觉”，而且像当时译介进来的一些散文式小说那样，“所写止是一时的感觉”。伴随着这种“感觉”出现的，是无穷无尽的联想、纷纭复杂的梦境，以至千奇百怪的幻觉。以对时代语境和创作语境这样的理解和判断，来解读和分析郁达夫小说，就会对其往往是以人物心理为叙事结构的中心，而不是以故事情节为结构中心，一点都不难理解了。作为中国

---

① 陈平原. 中国小说叙事模式的转变［M］. 2 版. 北京：北京大学出版社，2010：119－120.

小说叙事结构转变过程中的重要环节，郁达夫小说鲜明的抒情结构和抒情性特征，以及其在中国小说现代性尤其是现代主体建构方面的作用和价值，都很值得重视和研究。接续陈平原对郁达夫及其《沉沦》等的论述和分析，下面将通过郁达夫“沉沦”却又不甘沉沦的孤独者的写作，来映照郁达夫的创作与中国文学抒情传统、西方“抒情”一义的关系。

接续陈平原先生的研究，我们进一步地来看，郁达夫是怎样以《沉沦》石破天惊、开一代风气之先的；看郁达夫是怎样在他的《沉沦》等诸多小说中，让情绪和主观心理体验，盖过传统小说以情节为叙事结构中心以及小说叙事所需要的技巧的；看只有五四作家个人体验最深，而其他时代作家所难以比拟的“凄切的孤单”，是怎样形诸郁达夫的小说叙事的。

> 我想这胸中的苦闷，和日夜纠缠着我的无聊，大约定是一种遗传的疾病。但这一种遗传，不晓得是始于何时，也不知将伊于何底，更不知它是否限于我们中国的民族的？①

即便是不断在自己的作品中着意渲染着孤独感，甚至以为“而这孤独之感，依我说来，便是艺术的酵素，或者竟可以说是艺术的本身”② 的郁达夫，也不禁对纠缠于自己内心、挥之不去的孤独与苦闷发出这样不无困惑的疑问。其实，不惟郁达夫，这种孤独与苦闷之感，几乎是标识了五四时期知识者共性的“家族徽章”。在那

---

① 郁达夫. 一封信［M］//郁达夫. 郁达夫文集：第三卷　散文卷. 广州：花城出版社，1982：81.

② 郁达夫. 北国的微音［M］//郁达夫. 郁达夫文集：第三卷　散文卷. 广州：花城出版社，1982：95.

个社会剧烈动荡和新旧交替嬗变的年代，知识者受新的思想和文化的熏陶，逐渐摆脱传统的认知自我和认知世界的思维方式，萌生新的价值观念和思想体系，开始成为具备现代意义上的自我认识的“觉醒”了的现代知识者。然而，觉醒者既难冲脱现实生活和旧的成法加诸其身尤其是对其精神上的限制，又不能冲破政治上仍未实际变革的社会所为其竖起的堵堵高墙；其新的价值观念和思想体系不仅备受旧有的传统观念和生活秩序的局囿，而且因力量的脆弱和幼小还时时面临被吞噬和扼杀的危险。似乎跌入“无物之阵”的知识者，从个性觉醒之初，便深刻体验到人生理想难以遂愿的艰难与沉重。如影随身的孤独和普遍的苦闷之感，恰是觉醒了的现代知识者在挣扎与徘徊当中所感受到的切身体验。觉醒了的知识者呼吸着“苦闷”的空气，沈雁冰都曾经提到“现在青年的烦闷，已到了极点”①，而知识者各种各样的苦闷，似乎可以加以归结，即郁达夫自己所谓的“性的苦闷”和“生的苦闷”②。对于前者，还鲜有像鲁迅的《伤逝》那样，触及探讨自由恋爱成功后婚姻和爱情出路问题的，更多的是表现婚恋痛苦和来自封建家庭压力的，有庐隐的《象牙戒指》《何处是归程》、冯沅君的《隔绝》《隔绝之后》、杨振声的《玉君》等大量作品；对于后者，有叶绍钧的《饭》、许杰的《醉人的湖风》、郭沫若带有自传性质来诉述贫困与生存压力的《漂流三部曲》《行路难》，等等。对于郭沫若《漂流三部曲》中的《歧路》，郁达夫都曾经这样评价：“沫若！我说你那一篇《歧路》写得很可惜，你若不写出来，你至少可以在那一种浓厚的孤独感里浸润好几天。现在写出了之后，我怕你的那一种‘凄切的孤单’之

---

① 沈雁冰．创作的前途［J］．小说月报，1921，12（7）．

② 郁达夫．关于小说的话［M］//郁达夫．郁达夫文集：第六卷　文论卷．广州：花城出版社，1983：86．

感，要减少了吧？”① 话中虽有知识者将孤独作为精神享受的奢华之一种来顾恋玩味的意思，但也反映出对于孤独的体验，已经成为当时知识者共有的情感体验和精神境况。而将反映“性的苦闷”和“生的苦闷”兼擅得最好的，似乎当属郁达夫了。五四文学的巨擘鲁迅，以其创作深刻反映着先觉者不被理解的孤独，冷静解剖着知识分子艰难抉择的心路历程，即使曾经身陷希望与失望之间的心理绝境依然要做出“绝望的抗战”。与之不同，郁达夫很少冷静解剖自己的感情体验，而是将笔锋转向个人心灵的主观世界，他把自己的感情世界（包括浓得化不开的孤独体验）和盘托出，全部注入其带有鲜明的个人色彩的“零余者”的形象中，直抒胸臆又一泻无遗地宣泄着自己的感情。对于郁达夫而言，虽然已经觉醒，却依然徘徊而无有出路，但也正是因为较之鲁迅少了一些因袭的重担的负累与牵绊，郁达夫那灌注了“性的苦闷”与“生的苦闷”的零余者形象，才能够那样深切地撼动着青年人的心弦，唤起他们心灵的共鸣。郁达夫笔下孤独无依的“零余者”，对 20 世纪 20 年代初一代开始觉醒的知识青年有着不可小觑的深远影响。

第二节 “零余者”形象与现代性主体建构

在郁达夫从《银灰色的死》到《出奔》五十篇左右的小说中，属于自叙传小说的有近四十篇。这些小说有少数直接采用第一人称“我”叙事的模式，其他是以第三人称的“他——叙事”的叙事方式来结构成篇，其主人公会以“他”、于质夫、伊人、文朴等不同身份出场，但与郁达夫所秉持的“文艺作品，都是作家的自叙传”的观点相一致，这些人物都是烙印了鲜明郁达夫个人色彩的形象。

---

① 郁达夫．北国的微音［M］//郁达夫．郁达夫文集：第三卷 散文卷．广州：花城出版社，1982：95.

在体貌特征上，他们几乎是郁达夫本人形象的翻版：《银灰色的死》中的“他”是“大约已经有二十四五岁的年纪。在黑漆漆的房内的光线里，他的脸色更加觉得灰白，从他面上左右高出的颧骨，同眼下的深深的眼窝看来，他却是一个清瘦的人”；《南迁》中伊人有着“清瘦的面貌，和纤长的身体”，“穿着一套藤青色的哔叽的大学制服，头发约有一寸多深，因为蓬蓬直立在他那短短的脸面上头，所以反映出一层忧郁的形容在他面上”；《茫茫夜》中的于质夫也“是一个二十五六岁的青年”，也“穿着一套藤青的哔叽洋服”，不仅“一副平正的面上，加上一双比较细小的眼睛，和一个粗大的鼻子”的肖像酷似郁达夫本人，就是那“他的苍白的脸上，也脱不了一味悲寂的形容”和“总之他的眉间，仔细看起来，却有些隐忧含着”的精神气质也是郁达夫式的。这些人物形象，无不在孤独感伤的心狱历程里细细品味着“性的苦闷”和“生的苦闷”，而他们的精神特征，也都与郁达夫本人取向一致——他们都是孤独苦闷、无所凭依的“零余者”。

> “我是一个真正的零余者！”
>
> 这就是霹雳的核心，另外的许多思想，不过是些附属在这霹雳上的枝节而已。这样的忽而发见了思想的中心点，以后我就用了科学的方法推了下去：
>
> ——我的确是一个零余者，所以对于社会人世是完全没有用的。a superfluous man！a useless man！superfluous！superfluous……证据呢？这是很容易证明的……。——①

在郁达夫看来，这“很容易证明的”证明自己的确是一个

① 郁达夫．零余者［M］//郁达夫．郁达夫文集：第三卷　散文卷．广州：花城出版社，1982：87－88．

“零余者”的证据，便是：

> ——第一……我且从远处说起吧……第一我对于世界是完全没有用处的。……我这样生在这里，世界和世界上的人类，也不能受一点益处；反之，我死了，世界社会，也没有一些儿损害，这是千真万真的。……第二，且说中国吧！对于这样混乱的中国，我竟不能制造一个炸弹，杀死一个坏人。中国生我养我，有什么用处呢？……再缩小一点，嗳，再缩小一点，第三，第三且说家庭吧！啊，对于我的家庭，我却是个少不得的人了。①

这里所谓的“对于我的家庭，我却是个少不得的人了”，不过是在自己生病或醉死朋友家时，祖母、母亲的痛哭不已，而口袋里的几块钱也根本不足以养活妻儿。所以，作者自我否定后得出结论“我对于家庭还是一个完全无用之人”。在郁达夫的多篇作品中，他都以孤独无依的“生则于世无补，死亦于人无损的零余者”② 自居。他那倾注了许多“自我”的零余者形象，与19世纪俄国文学中的“多余人”形象（普希金《叶甫盖尼·奥涅金》中的奥涅金、来蒙托夫《当代英雄》里的毕巧林、冈察洛夫《奥勃洛摩夫》的主人公、屠格涅夫笔下的罗亭和《贵族之家》中的拉夫列茨基，等等）的确具备颇多精神联系，而其中屠格涅夫对郁达夫的影响是最为显著的。郁达夫自己坦言：“在许许多多古今大小的外国作家里面，我觉得最可爱、最熟悉，同他的作品交往得最久而不会生厌

---

① 郁达夫．零余者［M］//郁达夫．郁达夫文集：第三卷　散文卷．广州：花城出版社，1982：88.

② 郁达夫．茑萝行［M］//郁达夫．郁达夫文集：第一卷　小说卷．广州：花城出版社，1982：216.

的，便是屠格涅夫。这在我也许是和别人不同的一种特别的偏嗜，因为我的开始读小说，开始想写小说，受的完全是这一位相貌柔和，眼睛有点忧郁，绕腮胡长得满满的北国巨人的影响。”① 他还曾经在《水明楼日记》里写道自己三次阅读屠格涅夫的《多余人日记》而愈嚼愈有回味，而“我”的失意懊丧也“正和杜葛纳夫在一个零余者的日记里所写的那个主人公一样”②。虽然精神上颇多相通之处，但“零余者”与“多余人”在阶级本质、具体表现和所蕴含的社会内容等许多方面都不尽相同。同为找不到出路难以见容于社会，屠格涅夫塑造的“多余人”是一些贵族知识分子，尚无需为自己的生计而过于发愁，而焦灼于“生的苦闷”的郁达夫笔下的“零余者”，并不具备贵族身份或显赫的家世，身为五四时期彷徨于歧路的觉醒了的知识分子，首先就领略到了经济的困顿和为生计而奔波的苦楚，是精神上被压迫而生活上被损害的弱者。

经济困顿、生计困难，是许多想求得个性解放的五四知识者所需要面对的切要问题。陈子展在《最近三十年中国文学史》中曾以为，郁达夫的小说是多写“穷”、“偷”和“色”的，这排在首位、关涉生计问题的“穷”，成为袭扰着郁达夫笔下人物生存的尢可回避的问题，反映着知识者在精神感受上的苦闷感、无奈感甚至羞辱感。《茑萝行》以清明节“我”在妻子归乡后独居陋室回忆往昔、苦恼现状的思绪流动来结构成篇。在结束异国的放纵生活归国后，“生计问题就逼紧到我的眼前来，缚在我周围的运命的铁锁圈，就一天天的扎紧起来了”，“我”将身边的金钱器具全部典当穷尽，即使自认“教书是有识无产阶级的最苦的职业”，也不得不把教书

① 郁达夫．屠格涅夫的《罗亭》问世以前［M］//郁达夫．郁达夫文集：第六卷　文论卷．广州：花城出版社，1983：176.

② 郁达夫．瓢儿和尚［M］//郁达夫．郁达夫文集：第二卷　小说卷．广州：花城出版社，1982：374.

作为走投无路情况下别无选择的选择。“我”受到失业挤压，不断为生计而奔波，回家便把在社会上受的虐待、欺凌和侮辱向柔弱的妻子“你”发泄，竟引致“你”投水自沉，好在幸被救起。而“我”不堪生存的窘况，也屡屡想到“想解决这生计困难的问题，最好唯有一死”，即便苟活于世最终却不得不惨然面对妻儿离去而自己独坐于沉寂的午后的空气中的人生悲景。《微雪的早晨》里青年学子朱雅儒之死，固然更多是由于婚姻的不如意，但家境贫穷的原因也不容回避。《唯命论者》中的李德君，身为小学教员，背负着养活全家的重任。生有六个孩子的夫人，刚满26岁，却“衰老得象六十二岁的老太太”。对于他，微薄的薪水竟也不能按时发放，连仅仅四块半钱的房租也足堪忧虑。以为购买的航空券中了五万元的大奖，便辞去了赖以生存的工作专心去领奖，甚至还为领到奖后如何分配与夫人争得不可开交，最后却发现是看错号码并没有中奖，他选择了投水自沉。其实李德君之死，并不单单是一个由中奖到没有中奖的精神落差的问题，生活原本就已极为困厄的他，为了领奖又辞去了工作，不选择自沉，在当时的社会还能有几多更好的出路呢?《还乡记》里归乡的“我”用尽心力地在吃饭、车票、住店等问题上计算着如何省钱，仅有的几张钞票，简直令自己捉襟见肘。于是，“我”不得不承认“我是一个有妻不能爱，有子不能抚的无能力者”。如前面所提到的，“生的苦闷”为五四知识者所关注，许多作者都借作品中的人物来表达自己对金钱近乎“仇恨”的复杂心理。像郭沫若《漂流三部曲》中的爱牟曾经“把那一千两的汇票，和着信封把来投在地板上，狠狠地走去踏了几脚”，而其《行路难》中也有“他受金钱的蹂躏是太受够了，他如今有了几百块钱，他要报金钱的仇，他要把金钱来蹂躏了”。这样的心理在郁达夫笔下的人物形象身上，同样存在着，“零余者”们似乎很习惯把钞票填在鞋底里，因为“我受足了金钱的迫害，借此也可以满足满足我对金钱复仇的心思，有时候我真有用了全身的气力，拼死蹂践它们的举动”①，这是知识者对自己无力改变自己的生存状况、在经济困顿之外备感精神上的屈辱而做的无奈的抗议。

经济的困顿，许多时候还成为身为现代游子的知识者与母亲产生矛盾和对抗的重要原因，使在社会上无处立足的知识者陷入无家可归、还乡不得的孤独无依的境地。可以疗治精神创伤、慰藉漂泊者魂灵的家庭和故乡，对于郁达夫笔下的“零余者”具有同样的意义：“‘比在家庭的怀抱里觉得更好的地方，是什么地方?’，象这样的地方，当然是没有的”②。纠缠了穷困问题的母子冲突与对抗，在《烟影》里表现得最为充分。文朴在疾病的折磨之外，面临惨淡的经济状况，甚至连老友都心有不忍，暗以几张钞票相赠。等他回到家里，刚刚母子相见，母亲就问他有没有钱带回来，文朴含混回答的半玩笑话，并没有让他获得解脱，由此招致的是母亲更大的脾气：“朴吓朴，你自家想想看，我年纪也老了……你在外边挣钱挣得很多，我哪里看见你有一个钱拿回来过？……你自己也要做父母的，倘使你培植了一个儿女，到了挣钱的时候把你丢开，你心里好不好过？……”母亲的种种数落和责备，让文朴感到悲苦非常又无奈无助。而母子的龃龉与冲突在《茑萝行》等篇中也有诸多表现。母亲那一句“你便是封了王回来”，让“我”感到“全身的血流都倒注了上来”，即便是身处炎热的盛暑时节，“我却同在寒冬的夜半似的手脚都发了抖”。其实，一再地述及母亲与“零余者”的冲突对抗，不过是服膺于郁达夫凸显“零余者”遭到故乡疏离和背弃而精神无以归依的精神苦痛。对于这些孤寂非常的“零余者”，还乡不得的愁苦和悲哀是无以回避的，故乡的景致是处处可爱让人流连

---

① 郁达夫. 还乡记［M］//郁达夫. 郁达夫文集：第三卷　散文卷. 广州：花城出版社，1982：25.

② 郁达夫. 还乡后记［M］//郁达夫. 郁达夫文集：第三卷　散文卷. 广州：花城出版社，1982：49.

顾盼的，但故乡的人事却常常是事事陈腐件件鄙陋堪悲的。既如此，“零余者”时时感到“凄切的孤单”和“孤冷得可怜”就是实实在在的了，“我真成了一个孤独的异乡人，光了两眼，尽在这日暮的长街上彳亍前进”①，与故乡疏离的孤独体验和无家可归的绝望心境由此可见一斑。

“零余者”是业已觉醒却依然彳亍徘徊，不仅母亲、家庭、故乡统统让他们精神无以归依，而且动荡的社会、混乱的年代也不免让他们陷入失望与绝望的境地。郁达夫在他的散文中就曾吐露“零余者”这样的心声：

> 几日前头，有一位日本的新闻记者，来访我的贫居。他问我：“为什么要消沉到这个地步？”我问他：“你何以不消沉，要从东城跑许多路来访我？”他说：“是为了职务。”我又问他：“你的职务，是对谁的？”他说：“我的职务，是对国家，对社会的。”我说：“那么你就应该知道我的消沉也是对国家，对社会的。现在世上的国家是什么？社会是什么？尤其是我们中国？”②

暂且不说异邦求学时作为弱国子民所承受的沉重的心灵压抑、绝对的孤独无依和夹杂了“性的苦闷”的压抑无助，“零余者”无论怀有多大的雄心壮志和多么美好的理想追求，目睹生灵涂炭的社会现实，他们始终也无法跨越现实为其所树起的黑暗高墙。《茫茫夜》里，于质夫自幼留学日本的经历让他早已习惯了漂泊的生活和

---

① 郁达夫．还乡记［M］//郁达夫．郁达夫文集：第三卷　散文卷．广州：花城出版社，1982：36.

② 郁达夫．北国的微音［M］//郁达夫．郁达夫文集：第三卷　散文卷．广州：花城出版社，1982：91.

生离死别的情景，但送别吴迟生时仍然悲哀不已几至泪落：“觉得将亡未亡的中国，将灭未灭的人类，茫茫的长夜，耿耿的秋星，都是伤心的种子。”《茑萝行》将知识者遭受社会挤压所感受到的精神苦痛表现得淋漓尽致，在对往昔痛切而不堪的回忆当中，“我”承认把妻子当作了自己宣泄在社会上受来的苦楚压迫侮辱的工具，甚至自认“赋性愚鲁，不善交游，不善钻营”的“我”在“到处有陷阱设伏的现在的中国社会里，当然是没有生存的资格的”。《离散之前》中的曾季生、邝海如、于质夫，共同好义轻财、倾心文艺，也曾“用了死力，振臂狂呼，想挽回颓风于万一”，然而“社会上的势利，真如草上之风，他们的拼命的奋斗的结果，不值得有钱有势的人一拳打”，落得连衣食住都成了问题。黑暗现实不断挤压，醒觉而徘徊的“零余者”，空怀一腔热血的鸿鹄之志，竟满眼皆是无从报国和理想幻灭的悲哀，只能在无奈当中品味着无以挣脱也无法排解的孤独感与苦闷感，孤独感伤似乎也就成了标注他们性情与精神气质的最好的注脚。

郁达夫笔下的“零余者”具备喊出知识者“性的苦闷”的炽烈激情，已为研究者所特别关注（20 世纪二三十年代郁达夫研究争论激烈，毁誉不一，焦点多集中于此；五六十年代郁达夫研究受挫、停滞不前，与此颇有关系；20 世纪 80 年代至今，郁达夫研究复苏并蓬勃发展，大量的研究论著和论文，也从未绕开郁达夫创作所表达的“性的苦闷”这一鲜明主题），所以上文就把更多的笔力放在了零余者“生的苦闷”层面。其实，经济困顿、无家可归、社会阻障的“零余者”在感受“性的苦闷”时，并不像苏雪林在指斥郁达夫作品时所说的“只充满了‘肉’的臭味，丝毫嗅不见‘灵’的馨香”①，他们在孤独无依的虚无人生当中，也曾无比渴求

① 苏雪林．郁达夫论［M］//陈子善，王自立．郁达夫研究资料：上集．广州：花城出版社，1985：73.

着爱情，想望着把爱情当作自己魂灵的憩息地，甚至几乎是把爱情当作了抵御人生虚无的最后一块希望之盾。《沉沦》当中的“他”，曾经在日记里发出这样的呼喊：“知识我也不要，名誉我也不要，我只要一个能安慰我体谅我的‘心’。一副白热的心肠！从这一副心肠里生出来的同情！从同情而来的爱情！我所要求的就是爱情！”在这里，爱情已不单单是爱情，竟和“同情”纠缠在了一起，成了“零余者”实现灵魂救赎的凭借和让自己那漂泊无依的灵魂得以抛锚停靠的理想港湾。

苦觅爱情，成为“零余者”不懈追求的永恒情愫，但是，爱情总是与其无缘，也似乎已经成为等待他们的必然结局。不仅像许多同时代的人一样，需要面对包办婚姻所“赐予”的旧式妻子——“我的不能爱而又不得不爱的女人”及“我的女人，我的不得不爱的女人”①，他们即便肯放下架子、做牛做马，甚至发展到不惜落得卑屈得无以复加的地步去追求爱情，也总是难觅真爱。《过去》里的李白时，迷恋老二，任其踢打、玩弄、轻视，仍是得不到她的垂青，反而错失了老三那样值得珍惜的女子。《迷羊》里王介成，寄情于女伶谢月英，为了她一起私奔，为了讨她欢心几乎花尽钱财，却徒落得她背弃离去的结局。《银灰色的死》里“他”、《微雪的早晨》里朱雅儒的死，都与他们所钟爱的女子要嫁作他人妇有着脱不开的干系。《银灰色的死》是郁达夫以他所推崇的英国诗人道森为原型所创作，主人公的遭际显示出郁达夫在后来创作中反复申说的主题：孤独沉郁伤痛的心灵难以在爱情当中得到安栖。“他”在国内的妻子亡故，独自过着孤寂悲苦的留学生活，而唯一可以“互相劝慰”的静儿要嫁人，“他”借酒浇愁，最终孤独而绝望地死于银灰色的月光之下。真爱难觅，“零余者”往往选择了“沉

① 郁达夫．茑萝行［M］//郁达夫．郁达夫文集：第一卷 小说卷．广州：花城出版社，1982：213.

沦”，他们出入妓院、寄情欢场，却也并不是一味追求欲望的满足，更多时候他们把妓院当作了暂时的灵魂避风港，希望在妓女身上获得些许慰藉，让自己可以暂时游离于不堪的现实之外。《茫茫夜》和《秋柳》都写到了“零余者”狎妓的生活，主人公于质夫的行为似乎也不单单是为性欲的满足。《茫茫夜》里狎妓，固然有其性欲旺盛的原因，而他所教书的学校学生闹事教员几要“蒙尘”、他心里每每觉得“孤寂得很”也是很重要的因素。《秋柳》里他也因总觉得无聊之极，“不知不觉，他的两脚就向了官娼聚集着的金钱巷走去”。他们的沉沦，好多时候并不是任由自己行为放诞的结果，但有他法在精神上可以得到排解，他们又何尝愿意尽是如此呢？所以在《十一月初三》中，“零余者”才会吐露这样的心声：“惟其在人生里头找不到安慰，所以才到这里来的呀”。可是，风尘女子又何尝能够让“零余者”求得真正的安慰，《秋柳》里妓女海棠对待于质夫的态度即是如此，于是他欢乐后心中仍复充斥“孤寂的悲感”，悲怀难遣地成为“世上最孤独的人”。

就这样，郁达夫笔下的“零余者”，在流连风尘，甚至是以异常的性欲对象或性行为方式来聊以自慰的时候，心中又每每自责与忏悔，本想排遣孤独却也枉然，甚或是因之沦于更加孤独的境地，这也是郁达夫本人所感同身受的孤独体验。郁达夫小说中的“零余者”形象及其生命体验，是中国文学现代性尤其是主体性建构方面的重要组成部分，而小说中的“零余者”形象又与生活中的郁达夫如此气韵相通、形神俱似，“零余者”形象身上熔铸了郁达夫身处五四时期的所有精神苦闷，郁达夫也是在通过“零余者”形象，寄托自己在多舛的现代时期自己精神转换和主体性建构的种种艰难，烙印了他进行自我重构和建构的深深的印迹。谁又能否认呢？的确是郁达夫那与生俱来的孤独感伤的精神气质，无形中又加重了他的这种孤独之感，共同构成了其深自忏悔又孤独感伤的生命基调。

第三节 深自忏悔、孤独感伤生命基调与抒情性特征

郁达夫以他的创作，尽情宣泄着时代“零余者”们那“性的苦闷”。在中国漫长的封建专制文化统治时期，“存天理，灭人欲”是以儒家思想为正统的中国封建文化最为突出的理论标识之一，而程颐的“饿死事极小，失节事极大”也长久地被尊崇为全社会最高道德信仰。在中国传统文化观念当中，性爱仅仅承担着生育后代、延续族类繁衍的任务，而从中获得快感或享乐属于不可想象并被归为人间最为丑恶和无耻的事情，当然属于不可言说更毋提正视的问题。而五四新文化运动，吹奏起“个性解放”的号角，先驱者们向封建文化展开了全方位的猛烈攻击，其中张扬着人的个体生命意识的觉醒和复苏，而郁达夫的创作，便标志着现代知识者个体生命意识的最强烈的觉醒。郭沫若这样评价郁达夫：“他的清新的笔调，在中国的枯槁的社会里面好象吹来了一股春风，立刻吹醒了当时的无数青年的心。他那大胆的自我暴露，对于深藏在千年万年的背甲里面的士大夫的虚伪，完全是一种暴风雨式的闪击，把一些假道学、假才子们震惊得至于狂怒了。为什么？就因为有这样露骨的直率，使他们感受着作假的困难。”① 之所以会让那些人“震惊得至于狂怒”，是因为“有这样露骨的直率”——郁达夫笔下的主人公，不仅因为个人主体情欲满足的需要而狎妓放纵，还具备许多异常的性欲对象和性行为方式（与弗洛伊德心理分析学说颇有精神相通之处）。像《茫茫夜》中的于质夫和吴迟生、《她是一个弱女子》中的郑秀岳与李文卿，就有同性恋倾向；《茫茫夜》中的于质夫还有“恋物癖”倾向，把女人“用旧的针和手帕”做了自己性欲的

① 郭沫若．论郁达夫［M］//陈子善，王自立．郁达夫研究资料：上集．广州：花城出版社，1985：86.

替代性满足工具；《沉沦》里的主人公再三手淫、偷看女子洗澡、窃听男女偷情；《茫茫夜》中于质夫，冲动发作时，“完全成了无理性的野兽，非要到城里街上，和学校附近的乡间的贫民窟里去乱跑乱跳走一次，偷看几个女性，不能把他的性欲的冲动压制下去”，而他在讨得女人针和手帕之后回到学校闩上房门，“狠命的把针子向颊上刺了一针”，用手帕揩了血滴之后，闻着那旧手帕和针子的香味，竟“觉得一种快感，把他的全身都浸遍了”；《过去》里李白时受了老二痛责不仅不怒，还感到“一种不可名状的满足”，甚至故意惹其踢打并唯恐她踢打得不够，连吃饭时见了香稻米饭，都会联想到她那双“肥嫩皙白”的双脚。

但是，当时的社会，毕竟还存留有许多的规范和禁忌，旧的成法和习惯依然存在，就是作家个人主体意识深层所积淀下来的传统观念的重负也难以完全卸掉，种种精神的重压包围着也困扰着郁达夫。对于“零余者”们，“性”的满足和放浪形骸的生活，都伴随着与这“沉沦”纠缠着的、发自内心的深深的心灵忏悔，可是，他们不但不能因之获得心灵痛苦和孤独感觉的解脱，反而痛苦和孤独愈加深重，堕入永劫难脱的精神炼狱。在其所做的心灵忏悔当中，首先就是那种与之不离不弃的自我道德谴责的内心风暴。《沉沦》当中，“他”在每次“被窝里犯的罪恶”之后，想到道德良心和“从小服膺的‘身体发肤’‘不敢毁伤’的圣训”，都“深自痛悔，切齿的说，下次总不再犯了”；而他偶窥少女裸浴后长久的心理起伏和活动，也带有自责式道德心理冲突的性质，而当时的日本还实行男女同浴、正值“性”开放的历史时期，“他”似乎不必过于痛加自责自己的偶窥行为，由此可见传统重负的难于卸除。“零余者”们每次寻欢，心里似乎总要经历一场激烈的自我斗争和道德谴责，并不能心安理得地游走于娼家妓院，就像《秋柳》里的于质夫“在游艺场中感到的那一种孤独的悲哀，和一种后悔的心思混在一块，笼罩上他的全心”。这种自我道德谴责式的心灵忏悔在郁达夫的作品中随处可见，虽然它也并没有让“零余者”们“沉沦”的生活方式就此打住，而常常是“沉沦——忏悔”恶性循环式地循环往复，但是我们也不能据此就认为这仅仅是他们为自己行为开脱的方式，其心中所郁积的沉重的道德压力是他们无力摆脱也毋庸置疑的。

除了根深蒂固的传统积淀造成的道德压力，郁达夫在作品中频频表露的心灵忏悔，还与其本人所肩负的愤世忧生的社会责任感密不可分。假若只存在道德层面的压力，郁达夫本人所倾慕的传统名士风范就有理由成为让他摆脱心灵忏悔的动因。无可否认，郁达夫深深植根于中国传统文化，身上传统名士气也很浓：“在他身上，时时闪现着嵇康的孤傲、阮籍的任诞、刘伶的放浪形骸、陶渊明的遁世归隐、元明文人的沉湎酒色。”① 像他在《骸骨迷恋者的独语》中，就表露了对古代名士们的倾慕之情，恨自己不能与那些兼济天下之志无以实现的古代名士们生于同一时期。而如果只是对古代文人的狎妓饮酒、纵情声色层面的“名士气”照单全收，“零余者”就此倒很可以获得解脱，大可不必有如许的心理压力。但古代的名士作风，已不足以成为支撑现代知识分子一味放浪形骸、逃遁现实的心理凭依。即使具有“现代名士”派的洒脱风，郁达夫仍然心系国运、关心现实人生，盘踞在他内心深处的社会责任感，成为导致他心灵深自忏悔的重要因素。《沉沦》中，“他”饱尝由孤独到沉沦、忏悔，然后复归于孤独的心灵历炼，仍然不忘一再发出“中国呀中国！你怎么不富强起来”的真诚呼喊，最终主人公蹈海自沉前也不忘发出那希望国家富强的最后一呼。苏雪林对此曾表示怀疑：“我们实不知道那堕落青年的自杀到底受了祖国什么害？他这样自

① 宋聚轩．试论郁达夫创作中的消极思想［M］//陈子善，王自立．郁达夫研究资料：上集．广州：花城出版社，1985：371．

杀与中国的不富不强有什么关系？”① 说明她并没有完全理解郁达夫所要表达的复杂心态。经由作者复杂的心灵忏悔过程，我们看到的是一个将愤国之不昌、忧故国陆沉与个人自我道德谴责紧密绞合的“不甘沉沦的沉沦者”个体。郁达夫的小说《迷羊》，以具有隐喻意义的“迷羊”为题，小说结尾，美国宣教师开导王介成，“我们都是迷了路的羊”，而教会里祈祷和忏悔的意义就在于，把“我们的愁思”全部说出，“交给一个比我们更伟大的牧人”，由他负担了“我们所负担不了的危险恐惧”，然后“我们才能够安身立命”。② 在此，小说通篇在做心灵忏悔的意义得到彰显。但是，郁达夫仅为王介成取了基督教忏悔的外衣，小说通篇向我们显现的，倒是一个失却爱情凭依、软弱无能的读书人如何在社会黑暗的泥潭里苦苦挣扎、无力自拔，迷惘而难有出路的主题。郁达夫所做的心灵忏悔，的确具备个人方面和社会层面的双重指向：“个人自我完善的追求和社会忧患意识的背负，这两者的自觉融合，才是郁达夫式忏悔的‘绝对意义’。”③

郁达夫和他笔下的“零余者”，每每借沉迷酒色暂遣孤独，但孤独感却始终如影相随、挥之不去，“我虽则日日沉浸在这一种红绿的酒色里，孤独的感觉，始终没有脱离过我”，欢筵散后“这一种孤寂的感觉，愈加来得深”（《祈愿》）。而他发自内心的深深的心灵忏悔，反过来又无形中加深了他的这种孤独感。以上所论及过的种种焦灼于“生的苦闷”和“性的苦闷”的孤独体验，借助郁达夫生活经历所形成的孤独忧郁个性的主观内因、受外来文艺和思

① 苏雪林．郁达夫论［M］//陈子善，王自立．郁达夫研究资料：上集．广州：花城出版社，1985：74.

② 郁达夫．迷羊［M］//郁达夫．郁达夫文集：第二卷　小说卷．广州：花城出版社，1982：93.

③ 刘勇．中国现代作家的宗教文化情结［M］．北京：北京师范大学出版社，1998：243.

想影响的客观外因，共同形成了他作品中孤独感伤的生命基调。

翻开郁达夫的作品，面对一个个“零余者”，除去作者所做情绪渲染和艺术加工的因素，我们不难见出郁达夫本人的真实性情：敏感纤弱，情绪消沉，满腹愁苦，孤独忧郁……而这孤独感伤性情的形成，离不开他童年和早年的生活经历。四岁丧父，“此后便只是孤儿寡妇的正剧的上场”，而两个兄长在外念书，祖母潜心念佛，母亲忙于家计无暇顾及他，所能陪伴他的似乎也只有那“在我这孤独的童年里，日日和我在一处”的忠心的使婢翠花（《悲剧的出生》）。家境贫困和由此而受尽磨难与屈辱，在郁达夫本人的回忆性文字中常常可以见到，像家中财物被窃，也只能换作母亲在父亲遗像前的一场痛哭，赊账买皮鞋而不得的经历也能给他留下难以弥合的心灵创伤。其家境贫寒经济困顿的窘况，已远远超出郁达夫本人在作品中所做的流露，也引起了研究者的注意：“郁达夫出生时和青少年时期，其家境的贫困与窘迫的实际状况，要远远超过他本人和一些评论者们所描述和认定的程度。”“因此，郁达夫对人生的悲剧性的判定与观念绝非像人们当年所指摘的那样纯粹是天性伤感颓废并刻意表现。‘直面惨淡的人生’，所曾经付出和必须承受的代价和伤痛以及由此而产生的惨烈的认知体验，非个中人焉能置喙妄议？”① 唯其如此，郁达夫才能在他日后的作品中那样强烈地渲染和表达着“生的苦闷”。可以说，经济困顿、母子关系的不和谐、旧式包办婚姻等原因，都奠定了郁达夫本人孤独感伤的个性心理的基础，他自言“自小就习于孤独”(《水样的春愁》)，甚至借作品反反复复表白自我：“天性胆怯，从小就害着自卑狂”(《茑萝行》)，“孤冷”、“孤寂”、“伤感”、“悲哀”及“愁苦”……十八岁东渡日本异邦求学，整整十年的留学生涯，让郁达夫备受作为弱国子民

① 袁庆丰. 郁达夫早年家庭经济状况及其成员关系［J］. 中国现代文学研究丛刊，1997（3）：287.

的民族屈辱感，民族歧视和民族压迫如毒蛇一般噬啮着他那颗孤独而纤柔的心，“原来日本人轻视中国人，同我们轻视猪狗一样。日本人都叫中国人作‘支那人’，这‘支那人’三字，在日本，比我们骂人的‘贱贼’还更难听”。① 在日本，郁达夫还如饥似渴地吸收着西方文化，阅读了上千部西方和日本的文艺书籍，接受了较为开放的思想、文艺观乃至性观念，但这与他自小就受的儒家正统教育和祖国传统的道德观念是激烈冲突着的。这种冲突，与郁达夫内心深处渴望成就自我，而留学遭际卑微屈辱乃至后来回国后一连串的失业、经济困境相互纠缠，成为郁达夫形成孤独感伤的心理特质的契机，而对西方文化和思想的吸纳又为他表达这种孤独感伤的心理提供了可资借鉴的参照系。

第四节 郁达夫小说的抒情结构与作家不甘沉沦的反抗

翻开郁达夫的作品，扑面而来的是孤独感伤的浓郁气息：“零余者”孤独感伤的个性心理、孤独感伤的情节环境、孤独感伤的情绪氛围……他按照自己孤独感伤的个性心理去接近外国文学并加以汲取吸纳。比如郁达夫对待法国思想家、文学家卢梭的态度，一方面，卢梭的《忏悔录》所体现的赤裸裸的心灵告白和对人性的大胆歌颂深深地打动了郁达夫；另一方面，民族习惯和历史文化传统的羁绊，也让郁达夫比卢梭内敛得多，也更多感伤的气息。而在郁达夫所受的外国文学的影响中，英国的感伤主义文学是不容忽视的，它从审美观念到创作风格等方面都对其产生了深远的影响。郁达夫介于小说和散文之间的那篇《感伤的行旅》就与感伤主义由是得名的英国作家斯泰恩的作品《感伤的旅行》形神俱似。郁达夫还曾经

---

① 郁达夫. 沉沦［M］//郁达夫. 郁达夫文集：第一卷 小说卷. 广州：花城出版社，1982：48.

探讨过近代文学中两大主潮——感伤主义和浪漫主义的由来，认为感伤主义是浪漫主义的一个支流。他在《文学概说》里将感伤主义称作“殉情主义”，称这种作品：“总带有沉郁的悲哀，咏叹的声调，旧事的留恋，与宿命的嗟怨。尤其是国破家亡，陷于绝境的时候，这一种倾向的作品，产生得最多。”① 甚至曾说：“把古今的艺术总体积加起来，从中间删去了感伤主义，那么所余的还有一点什么？莎士比亚的剧本，英国十八世纪的小说，浪漫运动中各诗人的作品，又那一篇得完全脱离感伤之域？我想感伤主义是并无妨害于文学的，不过须有一个相当的限度，我们要不流于浅薄，不使人感到肉麻，那么这感伤主义，就是文学的酵素了。”② 郁达夫所称的“感伤主义”或曰“殉情主义”，虽然也包括许多感伤主义作家的作品，但与18世纪出现于英国的感伤主义文学思潮概念并不完全等同，他将这一概念做了泛化，凡是充满孤独感伤情调的作品，都在他所钟爱之列，由此他还形成了一个重要的美学见解“悲哀之词易工”，在他看来，是“因为人的感情，快活的时候，是弛放的，悲哀的时候，是紧张的。子食于丧者之侧，未尝饱也，悲哀的感染，比快乐当然更来得速而且切”③。就像郑伯奇在《中国新文学大系·小说二集》导言里曾提到，欧洲19到20世纪一百多年陆续上演的各种文学思潮，几乎都在新文学初期得到匆促而杂乱的复演。新文学先驱们对外来思潮采取了各取所需式的借鉴，郁达夫当然也不例外。所以说，郁达夫小说的抒情性特征，与他留学的现实生活经历以及他曾大量阅读西方文学作品，关系很大。从郁达夫的

---

① 郁达夫. 文学概说［M］//郁达夫. 郁达夫文集：第五卷 散文卷. 广州：花城出版社，1982：79.

② 郁达夫. 序孙译《出家及其弟子》［M］//郁达夫. 郁达夫文集：第五卷 散文卷. 广州：花城出版社，1982：295.

③ 郁达夫. 炉边独语［M］//郁达夫. 郁达夫文集：第八卷 政论、杂文卷. 广州：花城出版社，1983：81.

个人阅读史来考察其小说抒情性特征的其来有自及其复杂涵蕴，是一个很好的研究角度（近年来从作家个人阅读史、文本考辨与小说技艺的创化生成的角度，来研究作家的创作，开启了新的研究维度①）。郁达夫小说的抒情性特征，受来自西方“抒情”一义的影响较多，而他所受的中国古典文学的教育和熏陶，也同样不可忽视。陈世骧所说的东方的抒情传统与西方文学传统的合流，在郁达夫这里早已有过文学的实践和创作实绩，东西方文学传统共同浇灌出了郁达夫小说中丰厚的感伤气质和浓郁的抒情性特征，作家在小说中能够实现主观心理体验的充分宣泄。

孤独感伤的个性心理是郁达夫认同感伤主义的心理基础，而他所处的时代和社会环境也为其提供了合适的土壤，五四运动的潮起潮落，让开始觉醒的一代青年经受着希望之巅到绝望之渊的心理落差，思想觉醒而实际的徘徊难有出路，孤独苦闷、感伤迷惘的情绪就得以滋生和蔓延，“在新文学第一个十年，笼罩于整个文坛的空气主要是感伤的。新作家们很少不曾表现苦闷感、孤独感、彷徨感”，“感伤成了这时期新文学的一种精神标记，映照着‘五四’历史转折时期普遍的社会心理。新思潮唤醒了广大青年，但多数人觉醒之后又一时找不到出路，在十字街头彷徨；现代意识促使他们追求人生价值和美好的理想，而黑暗现实的压迫又往往使他们感到苦闷与失望。当然，这种文学上的感伤情调，跟新一代知识者自身的脆弱性及传统文人柔弱心理的习染也是有关的，但作为一种普遍的文学现象，却主要反映着中国知识者艰难地追求新生的精神历程”。② 许多新文学作家，都一度表现出了相当的孤独感伤的倾向。

---

① 郭洪雷．个人阅读史、文本考辨与小说技艺的创化生成：以莫言为例证［J］．文学评论，2018（1）．

② 钱理群，温儒敏，吴福辉．中国现代文学三十年［M］．修订本．北京：北京大学出版社，1998：26－27．

这里，有哀感绵绵、悲切凄婉地“真实地记录了‘五四’时代觉醒者的某种哀伤心理，记录了自己和周围女性的人生悲剧和心灵深处的旧痂新痕”① 的庐隐；有以“生命感伤小说”感叹人生苦短命运难测、感伤生老病死和往昔生活美好瞬间易逝的王统照；有看似大彻大悟却又对现世人生忧虑重重、在虚幻空灵颇具传奇色彩的小说中抛洒着淡淡的忧郁和哀愁的许地山；等等。而在所有具有孤独感伤倾向的作家当中，郁达夫是当之无愧的一个典型。由于偏爱孤独感伤的审美情趣，郁达夫在创作当中尤为注重情感的表现，他的作品常以主观抒情为主，在小说结构上并不讲究逻辑严密性，而是以主人公情感的起伏来结构成篇，形成一种饱蘸了许多感情的自然流动的抒情结构，像《茑萝行》就是典型的以人物思绪流动为线索结构而成的篇章。这其实就是陈平原所说的郁达夫小说的叙事结构怎样地重视情绪与感觉，而不是情节和其他来作为小说叙事结构的重心。而在所有的情感表现中，郁达夫尤其注重抒发孤独感伤之情。在其小说中，他将孤独感伤的情绪融入自然风景的描写，多写凉风残月、荒草败柳、日暮野景、凄唧虫鸣……在他，“有时，景色就是心情”②，风景已不纯然是自然的景致，而是恰如其分地传达并且烘托和加强着人物的孤独感伤的情怀。外来感伤主义文学的影响和孤独感伤的审美趣味的自觉追求，还约略制约和影响着郁达夫创作题材选取的范围，他往往选择能够体现孤独感伤情趣的题材进行创作，或正面直接展示现实生活的悲剧，或描写美好事物遭毁灭和美好感情被扼杀，或以“追求——幻灭”为母题来构思成篇，或沉浸于“旧事的留恋”的感伤，或苦闷于“宿命的嗟怨”……

为排解他青春期的、弱国子民的、去国怀乡的、愤世忧生的孤

① 杨义. 中国现代小说史：第一卷［M］. 北京：人民文学出版社，1986：276.

② 许子东. 郁达夫新论［M］. 增订本. 杭州：浙江文艺出版社，1985：10.

独与苦闷，郁达夫那情感满溢的孤独感伤的情怀，体现的不仅是个人的愁绪和苦闷，还有他所肩负的沉重的社会责任感。正如有的研究者所认为的：“郁达夫的作品弥漫着感伤的情调，但这种感伤更多是他忧国忧民的情愫的反映，他总是以深情的目光注视着祖国和人民，并为其所承受的深重灾难而忧伤。”① 对于郁达夫作品所传达的孤独感伤的生命基调，我们并不能像有些论者那样简单地将其冠以“颓废”之名。“郁达夫以及流露在郁达夫作品中的感伤、苦闷，是知识分子在‘寻路’中不可避免的精神现象。有人讳言感伤，讳言苦闷，然而不正因为有追求，有思考，才有苦闷的吗？”② 郁达夫和他笔下的人物，醒觉而依然徘徊的“寻路”当中的孤独者，身临孤独的万丈深渊和精神的重重困境，甚至选择了“沉沦”这一极端的方式，在某种程度上表现出孤独的人对抗孤独的勇气，却不免发现若为化解孤独不过徒然之举。于是，他们又不甘沉沦，奋起反抗，试图援救自己出孤独与焦灼的生存状态，甚至萌生逃禅遁世的想法，把大自然的美景也作为孤独灵魂的逃避薮，以较“沉沦”更显温和的方式来对抗着孤独。

人生终究是悲苦的结晶，我不信世界上有快乐的两字。人家都骂我是颓废派，是享乐主义者，然而他们那里知道我何以要去追求酒色的原因？唉唉，清夜酒醒，看看我胸前睡着的被金钱买来的肉体，我的哀愁，我的悲叹，比自称道德家的人，还要沉痛数倍。我岂是甘心堕落者？我岂是无灵魂的人？不过看定了人世的运命，不得不如此

---

① 范伯群，朱栋霖. 1898—1949 中外文学比较史：上卷［M］. 南京：江苏教育出版社，1993：368.

② 赵园. 郁达夫“自我”写真的浪漫主义小说：兼析《青烟》［M］//陈子善，王自立. 郁达夫研究资料：上集. 广州：花城出版社，1985：311.

自遣耳。①

郁达夫的这段内心独白，抛去其自我辩解的因素不谈，正如我们前文所曾经提到过的，在这种结合了自我道德谴责因素、社会责任感记取的真诚的心灵忏悔当中，至少还含有一种意义指向："沉沦"的方式并无益于心灵的解脱。这样，郁达夫极其矛盾复杂而又合情合理地为自己和笔下的人物诉求着各式"不甘沉沦的反抗"，作为直面孤独的方式。这其实是郁达夫通过文学来探索和实现他自己主体性建构的一种尝试。

在反抗孤独、反抗不堪的现世人生所采取的极端方式上，除了前面所论及的纵情声色、放浪形骸、一味追求情欲宣泄满足的"沉沦"方式，郁达夫还为他作品的主人公选取了死亡——寂寞中死灭的结局，甚至在作品中呈现较为强烈的自戕倾向。《沉沦》中的"他"、《唯命论者》中的李德君都选择了自戕，《银灰色的死》中的"他"醉死街头也带有自戕的因素，《茫茫夜》中的于质夫、《茑萝行》中的"我"等人物身上，也流露过一定的自戕倾向。而难以排解的孤独和苦闷正是造成他们自戕的主要原因，"自杀的动机——无论在心理学上，还是在文学上——往往都被溯源于孤独、遗弃和厌倦，这些因素影响了各个历史时期的许多人"②。可以说，郁达夫笔下的人物，是在孤独的极致状态"孤冷得几乎到将死的地步"（《沉沦》），才选取了自杀来作为摆脱孤独、抗拒不堪的人生的极端方式。有意味的是，郁达夫作品中的人物，还表现出较强的抗拒和否定死亡的坚忍态度。像郁达夫在作品中多写到人物病中调

---

① 郁达夫.《茑萝集》自序［M］//郁达夫. 郁达夫文集：第七卷 文论、序跋卷. 广州：花城出版社，1983：153.

② 约斯特. 自杀：文学主题的诸要素［M］//艾略特，等. 小说的艺术. 张玲，等，译. 北京：社会科学文献出版社，1999：255.

养身体的经历，表现出对生命的珍视；《茑萝行》中的“我”虽数度想到自杀，还是以“我是无论如何，不至投水自沉的”收束全篇；《春风沉醉的晚上》“我”想到自杀，但“自杀！我有勇气，早就干了。现在还能想到这两个字，足证我的志气还没有完全消磨尽哩”。选择死亡，是生命在孤独的极致状态中无可奈何的选择，是以极端的方式抗拒孤独；不死的选择，呈现人物别一种不畏孤独、直面现世人生的勇气。两者看似冰炭不可同炉，但究其实，二者并无不可调和的矛盾，有了前者，足见其人生态度的真实和孤独体验对人生的强力影响；而有了后者，也为人生勇于承担孤独、化解孤独提供了可能和新的起点。

除了死与不死的选择，郁达夫和他笔下的人物，还采取其他各种各样的手段做“不甘沉沦式”的反抗，通过多方不懈努力，试图援引自己那孤独的灵魂脱离困顿的境地。他们会通过自我反思和自律行为来振作自己的精神，并以此来保有对未来人生的期待和希望。《茫茫夜》中的于质夫，也曾在回国的时候下了绝大的决心，希望把旧时的恶习改得干干净净，戒酒戒烟戒女色，“自家的品性上，也要加一段锻炼，使我的朋友全要惊异说我是与前相反了”。虽然他并没有将这决心很好地付诸实施，但也毕竟是他想摆脱沉沦的一种努力。在讲课获学生肯定后，他欢喜非常，心境好了许多，把与青年学生的交谈视作人生快事，很觉得“这一般智识欲很旺的青年，都成了他的亲爱的兄弟了”。在通过事业振作希望的努力中，他们还会寄情于文艺和创作，很多小说中的主人公都以古今中外的书籍作为良师益友，而且痴迷于文学创作，他们通过看书、写诗宣泄了自己的孤独情怀，也可以实现孤独与苦闷的暂时忘却与淡化。

而借助人间温情的慰藉，他们也可做着不甘沉沦的摆脱孤独的努力。《南迁》中的伊人，和O小姐接触过几次之后，“他觉得他的身体又回到童贞未破的时候去了的一样，他对O的心，觉得真是纯洁高尚，并无半点邪念的样子”，这种精神的爱恋使其灵魂净化，所以伊人才会精神暂得愉悦与解脱。《春风沉醉的晚上》中的“我”，面对单纯而怜悯助人的女工陈二妹，也得以理性自控情欲而心境“更光明”了。《迟桂花》中的郁先生，在莲那天真纯洁和温柔纯朴的性情的感召下，得以“心地开朗了，欲情也净化了”。《马缨花开的时候》里，“我”因生病住院，倍感“孤凄与寂寞”，却得到一位“含着神秘的微笑”的天主教牧母无微不至的照顾，她还一再向“我”讲述教义加以感化，使“我”的精神和肉体都得以恢复。小说结尾，牧母避静、调离留下书信：“末后再三叮嘱着，教我好好的保养，静想想经传上的圣人的生活。若我能因这次的染病，而归依上帝，浴圣母的慈恩，那她的喜悦就没有比此更大的了。”① 人生的孤独与苦闷能够得到解脱，不仅得自牧母所给予的人间温情，还透露出作者借助宗教实现灵魂救赎的意味。

在借助宗教做精神解脱、慰藉孤独的努力中，逃禅、遁世应该是最为郁达夫所看重的。有资料显示，郁达夫一生都与禅宗保持着明显的精神联系。童年时期自有记忆，他就只看见祖母“在动着那张没有牙齿的扁嘴念佛念经”（《悲剧的出生——自传之一》）。留日时期，郁达夫曾经系统地读过许多佛经，几度萌发出家、参禅的想法。早期逃禅的主要原因，除了家庭的影响，主要是他那孤独的个性心理和羁留异国他乡孤独苦闷、无所依傍的生存境遇。归国之后，他再度经历了太多“生的苦闷”和“性的苦闷”。且不说早年求职屡遭失败的经历和一度贫寒无以自立的窘境，就是在令他声名鹊起、自己极为看重的文坛，他也体会着生的艰难与苦涩。郭沫若曾言，郁达夫“在暴露自我这一方面虽然非常勇敢，但他在迎接外

① 郁达夫．马缨花开的时候［M］//郁达夫．郁达夫文集：第二卷　小说卷．广州：花城出版社，1982：306．

来的攻击上却非常脆弱”，所以“他很感觉着孤独，有时甚至伤心”。[①] 在现实人生给他太多孤独苦闷的时候，借助逃禅，他可以暂时摆脱烦恼、获得解脱。禅宗要旨之一，就是要求人看透人生，做无心人、无事人，过一种闲而又闲的遁世生活。郁达夫后期作品就出现了遁世隐逸的倾向，像《迟桂花》、《东梓关》和《瓢儿和尚》等。《迟桂花》中，翁则生“百事原都看得很穿，又加以这十几年的疏散和无为，觉得在这世上任你什么也没甚大不了的事情，落得随随便便的过去，横竖是来日也无多了”的想法，也流露出作者历经幻化无常人生、弃世归隐的意图。《东梓关》里，“徐竹园先生因染了疾病，才绝意于仕进，略有余闲，也替人家看看病，自己读读书，经管经管祖上的遗产；每年收入，薄有盈余，就在村里开了一家半施半卖的春和堂药铺。二十年来大局尽变，徐家其他的各房，都因宦途艰险，起落无常之故，现在已大半中落了，可是徐竹园先生的一房，男婚女嫁，还在保持着旧日的兴隆，他的长子，已生下了孙儿，三代见面了”。[②] 言语当中，作者的倾羡之意，溢于言表。《瓢儿和尚》，写“我”偶遇自己留学时代的情敌、北伐时的旅长秦国柱在胜果寺做和尚，喝酽茶、吃葛粉糕，安享清福，作者称其为“西湖佳话”，也透出自己对归隐遁世的想往。不仅体现于创作，郁达夫还在生活当中实践着他的遁世思想。他在“寄给沫若与仿吾”的《北国的微音》里，一再阐述着“孤独”“凄切的孤单”，文末便表达了这样的愿望：“暑假以后，我怎么也要设法回浙江去实行我的乡居的宿愿。”[③] 那可以暂且隐遁的“乡居的宿

---

① 郭沫若．论郁达夫［M］//陈子善，王自立．郁达夫研究资料：上集．广州：花城出版社，1985：86．

② 郁达夫．东梓关［M］//郁达夫．郁达夫文集：第二卷　小说卷．广州：花城出版社，1982：313．

③ 郁达夫．北国的微音［M］//郁达夫．郁达夫文集：第三卷　散文卷．广州：花城出版社，1982：95．

愿”，自然是他实际要采取的隐逸之举了。1933 至 1934 年间，他还两次出游，足迹遍及浙东、浙西、皖东的许多名山大川，过着一段真正的遁世忘忧的生活。

与逃禅遁世的思想相一致，郁达夫徜徉于山水之间，欣赏着自然风光，通过游历、欣赏自然风景，来消解自己的孤独情怀。他小说中的人物，在孤独苦闷无以排解的时候，常常投身自然山水的怀抱，得到精神上暂时的慰藉和解脱。《沉沦》里的主人公，陶醉于大自然的美景：“这里就是你的避难所。世间的一般庸人都在那里嫉妒你，轻笑你，愚弄你；只有这大自然，这终古常新的苍空皎日，这晚夏的微风，这初秋的清气，还是你的朋友，还是你的慈母，还是你的情人；你也不必再到世上去与那些轻薄的男女共处去，你就在这大自然的怀抱里，这纯朴的乡间终老了罢。”对于一个孤独苦闷、漂泊无依的灵魂，大自然兼具了“避难所”、“朋友”、“慈母”和“情人”的妙用。《蜃楼》里的陈逸群本来被爱欲情愁搅乱得心灵思虑不安，但面对自然风景，“竟也自然而然地化入了本来无物的菩提妙境，他的欲念，他的小我，都被这清新纯洁的田园朝景吞没下去了”。《迟桂花》里，翁则生的病好，在“我”看来，是得益于翁家山有着青山绿水、宛若世外桃源的自然美景的滋润，“怪不得他的病会得好起来了，原来翁家山是在这样的一个好地方”。《马缨花开的时候》里牧母离去，“我”独自一人踱到原先两人走熟了的路上散步，独坐那张两人坐熟了的长椅子上：

> 忽而来了一阵微风，我偶然间却闻着了一种极清幽，极淡淡的似花又似叶的朦胧的香气。稍稍移了一移搁在支着手杖的两只手背上的头部，向右肩瞟了一眼，在我自己的衣服上，却又看出了一排非常纤匀的对称树叶的叶影，和几朵花蕊细长花瓣稀薄的花影来。
>
> “啊啊！马缨花开了！”

毫不自觉的从嘴里轻轻念出了这一句独语之后，我就从长椅子上站起了身来走回了病舍。①

至此，“我”那“心里头感觉得异样的焦闷”的苦况得到化解。不仅宗教的沐浴帮助实现着灵魂救赎的旨向，自然景致也将人物的孤独苦闷的情怀化解消遁于无形，自然而然地达到了过下无痕的效果。我们虽则探讨的是抒情传统与中国现当代小说的关系，但还是不得不提一下郁达夫的散文。小说已然浓厚的抒情性特征和采用抒情结构，散文的抒情性就更加自不必言了。在郁达夫的后期散文中，舒徐闲适、平淡悠长的写景抒情文字，俯拾皆是。伴随着他那游历的足迹，带着遁世隐逸思想、怀着以自然山水来消解孤独的愿望，郁达夫写下了一篇篇寄情山水的游记散文。篇篇游记，在我们看来，就好似一个逃禅遁世者的心灵告白，恰恰表现了郁达夫不甘沉沦，却又无奈于社会和现实人生，只好抒发寄情山水、伤怀避世的情怀，写尽了一个现代知识分子进退两难的尴尬境遇。虽然，郁达夫可以暂借大自然，来安顿身心、慰藉心灵、获得超脱现实苦难的心灵自由，但这借寄情自然化解孤独之举，对于郁达夫本人来说，究竟能产生多大的效用？曾经逃禅遁世的舒缓圆融心境当中，又包含了多少的孤独与无奈？恐怕也不是我们可以简单地妄自揣测清楚的。更何况，现实中国和自身所具有的强烈的社会责任感，不允许他如此地逃遁现实。所以，抗战爆发后，郁达夫找到了更为有效的摆脱孤独的方式，他真正走入了现实中国，义无反顾地投笔从戎，直至最后的捐躯报国。

对于郁达夫这些有着浓郁的抒情性特征的小说，从小说被视为虚构故事的文本这个角度和审美维度来说，他的小说创作，是存有

---

① 郁达夫．马缨花开的时候［M］//郁达夫．郁达夫文集：第二卷 小说卷．广州：花城出版社，1982：306－307．

一定遗憾的。有研究者已经在做着思考和反思：

> 如果找个稍弱的作家作为对照，同样能发现其文学性不高在形式上的表现。如郁达夫小说的文学性不是很高，其《沉沦》等作品更像散文而非小说，这一区别主要是形式上的。散文与小说的主要区别之一在于叙事方式的差别，散文一般不虚构故事情节，即原始故事不会被变形化处理，从而没有虚构的特点，而多是抒情和记事。小说则需要虚构，如果一个小说文本缺乏虚构则会近于散文，情节性也几乎丧失，阅读的快感也会弱得多，郁达夫的小说则是这种情况。从形式上看，他的叙述人与人物角色几乎没有距离，距离感的丧失正是缺乏虚构意识的结果，而且感情毫无节制，只成为启蒙之初个人欲望的泛滥。距离的丧失也导致了叙事视点转换的稀少，第一人称叙事带来的极端向内转，其实是与个人经验直接相联系，缺乏虚构性的同时也丧失了叙事的丰富性，最终失去意义层面的丰富性。《迷羊》《她是一个弱女子》等小说有着大量的本能欲望的展览，其他的意义似乎都被忽略了。所以郁达夫文学从意义层面来说是体现了一种现代个体意识，对于文学性本身却贡献不大。①

以上述理由来否定郁达夫的小说创作，显然是有些矫枉过正了。但研究者所提出的问题，还是很有价值的。也提醒我们，应对小说的抒情结构和抒情性特征，持一种全面审视的态度。小说抒情性特征过盛，就会伤害小说的故事性、虚构性，导致小说散文化，

---

① 刘旭．赵树理文学的叙事模式研究［M］．太原：北岳文艺出版社，2015：66－67．

确实是客观存在的问题。甚至在后文的沈从文、萧红、汪曾祺、迟子建等作家富含抒情性特征的小说文本那里，都或多或少存在着小说的抒情性、散文化倾向，会导致小说故事性不强、情节性不丰富的情况……而这里所说郁达夫那种“叙述人与人物角色几乎没有距离”，其实，准确地说是作者、隐含作者与叙述人、人物几乎没有距离，小说罹患人物沦为作者和隐含作者传声筒的弊病，从而也伤及小说虚构性和故事性，致小说不能产生足够的现场真实感、艺术真实性、故事性和可读性，读者往往总能看到小说文本里，不时冒出来的作家的影子以及作家主观心理的投射。

尽管如此，郁达夫小说的抒情结构和抒情性特征，令其小说独具一种艺术特色，而且应该将其还原到中国小说叙事模式的现代转变的历程中去看待和考察。郁达夫小说的抒情性，亦“代表中国文学现代性——尤其是现代主体建构——的又一面向”可能性之一种。焦灼于“生的苦闷”和“性的苦闷”，郁达夫和他笔下的“零余者”，是觉醒了而依然徘徊当中的孤独者。他们是孤独的，这孤独让他们在现世当中无可逃遁。为了驱散这孤独，他们或采取让性的欲望肆无忌惮膨胀的“沉沦”的极端方式，却无力摆脱传统和现实的羁绊，在心灵的深自忏悔当中，反而陷入更深的孤独与焦虑；他们或采取“不甘沉沦的反抗”方式，由此所能化解的孤独究竟有限；加之社会责任的记取，没有人能够真正地逃遁现世、归隐自然。通过郁达夫和他的作品，我们看到的是孤独的感伤、苦闷的挣扎、无奈的呼喊、焦切的期望……沉沦又不甘沉沦、孤独又难逃孤独，郁达夫展示给我们的，是觉醒而徘徊的现代知识分子作为不甘沉沦的沉沦者的孤独体验，是与鲁迅所代表的知识分子的孤独相区别的一代中国知识分子的心路历程。郁达夫的小说，是典型的抒情结构，包含浓郁的抒情性特征，不仅以自己的小说，在中国小说叙事模式转变的历程中，刻下深深的烙印，他还在小说和文学之外，实现了一个作家在跌宕起伏的现代时期的自我的发现与自我主体性建构的完成。

第二章

“情绪的体操”与“抽象的抒情”

——抒情传统与沈从文的小说

第一节　从潜心探究艺术美到“抽象的抒情”

王德威在他的著作《抒情传统与中国现代性》序论《“有情”的历史：抒情传统与中国文学现代性》里第一小节《“有情”的历史》当中，首提即是：1961 年夏天，沈从文写下《抽象的抒情》。然后自然引出了就在沈从文默默思考“抽象的抒情”的同时，海外的中国学界已经兴起一股抒情论述的风潮，英语世界里对抒情问题的探讨，首推陈世骧教授的系列文字，而又经同在美国的高友工教授做出进一步的扩展，另外还有捷克学者普实克等人。在王德威看来：“沈从文、陈世骧外加唐君毅、徐复观、胡兰成、高友工等人的抒情论述其实应该视为 20 世纪中期中国文学史的一场重要事件”。[①] 王德威如此重视沈从文，自然是因沈从文自己的创作实绩，尤其是抒情传统与沈从文的创作之间的关系别具代表性，沈从文自己的抒情性写作观和他对抒情问题的思考，在 20 世纪中期以来的抒情论述当中有着不可轻视的重要性，沈从文自己就身处王德威所论述和所重视的中国现代性的进程中，所以尤为被王德威重视，也就是情理之中了。

陈平原先生在《中国小说叙事模式的转变》中论述《“史传”传统与“诗骚”传统》时，特地讲道：引“史传”“诗骚”入小说并非始于 20 世纪初；但只有到了 20 世纪初，这种广义的文体渗透才呈现出如此特异的风采，促进或限制了中国小说叙事模式的转

---

① 王德威. 抒情传统与中国现代性：在北大的八堂课［M］. 北京：生活·读书·新知三联书店，2010：7－17.

变。① 陈平原说：“史传”之影响于中国小说，大体上表现为补正史之阙的写作目的、实录的春秋笔法，以及纪传体的叙事技巧。“诗骚”之影响于中国小说，则主要体现在突出作家的主观情绪，于叙事中着重言志抒情；“摛词布景，有翻空造微之趣”；结构上引大量诗词入小说。陈平原认为“新小说”更偏于“史传”而“五四”小说更偏于“诗骚”。② 而叙事中夹带大量诗词，被认为是中国古典小说最引人注目的特点之一。陈世骧不是也认为：“抒情精神在小说中常常是隐没不显的，然而当我们阅读传统的章回小说时，哪一个不曾对每部小说中点缀穿插的抒情诗留下深刻印象（又或有时被惹恼）?”③ 陈平原认为：中国古典小说之引录大量诗词，自有其美学功能，不能一概抹杀。倘若吟诗者不得不吟，且吟得合乎人物性情禀赋，则不但不是赘疣，还有利于小说氛围的渲染与人物性格的刻画。④ 但是：

> 可惜的是，“新小说”家在驱逐小说中泛滥成灾的诗词的同时，把唐传奇开创的，而后由《儒林外史》、《红楼梦》、《聊斋志异》等古典名作继承发展的小说的抒情气氛也给放逐了。除了《老残游记》、《断鸿零雁记》等寥寥几部文笔轻松流畅、有浓郁的诗情画意外，其他绝大部分“新小说”都忙于讲故事或说道理，难得停下来理会

① 陈平原．中国小说叙事模式的转变［M］．北京：北京大学出版社，2010：195 – 196.

② 陈平原．中国小说叙事模式的转变［M］．北京：北京大学出版社，2010：199.

③ 陈世骧．中国文学的抒情传统：陈世骧古典文学论集［M］．北京：生活·读书·新知三联书店，2015：6.

④ 陈平原．中国小说叙事模式的转变［M］．北京：北京大学出版社，2010：210.

> 一下人物纷纭的思绪或者大自然明媚的风光，因而也难得找到几段漂亮的描写与抒情。辛亥革命后的言情小说，颇多故作多情、无病呻吟者，可就是找不到《儒林外史》的伤今吊古、《红楼梦》的悲金悼玉那样的抒情文章。
>
> “五四”作家对传统小说的引录大量诗词颇不以为然，茅盾就曾批评旧小说于人物出场处来一首“西江月”或一篇“古风”，“实在起不到什么美感”；罗家伦也讥笑喜欢“中间夹几句香艳诗”的“滥调四六派”，是“只会套来套去，做几句滥调的四六、香艳的诗词”。因此，“五四”作家虽也有于小说中穿插诗句的（如郁达夫、郭沫若、冰心、许地山等），但都很有节制，不至于撇开人物炫耀作者诗才。引诗词入小说构不成“五四”小说的特点，倒是“诗骚”入小说的另一层面——浓郁的抒情色彩，笼罩了几乎大部分“五四”时代的优秀小说。①

陈平原进一步说，“五四”作家不会像“新小说”家那样把史书当小说读；但“五四”作家也有一种“误读”，那就是把散文当小说读。“五四”时代的小说杂志上常见标为小说的散文，“五四”作家的小说集更常常夹杂道道地地的散文。冰心的《笑》、俞平伯的《花匠》、鲁迅的《鸭的喜剧》、许钦文的《父亲的花园》等，严格说都是散文。埋怨“五四”作家文学分类不精细没有意义，值得注意的是“五四”作家何以不把史书而把散文混同于小说。与这种“分类混乱”相呼应的是，“五四”作家对西方小说“诗趣”的

---

① 陈平原．中国小说叙事模式的转变［M］．北京：北京大学出版社，2010：211－212．

寻求。①

这种小说散文化的情况，在沈从文身上甚是明显。他的每一篇脍炙人口的小说，都可以当散文来读，他小说的抒情性和散文化倾向明显，但却又不是郁达夫那种为表现“零余者”“凄切的孤单”所导致的叙述人、隐含作者与人物没有距离，一味作家个人主体情绪宣泄的情况。比如同样是写多情水手与多情妇人的故事，小说《柏子》文体归为小说，而《湘行散记》里《一个多情水手与一个多情妇人》就算作散文。实际上，后者除了出现了叙述人“我”，其他，文笔、情致等方面，《柏子》与《一个多情水手与一个多情妇人》其实是差不多的。沈从文在小说中穿插的虽不是诗词，多是少数民族男女对歌的歌词，但是，其传统也是来自《诗经》和《楚辞》，尤其是《楚辞》，其本质也是诗性和抒情性的。比如《月下小景》里年青人与女孩子的唱和：

> 当地年青人中唱歌圣手的傩佑，唯恐惊了女人，惊了萤火，轻轻的轻轻的唱：
>
> 龙应当藏在云里，
> 你应当藏在心里。
> …………
>
> 女孩子在迷胡梦里，把头略略转动了一下，在梦里回答着：
>
> 我灵魂如一面旗帜，

---

① 陈平原. 中国小说叙事模式的转变［M］. 北京：北京大学出版社，2010：212.

你好听歌声如温柔的风。

他以为女孩子已醒了，但听下去，女人把头偏向月光又睡去了。于是又接着轻轻的唱道：

人人说我歌声有毒，
一首歌也不过如一升酒使人沉醉一天，
你那傅了蜂蜜的言语，
一个字也可以在我心上甜香一年。

女孩子仍然闭了眼睛在梦中答着：

不要冬天的风，不要海上的风，
这旗帜受不住狂暴大风。
请轻轻的吹，轻轻的吹；
（吹春天的风，温柔的风，）
把花吹开，不要把花吹落。

小砦主明白了自己的歌声可作为女孩子灵魂安宁的摇篮，故又接着轻轻的唱道：

有翅膀鸟虽然可以飞上天空，
没有翅膀的我却可以飞入你的心里。
我不必问什么地方是天堂，
我业已坐在天堂门边。

女孩又唱：

身体要用极强健的臂膀搂抱，
灵魂要用极温柔的歌声搂抱。①

不仅是将这样诗一样的歌词直接引入小说，更为关键的是，沈从文还化古典旧体诗词的意境入小说的场面描写，创造出很多诗一样美的意境。这与沈从文所处的时代语境大可相关。陈平原说：“用读诗文的办法读小说，‘五四’作家选中了散文化的西洋小说；而这种‘抒情诗的小说’反过来又促进了他们引‘诗骚’入小说的热情。最后，这种引‘诗骚’入小说的艺术尝试，不单为20世纪中国文学贡献了一大批优秀的抒情小说，而且促成了中国小说叙事结构的转变。”② 又：“五四”作家、批评家喜欢以“诗意”许人，似乎以此为小说的最高评价。陈西滢评冰心：“在她的小说里，倒常常有优美的散文诗”；郑伯奇声称：“达夫的作品，差不多篇幅都是散文诗”；王任叔评徐玉诺：“他许多小说，多有诗的结构，简练而雄浑，有山谷般的奇伟”；郁达夫指认成仿吾的《一个流浪人的新年》：“其实是一篇散文诗，是一篇美丽的Essay”；沈雁冰说王鲁彦的《秋夜》：“描写是‘诗意’的，诗的旋律在这短篇里支配着”；蹇先艾评王统照的《春雨之夜》：“好象一篇很美丽的诗的散文，读后得到无限的凄清幽美之感”；陈炜谟评朱自清的《别后》：描写精细，多有“散文诗一般的句子”；成仿吾评冰心的《超人》：“比那些诗翁的大作，还要多有几分诗意”……只是这么多“诗意”到底落实在小说的具体描写中，还是只不过表达作家、批评家的“良好愿望”和审美趣味？1927年，郑伯奇曾用“主观

① 沈从文．月下小景［M］//沈从文．沈从文全集：第9卷 小说卷．2版．太原：北岳文艺出版社，2009：220－222.

② 陈平原．中国小说叙事模式的转变［M］．北京：北京大学出版社，2010：215.

的抒情的态度”“流丽而纡徐的文字”“描写自然、描写情绪的才能”来概括郁达夫小说中“清新的诗趣”。这段话可移来作为“五四”小说“诗趣”的初步描述。倘若进一步辨认“五四”小说的“诗趣”与西洋小说的“诗趣”之别，那可就不能不再从“情调”与“意境”两个角度解读“五四”小说，以求进一步把握“五四”小说与中国“诗骚”传统的历史联系。①

陈平原认为，“小说的情调”与“小说的意境”，这两个专门术语的创造得归功于两段“五四”作家的“创作谈”——尽管后一段20世纪40年代才刊出，可很能说明“五四”小说的特点：

> 历来我持以批评作品的好坏的标准，是“情调”两字。只教一篇作品，能够酿出一种“情调”来，使读者受了这“情调”的感染，能够很切实的感着这作品的“氛围气”的时候，那么不管它的文字美不美，前后的意思连续不连续，我就能承认这是一个好作品。②

> 构成意境和塑造人物，可以说是小说的必要手段。意境不仅指一种深善的情旨，同时还要配合一个活生生的场面，使那情旨化为可以感觉的。③

所以陈平原得出结论：把“情调”和“意境”作为判定小说优劣的重要标准，这本身已足见“诗骚”的潜在影响，更何况郁达夫、叶圣陶关于“情调”“意境”的解说尽可在中国古代诗评中找

---

① 陈平原. 中国小说叙事模式的转变［M］. 北京：北京大学出版社，2010：217.

② 这一段出自郁达夫的《我承认是“失败了”》，发表在《晨报副镌》1924年12月26日上。此文是从小说《秋柳》谈开去的，所谓“作品”，特指“小说”。

③ 叶圣陶. 读《虹》［J］. 中学生，1944（72）.

到先声。更重要的是，“五四”作家不单自觉不自觉地在小说创作中追求“情调”与“意境”，而且所追求的“情调”与“意境”跟中国古典诗歌血脉相连。①

以“情境”和“意境”来读赏沈从文的小说，是最恰当不过了。在中国古代诗论和画论中，“意境”或“情境”是一个十分重要的美学范畴。它指的是诗歌或绘画作品中，作者主观体验到的人生情绪与作品描绘的客观物象融会交织而形成的审美境界。它是中国古典美学的一个丰硕果实，南北朝时刘勰就提出了“神与物游”，后来者又进一步发展为“诗与境谐”“神与境合”。清代王国维在前人基础上，第一次将“意境”概念引入诗论，他将有无意与境统一的“境界”作为鉴别作品高下的最高标准，而且他最大的贡献是对“有我之境”“无我之境”的论说和不断调整中的两境学说。沈从文的多篇小说都营造出了“无我之境”的情境和意境，有研究者已经注意到了沈从文小说《萧萧》当中，有“无我之境”和“有我之情”：

> 相对来说，《萧萧》的冲淡，则似乎在相当程度上得自于“无我之境”。作品中并没有作者或作者化身露面，不用作者的感慨或议论，全由生活自身显示出一切善善恶恶，去唤起读者的喜、怒、哀、乐。有人把这叫作描写的“客观化”，好像是作者对所描写的事物毫不搀进自己的感情，这才使作品在反映生活上有真实而在描写风格上有幽默，但事实并不尽然。作者曾激烈地抗议说，有些读者“能欣赏我故事的清新，照例那作品背后蕴藏的热情却忽略了”（见《从文习作选·代序》）。事实上，一个细心的

---

① 陈平原. 中国小说叙事模式的转变［M］. 北京：北京大学出版社，2010：218.

> 读者，果然能处处看到一个十分有情的“我”，隐藏在冲淡幽默的字里行间。
>
> 这有情的“我”，首先表现在作品中叙述语言的微妙感情色彩上。说它“微妙”，是因为它往往言在此而意在彼，有冲淡、平凡之表，而有深邃情愫之实；甚至有时用相反意思的语言来表达。但当它被放置在一定的语言环境中，却具有了完全可以理解到的意义，任何有心的读者，都不难准确地体察到在淡泊的文字之中怦然跳动的作者的心，而与之产生共振。①

如沈从文自言，他作品背后的确蕴藏热情、深情，但是已经不是郁达夫自叙传式、直抒胸臆抒发感情的小说写法。《萧萧》后文又有：

> 几次降霜落雪，几次清明谷雨，都说萧萧是大人了。天保佑，喝冷水，吃粗砺饭，四季无疾病，倒发育得这样快。婆婆虽生来像一把剪，把凡是给萧萧暴长的机会都剪去了，但乡下的日头同空气都帮助人长大，却不是折磨可以阻拦得住。
>
> 萧萧十四岁时高如成人，心却还是一颗糊糊涂涂的心。②

研究者禁不住对这样的叙事段落，做这样的评述：“这里作者

① 李恺玲．冲淡又深情：从小说《萧萧》谈沈从文的艺术风格［M］//邵华强．沈从文研究资料：上．北京：知识产权出版社，2011：275.

② 沈从文．萧萧［M］//沈从文．沈从文全集：第8卷 小说卷．2版．太原：北岳文艺出版社，2009：259.

简直禁不住欢喜之情，一边诅咒那剪子似的婆婆的暴虐，嘲笑那不相称的婚姻，一边为萧萧的长大喝彩。那‘有情之我’，带着满面喜色，几乎将从字里行间踊跃而出了。”① 按沈从文性情，他本意未必是在“嘲笑那不相称的婚姻”，但字里行间确实踊跃而出了一个“有情之我”。而这句“萧萧十四岁时高如成人，心却还是一颗糊糊涂涂的心”，既形象描画出了萧萧的样貌特点和懵懂未曾长大、还未成熟的心理，又为后面花狗引了萧萧做了那本不该做的事，做了铺垫。而这乡下童养媳萧萧的婆婆，似乎与萧红《呼兰河传》老胡家童养媳的婆婆，也有些形神相似，但是结果却是不同的：“婆婆虽生来像一把剪，把凡是给萧萧暴长的机会都剪去了，但乡下的日头同空气都帮助人长大，却不是折磨可以阻拦得住。”

而如果结合叙事学的研究方法，会更深彻地解释和搞清楚是什么样的“无我之境”和“有情之我”。“无我之境”指小说当中的冲淡平和之情境，对于现代作家来说，冲淡平和情境并不罕见，但沈从文是特色独具的。不妨看一下《萧萧》的开篇从第四段开始的几段，即是：

> 萧萧做媳妇时年纪十二岁，有一个小丈夫，年纪三岁。丈夫比她年少九岁，还在吃奶。地方规矩如此，过了门，她喊他做弟弟。她每天应作的事是抱弟弟到村前柳树下去玩，饿了，喂东西吃，哭了，就哄他，摘南瓜花或狗尾草戴到小丈夫头上，或者亲嘴，一面说，“弟弟，哪，啰。再来，啰。”在那满是肮脏的小脸上亲了又亲，孩子于是便笑了。孩子一欢喜，会用短短的小手乱抓萧萧的头发。那是平时不大能收拾蓬蓬松松到头上的黄发。有时垂

① 李恺玲．冲淡又深情：从小说《萧萧》谈沈从文的艺术风格［M］//邵华强．沈从文研究资料：上．北京：知识产权出版社，2011：276.

到脑后一条有红绒绳作结的小辫儿被拉，生气了，就挞那弟弟，弟弟自然嚼的哭出声来，萧萧便也装成要哭的样子，用手指着弟弟的哭脸，说，“哪，不讲理，这可不行!”

天晴落雨日子混下去，每日抱抱丈夫，也时常到溪沟里去洗衣，搓尿片，一面还捡拾有花纹的田螺给坐到身边的丈夫玩。到了夜里睡觉，便常常做世界上人所做过的梦，梦到后门角落或别的什么地方捡得大把大把铜钱，吃好东西，爬树，自己变成鱼到水中溜扒，或一时仿佛很小很轻，身子飞到天上众星中，没有一个人，只是一片白，一片金光，于是大喊“妈!”人醒了。醒来心还只是跳。吵了隔壁的人，就骂着，“疯子，你想什么!”却不作声只是咕咕笑着。也有很好很爽快的梦，为丈夫哭醒的事。那丈夫本来晚上在自己母亲身边睡，吃奶方便，但是吃多了奶，或因另外情形，半夜大哭，起来放水拉稀是常有的事。丈夫哭到婆婆不能处置，于是萧萧轻脚轻手爬起来，眼屎矇眬，走到床边，把人抱起，给他看灯光，看星光。或者仍然哰哰的亲嘴，互相觑着，孩子气的“嗨嗨，看猫呵，”那样喊着哄着。于是丈夫笑了。慢慢的阖上眼。人睡了，放上床，站在床边看着，听远处一传一递的鸡叫，知道天快到什么时候了。于是仍然蜷到小床上睡去。天亮了，虽不做梦，却可以无意中闭眼开眼，看一阵空中黄金颜色变幻无端的葵花。

萧萧嫁过了门，做了拳头大丈夫的媳妇，一切并不比先前受苦，这只看她半年来身体发育就可明白。风里雨里过日子，像一株长在园角落不为人注意的萆麻；大叶大枝，日增茂盛。这小女人简直是全不为丈夫设想那么似的长大起来了。①

我们看这里，萧萧做媳妇时，年纪十二岁，而丈夫竟然只有三岁，这就形成了不合常规的年龄差。而我们有理由相信，这样的媳妇大、丈夫小，在当地并不反常，它是合常规的，或者说是一种风俗习惯——“地方规矩如此”。这里，作家沈从文没有像诉述“凄切的孤单”的郁达夫等五四作家那样，大发议论或者对这样的婚俗加以评述，或是横加道德判断，沈从文在小说里隐身得很好，我们看不到作者尤其是隐含作者对叙事的干预。萧萧每天应做的事是抱了被唤作“弟弟”的小丈夫，到村前柳树下去玩，“饿了，喂东西吃，哭了，就哄他，摘南瓜花或狗尾草戴到小丈夫头上，或者亲嘴”……这样的情境，更像是姐姐和弟弟的日常生活场景，隐含作者、叙述人未做任何的主观干预，就是那么自然、客观地叙述着，读来甚至感觉是不失美好的、生动感人的乡村生活场景。萧萧在小丈夫那满是肮脏的小脸上亲了又亲的举动，小丈夫的笑、抓萧萧的头发，小丈夫拉她的小辫儿，她打小丈夫，小丈夫哭出来，萧萧便也装成要哭的样子，跟弟弟煞有介事地讲道理“不讲理，这可不行!”十二岁的萧萧哄三岁的小丈夫，这样的哄法，是符合萧萧这个年纪的女孩子的心理的。十二岁的她装成要哭的样子，是拿小丈夫当弟弟来“哄”，却又要三岁的小丈夫“讲理”，这又有点把小丈夫当成与自己年纪一样大来说理的意思，还有点小孩过家家的味道，不失童趣。作家沈从文，确切地说是隐含作者，是用了符合人物萧萧、小丈夫年纪的视点，而不是成人的视角来叙述，才会取得这样的叙事效果。

而夜里萧萧做梦的描写，也全是采取与萧萧这个人物相一致的

---

① 沈从文. 萧萧［M］//沈从文. 沈从文全集：第8卷 小说卷. 2版. 太原：北岳文艺出版社，2009：251－253.

感知视点，再加上一个乡村十二岁女孩子的世界观视点（还有一些兴趣视点）来叙述的。而丈夫竟然还是“本来晚上在自己母亲身边睡，吃奶方便”，这本身就够戏谑了，可是隐含作者竟然没有加以什么议论或者说是叙事干预，“丈夫哭到婆婆不能处置，于是萧萧轻脚轻手爬起来，眼屎朦胧，走到床边，把人抱起，给他看灯光，看星光”……等小丈夫“丈夫笑了。慢慢的阖上眼”，萧萧似乎可以松口气了，其实我们读来似乎没有感觉到萧萧从中觉得有什么辛苦或者违拗自己、勉强自己的意思。萧萧做这一切，平平常常，冲淡平和，所以情境和意境便也冲淡平和。“人睡了，放上床，站在床边看着，听远处一传一递的鸡叫，知道天快到什么时候了。于是仍然蜷到小床上睡去。天亮了，虽不做梦，却可以无意中闭眼开眼，看一阵空中黄金颜色变幻无端的葵花。”这段文字，叙述人所采用的叙述视角，完全是人物萧萧的，“人睡了”的“人”，是三岁的小丈夫，是萧萧把他放上床，却又不忍也就离去，仍然站在床边看着，这份对小丈夫的关心，倒比小丈夫的母亲对亲生的儿子更好、更甚，这像姐姐又像母亲的小媳妇萧萧，没来由就让我们替她心疼，至少被她的对小丈夫近乎“慈爱”般的感情所打动。而后来的萧萧又蜷到小床上睡去，天已然放亮，萧萧“无意中闭眼开眼”，一幅漫漫长夜过去、已经不能再深睡的景象，跃然纸上。如果换作“个人自叙传”式写法的郁达夫等人，那恐怕是要加一番评说或者议论的，沈从文却没有。即使是最后一句，“这小女人简直是全不为丈夫设想那么似的长大起来了”，也不是隐含作者直抒胸臆式的议论，这里面显然有一个“有情之我”，但所采用的叙述视角，其实更似取自萧萧周围的人的眼光。这段小说叙事，是散文化的，抒情的，情境冲淡平和，意境恬淡和融；不止如此，你读来会产生强烈的现场真实感和艺术真实感，文学性与艺术性丰沛。能够如此，一个重要原因就是叙述人采用了人物的感知视点、世界观视点和兴趣视点来叙述，小说在限制性叙事方面有了长足的进步。

萧萧被花狗引诱了，怀孕了，这本该沉潭或者发卖的命运，是怎样得以逃脱的呢？不止是乡俗乡情的因素可考，我们来看《萧萧》中叙述人的叙述视角和具体所做的叙述，尤其是这叙述里面所隐含一个“有情之我”的隐含作者（以及真实作者沈从文）：

> 萧萧步花狗后尘，也想逃走，收拾一点东西预备跟了女学生走的那条路上城。但没有动身，就被家里人发觉了。
>
> 家中追究这逃走的根源，才明白这个十年后预备给小丈夫生儿子继香火的萧萧肚子，已被另外一个人抢先下了种。这真是了不得的大事。一家人的平静生活为这一件事全弄乱了。生气的生气，流泪的流泪。悬梁，投水，吃毒药，诸事萧萧全想到了，年纪太小，舍不得死，却不曾做。于是祖父想出了个聪明主意，把萧萧关在房里，派两人好好看守着，请萧萧本族的人来说话，看是沉潭还是发卖？萧萧家中人要面子，就沉潭淹死，舍不得死就发卖。萧萧既只有一个伯父，在近处庄子里为人种田，去请他时先还以为是吃酒，到了才知道是这样丢脸事情，弄得这家长手足无措。
>
> 大肚子作证，什么也没有可说。伯父不忍把萧萧沉潭，萧萧当然应当嫁人作二路亲了。
>
> 这处罚好像也极其自然，照习惯受损失的是丈夫家里，然而却可以在改嫁上收回一笔钱，当作赔偿损失的数目。那伯父把这事告给了萧萧，就要走路。萧萧拉着伯父衣角不放，只是幽幽的哭，伯父摇了一会头，一句话不说，仍然走了。
>
> 没有相当的人家来要萧萧，就仍然在丈夫家中住下。这件事情既经说明白，倒又像不什么要紧，大家反而释然

了。先是小丈夫不能再同萧萧在一处，到后又仍然如月前情形，姊弟一般有说有笑的过日子了。

丈夫知道了萧萧肚子中有儿子的事情，又知道因为这样萧萧才应当嫁到远处去。但是丈夫并不愿意萧萧去，萧萧自己也不愿意去，大家全莫名其妙，像逼到要这样做，不得不做。

在等候主顾来看人，等到十二月，还没有人来。

萧萧次年二月间，坐草生了一个儿子，团头大眼，声响宏壮，大家把母子二人照料得好好的，照规矩吃蒸鸡同江米酒补血，烧纸谢神。一家人都欢喜那儿子。

生下的既是儿子，萧萧不嫁别处了。

到萧萧正式同丈夫拜堂圆房时，儿子年纪十岁，已经能看牛割草，成为家中生产者一员了。平时喊萧萧丈夫做大叔，大叔也答应，从不生气。

这儿子名叫牛儿。牛儿十二岁时也接了亲，媳妇年长六岁。媳妇年纪大，方能诸事作帮手，对家中有帮助。唢呐吹到门前时，新娘在轿中呜呜的哭着，忙坏了那个祖父，曾祖父。

这一天，萧萧抱了自己新生的月毛毛，却在屋前榆蜡树篱笆看热闹，同十年前抱丈夫一个样子。①

萧萧肚子，已被另外一个人抢先下了种——这真是了不得的大事。一家人的平静生活为这一件事全弄乱了。生气的生气，流泪的流泪。萧萧想死，奈“年纪太小，舍不得死”——这话多么实在，就是一个十二三岁女孩子的真实情状。“于是祖父想出了个聪明主

① 沈从文．萧萧［M］//沈从文．沈从文全集：第8卷 小说卷．2版．太原：北岳文艺出版社，2009：263－264.

意”，“把萧萧关在房里，派两人好好看守着”——以示重视这件事以及这件事的严重性不容怀疑，但他又把难题交给了萧萧本族人：“请萧萧本族的人来说话，看是沉潭还是发卖?”这首先就说明他没有要置萧萧于死地的想法，他推给萧萧本族家长来决定，既不用自己来面对这个难题，而且还给萧萧脱罪和免于处罚有了转圜的余地。果然不出所料，“伯父不忍把萧萧沉潭，萧萧当然应当嫁人作二路亲了”。“没有相当的人家来要萧萧，就仍然在丈夫家中住下。”很有意思，不是被休回家去，是仍然在丈夫家中住下，却又没有合适的改嫁的人家，好像这些都没有什么打紧——“这件事情既经说明白，倒又像不什么要紧，大家反而释然了”。先前的每日抱抱丈夫，去洗衣，搓尿片，已与小丈夫积下了深厚的感情。“但是丈夫并不愿意萧萧去，萧萧自己也不愿意去，大家全莫名其妙，像逼到要这样做，不得不做。”这“大家全莫名其妙，像逼到要这样做，不得不做”，据说到了 1957 年的修订本上，作者沈从文竟然直接把这个意思进一步挑明道：

> 照习惯，沉潭多是读过“子曰”的族长爱面子才作的蠢事。伯父不读“子曰”，不忍把萧萧当牺牲。
>
> 大家全莫名其妙，只是照规矩逼到这样做，不得不做，究竟是谁定的规矩，是周公呢还是周婆，也没人说的清楚。①

其实，倒是初版本，更加留白，也更有韵味，那隐在文字后面、没有说出的原因，更加繁富和有意味。“萧萧次年二月间，坐草生了一个儿子，团头大眼，声响宏壮，人家把母子二人照料得好

① 李恺玲．冲淡又深情：从小说《萧萧》谈沈从文的艺术风格［M］//邵华强．沈从文研究资料：上．北京：知识产权出版社，2011：277.

好的，照规矩吃蒸鸡同江米酒补血，烧纸谢神。一家人都欢喜那儿子。”这文字里的温情，一家人的和睦，不消多说，也很清楚了。最最关键的是，大家还有了萧萧留下了、不嫁别处的理由——“生下的既是儿子，萧萧不嫁别处了”。这理由，最响当当，也让大家都能心安理得。儿子是可以成为家中生产者一员的，这是乡间极为看重的。儿子十岁时，萧萧同小丈夫拜堂圆房，这个名叫牛儿的儿子十二岁时也接了亲——年长六岁的媳妇。媳妇年纪大，才能“对家中有帮助”——这是多么实际的考虑。“唢呐吹到门前时，新娘在轿中呜呜的哭着，忙坏了那个祖父，曾祖父。”“这一天，萧萧抱了自己新生的月毛毛，却在屋前榆蜡树篱笆看热闹，同十年前抱丈夫一个样子。”日常生活的温情，人情，一样不缺，简单素朴的文字里，甚至还有着微妙而颇有点不可思议的意趣。是故，夏志清在论述沈从文的《萧萧》这段文字时会说：“萧萧所处的是一个原始社会，所奉信的也是一种残缺偏差的儒家伦理标准。可是，事发后，她虽然害怕家庭的责难和惩罚，但这段时间并不长，而且，也没有在她身心留下什么损害的痕迹。读者看完这小说后，精神为之一爽，觉得在自然之下，一切事物，就应该这么自然似的。”①

文字冲淡平和或是清新幽默，择取字词也无不“恰当”，字里行间都有一个“有情之我”，除了叙述方面的技巧，这是由沈从文自有和独具的美学主张与美学追求造成的。著名的沈从文研究专家凌宇先生就明确指出了沈从文十分重视情感在艺术创作中的作用，沈从文自己更是将文学创作视为“情绪的体操”。凌宇认为，沈从文的意图就是对湘西村镇、码头的“人事哀乐、景物印象，试作综合处理，看是不是能产生点散文诗效果”，沈从文“作品一例浸透了一种‘乡土抒情诗’气氛”。在凌宇看来，在沈从文这里，情感

---

① 夏志清. 中国现代小说史［M］. 刘绍铭，等，译. 上海：复旦大学出版社，2005：142.

已不是一种即兴的点缀，其起伏变化已经成为创作时贯穿始终的重要线索。凌宇认为“人的平凡哀乐得失，即人的情感的转移变化，只有用诗人的感情去接触，才能捕获；只有用诗的抒情去表达，才能曲尽”，在凌宇看来这是基于沈从文对各个艺术门类——文学、绘画、数学、音乐等在表达人的情感变化方面利钝的认识①：

> 表现一抽象美丽印象，文字不如绘画，绘画不如数学，数学似乎又不如音乐。因为大部分所谓“印象动人”，多近于从具体事实感官经验而得到。这印象用文字保存，虽困难尚不十分困难。但由幻想而来的形式流动不居的美，就只有音乐，或宏壮，或柔静，同样在抽象形式中流动，方可望能将它好好保存并加以重现。
>
> 试举一例。仿佛某时、某地、某人，微风拂面，山花照眼，河水浑浊而有生气，上浮着菜叶。有小小青蛙在河畔草丛间跳跃，远处母黄牛在豆田阡陌间长声唤子。上游或下游不知谁处有造船人斧斤声，遥度山谷而至。河边有紫花、红花、白花、蓝花，每一种花每一种颜色都包含一种动人的回忆和美丽联想。试摘蓝花一束，抛向河中，让它与菜叶一同逐流而去，再追索这花色香的历史，则长发、清眸、粉脸、素足，都一一于印象中显现。似陌生、似熟习，本来各自分散，不相粘附，这时节忽拼合成一完整形体，美目含睇，手足微动，如闻清歌，似有爱怨。……稍过一时，一切已消失无余，只觉一白鸽在虚空飞翔。在不占据他人视线与其他物质的心的虚空中飞翔，一片白光荡摇不定。无声、无香，只一片白。《法华经》虽有对于这种情绪极美丽形容，尚令人感觉文字大不济

① 凌宇. 从边城走向世界［M］. 修订本. 长沙：岳麓书社，2006：158－159.

> 事，难于捕捉这种境界。……又稍过一时，明窗绿树，已成陈迹。惟窗前尚有小小红花在印象中鲜艳夺目，如焚如烧。这颗心也同样如焚如烧。……唉，上帝。生命之火燃了又熄了，一点蓝焰，一堆灰。谁看到？谁明白？谁相信？
>
> 我说的是什么？凡能著于文字的事事物物，不过一个人的幻想之糟粕而已。①

沈从文曾援引美籍华人数学家钟开莱教授的话说：数学研究到达自由之境，就像写抒情诗。但是这里，沈从文却说文字不如绘画，绘画不如数学，数学似乎又不如音乐。所以凌宇认为：“在表达人的感情的精微变化方面，沈从文将音乐的效力置于其他艺术门类之上。他将文学创作视为‘情绪的体操’，要求容许作者注入‘诗的抒情’，也许就因为在他看来，在以文字为工具的文学诸样式中，只有抒情诗才逼近音乐？然而，即使音乐，也非万能。美达到极致，连音乐也将无能为力”；“在至美面前，最好是无声。情生于声，情生于无声”。② 根据沈从文所说：“一切优秀作品的制作，离不了手与心。更重要的，也许还是培养手与心那个‘境’，一个比较清虚寥廓，具有反照反省能够消化现象与意象的境。”③ 在凌宇看来，“这已经不是现实世界纯客观反照的物境，而是消化了现象与意象的，能够使人反照反省，引起情感共鸣的境。这便是情境或意境。境由情显，情因境生。”④对于创作，沈从文提出的是类乎这

---

① 沈从文. 烛虚［M］//沈从文. 沈从文全集：第12卷 散文卷. 2版. 太原：北岳文艺出版社，2009：25－26.

②④ 凌宇. 从边城走向世界［M］. 修订本. 长沙：岳麓书社，2006：160－161.

③ 沈从文. 从徐志摩作品学习“抒情”［M］//沈从文. 沈从文全集：第16卷 文论卷. 2版. 太原：北岳文艺出版社，2009：257.

样的具体要求：“他并不学画，他所选择的人事，常如一幅凸出的人生活动画图，与画家所注意的相暗合。他把一切官能很贪婪的去接近那些小事情，去称量那些小事情在另外一种人心中所有的分量，也如同他看书时称量文字一样。他喜欢一切，就因为当他接近他们时，他已忘了还有自己的身分存在。”① 而沈从文对电影文学剧本的改评，亦可以看出他是如何以音乐来补足他自觉的文字所不能表达的部分和情绪、情感：

> 歌声在继续……（似以充分利用自然界的各种声音易出效果。还需要尽可能时间少些，照目下习惯，都多了些。如配音可能用小芦管好听，生生不成节奏，效果反而好些。否则用笛声，也得形成一种短笛无声代口吹的情形，用唢呐等交替使用，形成素朴静寂效果，且必须形成这个气氛，反映小城应有的静。）②

《边城》电影文学剧本由姚云、李隽培改编。沈从文曾写信给作家姚云，除对剧本表示肯定外，还在剧本中写了许多具体的改评意见。括号中即是他的改评文字，从中我们可以看到他对于音乐独具的鉴赏力，对于音乐的倚重，和希望以音乐来表达和补足文字言不尽意的地方……尽管我们一直觉得他的文字够有意境、情境，并能情景交融，足够感人和动人了，沈从文自己仍然是不满足于仅靠文字表现一种意境和情境。沈从文早期即开始坚持，同时也是他最重要的一个美学主张，他自认自己的文章和文学创作是“情绪的体

---

① 沈从文．谈创作［M］//沈从文．沈从文全集：第17卷　文论卷．2版．太原：北岳文艺出版社，2009：197．

② 沈从文．对《边城》电影文学剧本的改评［M］//沈从文．沈从文全集：第8卷　小说卷．2版．太原：北岳文艺出版社，2009：156．

操”：“我文章并无何等哲学，不过是一堆习作，一种‘情绪的体操’罢了。是的，这是一种体操，属于精神或情感那方面的。一种使情感‘凝聚成为渊潭，平铺成为湖泊’的体操。一种‘扭曲文字试验它的韧性，重摔文字试验它的硬性’的体操。”“你不妨学学情绪的散步，从从容容，五十米，两百米，一哩，三哩，慢慢的向无边际一方走去。”“你得学控驭感情，才能够运用感情。你必须静，凝眸先看明白了你自己。你能够冷方会热。”“一个习惯于情绪体操的作者，服侍文字必觉得比服侍女人还容易。”① 他给出的关于“情绪的体操”的写作的意见是：

> 你问我关于写作的意见，属于方法与技术上的意见，我可说的还是劝你学习学习一点“情绪的体操”，让它把你十年来所读的书消化消化，把你十年来所见的人事也消化消化。你不妨试试看。把日子稍稍拉长一点，把心放静一点。到你能随意调用字典上的文字，自由创作一切哀乐故事时，你的作品就美了，深了，而且文字也有热有光了。你不用害怕空虚，事实上使你充实结实还靠得是你个人能够不怕人事上“一切”。你不妨为任何生活现象所感动，却不许被那个现象激发你到失去理性。你不妨挥霍文字，浪费词藻，却不许自己为那些华丽壮美文字脸红心跳。你写不下去，是不是？照你那方法自然无可写的。你得习惯于应用一切官觉，就因为写文章原不单靠一只手。你是不是尽嗅觉尽了他应尽的义务，在当铺朝奉以及公寓伙计两种人身上，辨别得出他们那各不相同的味儿？你是不是睡过五十种床，且曾经温习过那些床铺的好坏？你是

---

① 沈从文. 情绪的体操［M］//沈从文. 沈从文全集：第 17 卷　文论卷. 2 版. 太原：北岳文艺出版社，2009：216－218.

不是……？①

关于写作，你得能随意调用字典上的字，“你不妨为任何生活现象所感动，却不许被那个现象激发你到失去理性”，感动到失去理性，对于“情绪的体操”也是不宜的，可见“情绪的体操”式写作之难了。“你不妨挥霍文字，浪费词藻”，这一点，在沈从文的小说中，是，也不是。说不是，是因为沈从文在写一些情境和意境的时候，字句用得又准又诗情满溢。说是，是因为沈从文的确在书写情境和意境的时候，很舍得用墨，其小说的散文化和诗化，也盖由此生。有些小说，沈从文真是舍得挥霍文字、浪费词藻。比如《龙朱》、《媚金·豹子·与那羊》、《三三》和《会明》等。这几篇小说都并不以情节胜，并不能以有着完整因果链的开端、发展、高潮、结局这一传统情节观来观之和诠释。小说几乎都是在挥斥自如地“挥霍文字、浪费词藻”当中，调度着人物的情绪和情感。在一种“情绪的体操”中，把形神俱美甚至极具悲剧性美的故事呈现出来。这样的本领，除了沈从文，很难想象还有谁可以这样掌控自如。悲与不悲，都不失诗情画境。

郁达夫是一个孤独者、“零余者”，在沈从文研究专家凌宇看来，沈从文也是一个在内心深处时时感到孤独与寂寞的人，他的《从边城走向世界》第一章就是“他走着一条孤独的人生之路”。沈从文的孤独感，有时甚至强烈到铭心刻骨的程度，但沈从文的人生经历和个人的气质禀赋，使他在小说中，以与郁达夫不一样的情致，去承接了从中国古代逶迤至现代的抒情传统，他的身世和有苗族血缘，使他获取了很是不同的看取问题的眼光。他的小说如此大量地以湘西为背景，并且把少数民族的人生命运作为取材对象。

---

① 沈从文．情绪的体操［M］//沈从文．沈从文全集：第17卷 文论卷．2版．太原：北岳文艺出版社，2009：218－219.

1902年12月28日凌晨，沈从文在靠近湘、川、黔三省边界的一个小小山城——湖南凤凰县城的沈家诞生了。祖父沈洪富曾因军功先后任云南昭通镇守使、贵州提督。后回乡死去，没有留下子息，祖母便为住在乡下的叔祖沈洪芳娶了一个年轻的苗族姑娘，生下两个儿子，将老二过继做儿子，这就是沈从文的父亲。由于当时对少数民族的歧视，凡与苗民所生子女不能参与文武科举，那个年轻苗族妇人，即沈从文嫡亲祖母便被远远嫁去，却在乡下为她立了个假坟。沈从文四五岁时，还在坟前磕过头。但是直到沈从文二十岁离开湘西时，才从父亲口里知道了这个悲惨故事的始末。所以凌宇说："也许，他后来对少数民族人生命运的强烈关注和对少数民族问题提出的只眼独具的意见，应该直接溯源于他的这种苗族血缘。"①

苗族血缘，和湘西特殊的人文环境——这里本就是屈原《楚辞》取材和诞生的地方。从陈世骧对于抒情传统的论述、陈平原对中国小说叙事模式的转变的论述，我们都知道《楚辞》在中国文学抒情传统中是一个重要的源头。今处古时的源头，必然可以在好多事上"可以由今会古"。晚年在《答凌宇问》中，当被问及："理解您的作品，您的哪些文章比较重要？"沈从文答："主要是四个题记：《边城》题记、《长河》题记、《从文小说习作选》代序、《沈从文小说选集》题记。另外还有《湘西》题记。"②《湘西》题记中有：

> 这是古代荆蛮由云梦洞庭湖泽地带被汉人逼迫退守的一隅。地有五溪，"五溪蛮"的名称即由此而来，传称马

---

① 凌宇. 从边城走向世界［M］. 修订本. 长沙：岳麓书社，2006：2-3.

② 沈从文. 答凌宇问［M］//沈从文. 沈从文全集：第16卷 文论卷. 2版. 太原：北岳文艺出版社，2009：525.

> 援征蛮，困死于壶头山。壶头山在沅水中部，因此沅水流域每一县城都有一伏波宫。春秋时被放逐的楚国诗人屈原，驾舟溯流而上，许多地方还约略可以推测得出。便是这个伟大诗人用作题材的山精洞灵，篇章中常借喻的臭草香花，也俨然随处可以发现。尤其是与《楚辞》不可分的酬神宗教仪式，据个人私意，如用凤凰县大傩酬神仪式作根据，加以研究比较，必尚有好些事可以由今会古。①

正如沈从文在《湘西》题记开篇即说：“我这本小书只能说是湘西沅水流域的杂记，书名用‘沅水流域识小录’，似乎还切题一点。”② 又：“我生长于凤凰县，十四岁后在沅水流域上下千里各个地方大约住过七年，我的青年人生教育恰如在这条水上毕的业。我对于湘西的认识，自然较偏于人事方面。活在这片土地上的老幼贵贱，生死哀乐种种状况，我因性之所近，注意较多。”③ 而沈从文在《废邮存底》里有一篇，专门谈他自己的写作与水的关系：

> 在我一个自传里，我曾经提到过水给我的种种印象。檐溜，小小的河流，汪洋万顷的大海，莫不对于我有过极大的帮助，我学会用小小脑子去思索一切，全亏得是水，我对于宇宙认识得深一点，也亏得是水。
>
> “孤独一点，在你缺少一切的时节，你就会发现原来还有个你自己。”这是一句真话。我有我自己的生活与思

① 沈从文.《湘西》题记［M］//沈从文. 沈从文全集：第11卷 散文卷. 2版. 太原：北岳文艺出版社，2009：327－328.

② 沈从文.《湘西》题记［M］//沈从文. 沈从文全集：第11卷 散文卷. 2版. 太原：北岳文艺出版社，2009：327.

③ 沈从文.《湘西》题记［M］//沈从文. 沈从文全集：第11卷 散文卷. 2版. 太原：北岳文艺出版社，2009：329.

想，可以说是皆从孤独得来的。我的教育，也是从孤独中得来的。然而这点孤独，与水不能分开。①

沈从文这样说，当然不是空穴来风，这与水的关系，首先就是他最为深切的童年记忆的一部分：

年纪六岁七岁时节，私塾在我看来实在是个最无意思的地方。我不能忍受那个逼窄的天地，无论如何总得想出方法到学校以外的日光下去生活。大六月里与一些同街比邻的坏小子，把书篮用草标各作下了一个记号，搁在本街土地堂的木偶身背后，就洒着手与他们到城外去，攒入高可及身的禾林里，捕捉禾穗上的蚱蜢，虽肩背为烈日所烤炙，也毫不在意。耳朵中只听到各处蚱蜢振翅的声音，全个心思只顾去追逐那种绿色黄色跳跃伶便的小生物。到后看看所得来的东西已尽够一顿午餐了，方到河滩边去洗濯，拾些干草枯枝，用野火来烧烤蚱蜢，把这些东西当饭吃。直到这些小生物完全吃尽后，大家于是脱光了身子，用大石压着衣裤，各自从悬崖高处向河水中跃去。就这样泡在河水里，一直到晚方回家去，挨一顿不可避免的痛打。有时正在绿油油禾田中活动，有时正泡在水里，六月里照例的行雨来了，大的雨点夹着吓人的霹雳同时来到，各人匆匆忙忙逃到路坎旁废碾坊下或大树下去躲避，雨落得久一点，一时不能停止，我必一面望着河面的水泡，或树枝上反光的叶片，想起许多事情。……所捉的鱼逃了，所有的衣湿了，河面溜走的水蛇，钉固在大腿上的蚂蟥，

① 沈从文．我的写作与水的关系［M］//沈从文．沈从文全集：第 17 卷 文论卷．2 版．太原：北岳文艺出版社，2009：206.

> 碾坊里的母黄狗，挂在转动不已大水车上的起花人肠子，因为雨，制止了我身体的活动，心中便把一切看见的经过的皆记忆温习起来了。①

童年戏水的经历，不仅养成了他的童年记忆，而且培养了他擅心理活动的性情。雨中逃学，回到家中时，便更容易被罚跪在仓屋中。“在那间空洞寂寞的仓屋里，听着外面檐溜滴沥声，我的想象力却更有了一种很好训练的机会。我得用回想与幻想补充我所缺少的饮食，安慰我所得到的痛苦。我因恐怖得去想一些不使我再恐怖的生活，我因孤寂又得去想一些热闹事情方不至于过分孤寂。”“到十五岁以后，我的生活同一条辰河无从离开，我在那条河流边住下的日子约五年。这一大堆日子中我差不多无日不与河水发生关系。”“从汤汤流水上，我明白了多少人事，学会了多少知识，见过了多少世界！我的想象是在这条河水上扩大的。我把过去生活加以温习，或对未来生活有何安排时，必依赖这一条河水。”

> 再过五年，我手中的一支笔，居然已能够尽我自由运用了，我虽离开了那条河流，我所写的故事，却多数是水边的故事。故事中我所最满意的文章，常用船上水上作为背影，我故事中人物的性格，全为我在水边船上所见到的人物性格。我文字中一点忧郁气分，便因为被过去十五年前南方的阴雨天气影响而来，我文字风格，假若还有些值得注意处，那只因为我记得水上人的言语太多了。②

---

① 沈从文．我的写作与水的关系［M］//沈从文．沈从文全集：第 17 卷 文论卷．2 版．太原：北岳文艺出版社，2009：206－208．

② 沈从文．我的写作与水的关系［M］//沈从文．沈从文全集：第 17 卷 文论卷．2 版．太原：北岳文艺出版社，2009：209．

再过五年后，移居海边。“海既那么宽泛无涯无际，我对人生远景凝眸的机会便较多了些。海边既那么寂寞，他培养了我的孤独心情。海放大了我的感情与希望，且放大了我的人格。”①

被陈世骧译作“楚地哀歌”的《楚辞》，也被他认为是代表了抒情的另一个主要方向（《诗经》是一个主要方向）。我们毫不怀疑《楚辞》与水的关系，这产生《楚辞》的湘西之水，贯通古今，也影响着后来的沈从文的人生成长经历和他那艺术家的气质禀赋的生成。中国文学的抒情传统，经由水的流动，也帮助沈从文“作着那种横海扬帆的远梦”，使他能够自由运用手中的一支笔，写作水边的故事，常用船上水上作为背影，也多写水边船上的人物和人物的性格，甚至文字中的一点忧郁气息和成分，都被沈从文说是由多年以前南方的阴雨天气影响而来。

把文学创作视为“情绪的体操”，与沈从文对艺术美的潜心探究是一致的。如凌宇所说，沈从文没有专门的文艺理论或美学著述，他谈艺术、谈创作的文字却并不少见，如《废邮存底》《烛虚》《水云》集等，以及他自己提及的几个重要题记——《〈边城〉题记》《〈从文小说习作选〉代序》《〈长河〉题记》《〈沈从文小说选集〉题记》，等等。此外，他还留下了近二十篇中国现代作家论。凌宇认为，沈从文提出了“美在‘生命’”的美学命题。针对沈从文的主张：“我只想造希腊小庙。选山地作基础，用坚硬石头堆砌它。精致，结实，匀称，形体虽小而不纤巧，是我理想的建筑。这神庙供奉的是‘人性’。”“我要表现的本是一种‘人生的形式’，一种‘优美，健康，自然，而又不悖乎人性的人生形式’。”②

---

① 沈从文．我的写作与水的关系［M］//沈从文．沈从文全集：第 17 卷 文论卷．2 版．太原：北岳文艺出版社，2009：209－210．

② 沈从文．习作选集代序［M］//沈从文．沈从文全集：第 9 卷 散文卷．2 版．太原：北岳文艺出版社，2009：2，5．

凌宇认为：“美不在生活，而在生命。生命的本质，首先表现为摆脱金钱、权势，符合人的自然本性，文学艺术的美，首先产生于对这种自然人性的表现”。① 我们进一步可以说，沈从文其实也重视生活之美，他着意表达的是美在生活，美更在生命和生命本身。

前面讲过，王德威在他的著作《抒情传统与中国现代性》序论《“有情”的历史：抒情传统与中国文学现代性》里第一小节《“有情”的历史》当中，首提即是：1961 年夏天，沈从文写下《抽象的抒情》。然后引出沈从文默默思考“抽象的抒情”的同时，海外的中国学界已经兴起一股抒情论述的风潮，在美国的陈世骧教授的系列文字，同在美国的高友工教授又进一步扩展，另外还有捷克学者普实克等人——“沈从文、陈世骧外加唐君毅、徐复观、胡兰成、高友工等人的抒情论述其实应该视为 20 世纪中期中国文学史的一场重要事件”。而在这部著述的第二讲《沈从文的三次启悟》，以时间为线，借“三次启悟”来说明沈从文“抽象的抒情”的信念的形成和坚持。王德威具体阐述和论析沈从文“抽象的抒情”的文字不算很多，但是，基本的理路是清晰的。在研读沈从文文论的过程中，笔者业已发现沈从文在 20 世纪 40 年代初就已经开始思考和形成“抽象的抒情”的抒情美学和艺术主张。前文引述《烛虚》时其实已经触及了这个问题：

> 宇宙实在是个极复杂的东西，大如太空列宿，小至蚍蜉蝼蚁，一切分裂与分解，一切繁殖与死亡，一切活动与变易，俨然都各有秩序，照固定计划向一个目的进行。然而这种目的，却尚在活人思索观念边际以外，难于说明。人心复杂，似有过之无不及。然而目的却显然明白，即求生命永生。永生意义，或为生命分裂而成子嗣延续，或凭

---

① 凌宇. 从边城走向世界［M］. 修订本. 长沙：岳麓书社，2006：138.

> 不同材料产生文学艺术。也有人仅仅从抽象产生一种境界，在这种境界中陶醉，于是得到永生快乐的。
>
> 我不懂音乐，倒常常想用音乐表现这种境界。正因为这种境界，似乎用文字颜色以及一切坚硬的物质材器通通不易保存（本身极不具体，当然不能用具体之物保存）。如知和声作曲，必可制成比写作十倍深刻完整动人乐章。
>
> 表现一抽象美丽印象，文字不如绘画，绘画不如数学，数学似乎又不如音乐。因为大部分所谓“印象动人”，多近于从具体事实感官经验而得到。这印象用文字保存，虽困难尚不十分困难。但由幻想而来的形式流动不居的美，就只有音乐，或宏壮，或柔静，同样在抽象形式中流动，方可望能将它好好保存并加以重现。①

此乃《烛虚》之五，此篇发表于1940年9月14日香港《大公报·文艺》。所以，王德威说在20世纪40年代初期，沈从文在生活和创作上都经历了巨大的考验：“沈从文在这些年里面，由一个享有盛名的乡土作家，逐渐朝向富有抽象层面的抒情美学来转折。像他在40年代初期所写作的《看虹录》、《摘星录》这些作品，我们大概不太常读，却在在说明了他对文字本身‘具象’以及‘表意’功能的怀疑，还有对于作家在历史洪流里面怎么安顿自己的立场，做出重新思考。”② 王德威敏锐地意识到了20世纪40年代初，沈从文对文字的功能，亦即对文字展现、演绎现实的功能的认识已经开始转变，这固然与现实带给沈从文的考验和思考有关，但“抽

---

① 沈从文．烛虚［M］//沈从文．沈从文全集：第12卷 散文卷．2版．太原：北岳文艺出版社，2009：24－25.

② 王德威．抒情传统与中国现代性：在北大的八堂课［M］．北京：生活·读书·新知三联书店，2010：101.

象的抒情”并非仅是与国族政治相关联的命题。其实，在20世纪40年代初的时候，“抽象的抒情”，与他早期关于文学创作是“情绪的体操”，他的抒情美学的主张“美在生命”，以及他致力于探索艺术美还是息息相关的。尽管如此，王德威对“抽象的抒情”的阐发，还是富有启发性的：

> 沈从文特别强调工艺美术，尤其是日常生活的工艺美术，所带给一般中国人的新的心灵启发。还有音乐，对于沈从文来讲，是所有艺术媒介里面最抽象，但是也最重要的一种形式。在这里“形式”这个词必须一再地强调，因为它恰巧和我们刚才所说的“抽象”这两个字做出相辅相成的定义。“抽象”，给我们的感觉好像是一种完全虚无缥缈、空中楼阁似的一种想象。但是沈从文的“抽象”并不止于此。对他而言，“抽象”的“象”字是特别有意义的。怎样从现实的实像中抽离出来，以作家或艺术家个人感官以及情致的触知，来重新梳理各种素材，形成一种新的艺术形式，这是他所谓“抽象”的一个必要的过程。所以“抽象”不是坐在书桌前胡思乱想，而是一种生活素材的再创造，从紊乱中建立一种艺术秩序的过程。而这个媒介或形式，未必与现实中所观察或所感触的经验做出严丝合缝的对应；它是一种诉诸个人、社会以及世界相互对话后的一个艺术性的产物。沈从文希望借这样一个“抽象的抒情”的形式，来面对历史的暴力，强调即使个人处在时代风暴里，也仍然有他自为的可能性。外面的世界如此混乱，但借着我们自己身边随时可以触及的生活材料，形成艺术造象，我们仍然能建立一个小的、有条理地安顿生命的方式——并由此扩及到家国社会。这是他认为知识分子

所应该负担的责任。①

王德威当然是从国族政治领域和角度来理解“抽象的抒情”的，但这里他所讲的“抽象”和“抽象的抒情”，就更加接近于沈从文1961年写作的《抽象的抒情》中所表达的：

> 生命在发展中，变化是常态，矛盾是常态，毁灭是常态。生命本身不能凝固，凝固即近于死亡或真正死亡。惟转化为文字，为形象，为音符，为节奏，可望将生命某一种形式，某一种状态，凝固下来，形成生命另外一种存在和延续，通过长长的时间，通过遥遥的空间，让另外一时另一地生存的人，彼此生命流注，无有阻隔。文学艺术的可贵在此。文学艺术的形成，本身也可说即充满了一种生命延长扩大的愿望。至少人类数千年来，这种挣扎方式已经成为一种习惯，得到认可。②

这段文字，我们依然可见沈从文早期的抒情美学主张的遗留，但是，文字的底色已经比他写于1940年的《烛虚》（之三是1939年）苍凉了许多，也不复是他早期创作和文学主张中更倾向于和强调“诗情”“美在生命”“情绪的体操”等，纯文学、纯艺术的阐发淡化了许多，甚至有今昔相异之感。王德威的理解当然是有其合理性的，张新颖则在对《抽象的抒情》的分析当中，几乎是逐字逐

---

① 王德威．抒情传统与中国现代性：在北大的八堂课［M］．北京：生活·读书·新知三联书店，2010：103.

② 沈从文．抽象的抒情［M］//沈从文．沈从文全集：第16卷　文论卷．2版．太原：北岳文艺出版社，2009：527.

句解析了沈从文在《抽象的抒情》当中纠结于心的思考。① 而《抽象的抒情》开篇两行题记：

> 照我思索，能理解“我”。
> 照我思索，可认识“人”。

不可谓不是显示了“抽象的抒情”思考的抽象和复杂。此处暂不展开赘述。说及沈从文1961年最后形成文字的《抽象的抒情》，就不能不看他是如何从20世纪40年代初的抽象、怎样“表现一抽象美丽印象”，到了1961年这里的涉及国族政治的思考。其中，就有着他对于中国诗骚传统之外的史传传统的认识和思考：

> ……中国历史一部分，属于情绪一部分的发展史，如从历史人物作较深入分析，我们会明白，它的成长大多就是和寂寞分不开的。东方思想的唯心倾向和有情也分割不开！这种“有情”和“事功”有时合而为一，居多却相对存在，形成一种矛盾的对峙。对人生“有情”，就常和在社会中“事功”相背斥，易顾此失彼。管晏为事功，屈贾则为有情。因之有情也常是“无能”。现在说，且不免为“无知”！……过去我受《史记》影响深，先还是以为从文笔方面，从所叙人物方法方面，有启发，现在才明白主要还是作者本身种种影响多。《史记》列传中写人，着笔不多，二千年来还如一幅幅肖像画，个性鲜明，神情逼真。重要处且常是二言两语即交代清楚毫不粘滞，而得到准确生动效果，所谓大手笔是也。《史记》这种长处，从

① 张新颖．沈从文的后半生：1948—1988［M］．桂林：广西师范大学出版社，2014：145－150.

> 来都以为近于奇迹，不可学，不可解。试为分析一下，也还是可作分别看待，诸书诸表属事功，诸传诸记则近于有情。事功为可学，有情则难知！……换言之，作者生命是有分量的，是成熟的。这分量或成熟，又都是和痛苦忧患相关，不仅仅是积学而来的！年表诸书说是事功，可因掌握材料而完成。列传却需要作者生命中一些特别东西。我们说得粗些，即必由痛苦方能成熟积聚的情——这个情即深入的体会，深至的爱，以及透过事功以上的理解与认识。①（省略号为笔者所加）

沈从文以《史记》为例，谈到的中国历史的两条线索“事功”和“有情”，我们同意王德威的说法：“沈从文强调在史传叙述的核心，无非‘有情’，而‘有情’的结晶是艺术的创造，抽象的抒情。但抒情的代价是巨大的，竟与痛苦忧患息息相关。”② 考察沈从文写作于1961年的《抽象的抒情》以及其美学观念的变化和更迭，一定要考虑其变化的渐变、嬗变和变化的复杂性。其间，抒情传统的影响一直都在，只是发生影响的侧重点慢慢发生了变化。“有情”，其实是沈从文从来也没有发生改变的。

> 所以我要再一次强调，“抽象的抒情”不是一个虚无缥缈的人生的造像，不是胡思乱想、无所由而来的创作方式。恰恰是因为现实的忧患是如此的深远，沈从文作为一个有心的抒情的文人，他企图借他的书写，借着他生活的

---

① 沈从文. 19520125左右致张兆和、沈龙朱、沈虎雏［M］//沈从文. 沈从文全集：第19卷　书信卷. 2版. 太原：北岳文艺出版社，2009：317－319.

② 王德威. 抒情传统与中国现代性：在北大的八堂课［M］. 北京：生活·读书·新知三联书店，2010：11.

美学，以及艺术上各种各样美感经验的交会，塑造一种安身立命的可能性。而这样的一个尝试，在他未来的生命里，还要有一部最重要的作品来作表达。这部作品就是他在1963年就开始制作，一直到1981年才真正完成、出版的《中国古代服饰研究》。①

的确如王德威所说，《抽象的抒情》一文并未写完，沈从文在世期间也从未发表。其中部分论点其实在沈20世纪40年代的文字中已经可以得见，50年代的家书中仍继续有所抒发。60年代的沈从文，仍然有《抽象的抒情》这样的一肚子的不合时宜，的确让人触目惊心。也正如王德威所说，唯其有了《抽象的抒情》这样“抽屉里的文学”，中国现代文学的抒情论述才得以在那个时代里留下重要线索。而沈从文所谓的抽象、情绪和唯物主义的关系，时至今日，依然值得辩证。②

第二节 抒情传统与沈从文的短篇小说

司马长风曾言：“沈从文在中国有如19世纪法国的莫泊桑或俄国的契诃夫，是短篇小说之王”。③ 本节尝试考察一下抒情传统与

① 王德威. 抒情传统与中国现代性：在北大的八堂课［M］. 北京：生活·读书·新知三联书店，2010：130.

② 王德威. 抒情传统与中国现代性：在北大的八堂课［M］. 北京：生活·读书·新知三联书店，2010：7－8.

③ 司马长风. 论沈从文的创作：《中国新文学史》节选［M］//邓华强. 沈从文研究资料：下. 北京：知识产权出版社，2011：438.

沈从文短篇小说之间的关系，或者说，抒情传统对于沈从文的短篇小说写作所产生的影响。借用普实克有关抒情和史诗的区分，20世纪以来的长篇小说，似乎更能代表以小说为代表的叙事文学的兴起——像茅盾等人注重表现广阔的社会画面为中心的"史诗"的写作——的确是要以长篇写作来体现的。与很长一段时间以来和当下，长篇写作更加受到重视，短篇小说则相对受到忽视的情况相类，就是在现代白话小说终于能够确立并且发展起来的现代时期，短篇也不是很被看好出路的小说类型。沈从文在看五四新文学以来的二十年文学发展时就说："若就近二十年来过去作个总结算，看看这二十年的发展，作者多，读者多，影响大，成就好，实应当推短篇小说。"但是，在他看来："若讨论到'短篇小说'的前途时，我们会觉得它似乎是无什么'出路'的。他的光荣差不多已经变成为'过去'了。它将不如长篇小说，不如戏剧，甚至于不如杂文热闹。"① 沈从文自己的短篇小说，在五四新文学发展中的成就和影响力，是极其有代表性的；他的短篇小说，读者多，影响大，是有目共睹的。李同愈在 1935 年 4 月 10 日《新中华》第 3 卷第 7 期（文学专号）上就专门讲到了沈从文短篇小说之迷人的力量：

> 若干年前，有人读到了北京《晨报》的副刊上署名沈从文的短篇小说，感到了非常兴趣，介绍给一般爱读小说的朋友们。在每一句对话中用着特别的文字组织，全篇充满着轻松的调子，甚至在每个字眼上都镶着引吸人的力量，这就是沈从文初期小说的特长处。日子稍久以后，凡是沈从文写的文章酿成了一种独特作风，即使到现在也还不曾有过和沈从文作风比较相似的作家。那时间，在《晨

---

① 沈从文．短篇小说［M］//沈从文．沈从文全集：第 16 卷　文论卷．2 版．太原：北岳文艺出版社，2009：497.

> 报》的副刊上沈从文用了许多笔名发表小说，但他那种不变的独特的作风并不因署名的生疏而使人认错了作者。他初期的小说体裁给予一般人以非常大的影响，几乎以为写小说非要用这一种笔调才能成功。那样无知的见解固然十分可笑，但沈从文初期的短篇小说之迷人的力量却可知了。①

“在每一句对话中用着特别的文字组织，全篇充满着轻松的调子”，“甚至在每个字眼上都镶着引吸人的力量”，即使沈从文“用了许多笔名发表小说，但他那种不变的独特的作风并不因署名的生疏而使人认错了作者”——这种种的不可思议，先就说明了沈从文短篇小说语言文字及其文风上的特点，说明沈从文的短篇小说具有鲜明的个人特色和极高的个性标识度。而如果详加分析，便可以见出它们其实是在对抒情传统的接续和扩展过程当中所发生的。短篇小说所呈示的这样的特点和鲜明的抒情性，以及其特色和抒情性对于小说语言文字的依赖和倚重的程度，就是对于今天最优秀的短篇小说和短篇小说家而言，也颇有点不可思议。当今的短篇小说，似乎较难再通过文字组织、通过语言、通过每个字眼，就能辨识出写作者是谁了。我们当下能够写出最优秀的短篇小说的作家，比如苏童，会这样来看短篇小说：“人们记住一个小说，记住的通常是一个故事，一个或者几个人物，甚至是小说的某一个场景，很少有人去牢记小说的语言本身，所以，我在叙述语言上的努力，其实是在向一个方向努力，任何小说都要把读者送到对岸去，语言是水，也是船，没有喧哗的权利，不能喧宾夺主，所以要让他们齐心协力地

① 李同愈．沈从文的短篇小说［M］//邵华强．沈从文研究资料：上．北京：知识产权出版社，2011：48．

顺流而下，把读者送到对岸去。”① 苏童所说，当然更合当代短篇小说写作的情况，也正如苏童借用的布鲁姆的话所说：“短篇小说的一个使命，是用契诃夫去追寻真实，用博尔赫斯去翻转真实。”看起来似乎是，当代短篇小说就在“追求真实”和“翻转真实”之间寻找出路。这样看来，更加能够体会坚持“情绪的体操”写作的“文体作家”沈从文，其短篇小说为何会那样风格独具了。

与长篇小说相比，中短篇小说尤其短篇小说，在精神内质和小说体式等方面，更加接续中国的抒情传统。作为一个尤擅写作短篇小说的天才的作家，沈从文曾经有文专门阐发过他对于短篇小说的定义和理解。其中不能不提他那篇有名的文章《短篇小说》（发表于 1942 年 4 月 16 日《国文月刊》第 18 期）。他说他在说到这个问题以前，想在题目下加上一个子题：“一个短篇小说的作者，谈谈短篇小说的写作，和近二十年来中国短篇小说的发展。”什么是短篇小说？沈从文以自己来界说：“什么是我所谓的‘短篇小说’？要我立个界说时，最好的界说，应当是我作品所表现的种种。”他谈到自己在此三年前一次文学会讨论会上，谈起“小说作者和读者”时，把小说看成“用文字很恰当记录下来的人事”。“因为既然是人事，就容许包含了两个部分：一是社会现象，便是说人与人相互之间的种种关系；二是梦的现象，便是说人的心或意识的单独种种活动。单是第一部分容易成为日常报纸记事，单是第二部分又容易成为诗歌。必须把人事和梦两种成分相混合，用语言文字来好好装饰剪裁，处理得极其恰当，才可望成为一个小说。”② 他特别强调，一个短篇小说作者“肯从中国传统艺术品取得一点知识，必将增加他个人生命的深度，增加他作品的深度”。但沈从文所说的

---

① 苏童．短篇小说的使命［N］．文学报，2016－04－21（18）．

② 沈从文．短篇小说［M］//沈从文．沈从文全集：第 16 卷　文论卷．2 版．太原：北岳文艺出版社，2009：492－493．

传统，应该主要是传统艺术空气和艺术品创制所形成的抒情传统：

> 我说的传统，意思并不是指从史传以来，涉及人事人性的叙述，两千多年来早有若干作品可以模仿取法。那么承受传统毫无意义可言。主要的是有个传统艺术空气，以及产生这种种艺术品的心理习惯，在这种艺术空气心理习惯中，过去中国人如何用一切不同的材料，不同的方法，来处理人的梦，而且又在同一材料上，用各样不同方法，来处理这个人此一时或彼一时的梦。艺术品的形成，都从支配材料着手，艺术制作的传统，即一面承认材料的本性，一面就材料性质注入他个人的想象和感情。虽加人工，原则上却又始终能保留那个物性天然的素朴。明白这个传统特点，我们就会明白中国文学可告给作家的，并不算多，中国一般艺术品告给我们的，实在太多太多了。
>
> 试从两种艺术品的制作心理状态，来看看它与现代短篇小说的相通处，也是件极有意义的事情。一由绘画涂抹发展而成的文字，一由石器刮削发展而成的雕刻，不问它是文人艺术或应用艺术，艺术品之真正价值，差不多全在于那个作品的风格和性格的独创上。从材料方面言，天然限制永远存在，从形式方面言，又有个社会习惯限制。然而一个优秀作家，却能够于限制中运用“巧思”，见出“风格”和“性格”。说夸张一点，即是作者的人格，作者在任何情形下，都永远具有上帝造物的大胆与自由，却又极端小心，从不滥用那点大胆与自由超过需要。作者在小小作品中，也一例注入崇高的理想，浓厚的感情，安排得恰到好处时，即一块顽石，一把线，一片淡墨，一些竹头木屑的拼合，也见出生命洋溢。这点创造的心，就正是民族品德优美伟大的另一面。在过去，曾经产生过无数精

> 美的绘画，形制完整的铜器或玉器，美丽温雅的瓷器，以及形色质料无不超卓的漆器。在当前或未来，若能用它到短篇小说写作上，用得其法，自然会有些珠玉作品，留到这个人间。这些作品的存在，虽若无补于当前，恰恰如杜甫、曹雪芹在他们那个时代一样，作者或传说饿死，或传说穷死，都缘于工作与当时价值标准不合。然而百年后或千载后的读者，反而唯有从这种作品中，取得一点生命力量，或发现一点智慧之光。①

正是由于意识到从史传以来，涉及人事人性的叙述，并没有若干作品可以模仿取法，沈从文才格外强调“传统艺术空气”及“这种艺术空气心理习惯中”，如何像制作艺术品那样，“一面承认材料的本性，一面就材料性质注入他个人的想象和感情。虽加人工，原则上却又始终能保留那个物性天然的素朴”。一个优秀作家，能够于限制中运用“巧思”，见出“风格”和“性格”。但作者在任何情形下，既大胆与自由，却又极端小心，从不滥用那点大胆与自由超过需要。“作者在小小作品中，也一例注入崇高的理想，浓厚的感情，安排得恰到好处时，即一块顽石，一把线，一片淡墨，一些竹头木屑的拼合，也见出生命洋溢。”这传统艺术空气，以及这种艺术空气心理习惯，其中的诗性、抒情性、抒情传统的方方面面，都是包蕴其中的。对于现代作家沈从文来说，只有从抒情传统里面汲取养料，综合了艺术品创制时的心理状态乃至手法的种种，才会有他在小说、短篇小说当中的艺术创造。叫沈从文表叔的黄永玉在文章当中曾回忆沈从文对于绘画和音乐的赏鉴和喜爱：

---

① 沈从文．短篇小说［M］//沈从文．沈从文全集：第 16 卷　文论卷．2 版．太原：北岳文艺出版社，2009：503－504．

从文表叔有时也画画，那是一种极有韵致的妙物，但竟然不承认那是正式的作品，很快地收藏起来，但有时又很豪爽地告诉我，哪一天找一些好纸给你画些画。我知道，这种允诺是不容易兑现的。他自然是极懂画的。他提到某些画，某些工艺品高妙之处，我用了许多年才醒悟过来。

他也谈音乐，我怀疑七个音符组合的常识他清不清楚？但是明显地他理解音乐的深度用文学的语言却阐述得非常透彻。

“音乐、时间和空间的关系。”

他也常常说，如果有人告诉他一些作曲的方法，一定写得出非常好听的音乐来。这一点，我特别相信，那是毫无疑义的。……①（省略号为笔者所加）

这是亲人对作家的“知”，而在沈从文的小说当中，就可以找到更多的例证，证明他如何将对绘画和音乐等中国艺术传统的理解，运用到了小说文本的写作当中。前面已经提到，沈从文在《情绪的体操》当中给出的写作的意见，是劝人学习一点“情绪的体操”，是“你不妨挥霍文字，浪费词藻”——这其实是沈从文一些短篇小说佳构的典型特征。在短篇《三三》、《龙朱》和《媚金·豹子·与那羊》等篇里，我们的确见识了沈从文是怎样“不妨挥霍文字，浪费词藻”的。

发表于1931年9月15日《文艺月刊》第2卷第9号的《三三》，后收入《从文小说习作选》，列为第一篇。这个短篇小说，很多情节和描写，可以与《边城》相联系。杨家碾坊的三三，是个

---

① 黄永玉．太阳下的风景：沈从文与我［M］//邵华强．沈从文研究资料：上．北京：知识产权出版社，2011：182.

感情朦朦胧胧刚刚开始生发、情窦初开还未开的乡间女孩子，她对那个城里回乡下养病的白白的脸的先生，有着一种似有未有、似明不明的情愫，这处于有和无之间、明与不明之间的情愫，包括少女那白日梦一样的心理和果然在白日做着的梦，全靠沈从文对文字的“挥霍”和不惜“浪费”，方才能够产生和拥有。在《边城》中，团总打算当作女儿嫁给二老傩送的嫁妆的碾坊，只是一个象征性的存在，在《三三》里，沈从文毫不吝笔墨地写这个碾坊：

杨家碾坊在堡子外一里路的山嘴路旁。堡子位置在山湾里，溪水沿了山脚流过去，平平的流，到山嘴折湾处忽然转急，因此很早就有人利用它，在急流处筑了一座石头碾坊，这碾坊，不知什么时候起，就叫杨家碾坊了。

从碾坊往上看，看到堡子里比屋连墙，嘉树成荫，正是十分兴旺的样子。往下看，夹溪有无数山田，如堆积蒸糕，因此种田人借用水力，用大竹扎了无数水车，用椿木做成横轴同撑柱，圆圆的如一面锣，大小不等竖立在水边。这一群水车，就同一群游手好闲人一样，成日成夜不知疲倦的咿咿呀呀唱着意义含糊的歌。

一个堡子里只有这样一座碾坊，所以凡是堡子里碾米的事都归这碾坊包办，成天有人轮流挑了仓谷来，把谷子倒进石槽里去后，抽去水闸的板，枧槽里水冲动了下面的暗轮，石磨盘带着动情的声音，即刻就转动起来了。于是主人一面谈说一件事情，一面清理簸箩筛子，到后头上包了一块白布，拿着一个长把的扫帚，追逐着磨盘，跟着打圈儿，扫除溢出槽外的谷米，再到后，谷子便成白米了。

到米碾好了，筛好了，把米糠挑走以后，主人全身是灰，常常如同一个滚入豆粉里的汤圆，然而这生活，是明明白白比堡子里许多人生活还从容，而为一堡子中人所羡慕的。

凡是到杨家碾坊碾过谷子的，皆知道杨家三三。妈妈十年前嫁给守碾坊的杨，三三五岁，爸爸就丢下碾坊同母女，什么话也不说死去了。爸爸死去后，母亲作了碾坊的主人，三三还是活在碾坊里，吃米饭同青菜小鱼鸡蛋过日子，生活毫无什么不同处。三三先是眼见爸爸成天全身是糠灰，到后爸爸不见了，妈妈又成天全身是糠灰，……于是三三在哭里笑里慢慢的长大了。①

这借地理因势而起的石头碾坊，是“不知什么时候起，就叫杨家碾坊了”，碾坊往上、往下看，都是诗意美景，连水车，也是拟人化的，“就同一群游手好闲人一样，成日成夜不知疲倦的咿咿呀呀唱着意义含糊的歌”。就是碾米，也极注意字句之间起承转接，字词用得“恰当”传神，谷子倒进石槽里去后，“石磨盘带着动情的声音，即刻就转动起来了”——连物都是动情和有情的。碾坊主人全身是灰，“然而这生活，是明明白白比堡子里许多人生活还从容，而为一堡子中人所羡慕的”。然后自然引出了“凡是到杨家碾坊碾过谷子的，皆知道杨家三三”，三三五岁，“爸爸就丢下碾坊同母女，什么话也不说死去了。爸爸死去后，母亲作了碾坊的主人，三三还是活在碾坊里，吃米饭同青菜小鱼鸡蛋过日子，生活毫无什么不同处。三三先是眼见爸爸成天全身是糠灰，到后爸爸不见了，妈妈又成天全身是糠灰，……于是三三在哭里笑里慢慢的长大了”。爸爸的死，显然没有给三三和母亲造成什么大的精神创伤和生活的伤害，一切仍然自自然然地过着。由“爸爸成天全身是糠灰”，到“妈妈又成天全身是糠灰”，这是三三的视角来叙述的。《边城》

---

① 沈从文．三三［M］//沈从文．沈从文全集：第9卷 小说卷．2版．太原：北岳文艺出版社，2009：11－12.

里，翠翠与二老傩送的初相见，却是不相识，两个年轻人以大鱼来咬了翠翠来斗嘴。二老："你不愿意上去，要呆在这儿，回头水里大鱼来咬了你，可不要叫喊！"翠翠说："鱼咬了我也不管你的事。"这简短的一笔带过，在《三三》里却是"不妨挥霍文字，浪费词藻"的：

> 这磨坊上游有一潭，四面是大树覆荫，六月里阳光照不到水面。碾坊主人在这潭中养得有白鸭子，水里的鱼也比上下溪里特别多。照一切习惯，凡靠自己屋前的水，也算为自己财产的一份。水坝既然全为了碾坊而筑成的，一乡公约不许毒鱼下网，所以这小溪里鱼极多。遇不甚面熟的人来钓鱼，看潭边幽静，想蹲一会儿，三三见到了时，总向人说："不行，这鱼是我家潭里养的，你到下面去钓吧。"人若顽皮一点，听了这个话等于不听到，仍然拿着长长的杆子，搁到水面上去安闲的吸着烟管，望着这小姑娘发笑，使三三急了，三三便喊叫她的妈，高声的说："娘，娘，你瞧，有人不讲规矩钓我们的鱼，你来折断他的杆子，你快来！"娘自然是不会来干涉别人钓鱼的。
>
> 母亲就从没有照到女儿意思折断过谁的杆子，照例将说："三三，鱼多咧，让别人钓吧。鱼是会走路的，上面总爷家塘里的鱼，因为欢喜我们这里的水，都跑来了。"三三照例应当还记得夜间做梦，梦到大鱼从水里跃起来吃鸭子，听完这个话，也就没有什么可说了，只静静的看着，看这不讲规矩的人，钓了多少鱼去。她心里记着数目，回头还得告给妈妈。
>
> 有时因为鱼太大了一点，上了钓，拉得不合式，撇断了钓杆，三三可乐极了，仿佛娘不同自己一伙，鱼反而同自己是一伙了的神气，那时就应当轮到三三向钓鱼人咧着

嘴发笑了。但三三却常常急忙跑回去，把这事告给母亲，母女两人同笑。

有时钓鱼的人是熟人，人家来钓鱼时，见到了三三，知道她的脾气，就照例不忘记问：“三三，许我钓鱼吧。”三三便说：“鱼是各处走动的，又不是我们养的，怎么不能钓。”

钓鱼的是熟人时，三三常常搬了小小木凳子，坐在旁边看鱼上钩，且告给这人，另一时谁个把钓杆撇断的故事。到后这熟人回磨坊时，把所得的大鱼分一些给三三家，三三看着母亲用刀破鱼，掏出白色的鱼脬来，就放在地下用脚去踹，发声如放一枚小爆仗，听来十分快乐。鱼洗好了，揉了些盐，三三就忙取麻线来把鱼穿好，挂到太阳下去晒。等待有客时，这些干鱼同辣子炒在一个碗里待客，母亲如想到折钓杆的话，将说：“这是三三的鱼。”三三就笑，心想着：“怎么不是三三的鱼？潭里鱼若不是归我照管，早被看牛小孩捉完了。”

三三如一般小孩，换几回新衣，过几回节，看几回狮子龙灯，就长大了，熟人都说看到三三是在糠灰里长大的。一个堡子里的人，都愿意得到这糠灰里长大的女孩子作媳妇，因为人人都知道这媳妇的装奁是一座石头作成的碾坊。照规矩十五岁的三三，要招郎上门也应当是时候了。但妈妈有了一点私心，记得一次签上的话语，不大相信媒人的话语，所以这磨坊还是只有母女二人，一时节不曾有谁添入。①

① 沈从文．三三［M］//沈从文．沈从文全集：第9卷 小说卷．2版．太原：北岳文艺出版社，2009：12－14．

而下文的三三与年青男人和总爷家管事先生的遇见，是比《边城》中翠翠、傩送遇见并以鱼打趣更加“挥霍文字，浪费词藻”的描写，也正因了这样的挥霍文字和浪费词藻，才能把一篇故事性不强、没有很强烈的戏剧冲突的短篇小说，写得如诗如画，将人物心理的细密幽微一点一点写出来。在一种近乎无事的日常性叙述当中，隐隐约约透出三三那朦朦胧胧生长起来的少女的情愫——她心里是有那个从城里来养病的年青人的，她会莫名地生年青人和管事先生的气，她那只能是她这个年纪的女孩子才有，别人既不会有估计也无法加以体会的心理活动，触景生情的各种心里的想法，等等。下午天气较热，倦人极了，躺到屋角竹凉席上的三三所做的白日梦，白日梦里三三与年青人、管事先生的再次遭遇，如同真实发生的事一般，真幻交融……小说最后的情节，母女二人提了一篮鸡蛋去总爷家，却撞见那个年青人——从城中搬来在总爷家养病的少爷已死……：

> 三三脸白白的拉着妈妈的衣角，低声的说“走”，两人就走了。
>
> …………
>
> 到了磨坊，因为有人挑了谷子来在等着碾米，母亲提着蛋篮子进去了，三三站立溪边，眼望一泓碧流，心里好像掉了什么东西，极力去记忆这失去的东西的名称，却数不出。
>
> 母亲想起三三了，在里面喊着三三的名字，三三说：“娘，我在看虾米呢。”
>
> “来把鸡蛋放到坛子里去，虾米在溪里可以成天看！”因为母亲那么说着，三三只好进去了。磨盘正开始在转动，母亲各处找寻油瓶，三三知道那个油瓶挂在门背后，却不做声，尽母亲各处去找。三三望着那篮子就蹲到地下

去数着那篮里的鸡蛋，数了半天，后来碾米的人，问为什么那么早拿鸡蛋往别处去送谁，三三好像不曾听到这个话，站起身来又跑出去了。①

短篇小说《三三》，就在这样几乎没有什么起伏跌宕的、近乎无事的日常性书写当中，铺展叙述，幽幽地结尾。小说是诗情与诗性的，也是散文化的，连三三心里牵系的那个年青人的死去，也看不出人物对此有什么震惊体验，全要通过掀开文字这层层幕帐，才能约略体会一二。而像《龙朱》《月下小景》等篇，被认为构成一个系列，完成着沈从文对生命原生态的考察。并且，“显然是当作一种民间传说来写的（虽然它们并非根据某种民间传说，故事的具体情节是作者想象的产物），它使人立即想到民间传说里常见的‘在很久很久以前’的模糊的时间交待”。在沈从文那里，“爱必须以爱为前提。或者，如《龙朱》里的男女，‘抓住自己的心，放在爱人面前，方法不是钱，不是貌，不是门阀也不是假装的一切，只有真实热情的歌’”。② 这“真实热情的歌”，成为小说的主线和灵魂所在，本身就是抒情传统不绝于缕之最好的现实写照和当下留存。《龙朱》用绵密笔致，“不妨挥霍文字，浪费词藻”，写出了美男子的白耳族族长之子龙朱，因为太完美，被女子们爱慕却疏远着，形单影只。龙朱在帮自己的矮奴与女子对歌的过程中，认识了对歌的女子，最后在矮奴的相助下，去同那个黄牛寨主的女儿说说话——也指向了两个人感情的可能性。《媚金·豹子·与那羊》中，媚金是一个白脸苗中顶美的女人，同到凤凰族相貌极美又顶有一切

---

① 沈从文．三三［M］//沈从文．沈从文全集：第9卷 小说卷．2版．太原：北岳文艺出版社，2009：38.

② 凌宇．从边城走向世界［M］．修订本．长沙：岳麓书社，2006：202－203.

美德的一个男子豹子，因唱歌成了一对。彼此约好夜间往一个洞中约会。因为是初次约会，豹子按风俗预备牵一匹小白山羊去送给媚金。豹子为了找到觉得配得上媚金的小白山羊，走了一处又一处，把时间白白耽误过去了，苦等的媚金以为豹子爽约，把刀放进胸膛里了，而迟到的豹子目睹媚金的痴情而死，把全是血的刀也扎进了自己的胸脯——这样一个悲惨的爱情故事。

而另外的一些短篇小说，如《阿金》（1929）、《会明》（1929）等，更是故事性不强，不是传统小说那种以情节曲折胜，更没有西方亚里士多德以来，西方叙事文学讲究开端、发展、高潮、结局这样因果关系的情节链条。《阿金》絮絮地讲述了地保如何一次次阻止了阿金预备与一个寡妇美妇人结婚的想法。《会明》写的是军队里的生活，但是是什么样的生活呢？在军队里消磨了三十多年的火夫会明，村里有个人忽然送了一只母鸡给他，他带回帐篷来了。自此，喂母鸡，等候母鸡下蛋，每天抱母鸡到村子里尽公鸡轻薄一次，他为一种新的兴味所牵引，把战事的一切完全忘却了：

> 自从产业上有了一只母鸡以后，这个人，他有些事情，已近于一个做母亲人才需要的细心了。他同别人讨论这只鸡时，是也像一个母亲与人谈论儿女一样的。他夜间做梦，就梦到有二十只小鸡旋绕脚边吱吱的叫。梦醒来，仍然是凝神听，但所注意的已不是枪声是其他，他担心有人偷取鸡卵，有野猫拖鸡。①

“就是这样每天忙着照料小鸡，他连要住在边陲森林中的梦也忘了。”“在这一个简单的故事中，我们不难从会明对那些小鸡自然

① 沈从文．会明［M］//沈从文．沈从文全集：第9卷　小说卷．2版．太原：北岳文艺出版社，2009：92.

流露出来的关心与快乐，看出沈从文对道家纯朴生活的向往。”①固然如此，但现在读来，沈从文有的短篇小说，可以说是“挥霍文字，浪费词藻”到了极点（当然，如果没有沈从文式的“挥霍文字，浪费词藻”的能力，这些小说将是韵味全失甚至根本无法写成的），以致当年苏雪林（1934）曾直指其此问题：

> 次则用字造句，虽然力求短峭简练，描写却依然繁冗拖沓。有时累累数百言还不能达出“中心思想”。有似老妪谈家常，叨叨絮絮，说了半天，听者尚茫然不知其命意之所在；又好像用软绵绵的拳头去打胖子，打不到他的痛处。他用一千字写的一段文章，我们将它缩成百字，原意仍可不失。因此他的文字不能像利剑一般刺进读者的心灵，他的故事即写得如何悲惨可怕，也不能在读者脑筋里留下永久不能磨灭的印象。②

认为小说累累数百言还不能达出“中心思想”，这种观点是否具合理性，本身就殆可疑问。更难以想象一个评论家想把小说家一千字文章缩成百字而“原意仍可不失”——这实在不是妥当的说法和做法。按此理论，且不要说是短篇小说，就是长篇小说，其实也可以将小说的大意缩略成百字，此念显然很不合理。此处无意评判苏雪林此话所代表的文学观和艺术观。当然，我们也难以同意苏雪林这样的审美标准和审美判断。但是，她毕竟很形象地说出了她对于沈从文不惜“挥霍文字，浪费词藻”来写作小说的一种感觉和理

---

① 夏志清. 中国现代小说史［M］. 刘绍铭，等，译. 上海：复旦大学出版社，2005：140－141.

② 苏雪林. 沈从文论［M］//邵华强. 沈从文研究资料：上. 北京：知识产权出版社，2011：41.

解。上面所举例的这些短篇小说，都是沈从文“不妨挥霍文字，浪费词藻”写成的。其短篇小说或多或少都可以见出他舍得挥霍文字、浪费词藻的段落和写法——曾经这样的一种短篇小说的写法，也可以说是沈从文式短篇小说的写法，我们从中看到的是诗骚传统的深刻影响和遗留。

尽管如此，沈从文强调重视文字叙事抒情的能力，注重技巧，哪怕是一个优秀的短篇小说，也依然需要创造者的“匠心独造”：

> 制砚石的高手，选材固在所用心，然而在一片石头上，如何略加琢磨，或就材质中小小毛病处，因材使用作一个小小虫蚀，一个小池，增加它的装饰性，一切都全看作者的设计，从设计上见出优秀与拙劣。一个精美砚石和一个优秀短篇小说，制作的心理状态（即如何去运用那点创造的心），情形应当约略相同。不同的为材料，一是石头，顽固而坚硬的石头，一是人生，复杂万状充满可塑性的人生。可是不拘是石头还是人生，若缺少那点创造者的“匠心独运”，是不会成为特出艺术品的。①

对于“技巧”，沈从文是这样诠释的：

> 就“技巧”二字加以诠释，真正意义应当是“选择”，是“谨慎处置”，是“求妥贴”，是“求恰当”。一个作者下笔时，关于运用文字铺排故事方面，能够细心选择，能够谨慎处置，能够妥贴，能够稳当，不是坏事情。假定有一个人，在同一主题下连续写故事两篇，一则马马

---

① 沈从文．短篇小说［M］//沈从文．沈从文全集：第16卷　文论卷．2版．太原：北岳文艺出版社，2009：504－505.

> 虎虎，信手写下，杂凑而成；一则对于一句话，一个字，全部发展，整个组织，皆求其恰到好处，看去俨然不多不少。这两个作品本身的优劣，以及留给读者的印象，明明白白，摆在眼前。一个懂得技巧在艺术完成上的责任的人，对于技巧的态度，似乎是应当看得客气一点的。①

但是，沈从文也同时提出：“文章徒重技巧，于是不可免转入空洞，累赘，芜杂，猥琐的骈体文与应制文产生。”“惟过犹不及。”② 而对于短篇小说中有一个“有情之我”，前文已举例《萧萧》论述过。有情，有温度，是沈从文小说、短篇小说的一个共性特征。对于短篇小说的技巧、技术，仁者见仁，智者见智。但是对于短篇小说应该有温度，似乎是可以共识的。苏童曾言：“与其说短篇小说有技术，不如说作家对待自己的感情有技术，如何在作品里处置自己的情感，你对自己的情感是否依赖，或者是否回避，是否纵容，是否遏制，这是一个问题，是需要探索的。”“谁也不知道作家应该在作品里设置多高的情感温度，但那温度却是让人真切可感的，必须适宜他个人的情感需要，涉及不期而遇的几方当事人，无法约定。可以说那温度很神秘，有时候它确定作品的成败，那大概是非常重要的元素之一吧。”③

说到沈从文短篇小说的技巧，就要尤为关注他短篇小说的结构、布局以及结尾的收束等。在论及《边城》时，汪曾祺曾说：“汤显祖评董解元《西厢记》，论及戏曲的收尾，说‘尾’有两种，一种是‘度尾’，一种是‘煞尾’。‘度尾’如画舫笙歌，从远地

① 沈从文．论技巧［M］//沈从文．沈从文全集：第16卷　文论卷．2版．太原：北岳文艺出版社，2009：471．

② 沈从文．论技巧［M］//沈从文．沈从文全集：第16卷　文论卷．2版．太原：北岳文艺出版社，2009：472．

③ 苏童．短篇小说的使命［N］．文学报，2016－04－21（18）．

来，过近地，又向远地去；‘煞尾’如骏马收缰，忽然停住，寸步不移。他说得很好。收尾不外这两种。《边城》各章的收尾，两种兼见。”①《边城》本来就可以视作一组短篇小说的合集，而汪曾祺这段话对于沈从文的短篇小说，似也同样适用。凌宇说过：“其实，《边城》各章收尾的‘两种兼见’，适用于沈从文成熟期全部小说的结尾。并且，由这两种基本类型，沈从文又衍生出许多不同的形态。”“从小说情节的发展，这种煞尾往往是一种突转，而突转与发现又是孪生兄弟。”——所谓“突转”，表现为作品中的人物行为或故事发展的结局突然转向与情节表面指向相反的方向。“发现”则是人物对自己的身份或处境从不知到知。《丈夫》中小说结尾的“突转”，“两夫妇一早都回转乡下了”，是与丈夫对妻子身份、处境的“发现”息息相关的。② 而另外一些短篇小说，就不存在“突转”或者“发现”，更像是度尾，但又不完全是。《萧萧》、《柏子》和《会明》等小说结尾，都是为人物安排的特写镜头一样的画面。比如《萧萧》结尾，十二岁儿子牛儿接亲的日子里，“这一天，萧萧抱了自己新生的月毛毛，却在屋前榆蜡树篱笆看热闹，同十年前抱丈夫一个样子”。但无论哪一种结尾，沈从文都十分重视文字的暗示性、人生蕴涵的丰富性以及言有尽而意无穷的韵致。这些都与沈从文所持的短篇小说写作观——短篇小说写作，应该取镜中国艺术的传统，须借鉴其他艺术品创制的方法是一致的。比如制砚石，比如绘画，等等。

沈从文在小说文体上的追求，与抒情传统密切关联，而且他的小说尤其短篇小说的文体特征，又恰恰体现了抒情传统在中国现代

---

① 汪曾祺. 沈从文和他的《边城》［M］//邓九平. 汪曾祺全集：第三卷 散文卷. 北京：北京师范大学出版社，1998：162－163.

② 凌宇. 从边城走向世界［M］. 修订本. 长沙：岳麓书社，2006：309－313.

时期的赓续和扩展：

> 当他的短篇小说从试验中确立了自己的文体后，他又在中、长篇的文体上进行尝试了。正如不止一位论者指出的，他的中篇小说《边城》，故事有头有尾，结构匀称，“每一节都自成首尾，而又一气贯注”。“每一节是一首诗，连起来成一首长诗；又像是二十一幅彩画连成的画卷。”但《边城》一完成，他几乎就将这种组织故事的方法放弃了，他又独辟蹊径。这以后的中、长篇，每一章都是一个独立的短篇或散文，合起来又成为一个整体。这些作品中的许多章节都曾单独发表，有的还收入他的短篇小说集，却从不注明属于某部作品的一部分。这试验从《阿黑小史》就已经开始。这些作品各章之间，常常没有过渡性的铺垫，乍看残缺不全，但就在这些地方，给人留下想象的空间。《凤子》、《小砦》、《雪晴》等都属于这类作品。他仿佛在藐视小说的法则，有意要打破文体间的藩篱，使小说具散文性。将这些小说与他的《从文自传》、《湘行散记》、《湘西》等散文长卷试作比较，除了有无前后统一的人物和直接的议论、抒情外，二者几乎没有太多的区别。①

沈从文的小说尤其短篇小说，几乎都可以当成散文和美文来读，他的小说具有诗性、诗意和抒情性，具有明显的散文化特点，也的确存在他的一些小说和另一些散文没有太多太大的区别的情况。抒情传统与沈从文的短篇小说，是值得进一步探究的研究命题。

---

① 凌宇. 从边城走向世界［M］. 修订本. 长沙：岳麓书社，2006：314.

第三节 《边城》:“向生命的神性凝目”的抒情性

沈从文是短篇小说之王，中、长篇小说数量较少，仅有的几篇如《边城》《长河》等全堪称杰作。《边城》一共二十一小节，司马长风说它“可能是最短的一部长篇小说”，说它是一部中篇也无不可。而未完成的长篇《长河》，除去题记，一共十一篇，每篇都有篇名，更像是十一个短篇小说或者说散文的合集。由于《长河》单篇发表的时间在 1938 年到 1942 年间，1945 年 1 月，沈从文对已发表过的篇章做了大量非情节性的增补，字数增至 10 余万字，交由昆明文聚出版处出版单行本。《长河》虽然亦有抒情性和散文化的特点，但较之《边城》以及此前的写作，已经发生了很大的变化。从互文性阐释的角度，仅举一例，来体味《长河》与此前写作相比所发生的变化。前文已经细细赏析的《萧萧》中童养媳境况的叙事段落，在《长河》里，叙述以及叙述的节奏、叙述声音是这样的：

> 至于妇人呢，喂猪养鸭，挑水种菜，绩麻纺纱，推磨碾米，无事不能，亦无事不作。日晒雨淋，同各种劳役，使每个人都强健而耐劳。身体既发育得很好，橘子又吃得多，眼目光明，血气充足，因之兼善生男育女。乡村中无呼奴使婢习惯，家中要个帮手时，家长即为未成年的儿子讨个童养媳，于是每家都有童养媳。换言之，也就是交换儿女来教育，来学习参加生活工作。这些小女子年纪十二三岁，穿了件印花洋布裤子过门，用一只雄鸡陪伴拜过天

> 地祖先后，就取得了童养媳身分，或为“家”候补人员之一。年纪小虽小，凡是这家中一切事情，体力所及都得参加，下河洗衣，入厨房烧火煮饭，更是两件日常工作。无事可作时，就为婆婆替手，把两三岁大小叔叔负之抱之到前村头去玩耍，自己也抽空看看热闹。或每天上山放牛，必趁便挑一担松毛，摘一篮蕈子，回家当晚饭菜。年纪到十五六岁时，就和丈夫圆了亲，正式成为家中之一员。除原有工作外，多了一样承宗接祖生男育女的义务。①

显而易见，《长河》这里的书写，虽然仍有一些牧歌的调子，但已不复从前小说当中的诗性和抒情性，以及专注于对如诗如画意境、情境的营造。沈从文在《长河》题记里也意识到了自己的这种变化，他说：

> 另外却又用辰河流域一个小小水码头作背景，就我所熟习的人事作题材，来写写这个地方一些平凡人物生活上的“常”与“变”，以及在两相乘除中所有的哀乐。问题在分析现实，所以忠忠实实和问题接触时，心中不免痛苦，唯恐作品和读者对面，给读者也只是一个痛苦印象，还特意加上一点牧歌的谐趣，取得人事上的调和。②

沈从文自己在看《长河》与此前《边城》的变化时，是这样说的：

---

① 沈从文．长河·人与地［M］//沈从文．沈从文全集：第10卷 小说卷．2版．太原：北岳文艺出版社，2009：16－17．

② 沈从文．《长河》题记［M］//沈从文．沈从文全集：第10卷 小说卷．2版．太原：北岳文艺出版社，2009：6－7．

> 记得八年前《边城》付印时，在那本小书题记上，我曾说过：所希望的读者，应当是身在学校以外，或文坛消息，文学论战，以及各种批评所达不到地方，在各种事业里低头努力，很寂寞的从事于民族复兴大业的人。作品所能给他们的，也许是一点有会于心的快乐，也许只是痛苦，……现在这本小书，我能说些什么？我很明白，我的读者在八年来人生经验上，对于国家所遭遇的挫折，以及这个民族忧患所自来的根本原因，还有那个多数在共同目的下所有的挣扎向上方式，从中所获得的教训，……都一定比我知道的还要多还要深。个人所能作的，十年前是一个平常故事，过了将近十年，还依然只是一个平常故事。过去写的也许还能给他们一点启示或认识，目下可什么全说不上了。①

而1944年12月间，沈从文校读文聚版土纸本《长河》，十分细致地为自己这一作品加批了大量注释。如此做法，就沈来说，似属绝无仅有。自注的最后，是：

> 十二月十五校毕，去《边城》完成刚满十年。……重读本文序言，“骤然而来的风雨，说不定会把许多人的高尚的理想，卷扫摧残，弄得无踪无迹。然而一个人对于人类前途的热忱，和工作的虔敬态度，是应当永远存在，且必然能给后来者以极大鼓励的！”这热忱与虔敬态度，唯一希望除了我用这支笔来写它，谁相信，谁明白？然而我这支笔到当前环境中，能写些什么？纵写出来又有什么意

---

① 沈从文.《长河》题记［M］//沈从文. 沈从文全集：第10卷 小说卷. 2版. 太原：北岳文艺出版社，2009：8.

义？逝者如斯，人生可悯。[1]（省略号为笔者所加）

前文曾论及沈从文1961年写作的《抽象的抒情》，“其中部分论点其实在沈20世纪40年代的文字中已经可以得见，50年代的家书中仍继续有所抒发”。其实，从早期的致力于对艺术美的潜心探究、讲究写作是一种“情绪的体操”，到后来20世纪60年代的“抽象的抒情”，不止是抒情美学主张发生着变化，亦已反映在了他实际的创作当中。《长河》较之《边城》的变化，即可见一斑。是故，我们还是选取抒情性特征更加鲜明的《边城》来看它与抒情传统的关系，看《边城》所具有的那种“向生命的神性凝目”（凌宇语）的抒情性。

《边城》全文原分11次发表于《国闻周报》（1934），1934年10月由上海生活书店初版。1943年9月开明书店出版改订本。夏志清评价《边城》：“在他成熟的时期，他对几种不同文体的运用，可说已到随心所欲的境界。计有玲珑剔透牧歌式的文体，里面的山水人物呼之欲出，这是沈从文最拿手的文体，而《边城》是最完善的代表作。”[2] 司马长风在他的《中国新文学史》当中这样评价《边城》：“《边城》仅约七万字，可能是最短的一部长篇小说，实际上则是一部最长的诗。全书二十一节，每节两千到三千多字，每一节是一首诗，连起来成一首长诗；又像是二十一幅彩画连成的画卷。这是古今中外最别致的一部小说，是小说中飘逸不群的仙女。她不仅是沈从文的代表作，也是30年代文坛的代表作。”沈从文研究专家凌宇也曾非常看重司马长风的这个评价，并在自己的著述当中着意引用过。司马长风能够这样读解《边城》，与其所持文学应

---

① 沈从文.《长河》自注［M］//沈从文. 沈从文全集：第10卷 小说卷. 2版. 太原：北岳文艺出版社，2009：182.

② 夏志清. 中国现代小说史［M］. 刘绍铭，等，译. 上海：复旦大学出版社，2005：146.

富于诗性、诗情、抒情性的文学评价尺度是有关的："诗是文学的结晶，也是品鉴文学的具体尺度。一部散文、戏剧或小说的价值如何，要品尝她含有多少诗情，以及所含诗情的浓淡和纯驳。"能如此心领神会抒情传统和抒情论述的研究者，才会这样懂得《边城》：

> 《边城》的情节非常简单，描写一山水如画的古渡头，有一孤处的人家，里面住着摆渡的老船夫和小孙女。老船夫年逾古稀，小孙女翠翠情窦初开。茶峒城里码头大哥顺顺，有两个儿子，都那么雄健、那么俊，看了翠翠都倾了心。翠翠先见过二老暗中动了情，大老托人说媒，老船夫满心欢喜，可是翠翠不应承；大老精神恍惚下船去，跌在激流里送了命。顺顺全家怪了老船夫，误会他颠三倒四，二老也暂时收起那份情。老船夫不顾一切找上门去向顺顺和二老解释，都遭受了冷淡。二老又下船走了。老船夫大病一场却在风雨之夜归天了，遗下孤苦伶仃的小翠翠。故事到这里便结束了。二老的吉凶未卜，翠翠的福祸不知，可是山依然那么青，水依然那么绿，小城依然那么熙熙攘攘。
>
> 平凡的人物，平凡的梦，平凡的坎坷，可是却表现了不平凡的美。①

沈从文在《废邮存底》里有一篇，专门谈他自己的写作与水的关系——《我的写作与水的关系》，"我所写的故事，却多数是水边的故事。故事中我所最满意的文章，常用船上水上作为背影，我

① 司马长风. 论沈从文的创作：《中国新文学史》节选［M］//邵华强. 沈从文研究资料：下. 北京：知识产权出版社，2011：438.

故事中人物的性格，全为我在水边船上所见到的人物性格”①。《边城》小说的开篇，几段文字，便把读者带入了水边的故事，显现的是船上水上的背影，以及水边船上才有的人物的性格——同时也显示出沈从文虽则是在写小说，却能用最简练素朴的文字，三言两语，文字闪转腾挪中，诗意画景般的情境、意境，就展现在了我们面前：

> 由四川过湖南去，靠东有一条官路。这官路将近湘西边境到了一个地方名为“茶峒”的小山城时，有一小溪，溪边有座白色小塔，塔下住了一户单独的人家。这人家只一个老人，一个女孩子，一只黄狗。
>
> 小溪流下去，绕山岨流，约三里便汇入茶峒大河。人若过溪越小山走去，则只一里路就到了茶峒城边。溪流如弓背，山路如弓弦，故远近有了小小差异。小溪宽约廿丈，河床为大片石头作成。静静的河水即或深到一篙不能落底，却依然清澈透明，河中游鱼来去皆可以计数。小溪既为川湘来往孔道，限于财力不能搭桥，就安排了一只方头渡船。这渡船一次连人带马，约可以载二十位搭客过河，人数多时则反复来去。渡船头竖了一枝小小竹竿，挂着一个可以活动的铁环，溪岸两端水面横牵了一段废缆，有人过渡时，把铁环挂在废缆上，船上人就引手攀缘那条缆索，慢慢的牵船过对岸去。……②（省略号为笔者所加）

① 沈从文．我的写作与水的关系［M］//沈从文．沈从文全集：第17卷 文论卷．2版．太原：北岳文艺出版社，2009：209.

② 沈从文．边城［M］//沈从文．沈从文全集：第8卷 小说卷．2版．太原：北岳文艺出版社，2009：61－63.

“溪流如弓背，山路如弓弦，故远近有了小小差异。小溪宽约廿丈，河床为大片石头作成。静静的河水即或深到一篙不能落底，却依然清澈透明，河中游鱼来去皆可以计数。”语言古意雅质，寥寥几笔就将人带入情境。小说当成诗意盎然的散文来读，也很恰当。小说的散文化、抒情性，不止体现在写景，还涉及方方面面。《边城》第二节，竟然没有续写爷爷和翠翠的故事，而是如诗化散文一样写茶峒地方凭水依山筑城，临水一面在城外河边留出余地设码头，湾泊小小蓬船，贯串各个码头有一条河街，人家房子多一半着陆，一半在水，莫不设有吊脚楼。涨水时，流水浩浩荡荡，总有一些勇敢的人，救人救物，“却同样在一种愉快冒险行为中，做得十分敏捷勇敢，使人见及不能不为之喝彩”。然后又娓娓道来的是河水：

> 那条河水便是历史上知名的酉水，新名字叫作白河。白河到辰州与沅水汇流后，便略显浑浊，有出山泉水的意思。若溯流而上，则三丈五丈的深潭皆清澈见底。深潭中为白日所映照，河底小小白石子，有花纹的玛瑙石子，全看得明明白白。水中游鱼来去，皆如浮在空气里。两岸多高山，山中多可以造纸的细竹，长年作深翠颜色，迫人眼目。近水人家多在桃杏花里，春天时只需注意，凡有桃花处必有人家，凡有人家处必可沽酒。夏天则晒晾在日光下耀目的紫花布衣裤，可以作为人家所在的旗帜。秋冬来时，人家房屋在悬崖上的，滨水的，无不朗然入目。黄泥的墙，乌黑的瓦，位置却永远那么妥贴，且与四围环境极其调和，使人迎面得到的印象，实在非常愉快。一个对于诗歌图画稍有兴味的旅客，在这小河中，蜷伏于一只小船上，作三十天的旅行，必不至于感到厌烦。正因为处处有奇迹可以发现，自然的大胆处与精巧处，无一地无一时不

使人神往倾心。①

这样的文字，让人读来，如何不使人备觉这里的景致让人神往倾心？我们是可以将之当作散文来读的，处处诗情画境。接下去又写白河的源流、白河上行的小船、城中驻扎的一营戍兵，及五百家左右的住户。小城里的人事、城外小小河街的各种情形，简直可以叫作酉水识录或者白河识录。这里的边地民俗淳朴，最可以举例的，似乎仍然是妓女的痴情：

> 由于边地的风俗淳朴，便是作妓女，也永远那么浑厚，遇不相熟的主顾，做生意时得先交钱，数目弄清楚后，再关门撒野。人既相熟后，钱便在可有可无之间了。妓女多靠四川商人维持生活，但恩情所结，却多在水手方面。感情好的，别离时互相咬着嘴唇咬着颈脖发了誓，约好了“分手后各人皆不许胡闹”；四十天或五十天，在船上浮着的那一个，同在岸上蹲着的这一个，便皆呆着打发这一堆日子，尽把自己的心紧紧缚定远远的一个人。尤其是妇人，情感真挚痴到无可形容，男子过了约定时间不回来，做梦时，就总常常梦船拢了岸，那一个人摇摇荡荡的从船跳板到了岸上，直向身边跑来。或日中有了疑心，则梦里必见那个男子在桅子上向另一方面唱歌，却不理会自己。性格弱一点儿的，接着就在梦里投河吞鸦片烟，性格强一点儿的，便手执菜刀，直向那水手奔去。他们生活虽那么同一般社会疏远，但是眼泪与欢乐，在一种爱憎得失间，揉进了这些人生活里时，也便同另外一片土地另外一

① 沈从文. 边城［M］//沈从文. 沈从文全集：第8卷 小说卷. 2版. 太原：北岳文艺出版社，2009：66－67.

> 些人相似，全个身心为那点爱憎所浸透，见寒作热，忘了一切。若有多少不同处，不过是这些人更真切一点，也更于糊涂一点罢了。短期的包定，长期的嫁娶，一时间的关门，这些关于一个女人身体上的交易，由于民情的淳朴，身当其事的不觉得如何下流可耻，旁观者也就从不用读书人的观念，加以指摘与轻视。这些人既重义轻利，又能守信自约，即便是娼妓，也常常较之知羞耻的城市中人还更可信任。①

《边城》中这段描写，可以与《柏子》中柏子与妓女的感情，形成互文性阐释。《柏子》中，夜里既落小雨，泥滩头滑溜溜使人无从立足，还有人上岸到河街去。

> 这是其中之一个，名叫柏子，日里爬桅子唱歌，不知疲倦，到夜来，还依然不知道疲倦，所以如其他许多水手一样，在腰边板带中塞满了铜钱，小心小心的走过跳板到岸边了。先是在泥滩上走，没有月，没有星，细毛毛雨在头上落，两只脚在泥里慢慢翻——成泥腿，快也无从了——目的是河街小楼红红的灯光，灯光下有使柏子心开一朵花的东西存在。
>
> 灯光多无数，每一小点灯光便有一个或一群水手，灯光还不及塞满这个小房，快乐却将水手们胸中塞紧，欢喜在胸中涌着，各人眼睛皆眯了起来。沙喉咙的歌声笑声从楼中溢出，与灯光同样，溢进上岸无钱守在船中的水手耳中眼中时，便如其他世界一样，反应着欢喜的是诅咒。那

---

① 沈从文．边城［M］//沈从文．沈从文全集：第 8 卷　小说卷．2 版．太原：北岳文艺出版社，2009：70－71．

些不能上岸的水手，他们诅咒着，然而一颗心也摇摇荡荡上了岸，且不必冒滑滚的危险，全各以经验为标准，把心飞到所熟习的楼上去了。①

与女人重聚时的温情，嘴巴上不依不饶，底子里却是彼此之间，如《边城》中妓女和水手那样咬着嘴唇咬着脖颈发了誓般的牵念。从妇人处离开后，大雨里，河岸泥滩上，柏子“他想起眼前的事心是热的。想起眼前的一切，则头上的雨与脚下的泥，全成为无须置意的事了”。这时的妇人是睡眠了，还是别的，柏子也不去想这个。“妇人的笑，妇人的动，也死死的像蚂蝗一样钉在心上。这就够了。他的所得抵得过一个月的一切劳苦，抵得过船只来去路上的风雨太阳，抵得过打牌输钱的损失，抵得过……他还把以后下行日子的快乐预支了。这一去又是半月或一月，他很明白的。以后也将高高兴兴的作工，高高兴兴的吃饭睡觉，因为今夜已得了前前后后的希望，今夜所‘吃’的足够两个月咀嚼，不到两月他可又回来了。”②《湘行散记》里那篇《一个多情水手与一个多情妇人》，妇人夭夭与水手的感情更是炽热。而借由做妓女的女人，和与这样的女人关系着的男人，所书写的民风的淳朴，短篇小说《丈夫》中可以说有过更加形神兼具的动人描述。

话说回来，《边城》情节发展的主线，是翠翠与傩送爱情的产生和演变，但亦无戏剧化的冲突，故事性并不是很强。这条情感主线，本身就是朦朦胧胧，似无又有，不仅有如《三三》中三三遇见年青人和管事先生时，以鱼和溪水产生话题的情节，还有很多烘云托月般的文学书写和情境、意境的营造和刻画，人物心理活动常常

① 沈从文．柏子［M］//沈从文．沈从文全集：第9卷　小说卷．2版．太原：北岳文艺出版社，2009：41.

② 沈从文．柏子［M］//沈从文．沈从文全集：第9卷　小说卷．2版．太原：北岳文艺出版社，2009：45.

是借景物来表达，情景交融。整部《边城》，所采用的都是一种情感的结构，在情感线索和情感的变化和流动中，展开小说故事的叙述。偶遇二老傩送之后，翠翠一天比一天大了，是怎么大的呢?

> 翠翠一天比一天大了，无意中提到什么时，会红脸了。时间在成长她，似乎正催促她，使她在另外一件事情上负点儿责。她欢喜看扑粉满脸的新嫁娘，欢喜述说关于新嫁娘的故事，欢喜把野花戴到头上去，还欢喜听人唱歌。茶峒人的歌声，缠绵处她已领略得出。她有时仿佛孤独了一点，爱坐在岩石上去，向天空一片云一颗星凝眸。祖父若问："翠翠，想什么?"她便带着点儿害羞情绪，轻轻的说："翠翠不想什么。"但在心里却同时又自问："翠翠，你想什么?"同是自己也就在心里答着："我想的很远，很多。可是我不知想些什么。"她的确在想，又的确连自己也不知在想些什么。这女孩子身体既发育得很完全，在本身上因年龄自然而来的一种"奇事"，到月就来，也使她多了些思索。①

《边城》第八节，开始第二段就写到："雨落个不止，溪面一片烟"。这一节结尾，仍然是："细雨还依然落个不止，溪面一片烟。"首尾呼应，宛若诗画，又如散文，亦或是抒情诗一般的情境与意境已经毫无二致了。过渡人走了，翠翠就在船上又轻轻哼着巫师迎神的歌玩，小说插入了六段文字，是翠翠所哼着的歌——这样的情境，与我们恍若隔世，倒是更接近于那古时桃花源般的所在……《边城》第十一节，掌水码头的顺顺，请了媒人来为儿子

---

① 沈从文. 边城［M］//沈从文. 沈从文全集：第8卷 小说卷. 2版. 太原：北岳文艺出版社，2009：89－90.

向渡船的攀亲戚来了。祖父要问翠翠的主张怎么样，小说在这里却没有直接揭示，而是用烘云托月般的手法，写出了翠翠的羞涩和她心系别处，翠翠心里住着的是别人——二老傩送。

> 翠翠拿了一簸箕豌豆下到溪边，上了船，娇娇的问她的祖父：“爷爷，你有什么事？”祖父笑着不说什么，只偏着个白发盈颠的头看着翠翠，看了许久。翠翠坐到船头，有点不好意思，低下头去剥豌豆，耳中听着远处竹篁里的黄鸟叫。翠翠想：“日子长咧，爷爷话也长了。”翠翠心轻轻的跳着。
>
> 过了一会祖父说：“翠翠，翠翠，先前那个人来作什么，你知道不知道？”
>
> 翠翠说：“我不知道。”说后脸同颈脖全红了。
>
> 祖父看看那种情景，明白翠翠的心事了，便把眼睛向远处望去，在空雾里望见了十六年前翠翠的母亲，老船夫心中异常柔和了。轻轻的自言自语说：“每一只船总要有个码头，每一只雀儿得有个窠。”他同时想起那个可怜的母亲过去的事情，心中有了一点隐痛，却勉强笑着。①

《边城》第十三节，翠翠仍处在这种感情的内敛不明当中。翠翠和爷爷在豆油灯下把饭吃过后，喝了半碗白酒的老船夫兴致极好，又同翠翠到门外高崖上月光下去说故事，说起翠翠死去的母亲的故事，那个可怜母亲的乖巧处和性格刚硬处，使翠翠听来神往倾心：

---

① 沈从文. 边城［M］//沈从文. 沈从文全集：第 8 卷 小说卷. 2 版. 太原：北岳文艺出版社，2009：111.

> 翠翠抱膝坐在月光下，傍着祖父身边，问了许多关于那个可怜母亲的故事。间或吁一口气，似乎心中压上了些分量沉重的东西，想挪移得远一点，才吁着这种气，可是却无从把那种东西挪开。
>
> 月光如银子，无处不可照及，山上篁竹在月光下皆成为黑色。身边草丛中虫声繁密如落雨。间或不知道从什么地方，忽然会有一只草莺“嗒嗒嗒嗒嘘！”啭着她的喉咙，不久之间，这小鸟儿又好像明白这是半夜，不应当那么吵闹，便仍然闭着那小小眼儿安睡了。
>
> 祖父夜来兴致很好，为翠翠把故事说下去，就提到了本城人二十年前唱歌的风气，如何驰名于川黔边地。翠翠的父亲，便是当地唱歌的第一手，能用各种比喻解释爱与憎的结子，这些事也说到了。翠翠母亲如何爱唱歌，且如何同父亲在未认识以前在白日里对歌，一个在半山上竹篁里砍竹子，一个在溪面渡船上拉船，这些事也说到了。①

《边城》第十五节，大老觉出得不到翠翠的心，坐了那只新油船向下河走去了，留下傩送二老在家。翠翠和祖父坐在那白日里为强烈阳光晒热的岩石上去：

> 月光极其柔和，溪面浮着一层薄薄白雾，这时节对溪若有人唱歌，隔溪应和，实在太美丽了。翠翠还记着先前祖父说的笑话。耳朵又不聋，祖父的话说得极分明，一个兄弟走马路，唱歌来打发这样的晚上，算是怎么一回事？她似乎为了等着这样的歌声，沉默了许久。

---

① 沈从文. 边城［M］//沈从文. 沈从文全集：第8卷 小说卷. 2版. 太原：北岳文艺出版社，2009：121.

她在月光下坐了一阵，心里却当真愿意听一个人来唱歌。久之，对溪除了一片草虫的清音复奏以外别无所有。翠翠走回家里去，在房门边摸着了那个芦管，拿出来在月光下自己吹着。觉吹得不好，又递给祖父要祖父吹。老船夫把那个芦管竖在嘴边，吹了个长长的曲子，翠翠的心被吹柔软了。①

境由心生，心由境来衬托、寄托和表达。也只有这样的情境、意境，能够衬托出翠翠内心的百转千回，及“心被吹柔软了”的心中情思。大老死后，二老一时无法从情感上再去接受翠翠，但心里其实还是爱着翠翠的。《边城》第十八节，大老遇险落水死后的日子：

日子平平的过了一个月，一切人心上的病痛，似乎皆在那么份长长的白日下医治好了。天气特别热，各人皆只忙着流汗，用凉水淘江米酒吃，不用什么心事，心事在人生活中，也就留不住了。翠翠每天皆到白塔下背太阳的一面去午睡，高处既极凉快，两山竹篁里叫得使人发松的竹雀，与其他鸟类，又如此之多，致使她在睡梦里尽为山鸟歌声所浮着，做的梦便常是顶荒唐的梦。

这不是人生罪过。诗人们会在一件小事上写出一整本整部的诗，雕刻家在一块石头上雕得出的骨血如生的人像，画家一撇儿绿，一撇儿红，一撇儿灰，画得出一幅一幅带有魔力的彩画，谁不是为了惦着一个微笑的影子，或是一个皱眉的记号，方弄出那么些古怪成绩？翠翠不能用

① 沈从文．边城［M］//沈从文．沈从文全集：第 8 卷　小说卷．2 版．太原：北岳文艺出版社，2009：126．

> 文字，不能用石头，不能用颜色，把那点心头上的爱憎移到别一件东西上去，却只让她的心，在一切顶荒唐事情上驰骋。她从这分隐秘里，便常常得到又惊又喜的兴奋。一点儿不可知的未来，摇撼她的情感极厉害，她无从完全把那种痴处不让祖父知道。①

种种的误会和错过之后，二老坐船下桃源了，爷爷死了，翠翠安葬了爷爷，由老马兵伴着，把一个一个日子过下去，等待二老归来。但直到小说结尾，二老也还没有回来：

> 可是到了冬天，那个圮坍了的白塔，又重新修好了。那个在月下唱歌，使翠翠在睡梦里为歌声把灵魂轻轻浮起来的青年人还不曾回到茶峒来。
>
> …………
>
> 这个人也许永远不回来了，也许“明天”回来！②

用司马长风的话来说，这样一个悬疑的结尾，暗示人生不可知的命运，同时与全书如梦如烟的迷离气氛相应合。这不是“煞尾”，而更像是“度尾”的小说结尾，在凌宇看来，是：

> 《边城》的结尾具有高度的艺术魅力。它与小说的开头、主体相呼应，仿佛一曲乐音从遥远的地方响起，逐渐向近处，音量加大，响起全篇的主旋律，最后又逐渐远去。小说以茶峒人敛钱重修白塔的全景，配以类似电影画

① 沈从文. 边城［M］//沈从文. 沈从文全集：第 8 卷 小说卷. 2 版. 太原：北岳文艺出版社，2009：135.

② 沈从文. 边城［M］//沈从文. 沈从文全集：第 8 卷 小说卷. 2 版. 太原：北岳文艺出版社，2009：152.

> 外音的解说收束全文，从中景推为远景，再慢慢隐去，收到了余音袅袅，不绝如缕的艺术效果。①

这样一个结尾，宛若乐音，又如全景画，文字、乐音、画面似乎互相通感起来。而上文之所以做多段的引文转录，有一个重要的原因——《边城》并不以故事性强为叙述的典型特征，也不是传统小说情节曲折的写法，整部小说是一个流动着的情感结构，情景交融，动人的情境、意境随处可见，淳朴的人性就那么自自然然地呈现着……凌宇说《边城》是“向生命的神性凝目”，而我们这里，更加看重沈从文在向生命的神性凝目时所抒发出的人性的美、人性的诗意，以及整部小说所具有的抒情性。淳朴的人性，向生命的神性凝目，是沈从文一度书写不尽的灵感源泉。但是，即便是可以在自己的写作上面有着相当的自信的沈从文，他也一样知道自己的“边城”式写作，并不很合时宜，他在自己那篇有名的《边城》题记里这样写道：

> 对于农人与兵士，怀了不可言说的温爱，这点感情在我一切作品中，随处都可以看出。我从不隐讳这点感情。我生长于作品中所写到的那类小乡城，我的祖父，父亲，以及兄弟，全列身军籍；死去的莫不在职务上死去，不死的也必然的将在职务上终其一生。就我所接触的世界一面，来叙述他们的爱憎与哀乐，即或这枝笔如何笨拙，或尚不至于离题太远。因为他们是正直的，诚实的，生活有些方面极其伟大，有些方面又极其平凡，性情有些方面极其美丽，有些方面又极其琐碎，——我动手写他们时，为了使其更有人性，更近人情，自然便老老实实的写下去。

---

① 凌宇. 从边城走向世界［M］. 修订本. 长沙：岳麓书社，2006：312.

但因此一来，这作品或者便不免成为一种无益之业了。因为它对于在都市中生长教育的读书人说来，似乎相去太远了。他们的需要应当是另外一种作品，我知道的。

照目前风气说来，文学理论家，批评家，及大多数读者，对于这种作品是极容易引起不愉快的感情的。前者表示“不落伍”，告给人中国不需要这类作品，后者“太担心落伍”，目前也不愿意读这类作品。这自然是真事。……①（省略号为笔者所加）

于是乎，沈从文说他的《边城》：

我这本书只预备给一些“本身已离开了学校，或始终就无从接近学校，还认识些中国文字，置身于文学理论，文学批评，以及说谎造谣消息所达不到的那种职务上，在那个社会里生活，而且极关心全个民族在空间与时间下所有的好处与坏处”的人去看。他们真知道当前农村是什么，想知道过去农村有什么，他们必也愿意从这本书上同时还知道点世界一小角隅的农村与军人。我所写到的世界，即或在他们全然是一个陌生的世界，然而他们的宽容，他们向一本书去求取安慰与知识的热忱，却一定使他们能够把这本书很从容读下去的。……这作品或者只能给他们一点怀古的幽情，或者只能给他们一次苦笑，或者又将给他们一个噩梦，但同时说不定，也许尚能给他们一种勇气同信心！②（省略号为笔者所加）

---

① 沈从文.《边城》题记［M］//沈从文. 沈从文全集：第8卷　小说卷. 2版. 太原：北岳文艺出版社，2009：57－58.

② 沈从文.《边城》题记［M］//沈从文. 沈从文全集：第8卷　小说卷. 2版. 太原：北岳文艺出版社，2009：58－59.

从《边城》的题记里，其实已经可以领略到沈从文自己都清楚，他的文学理想、文学主张和文学追求，在当时并不是很能为一些文学理论家、批评家，甚至为一些读者所能够适应和乐于接受的。或许就是如王德威所说过的，在革命、启蒙之外，“抒情”代表中国文学现代性——尤其是现代主体建构——的又一面向，在当时还未得到充分的认识和重视。而在王德威主要涉及国族政治领域的思考之外，其实对于沈从文的小说创作，他的文论，他的“情绪的体操”与“抽象的抒情”的建构，等等，都是中国文学抒情传统在现当代文学赓续和扩展的一个典型例证。我们目前的研究还并不充分，相关问题，更是值得更深维度和更广层面研究的全面展开。凌宇、王德威、张新颖等人，在这一领域和沈从文研究方面，都取得了不俗的研究成果。尽管如此，“抒情传统与沈从文的小说”研究命题，仍然大有可为，还可以进一步展开和打开。

第三章

抒情传统与萧红的创作

茅盾当年为《呼兰河传》作序时，就将“寂寞”作为萧红人生和写作的关键词，贯穿他这篇有名的序言的全文。在萧红那如流星般闪耀，又如流星划过天际般短暂的人生和写作生涯里，从她创作前期到写作的后期，从《生死场》到《呼兰河传》，萧红表现出一种较为鲜明的“生命边界的孤独者”写作的抒情性特征。而其中，其实也是有变化的，甚至是不小的变化：从一种焦灼于“生死场”上——生与死——的孤寂的生命体验，到她英年早逝的生命晚期，回望故乡呼兰河小城时，时时萦绕在她心头的“我家是荒凉的”怅惘情怀。而无论如何悲寂与孤寂，她心中又永远向这“温暖”和“爱”的方面，怀着永久的憧憬和追求。

从《生死场》等小说，到《呼兰河传》等后期忆家题材的小说，萧红既成功地实现了对沉寂的生命世界的拷问，又对呼兰河小城的人们，照着“几千年传下来的习惯而思索而生活”这样的传统积习，有着她深入的思考；而且并没有陷入过于冷峻峭拔，抑或是严峻酷烈的直接批判。萧红既没有忘记自己作为知识女性的社会责任感和对女性命运的思考，又以小说愈来愈浓厚的抒情性特征，向文学性和艺术性方面，更进了一步——从《生死场》到《呼兰河传》，她和她的小说告诉我们，她没有陷入孤独寂寞的泥淖而无法自拔，她对于“温暖”和“爱”，怀着永久的憧憬和追求。而非成人视角的叙事策略，以及“我的人物比我高”所涵盖的另外的方面——不同人物的限知视角和限制叙事、固定人物的限知视角和限制叙事，等等，都让萧红后期的《呼兰河传》等忆家题材的小说，在散文化、抒情性特征方面，即在“像诗样美的辞章”之外，兼具“叙述性强”“以及扣人心弦的情节”的特点。《呼兰河传》也由此成为限知视角和限制叙事的小说范本。抒情传统，是我们中华民族伟大的文学传统。在中国现当代作家这里，文学的抒情氛围依然浓厚。他们以一百多年的摸索，也亲身实践着如何“在叙事中抒情，用抒情的笔触叙事”（汪曾祺语），带给我们许多宝贵的文学文本。

第一节　“生命边界的孤独者”写作的抒情性特征
——从《生死场》到《呼兰河传》

> 对于生活曾经寄以美好的希望但又屡次“幻灭”了的人，是寂寞的；对于自己的能力有自信，对于自己工作也有远大的计划，但是生活的苦酒却又使她颇为悒悒不能振作，而又因此感到苦闷焦躁的人，当然会加倍的寂寞；这样精神上寂寞的人一旦发觉了自己的生命之灯快将熄灭，因而一切都无从“补救”的时候，那她的寂寞的悲哀恐怕不是语言可以形容的。①

从上面的话可以见出，茅盾先生在为《呼兰河传》作序时，即已体察到萧红“心境是寂寞的”，但他仅仅将之归因于“感情富于理智的女诗人，被自己的狭小的私生活的圈子所束缚”而“和广阔的进行着生死搏斗的大天地完全隔绝了”。② 这种判断当然是有其时代背景作为渊源的。20 世纪 30 年代的中国社会现实，是“救亡”成为压倒一切的历史文化主题，萧红所属的“东北作家群”就以血泪相混来描写民族的灾难，以剑火的交融来歌颂人民的反抗和斗争。萧红写出“然而北方人民的对于生的坚强，对于死的挣

---

① 茅盾．呼兰河传·序［M］//萧红．萧红全集：上卷．哈尔滨：哈尔滨出版社，1998：101.

② 茅盾．呼兰河传·序［M］//萧红．萧红全集：上卷．哈尔滨：哈尔滨出版社，1998：109.

扎，却往往已经力透纸背”① 的作品当然是备受肯定的，但日渐在她作品中尤其是后期作品里显现的孤独与寂寞的情怀，在当时的时代和历史语境下，就不免招来是“个人寂寞的情怀”、是“消沉”、是“退却”的评议。无可否认，萧红是孤独寂寞的，这层深的孤独与寂寞一直袭扰着她，加上她的个性特征和女作家的气质禀赋，形成了她那独特的人生感受和生命体验。但是，她的孤独与寂寞并不是单纯的一己之悲欢，而是一种“生死场”上的孤独体验，一种焦灼于“无主名”生命悲寂的独特感受，是回望呼兰河城时屡屡浮上心头的“我家是荒凉的”之感。萧红小说的抒情性特征，与深驻于她心中的生命体验，那种被称为“写给未来人的‘伟大孤寂’”是分不开的：

> 她“时刻期待着黎明的曙色却永远葬身于黑暗之中，永久憧憬着人间的爱意和温暖却倍受凌辱与蹂躏而过早地离去，强烈向往着辉煌的人生却终守着寂寞与孤独”。然而更可悲的，不是她个人的寂寞情怀，而是环绕着她和她的作品所形成的一个具有东方悲剧意味的“寂寞”网，它如无边的暗夜将这个作家用生命之光撕碎的一角沉重的天幕复又合拢，这是她“将心捧给每一个相识与不相识的朋友却很少有人能够真正理解她”和“勇毅地面对一个民族的灵魂却造成一代又一代人迷惘”的东方寂寞，一种多么伟大的孤寂和深沉的悲哀。②

---

① 鲁迅．生死场·序言［M］//萧红．萧红全集：上卷．哈尔滨：哈尔滨出版社，1998：2.

② 皇甫晓涛．萧红现象：兼谈中国现代文化思想的几个困惑点［M］．天津：天津人民出版社，1991：113－114.

正是由于这承载了“过于沉重的痛楚”的孤寂体验，让萧红既可以从女性立场，感同身受地唱出挣扎在生存与死灭之间的女性悲歌，展示出女性孤独而无望的生命存在（如《生死场》）；又可以从原始蒙昧的乡土生活和古老混沌的民俗文化中，传达出枯索荒凉与孤独寂寞的生命体验，在“无主名”的生命悲寂体验里，透露出一个现代女作家对于生命存在的深在思考（如《呼兰河传》）。萧红是孤独的，却能在对乡民蒙昧麻木的文化心理缺陷造成诸多“无事的悲剧”的反思中，与鲁迅所开创的改造国民性和民族文化心理重构主题遥相呼应；萧红常常也是感伤的，相较于郁达夫的感伤，却似乎更多明丽和清新，“萧红的忧郁感伤可以与郁达夫的小说联系起来看，但她没有那样病态、驳杂，更有女性的纯净美”①。在这位羸弱女儿寂寥的内心深处，充溢着孤独与寂寞的生命之感，但这苦难与悲寂的生命感受，并没有将她引向彻底的虚无与绝望，她在道出生命的永恒悲凉之余，仍然满怀一份生的执着，存有一份真挚的希望，对于“温暖”和“爱”的方面，怀着永久的憧憬和追求。考察萧红“生命边界的孤独者”写作的抒情性特征，是王德威所提出的“抒情”代表中国文学现代性——尤其是现代主体建构——的又一面向，一个重要的作家例证。

一、“生命边界的孤独者”写作

正如我们在前面所提到的，普遍的孤独与苦闷之感，几乎是标识了五四时期知识者共性的“家族徽章”。而伴随着个性解放应运而生的一大批女作家，身为业已觉醒了的现代知识女性，旧的成法和积习对她们的束缚更加深重，这由性别角色所遭遇的深重束缚，诉诸其纤敏多思的情绪笔致，便使得孤独与苦闷成为常常流溢于她

① 钱理群，温儒敏，吴福辉．中国现代文学三十年［M］．修订本．北京：北京大学出版社，1998：310.

们笔端的怅惘情怀。在蜿蜒而进的女性创作的潮流发展当中，这孤独与苦闷的情怀，落实到不同的女作家身上，又往往具有极为相异的情绪特质。

在以冰心为代表的闺阁派女作家那里，充溢着对女性真善美的由衷歌颂，她们热切赞美母爱与童心，可能带来孤独苦闷之感的一切社会问题，似乎都可以由爱来化解与消除。庐隐、凌叔华、冯沅君等女作家，多受过良好的教育和五四新风熏陶，致力于探求追求个性解放和婚恋自由的女性的出路。她们的孤独，多来自于爱情与现实冲突、理智与情感交错的苦闷。像庐隐的《何处是归程》里，沙侣苦闷于婚前婚后的“天上人间”之别，她的抱独身主义的姑姑学成归国后同样“感到各方面都太孤零了”，这儿的怅惘不过：“结婚也不好，不结婚也不好，歧路纷出，何处是归程啊？”凌叔华的孤独情怀，也满含空灵含蓄蕴藉，她“以清淡秀逸的笔致，描写高门巨族和中产人家温顺女性的枯寂和忧郁的灵魂”①。冯沅君的孤独苦闷，也往往交织了婚姻自主经由封建礼教拗折阻磨而生就的苦恼哀怜。丁玲早期作品《莎菲女士的日记》，写出的也是按个性解放思想行事的知识女性求爱失爱、寻路失路的孤独与苦闷。女作家们的思考多围绕“女性与人生”主题下的感情生活，题材的选取和人物的塑造，也多囿于知识女性的范围。

20 世纪 30 年代，社会历史急剧变动，民族矛盾和阶级矛盾日益尖锐，女作家由个人意识觉醒伴生的孤独苦闷，几乎被社会意识觉醒的召唤一举冲散，许多人从抒写自我转向了书写社会。对于以丁玲为代表的第二代女作家，“隐匿自我便成为一种不言而喻的必然了”，似乎只有萧红，“‘逃脱’了这种程式化的写作和人生轨迹”，“从一开始就没有蹈入‘自我宣泄’的覆辙，到生命终止时

---

① 杨义．中国现代小说史：第一卷［M］．北京：人民文学出版社，1986：284．

也未‘隐匿自我’”。① 萧红以自己的感同身受，体味着女性孤独而无望的生命体验。

> “你知道吗？我是个女性。女性的天空是低的，羽翼是稀薄的，而身边的累赘又是笨重的！而且多么讨厌呵，女性有着过多的自我牺牲精神。这不是勇敢，倒是怯懦，是在长期的无助的牺牲状态中养成的自甘牺牲的惰性。我知道，可是我还免不了想：我算什么呢？屈辱算什么呢？甚至死算什么呢？我不明白，我究竟是一个人还是两个；是这样想的是我呢？还是那样想的是。不错，我要飞，但同时觉得……我会掉下来。”②

萧红这段话，交织着她那复杂而难以言说的精神苦痛，是她发自肺腑的内心独白。在充斥着阶级压迫和民族外侮的时代大背景中，作为一名反抗封建包办婚姻逃离家庭的新女性，不仅要过着远离故土、辗转迁移、漂泊无定的生活，还屡屡饱尝追求爱情却不断失落的痛苦，时刻感受着“我要飞，但同时觉得……我会掉下来”的精神苦痛。这不断积淀的厚重的痛苦，成为促生她女性意识的催化剂，却也没有让她一味地“自我宣泄”或是“隐匿自我”，而是将自己所有的经验和记忆都化为一种“彻悟与悲悯”③ 的女性视角，始终关注着女性（尤其是社会下层最为普通的女性）的生命体验和生存状态，写出了她们挣扎于生存与死灭之间的生存困境，揭

① 刘慧英．走出男权传统的樊篱：文学中男权意识的批判［M］．北京：生活·读书·新知三联书店，1996：181．

② 绀弩．在西安［M］//季红真．萧萧落红．北京：人民文学出版社，2001：11．

③ 孟悦，戴锦华．浮出历史地表：现代妇女文学研究［M］．郑州：河南人民出版社，1989：193．

示出女性那孤独而无望的生命真相。《生死场》（完成于1934，初版于1935）在直抵挣扎在生存与死灭之间的女性生存困境方面的意义和价值，不容忽视。

如果说，男性形象在现代女作家张爱玲等人那里，较难有确切的个性，只是置身女性生存的幕后，作为令女性失望的符号化存在，作为不足以让渴求婚姻与爱情保障的女性依附的背景式存在。那么，在萧红这里，除了《呼兰河传》等后期作品里的祖父、冯歪嘴子等少数人物形象，男性尤其是《生死场》中的男性形象，虽也性格趋同，却是伫立于压迫摧残女性的台前而非撤身于幕后，以直接而粗暴的行为，对女性施展着自己的男性权威，肆意践踏着女性的身心，使女性生存于黑暗喑哑的世界、徘徊在生与死的生命边界，甚至“坟场”已然成为等待她们的必然归宿。对于这些男人而言，女人只是工具和奴隶，是丝毫没有人格和生命保障可言的。二里半误以为羊丢了，就恣意地喝骂自己的妻子。成业面对爱他的金枝，想的却只是情欲的发泄，“五分钟过后，姑娘仍和小鸡一般，被野兽压在那里。男人着了疯了！他的大手敌意一般地捉紧另一块肉体，想要吞食那块肉体，想要破坏那块热的肉”①。当金枝知道自己怀孕了，催问媒人上门跟母亲提亲的时候，“男人完全不关心，他小声响起：‘管他妈的，活该愿意不愿意，反正是干啦’!”倚仗男权专制的背景，其猥琐不堪、肆意施虐的男人心理毫无遮掩；而且，“他的眼光又失常了，男人仍被本能不停地要求着”。② 在成业这里，只是把金枝当作了发泄情欲的工具，所以他后来又只顾自己欲望的满足，竟导致了金枝的早产，让她承受着“刑罚”般的苦

---

① 萧红．生死场［M］//萧红．萧红全集：上卷．哈尔滨：哈尔滨出版社，1998：16.

② 萧红．生死场［M］//萧红．萧红全集：上卷．哈尔滨：哈尔滨出版社，1998：25.

痛。夫权世界里，女性无论美丑老幼，无不承受着来自男人无休无止的痛苦和折磨，然后无望而又悲惨地走向“坟场”。五月节前仅仅因为米价折落生活困难，成业就向妻女咆哮“你们累得我，使我做强盗都没有机会”，残忍地摔死了才一个月大的小金枝。王婆服毒后，丈夫赵三并不施救，竟然迫不及待地去给她找寻坟地：“赵三不在家，他跑出去，乱坟岗子上，给她寻个位置。”就连“打鱼村最美丽的女人”月英，患着瘫病后，丈夫也不过为她请了请神、烧了烧香，便觉得自己做丈夫的责任已然尽到，开始自吃自睡、辱骂虐待她，甚至拿走她的被子只用砖头依住她，使她落得白眼珠、一排前齿完全变绿，臀下生蛆，“她像一头患病的猫儿，孤独而无望”。任凭月英受罪的啜泣和呼唤，他也能安睡到天明，“宛如一个人和一个鬼安放在一起，彼此不相关联”。在这种冷漠和“虐杀”下，月英最终孤独而无望地死去。①

在萧红作品中，除了这些对女人直接施暴的男人，还有一些男人形象，像《逃难》中的何南生、《马伯乐》里的马伯乐，同样令女性身心无以相托。面目空虚苍白而又自私无能、卑琐可笑，是他们共同的性格特征。在这些男人身上，实现了作家对男性神话的颠覆与解构，寄寓了作者对男权社会更为深刻的洞察。何南生总挂在嘴上的，就是“一向反对中国人，就好象他自己不是中国人似的”的中国人怎样怎样，以及遇到一丁点的困难或是危险就念叨“到那时候可怎么办哪”。面对学生他表示绝不逃难，转身却逃得比谁都快。明明是逃难，他却乱七八糟带了所有用得上和用不着的东西，结果弄得连火车也没上得去，还遗失了行李，直等到第三趟火车开来，全家才总算挤了上去。无能虚伪而又卑琐可笑的何南生，丝毫尢有男子汉气概可言，甚至连他的太太都不如。何南生的性格到了

① 萧红．生死场［M］//萧红．萧红全集：上卷．哈尔滨：哈尔滨出版社，1998：33－36.

马伯乐身上，得到了更为完整而丰满的补充和发展。马伯乐这个有着多重性格并具有多种解读可能性的复杂人物形象，品格同样不如自己的太太，自私无能而又苟且卑怯，一如何南生般的“真他妈的中国人!”是其口头禅。他生活的主旨，便是热衷于逃难和从父亲妻子那里捞钱骗钱。逃难当中，他能过着极为吝啬卑琐的生活，甚至不忘与王小姐闹一场滑稽的恋爱悲喜剧。通过他们，萧红笔触向更为深入的层面开拓，已然做到了由对男性直接的批判鞭挞转而向深入挖掘，从而揭示出男人的精神弱点和心理痼疾。

面对男性，尤其是那些被萧红喻为“石块”、“老虎”和“炎凉的人类”的男人，女性只能焦灼于一种孤独而无望的生命存在状态。而生育的苦难，又为其悲惨的生存困境添上了尤为浓重的一笔。生儿育女、繁衍后代，一向被男权话语刻意地美化，自古以来都被描述成极为美好的创造性行为。但是，萧红却以滞重的笔墨，以熔铸了自己切肤之痛的生命体验（萧红有过两次生育经历，第一次为她被王恩甲欺骗怀孕却又遭其遗弃，因贫困无力抚养，孩子出生即送人，第二次是她与萧军分手后生下两人孩子，但不出几天孩子便夭折，两次都未曾留给萧红孕育新生命的幸福体验），道出了这缔造新生命的行为竟是连接女性生与死的纽结，从而对一味称颂女性生育的男权话语存有莫大的质疑。《王阿嫂的死》中，王阿嫂在被张地主踢了一脚后，难产致死，死时“她的身子早被自己的血浸染着，同时在血泊里也有一个小的、新的生物在挣扎”。《生死场》中，萧红将女性的生育喻为“刑罚的日子”，并把女性的生育与动物的生育并举，女人要生育时，“房后草堆上，狗在那里生产”，“暖和的季节，全村忙着生产”，“等王婆回来时，窗外墙根下，不知谁家的猪也在生小猪”。① 也正是畏惧于这种“刑罚”般

① 萧红．生死场［M］//萧红．萧红全集：上卷．哈尔滨：哈尔滨出版社，1998：45，49.

的痛苦，金枝才会在猜度自己怀孕后，显得“过于痛苦了，觉得肚子变成个可怕的怪物”。而五姑姑的姐姐生产时，家中的婆婆因为“压柴”与“压财”谐音，竟然粗暴地把产妇身下所垫的柴草卷走。她的丈夫则是“每年是这样，一看见妻子生产他便反对”，将长烟袋投向正在难产的妻子，被拖出去后，又突然撞入、举了一大盆冷水泼向妻子，于是：“大肚子的女人，仍胀着肚皮，带着满身冷水无言的坐在那里。她几乎一动不敢动，她仿佛是父权下的孩子一般怕着她的男人。”①

在萧红笔下，乡村的贫困，使得妻子、孩子在男人眼里，自然是既轻又贱，“农家无论是菜棵，或是一株茅草也要超过人的价值”②。女性生育不仅会让本已贫困的生活更加捉襟见肘，还会妨害男人本能欲望的发泄，所以他们才会看见妻子生产便反对。如果说，在传统男权社会当中，男人还是需要女人作为繁衍族类的工具或奴隶的话，到了萧红作品当中的女性这里，却往往是女人连这“奴隶”的位子都坐不稳。可以说，女性生存困境的铸就，异族侵略势力和剥削者的凶残只是原因的一方面，更重要的倒是来自于男人的冷漠和粗暴。封建夫权借助政权、族权、神权，绞合成四道精神的枷锁，严重摧残着女性的生命力。女性十分卑微而又隶属于男人的从属地位，使她们从未获得人格的尊严或独立，更毋提及她们是否拥有独立的自我了。她们对自我和世界的所有认知，都得自于男人或是为男性所规约，正如西蒙·德·波伏娃所说：“这个世界是一个男人的世界，重要的决定、重要的职责及重要的行动都靠男人。妇女生活在这个世界的边缘，她们只有通过自己的私生活，通

---

① 萧红．生死场［M］//萧红．萧红全集：上卷．哈尔滨：哈尔滨出版社，1998：45，46.

② 萧红．生死场［M］//萧红．萧红全集：上卷．哈尔滨：哈尔滨出版社，1998：23.

过男人们，以一种间接的而不是直接的方式和这个世界保持接触。”①《生死场》中的女性，在对待孩子的行为方式上——“妈妈们摧残孩子永久疯狂着”，应该就多是得自于丈夫或是为夫权所规约，而她们由于永远也体味不到爱情或是婚姻甜蜜而造成母性扭曲的因素似乎也同样可考。

在那种极端孤独而又无望的生存状态中，女性身上失落母性的现象也就不难理解了。王婆三岁的女儿小钟，因为没有得到母亲照管而摔死在铁犁上，可当时的王婆，既没哭也没嚎叫，她说：“起先我心也觉得发颤，可是我一看见麦田在我眼前时，我一点都不后悔，我一滴眼泪都没淌下。”更何况，王婆还是村里的收生婆，谁家女人难产，她就去用钩子或是掘菜的刀子，把孩子从女人的肚子里硬搅出来，有了这样的生命体验，在她，“孩子死，不算一回事”。她的儿子平儿，偷穿了爹爹的大毡靴子，因为“一双靴子要穿过三冬”，踏坏了怎么办呢？她看到后，竟然“宛如一阵风落到平儿的身上；那样子好像山间的野兽要猎食小兽一般凶暴”，硬是脱掉了靴子，使儿子走在雪上、赤着脚回家，结果冻坏了双脚。金枝的母亲通夜哼骂女儿，通夜都要吐痰，却不把痰吐到地上，而是“愿意把痰吐到女儿的脸上”。金枝错摘了青柿子，她便像老虎一样捕住金枝并踢打她，“母亲一向是这样，很爱护女儿，可是当女儿败坏了菜棵，母亲便去爱护菜棵了”。这样的“母爱”确乎一种不小的讽刺，而这里女人母性失落的必然取向，并不是仅仅纳入东北农民褊狭的“土地本位”的伦理道德观和价值尺度、仅仅切入东北乡村社会生活粗野蒙昧的风俗背景，就可以解释得清楚的，前面所分析的原因是其更为深层内蕴的因素。当得知金枝已经未婚先孕后，母亲便“立刻麻木着了”，“像是女儿窒息了她的生命似的，

① 波伏娃．妇女与创造力［M］//张京媛．当代女性主义文学批评．北京：北京大学出版社，1992：155.

好像女儿把她羞辱死了”，她从先前的警告女儿不准去河沿坏了名声，转而焦虑自己已顶走媒人，该如何将女儿嫁给成业呢？活化出一个已为男权社会和封建礼教思想毒化了的魂灵。《呼兰河传》里，小团圆媳妇的婆婆，认为“养鸡可比养小孩更娇贵”。儿子踏死了一个小鸡仔，她竟打了儿子三天三夜，后来把孩子打出一场病来。而小团圆媳妇，就因为长得高大“不像个团圆媳妇”，“头一天来到婆家，吃饭就吃三碗”，“见人一点也不知道羞”，做婆婆的就不停地打骂她，立志要“规矩出一个好人来”，在不断的凶狠加蒙昧的折磨下，小姑娘最终被折磨致死。但她想“规矩”出的“好人”，是什么样的人呢？其实就是符合封建礼教规定的、能低眉顺眼地充当男人奴隶与工具的可怜女人。小团圆媳妇的婆婆，本身就受着男权威压和封建礼教的毒害，她却自觉与不自觉地把这种威压和毒害继续传承转嫁到了小团圆媳妇身上，并直接导致了小团圆媳妇的死亡，“母性失落”在这层意义上，不能不说是一种双重的悲剧。当然，小团圆媳妇的婆婆这个人物形象，具有更多更繁复的意蕴特征和人性的复杂面向，后文还要述及。

女性“生死场”上，触目可及生存苦难的疮痍，随处可见凄苦无望的生、惨不忍睹的死，这里自然而然地成了情感缺失和被爱情遗忘的角落。孤独而无望的生存困境，使得爱情对于萧红笔下的女人，宛若镜花水月，不可触及。爱情，这一为五四以来女性作家所热切关怀过的文学主题，在萧红这里几乎是一个缄默的缺席者。金枝与成业相爱了，这“爱情”却没有几许愉悦和美妙可言，男人的本能粗野、乡邻的流言耻笑、母亲的呵斥打骂、自己的恐惧悲哀，无时无刻不包围着她。嫁给成业，并不曾给她带来一丝欢愉或是幸福甜蜜的情感体验，她无可奈何而又必然地跌入了充斥着冷漠与打骂的男权世界。成业婶婶那“等你娶过来，她会变样，她不和原来一样，她的脸是青白色；你也再不把她放在心上，你会打骂她呀！男人们心上放着女人，也就是你这样的年纪吧！”的预言，果遭应验，而她和金枝的遭际，也代表着所有女人的共同处境，她们怕男人，因为“男人和石块一般硬，叫我不敢触一触他”，面对男人，她们也只能“完全无力，完全灰色下去”。① 所有女人心里可能存在的对于爱情的憧憬和想望，也不过是在冬天像松树子那样容易结聚，在王婆家里满炕坐着女人的时候，由于相互戏谑俚语而引发的心跳脸发烧，因为对于她们，“在乡村永久不晓得，永久体验不到灵魂，只有物质来充实她们”②。

萧红的小说创作，绝少涉及爱情的领域，唯一的例外，似乎当属她以自己的亲族开姨为原型、塑造出“翠姨”这一形象的绝笔之作《小城三月》。这部作品，是从作家心灵深处流淌而出的一曲凄切哀婉的生命主旋律，唱出了一个女性痴望爱情而不得——“情不得，而身先死”的生命哀歌。翠姨，是“我”继母的继母与前夫所生的女儿，生得虽不十分漂亮，却“行得窈窕，走起路来沉静而且漂亮”，她还多才多艺，会弹琴吹箫吹笛子，是一个秀外慧中、古典含蓄、年方十八九岁的年轻女子。家里做主把她订婚给一个有钱的寡妇的儿子，而她心里，早已对“我”那在哈尔滨念书的漂亮出色的堂兄情有独钟。订婚三年后，婆家催着要娶，闻知消息，“翠姨一听就得病了”，她坚持要念书而不出嫁，可念书也未见得能够消除她对未来无望命运的预计，所以人愈加消瘦；当听闻婆家急着要娶她，“因为花了钱，死了不是可惜了吗”，她就“只盼望赶快死，拼命地糟蹋自己的身体，想死得越快一点儿越好”。就这样，那孤独而无望的爱情，终于浇灭了她的生命之火。一个年轻而美丽的生命，将爱情，将一切窒息心底，满怀忧郁和无奈悄然而逝。

---

① 萧红．生死场［M］//萧红．萧红全集：上卷．哈尔滨：哈尔滨出版社，1998：17，18．

② 萧红．生死场［M］//萧红．萧红全集：上卷．哈尔滨：哈尔滨出版社，1998：32．

《小城三月》里的翠姨，自始至终都将自己爱情的心思埋藏得极深，她爱情悲剧的凄切、含蓄、婉致，使人不禁联想起沈从文的代表作《边城》。翠姨心中逐渐苏醒的爱情追求，与翠翠心中对傩送那由朦胧感受到逐渐明确的爱情，有着颇为相似的韵致。同样是生活在涂染着宗法社会背影的环境当中，同样是没有得到归宿的孤寂爱情，却有着相异的缘由和结局。

从无形的爱情阻力来看，翠翠生活在原始民性依然稚拙淳朴的湘西小城，那里的生命形式，依然呈现更为自在自为的和谐状态。翠姨却生活在现代文化和东北民俗文化激烈交融与冲突当中，新文化已经波及这个北方的小城，在“我”家中的生活经历和所见所闻，使她觉得“到底是读大学的人好，不野蛮，不会对女人不客气，绝不能像她的妹夫常常打她的妹妹”，她甚至想通过读书来进一步接触这种新的文明。但是，翠姨自身的道德观念、行为规范，却为北方那滞重沉闷的乡间民俗社会习俗所规约，其性格气质也是传统规范的产物。二者交汇在她的心中，便激荡起在翠翠身上所不会具有的激烈的心理冲突，形成巨大的心理悲剧。在翠姨订婚之前，外祖母曾主张给她提婚“我”族中一位小叔叔，却因她是寡妇的女儿而遭到断然拒绝，“辈分合”的小叔叔尚且不能接纳她的身份，更何况她爱上的竟还是辈分不合的“我”的堂兄呢？所以，翠姨爱情的悲剧并不单单是性格的原因：“她自觉地觉得自己的命运不会好的。现在翠姨自己已经订了婚，是一个人的未婚妻；二则她是出了嫁的寡妇的女儿，她自己一天把这背了不知有多少遍，她记得清清楚楚。”① 在她的心中，挥之不去的是封建宗法的魔影。

从有形的爱情阻力来看，翠翠慈爱的老祖父，一直关注着翠翠的感情抉择，因好心却帮倒忙而屡屡铸成误会，但他所有的希望不

---

① 萧红．小城三月［M］//林贤治．萧红十年集：下．北京：人民文学出版社，2009：882.

过把翠翠“交把”给一个适宜于照料她的人，傩送的父亲顺顺也由对两人爱情的不认同到最终给予明确而肯定的态度。“既然在翠翠与傩送的主观精神方面，没有虚假、动摇与情感更移，也不存在双方家长的强行干涉，那么造成他们爱情障碍的究竟是什么？一种常见的解释是：‘皆由偶然与误会所生。’”① 但翠姨的婚姻却是由家长定制的，她根本无权选择恋爱婚姻的对象，若不是她以无奈地死去来抗拒，恐怕也只好嫁给那个又丑又矮小的男人了。家长们对翠姨的死，所有的“反思”不过是母亲那句“要是翠姨一定不愿意出嫁，那也是可以的，假如他们当我说”。话虽如此，如果不是翠姨业已死去，又如何可以不出嫁呢？正如萧红在这段话后加的那单独成段的“……”，徒留给我们不尽的惆怅和无奈。

从恋爱双方的情感投入来看，翠翠与傩送的爱情，是相互而真挚的。翠翠对傩送的爱，起初是朦朦胧胧的，但当她“在睡梦里为歌声把灵魂轻轻浮起来”之后，她心中的爱情也就明晰化了。而傩送对翠翠的爱，虽然有一座碾坊横亘在中间，却也一直都是明确坚持的。与翠翠不同，翠姨对“我”的堂兄的爱情，虽然自始至终都是明确的，但囿于传统规范的束缚，她只能将强烈的爱情深蕴心底，习惯于日复一日、年复一年碌碌生活着的人们，没有人晓得她深埋心底的爱的衷曲，就连她爱情的对象——“我”的堂兄，亦不知她缘何悲寂死去，“哥哥后来提起翠姨常常落泪，他不知翠姨为什么死，大家也都心中纳闷”。② 这失落对象回应、不被理解的爱情，更具凄哀的意味，是更为深在的孤寂，是绝世的孤独。

祖父死了，纯美善良的翠翠，孤寂地等待着傩送的归来，尽管小说结尾：“可是到了冬天，那个圮坍了的白塔，又重新修好了。

---

① 凌宇. 从边城走向世界［M］. 修订本. 长沙：岳麓书社，2006：229.

② 萧红. 小城三月［M］//林贤治. 萧红十年集：下. 北京：人民文学出版社，2009：885.

那个在月下唱歌，使翠翠在睡梦里为歌声把灵魂轻轻浮起来的青年人还不曾回到茶峒来。”“这个人也许永远不回来了，也许‘明天’回来！”但毕竟还是有希望可以守候的。沈从文笔下的爱情，写出了如他自己常说起的美丽总令人忧愁的那种境界，播撒着人性光辉的如歌如梦的爱情憧憬，多少带有原始图腾的意味。而《小城三月》里翠姨的死，不再留给爱情任何可能的期冀。小说通篇，同样没有大悲大喜，也不着一个“悲”字，却将世俗的威严、生命的渺小、人生的无奈等况味尽显其中。小说结尾，虽是一派春机盎然的生命图景，但“翠姨坟头的草籽已经发芽了”，“只是不见载着翠姨的马车来”，一个美好的生命在悲凉的人情世态当中悄然毁灭。生命价值的沦落和遭遇漠视，传达出萧红式的“无主名”的生命悲寂体验，也体现了萧红对于人的生命存在的一贯思考。

二、“无主名”的生命悲寂体验

萧红的成名作《生死场》，最初以“抗日小说”的名义进入文坛，成为一个解读时代民族精神的经典文本。但如果一味追索它作为抗日文学的现实意义，就难免陷入误读的境地，有研究者便认为：“那些眼光短浅的文评家竟把《生死场》前一百多页看成了准备日寇出场的序幕。读者细读《生死场》之后将会发现，这种论调是难以立足的。”“贯穿《生死场》全书的惟一最有力的主题就是‘生’与‘死’的相连相亲、相生相克的哲学。”①

在《生死场》那热烈骚动的生死挣扎背后，是比沉寂的死水更让人灵魂畏怯战栗的枯索和单调、孤独与无聊。萧红不断以“死”的庸常随意来逼视乡人“生”的麻木无觉，甚至通过将人推到非人的境地来对人的生命存在做出深刻的思考。而对于生命价值的沦落和孤寂无聊的生命存在状态的揭示，往往借助互为背景的人与动物

---

①　葛浩文．萧红传［M］．上海：复旦大学出版社，2011：39，41．

的生命活动来展示。除了在“刑罚的日子”里将人的生育和动物的生育并举，萧红还对人进行许多颇具动物形态的描写。麻面婆的长相是“眼睛大得那样可怕，比起牛的眼睛来更大，而且脸上也有不定的花纹”，丢羊风波中她取茅草和柴进屋烧饭是“母熊带着草类进洞”，她说话也是“就像让猪说话一样”“总是发着猪声”，找羊时她是“像狗在柴堆上耍得疲乏了”；她的丈夫二里半伏到井边喝水时“像是马在喝”，唤羊时又“像一条牛”在叫，途遇王婆时，他“长形的脸孔配起摆动的身子来，有点像一个驯顺的猿猴”；王婆则是脸纹绿、眼睛青的“猫头鹰”；金枝的母亲在生气的时候，“上唇特别长，而且唇的中央那一小部分尖尖的，完全像鸟的嘴”……“在乡村，人和动物一起忙着生，忙着死……”① 萧红这句话应该最切近《生死场》的真正题旨，它使作品跨越了时空界限，推及人的整个生命存在。在这骚动而又沉寂的生死场上，东北乡村大地上的人们像动物一样盲目地“生”和麻木地“死”，他们“蚁子似地生活着，糊糊涂涂地生殖，乱七八糟地死亡，用自己的血汗自己的生命肥沃了大地，种出食粮，养出畜类，勤勤苦苦地蠕动在自然的暴君和两只脚的暴君底威力下面”②，是一群从出生即走向死亡的生命群体，他们的目光从未打量过“生”，也从不思考和追问生命的价值和意义。

因此，“《生死场》首先在人与动物生命活动互为背景审美思考中揭示了普通中国人的麻木精神状态及其空寂无聊、几乎被一种本能的自虐行为和心理促动而形成的毫无价值的人生过程，从而闪

---

① 萧红. 生死场［M］//萧红. 萧红全集：上卷. 哈尔滨：哈尔滨出版社，1998：48.

② 胡风. 生死场·读后记［M］//萧红. 萧红全集：上卷. 哈尔滨：哈尔滨出版社，1998：94.

露出传统的民俗社会中群体意识的‘深层结构’”①。生死场上男女老少、芸芸众生浑浑噩噩地生生死死，处于如动物一般甚至连动物都不如的生存困境，这其中自然有“自然的暴君”和“两只脚的暴君”的威力，却也积蕴了“无主名”的群体意识的“深层结构”。

如果说，废名、沈从文等作家展示给我们的，是荡漾着牧歌情调和原始人性美的江南水乡的乡情民俗，那么，萧红，则把笔锋指向了这块积淀了深重的历史和现实苦难的北中国的黑土地。在这里，地理上的偏远闭塞和民风的剽悍粗野相互交织，东北乡民在粗犷豪放的生命意识之上，还承受着原始封闭落后的地域性经济文化在其心理上投下的阴影，从而呈现出异常复杂的生命样式。在闭塞朴野和沉寂落后的社会风气和习俗当中，是乡民那人性与奴性对峙、野蛮与文明冲突、绝望与希望交织着的生命存在形态。其中有一点明确无疑，他们的生命力是深受压抑的，这压抑来自赤裸裸的贫穷和贫穷的伴生物愚昧。悲寂愚昧又孤苦无告的生活，使他们展现出虽生犹死的生命形态和历史的惰性生存，生命已不为其所重视，菜棵、茅草也要超过人的价值，生命的价值遭遇到空前的漠视和轻贱。与人的生命价值的沦落相反，他们倒是表现出对土地、牲畜和其他物质的极度依恋和热爱，这其中当然涌动着那在他们心中积淀已久的伦理道德观和价值尺度。

在这种好似万古未变的乡土社会生活当中，男人对女人、母亲对孩子、人与人之间，都“约定俗成”般极端寡淡地对待彼此的生与死，却无一例外地表现出对土地、牲口等生存条件和生存手段的极端热爱，几至顶礼膜拜，他们几乎是本能地极度关注物质生存而忽略生命的价值所在。《生死场》以二里半的羊一时走失的风波开

① 皇甫晓涛．萧红现象：兼谈中国现代文化思想的几个困惑点［M］．天津：天津人民出版社，1991：34．

场，他不停地喝骂责怪妻子，心急火燎，如丧考妣，将羊视作命根子。在人们的抗日热潮中，他千辛万苦地寻到一只公鸡来替换那只要被用来宣誓的老山羊。小说结尾，他走投无路要走向抗日队伍，依然表现出对老羊的迷恋不舍："二里半的手，在羊毛上惜别，他流泪的手，最后一刻摸着羊毛。"而妻子生育时的惨痛、妻儿被日军残杀，何尝激起过他如此恳切真挚的情感反应呢？他对于羊的关心和爱护远远超出了对待家人的感情。而孩子摔死后靠望一望麦田就可以心情平复的王婆，却对要送进屠场的老马表现出淋漓尽致的温情和爱意，她甚至用"慈和的音调"呼唤着老马。驱赶着老马去屠场的路上，王婆的内心真正被搅动了，她心情竟如万潮翻涌，"灵魂"也颤寒震动。对待老马，她是悲痛欲绝的万般的不舍，即使送完马后，她依然心情落寞难耐，她"哭着回家，两只袖子完全湿透"，"那好像是送葬归来一般"。残酷苦难的人生，铸就了王婆铁石般的心肠，她却对老马倾注了深厚的感情，做了太多对人甚至对自己的孩子都不具备的情感投入，这既是王婆的悲哀，也是生死场上所有人共同的悲哀。

在前面对《生死场》的读解当中，我们已经看到了女性孤独而无望的生命存在状态，在阶级压迫、民族外侮的共同生活背景之下，女人还额外承受了更多的压迫和灾难，这苦难来自于男权社会，来自于"无主名"的传统积习。女性生命的价值或是尊严，在这里更加受到漠视和轻贱，沦落得更加彻底和无以复加。总之，通过《生死场》，萧红开始展现她具有现代文化视点的审美抉择，麻木愚昧的生死后面，是作家对于生命的焦灼；单调沦落的生命价值后面，寄寓了作家对于生命的悲寂感受。而这种焦灼于生命悲寂的、"生死场"上的孤独体验，到了《呼兰河传》那里，获得了更为深层的发展。如果说，《生死场》上的民众，还会由于物质生存条件的匮乏和物质生存环境的恶劣而身陷混沌生死的生存困境，那么，在《呼兰河传》的乡民这里，物质已不对人的基本生存构成威胁，可人们依然处于一种心理的积习当中。比如，对于不但阻碍了车马，也阻碍了行人的大泥坑子，人们却宁可卷起袖子，手抓着人家的板墙，挣扎着过去，也从未想过要把它来填平，甚至把抬车抬马、淹鸡淹鸭当成消遣，“闹得非常热闹”……如果说，生死场上的民众，作家还有意唤醒其生命觉醒；而呼兰河的乡民，更加呈现一种庸常人生和传统积习难以改变的情况，他们身陷“无主名”的传统积习的泥淖而不求解脱，作家在不失美好的故乡回望当中，反复涌上心头的，是“我家是荒凉的”之感。

鲁迅先生曾言，“社会上多数古人模模糊糊传下来的道理，实在无理可讲；能用历史和数目的力量，挤死不合意的人。这一类无主名无意识的杀人团里，古来不晓得死了多少人物”①。“无主名”的传统积习，在《生死场》里，更多呈现与物质相关联的伦理道德观和价值尺度的外观，充当着男人向女人施展其男性权威的帮凶；到了《呼兰河传》，则弥漫扩散成一种广泛的背景存在，作为一种“背景性格”，一种社会生活和心理的现实，演绎着“无主名无意识”积习扼抑生命的群体悲剧。“无主名无意识的杀人团”，曾经扼杀了翠姨美丽娴静的生命(《小城三月》)，也杀死了小团圆媳妇和王大姑娘，甚至还觊觎着冯歪嘴子的生命活力，委顿着与冯歪嘴子取自同一人物原型的冯二成子(《后花园》) 的生命。

呼兰河的人们，照着几千年传下来的习惯而思索而生活：“无意识地违背了‘几千年传下来的习惯而思索而生活’的老胡家的小团圆媳妇终于死了，有意识地反抗着几千年传下来的习惯而思索而生活的萧红则以含泪的微笑回忆这寂寞的小城，怀着寂寞的心情，

---

① 鲁迅．我之节烈观［M］//鲁迅．鲁迅全集：第1卷．北京：人民文学出版社，1981：124.

在悲壮的斗争的大时代。"① 而造成小团圆媳妇和王大姑娘生命悲剧的原因，正是来自封建宗法社会内部的"无主名"的传统积习。小团圆媳妇的婆婆，为规矩出一个"像个团圆媳妇"的媳妇，立志要给她一个"下马威"，"只打了她一个多月"，有几回是把她吊在梁上用皮鞭子狠狠抽打，直到打得昏死过去，再用冷水浇醒，还用烙铁烙她脚心。但这个婆婆从来也没有反思过自己的行为，"哪家的团圆媳妇不受气，一天打八顿，骂三场"，眼见把孩子打出病来，由于担心自己在小团圆媳妇身上的花费打了水漂，她便忙着为其请大神、找偏方、抽帖儿算命，这种种不会对医治病痛有任何效果的愚昧行为，最后竟发展到用烧滚的开水给小团圆媳妇洗澡，而且要连洗三次。小团圆媳妇全然没有意识到自己生命将在开水缸中结束，当屋里屋外越张罗越热闹的时候，她竟然跟"我"说："等一会儿你看吧，就要洗澡了。"她的生命悲剧引人同情发人深思，但扼杀她生命的婆婆同样也是一个悲剧，"我们只觉得这婆婆也可怜，她同样是'照着几千年传下来的习惯而思索而生活'的一个牺牲者"②。

作为施虐背景的"无主名无意识的杀人团"，在扼杀小团圆媳妇生命的过程中，起了推波助澜的作用。小团圆媳妇，本来身体高大结实，有着旺盛的生命活力，就因为长得高、一顿饭吃三碗、大模大样有说有笑，在周三奶奶、老厨子、有二伯等人眼里，便"不像个团圆媳妇了"——她不符合宗法制度为女性所定制的样貌和规矩。他们先是以"不像个团圆媳妇"的众说纷纭，提供了施虐的舆论压力。在小团圆媳妇病后，他们又似乎善良之至地热心出主意，

① 茅盾．呼兰河传·序［M］//萧红．萧红全集：上卷．哈尔滨：哈尔滨出版社，1998：107.

② 茅盾．呼兰河传·序［M］//萧红．萧红全集：上卷．哈尔滨：哈尔滨出版社，1998：105.

“有许多人给他家出了主意，人哪能够见死不救呢？于是凡有善心的人都帮起忙来”，但所谓的“善心”、帮忙，也不过是“他说他有一个偏方，她说她有一个邪令”。到给小团圆媳妇洗开水澡的时候，他们络绎不绝地去看，认为若是错过了“真是一生的不幸”。小团圆媳妇被烫得狂喊，众人也看得热闹，即使有人去“施救”，也是为把烫昏的小团圆媳妇用冷水浇醒了，好继续用热水浇烫。孩子的死活，在他们是无须知道的“下文”，只要“没有白看一场热闹，到底是开了眼界，总算是不无所得的”。后来，小团圆媳妇终于被折磨死了。埋葬小团圆媳妇回来，老厨子、有二伯，一个说“酒菜真不错”，一个说“鸡蛋汤打得也热乎”，“好像他们两个是过年回来的，充满了欢天喜地的气象”，而埋葬的经过却是只字未提，生命的价值遭遇他们一贯的漠视和轻贱。

不合“规矩”的小团圆媳妇终于被折磨死了，就是原本合规矩的人，如果做出让众人不合意的事情，也一样难逃悲惨凄哀的厄运。王大姑娘，在众人眼里，能干有力气是“兴家立业的好手”，又高又大真是“一棵大葵花”“脸红得像一盆火似的”，连“我”的母亲都遗憾“我没有这么大的儿子，有儿子我就娶她，这姑娘真响亮”。可当她自主嫁给磨倌冯歪嘴子、同居生子后，先前被众人称赞的有力气、眼睛大、个子高大，全成了众人议论和咒骂的把柄，全院子的人都忙着“给王大姑娘做论的做论，做传的做传，还有人给她做日记的”，更有许多人不辞辛苦雪夜守候在窗外，好收集第二天的宣传资料。而房东太太也以“破了风水了，我这碾磨房，岂是你那不干不净的野老婆住的地方！”——为由，将她和初生的孩子赶到零下七八度的草棚子里。王大姑娘表面上是死于生第二个孩子时的难产，实际上是那“无主名无意识的杀人团”的又一个牺牲品。众人对她的先扬后抑以至扼杀摧残，不过是因为“好好的一个姑娘，看上了一个磨房的磨倌”，她看上地位低贱的磨倌，是违背众人思想常规的，而她自主选择婚姻并且私自同居生子，更是违背了传统，为封建传统文化所不容。所以，王大姑娘便成了一个不为众人所容的异类，她的生命自然就是人人可以践踏攫取的了。

王大姑娘丈夫冯歪嘴子的生命活力，也为“无主名无意识的杀人团”所觊觎和挤压。仅仅因为磨房里住着妻儿，他就招致了房东太太一场痛骂。大家在给王大姑娘做传时，并没有忘记对冯歪嘴子生命的“关注”。有人看见他炕上有一段绳头，就传说着他要上吊，戴上风帽、穿上毡靴“要来这里参观的，或是准备着来参观的人不知多少”。当他不过从街上买来一把家常用的切菜的刀，竟“于是就大放冯歪嘴子要自刎的空气”。妻子撇下初生的孩子死后，东家西舍便都觉得他“这回可非完不可了”，而“那些好看热闹的人，都在准备着看冯歪嘴子的热闹”。与冯歪嘴子的遭际相一致，《后花园》里冯二成子的生命也充满着悲寂的意味。他的生命本来枯索孤寂、单调乏味，有一天却被邻家赵姑娘咯咯的笑声给唤醒了，他作为一个人的感觉和心理都在慢慢复苏，他爱上了她，却只是偷着对她寄托一种心思，好像在信仰一种宗教，而“邻家女儿根本不晓得有这么一回事”。他之所以将爱深埋心底，就是“怕自己的身份太低，怕毁了她”。如果不是这样，等待他的，恐怕也将是《呼兰河传》里磨倌的命运结局。不久邻家女儿来了说媒的，不久邻家女儿出嫁了，再过了不久，赵老太太也搬到女儿家去了。当他送走赵老太太回来，一路心潮涌动，感到前所未有的空虚。虽然，冯二成子所抒发的大段的人生感慨和向命运所做的质询，有些与人物的认识和思维水平不太相符，但却真实地寄寓了萧红那满怀深深孤独和寂寞的生命悲寂体验。尽管冯二成子后来也结婚生子，但妻儿不久都相继死去，他又变成了一个孤独寂寞的人。他初步被唤醒的生命意识和情感，统统被摄入古老的磨盘碾得粉碎，生命平平静静，回复岁岁年年的轮转，却已没有时间，没有知觉，没有记忆，也没有感情，虽然活着，生命却陷于一片悲寂当中。

由上已经可以约略见出，在呼兰河这里，不仅女人，就连男人，也一样生活在“无主名”的传统积习的威压之下，生命力是普遍萎缩和弱化的。虽然生活不存在物质匮乏的问题，可呼兰河的人们就像生死场上的农民一样，漠然地对待生与死，有时甚至以一种近乎欣赏的态度来对待死亡。对于他们，“生、老、病、死，都没有什么表示。生了就任其自然地长去；长大就长大，长不大也就算了。”人生在他们看来，“人活着是为吃饭穿衣”，而死亡则是“人死了就完了”。① 卖豆芽菜的王寡妇，她的独子到河边去洗澡，掉到河里淹死了，“这事情似乎轰动了一时，家传户晓，可是不久也就平静下去了。不但邻人、街坊，就是她的亲戚朋友也都把这回事情忘记了。”王寡妇也到底还卖着她的豆芽菜，平平静静地活着，间或的在大街上或庙台上的狂哭，也不过是因为她的菜被偷了。染缸房里，为了争街头上的一个妇人，一个年青学徒把另一个按进染缸淹死了，活着的下了监狱，死了的也就死了，染缸房仍在旧址，甚或连那淹死人的大缸也仍在使用着，而染缸房里发卖出来的布匹，也“仍旧是在远近的乡镇都流通着”，世界没有因为这个人的死而发生一丝一毫的改动。那造纸的纸房里边，一个私生子活活饿死了，因为他只是一个初生的孩子“算不了什么”，几乎都不值得提及。而东二道街那个五六尺深的大泥坑，几乎成了呼兰河人生命混沌沉滞的象征。它陷溺车马行人，是障碍也是陷阱，但说拆两边院子的墙让路的有，说种树好在下雨时攀着树过去的有，“若说用土把泥坑来填平的，一个人也没有”。有了这泥坑子，便会常常抬车抬马、淹鸡淹鸭，给人“说长道短，得以消遣”的机会，又可以使“瘟猪”变成“淹猪”，使大家心安理得地吃到便宜的瘟猪肉。这大泥坑，既象征着小城沉滞闭塞的文化，也喻示着小城人生命形

---

① 萧红．呼兰河传［M］//萧红．萧红全集：上卷．哈尔滨：哈尔滨出版社，1998：127，128．

式的荒芜和悲凉。

与这种生命力弱化和萎缩相适应的，是这个东北小城固有的沉滞闭塞的文化规范，人们照着“几千年传下来的习惯而思索而生活”，他们善意地或是不怀恶意地、悄无声息地窒息、扼杀着一切的差别与异端、不驯与生机，他们的生命同样枯索孤寂，让人悲悯。就像鲁迅和早期的乡土作家到后来的废名、沈从文等人，都程度不同地表现出对故乡传统民俗社会的眷恋与回顾、批判与反省，萧红也对小城为沉滞闭塞的文化规范所规约的种种民俗事象做出了深彻的思考。扎彩人、跳大神、放河灯、四月十八娘娘庙大会等诸多民俗事象，是对小城人近乎麻木的生命的演绎。这好似安慰苦涩悲凉人生的精神享受，却更加凸显出小城人生命的悲寂意味。扎彩铺里，为死人扎制了阴宅、聚宝盆、鸡犬猪马、丫环使女，等等，一切齐全、一切都好，竟然让活着的人觉得活着还没有死了好，“羡慕这座宅子的人还是不知有多少”。跳大神时唱着的词调，混合着鼓声，“使人听了起着一种悲凉的情绪”，夜里从几十丈远的地方传来，“实在是冷森森的，越听就越悲凉”，“若赶上一个下雨的夜，就特别凄凉，寡妇可以落泪，鳏夫就要起来彷徨”。如果说，这些还只是小城人懵懵懂懂的生命感受的话，在讲述跳大神时穿插进的两句单独成段的话：“满天星光，满屋月亮，人生何如，为什么这么悲凉?”“人生为了什么，才有这样凄凉的夜。”① 就几乎是作者感怀的直接抒发，传达出萧红对小城人枯索荒凉生命的无限悲叹和感慨。放河灯，是为了让冤魂怨鬼得以“脱生”，当河灯越流越少的时候，“就显出荒凉孤寂的样子来了”，看河灯的人们，也“内心里无由来了空虚”，不禁发出“那河灯，到底是要漂到哪里去呢”的疑问，既表征了小城人枯索荒凉的生命形式，也分明流露

① 萧红．呼兰河传［M］//萧红．萧红全集：上卷．哈尔滨：哈尔滨出版社，1998：126，139.

出作者对于生命所蕴蓄的荒凉孤寂的困惑。在萧红看来，“这些盛举，都是为鬼而做的，并非为人而做的”。人生已如此荒寂，死了也就死了，而活着的仍是照旧地过着日子，“他们心中的悲哀，也不过是随着当地的风俗的大流逢年过节的到坟上去观望一回”。

从《生死场》到《呼兰河传》，萧红向我们展现的，是一片混沌了“生”与“死”界线的沉寂的生命世界。在这种生死界线的模糊当中，萧红发现了生命世界的寂寞轮回。“生”如“死”一般，甚至连“死”都不如，“生”不过为了“死”而降临，宛若魔影一般笼罩着关东大地，“生死场”上的人“生”得浑浑噩噩、糊里糊涂，整个生死场就是这样“生死轮回着”：“十年前村中的山，山下的小河，而今依旧似十年前。河水静静地在流，山坡随着季节而更换衣裳；大片的村庄生死轮回着和十年前一样。”① 如《生死场》般，《呼兰河传》也有着寂寞轮回的木然的生命世界：“春夏秋冬，一年四季来回循环地走，那是自古也就这样的了。风霜雨雪，受得住的就过去了，受不住的，就寻求着自然的结果。那自然的结果不大好，把一个人默默地一声不响地就拉着离开了这人间的世界了。”② 生命的轮回，带给生命的是如影随形般无法摆脱的孤独与寂寞、毫无声息的死寂与荒凉。

萧红的一生，是她始终也无法摆脱的孤独与寂寞，茅盾在为《呼兰河传》作序时，频频使用的一个词就是“寂寞”。在他看来，萧红“是寂寞的”，是“这样精神上寂寞的人”。“萧红的坟墓寂寞地孤立在香港的浅水湾。”“可是我不知道她之所以想离开香港因为她在香港生活是寂寞的，心境是寂寞的，她是希望由于离开香港而

---

① 萧红．生死场［M］//萧红．萧红全集：上卷．哈尔滨：哈尔滨出版社，1998：62.

② 萧红．呼兰河传［M］//萧红．萧红全集：上卷．哈尔滨：哈尔滨出版社，1998：137.

解脱那可怕的寂寞”。“在医院里她自然更其寂寞了”，“她忍着寂寞住在医院”。“《呼兰河传》给我们看萧红的童年是寂寞的。”“呼兰河这小城的生活是寂寞的。”“萧红的童年生活就是在这种样的寂寞环境中过去的。这在她心灵上留的烙印有多深，自然不言而喻。”“萧红写《呼兰河传》的时候，心境是寂寞的。”① 正是由于孤独与寂寞的生命体验，萧红具有一种特殊的艺术敏感，能从极其平凡的日常生活、近乎无事的生命悲剧当中，发现潜藏在生命背后的、包括“轮回”在内的种种深厚意蕴。也让萧红的小说，尤其是后期的《呼兰河传》等作品，呈现一种“生命边界的孤独者”写作的抒情性特征。但是，萧红并没有停步于“无主名”的生命悲寂体验，她于生命价值的沦落当中，依稀发现了原初的对于生命的珍视和生命的韧性生存。尽管孤独与寂寞在她的人生历程当中不断深化衍生，她却将其深隐心底并做升华，展开了与生命的对话，也意图化解纠结于心中的“生命边界的孤独者”的生命体验。而且，她始终也没有忘记，对于“温暖”和“爱”的方面，怀着永久的憧憬和追求。

三、永久的憧憬和追求

祖父时时把多纹的两手放在我的肩上，而后又放在我的头上，我的耳边便响着这样的声音：

“快快长吧！长大就好了。”

20岁那年，我就逃出了父亲的家庭。直到现在还是过着流浪的生活。

“长大”是“长大”了，而没有“好”。

可是从祖父那里，知道了人生除掉了冰冷和憎恶而

---

① 茅盾. 呼兰河传·序［M］//萧红. 萧红全集：上卷. 哈尔滨：哈尔滨出版社，1998：101－109.

外，还有温暖和爱。

所以我就向这“温暖”和“爱”的方面，怀着永久的憧憬和追求。①

萧红这段话出自《永久的憧憬和追求》（写于1936，刊于1937），蕴蓄了她一生的命运多劫、极为不幸，童年时代已经从父亲母亲那里感受到孤独，成年后遭逼婚逃婚、受骗怀孕险些被卖的绝境，此后又遭受感情的一再受挫、生活漂泊、战争威胁、病痛折磨，她经受了太多的苦痛辛酸，常常深陷孤独寂寞与痛苦迷惘当中，难怪她会呼喊：“但我的心就像被浸在毒汁里那么黑暗，浸得久了，或者我的心会被淹死的”。“痛苦的人生啊！服毒的人生啊！”“什么能救了我呀！上帝！什么能救了我呀！我一定要用那只曾经把我建设起来的那只手把自己来打碎吗？”② 也正是由于这种特殊的命运遭际，才使她有如许深刻的生命体验，才使她的艺术上的巅峰之作《呼兰河传》在文学上绽放如许厚蕴的抒情性特征……萧红，就像在冰冷的暗夜飞逝而过的流星，痛楚地燃烧着自己的生命，烛照逼问着不健全的生命存在，心念那些仍徘徊在传统积习里的个体与生命。尽管心中始终有着许多无法诠释的对于生命的困惑，她依然向往着理想的生命形态。在她描绘的悲寂的生命画面背后，是其“永久的憧憬和追求”，蕴藏着她对美好物事的向往和追求。

“生死场”上，人们蚁子似地生生死死，生命的价值和意义何在？王婆就显得有些与众不同，当她丈夫赵三和几个男人秘密筹划

---

① 萧红．永久的憧憬和追求［M］//萧红．萧红全集：下卷．哈尔滨：哈尔滨出版社，1998：1179－1180.

② 萧红．致萧军·第三十九信［M］//萧红．萧红全集：下卷．哈尔滨：哈尔滨出版社，1998：1305－1306.

以镰刀抵抗地主加租时，女人们“立刻忧郁起来”，而王婆告诉丈夫“能下手便下手”“我还能弄只枪来”。后来因误伤小偷、被地主帮忙从监狱里提放出来，赵三就对地主感恩戴德忘记了“镰刀会”的事情，而王婆始终也没有放弃顽强抗争的生命意识。小说将至结尾，饱受日寇蹂躏的混沌生命终于从“蚁子似地”生存当中挺身而出，盟誓“生是中国人，死是中国鬼”，“就是把我们的脑袋挂满了整个村子所有的树梢也情愿”。在这些开始走向健全的生命之路的人身上，萧红表达了她对生命深挚的热爱。她在悲悯人们生命沉寂蒙昧的同时，也期冀着他们生命意识的觉醒。冯二成子的故事，虽然喻示了乡民那死寂混沌的生命之门锈迹斑驳，尘封已久，即使偶然撞开却难免锈痕依旧，甚至又有可能再次锈死。但是，那偶然的笑声，毕竟在冯二成子岁岁年年的生命轮转中激起过重重波浪，那短暂的片段的生命的苏醒，虽然没有上升到全然理性和自觉的层面，毕竟让他与周围自然蒙昧的生命有过区别和不同。

萧红的一生，命运多舛、病痛缠身，饱受病痛折磨的她曾不禁羡慕萧军的强壮，暗自喟叹：“你亦人也，吾亦人也，你则健康，我则多病，常兴健牛与病驴之感，故每暗中惭愧。”① 所以，她在反省混沌沉寂的生命的同时，也寻觅感佩着人物身上闪现出的顽强的生命力。林姑娘(《山下》)，因为奶妈的贪心，失去了在下江人家帮工的活计，生活上立刻变得衣食无着，但是，林姑娘也不过是大病了一场，然后“变成小大人了，邻居们和她的奶妈都说她”，人生就是仍得坚韧地生活下去。有二伯(《家族以外的人》《呼兰河传》)，几乎是一个游离于社会团体之外的边缘人，连老厨子也戏弄、瞧不起他，快六十岁了还遭受三十多岁的主人“我”父亲的殴打，他那虚张声势的“上吊”“跳井”的“自杀”行为，流露出一

① 萧红．致萧军·第三十四信［M］//萧红．萧红全集：下卷．哈尔滨：哈尔滨出版社，1998：1300.

种原初的珍视生命的意识。虽然日后被大家当成了笑话，却是他对遭到凌辱所做的无言抗争，并且想引得大家对他的同情与尊重。而他经常性的喋喋不休的对社会不公平的数说，也让他有别于周围习惯无声无息活着的生命。即便他的孤苦无告是无人理会更无人理解，只能与大白狗和鸟雀去倾诉，他仍然不畏苦难地韧性生存着。而最为萧红感佩的顽强生命力，集中体现在了冯歪嘴子身上（《呼兰河传》）。冯歪嘴子虽然卑微贫穷，却心中有爱，爱护妻子，疼爱孩子，在他身上看不到“无主名”的传统积习造就的男权的影子。妻子死后，他不但没有被绝望洞穿，反而“觉得在这世界上，他一定要生根的。要生的牢牢的”，充满希望地抚育着两个孩子。眼见着他的小儿子渐渐被拉扯大，大家竟然都起了恐惧的心理，觉得这孩子的不死：“这是可能的吗？这是世界上应该有的吗？”如此顽强的生命力，自然是难于为习惯了麻木生死的人们所接受和理解的。可以说，冯歪嘴子的小儿子，也是在他呵护下的一株生命力极为顽强的小草。虽然还谈不上全然自觉，还包含一种原初的对于生命的珍视的意味，但这种顽强的生命力，正是麻木生死的生命世界所缺少的，也是为萧红所憧憬和追求的。

萧红的一生，都对理想完美的爱情和温馨幸福的家庭，怀着永久的憧憬和追求。但是，现实中的屡屡受挫，使她的身心情感都无以依托。再加上她那不与俗众一起欢呼战叫的文学理想的寂寞，也带给她更深层悲凉意味的孤独体验。在这种“我将孤寂忧悒以终生”的悲切孤独体味当中，“回去”、忆家便成了她难以遏抑的精神想往。[①] 她一生写下了大量忆家题材的作品，像《祖父死了的时候》、《商市街》（散文集）、《永久的憧憬和追求》、《感情的碎片》和《家族以外的人》，等等；而“蛰居”香港的两年，她还不顾病

① 白朗．遥祭：纪念知友萧红［M］//季红真．萧萧落红．北京：人民文学出版社，2001：114，117．

痛完成了《呼兰河传》、《后花园》、《北中国》和《小城三月》等作品。这些“忆家”题材的作品，成为萧红创作园地里面的艺术奇葩，散发出别样的艺术魅力，也让她得以在记忆的复活当中，安置自己那颗孤寂的灵魂。

迫于急切地想从孤独寂寞的情绪中解脱出来的渴望，萧红完成了从当下的现实领域书写，逐渐回撤到记忆中的故乡家园空间的文学叙事。但是，这绝非“沉默”或是“退却”之举，她记忆中的故乡题材小说叙事，无不交织着她所看到的现实的命运和人生困境，为她思索生命的价值和生存的意义提供了绝佳的视角。尽管早年的家庭生活留给萧红许许多多冰冷与憎恶的情感记忆，多多少少总带有一个逃离家庭的流浪者对于往昔的不堪回首。但是，在穿越漫漫时空之后，对童年生活的回忆，却总笼罩着一层诗意的光辉，成为驻留在她记忆当中的一块可以慰藉身心的永远的绿洲；小小的呼兰河小城，也有着那么多令人难忘的趣事，在对人事风物沉郁细腻的叙写当中，隐隐透出一颗离乡的寂寥女儿心思恋家乡的脉脉温情。于是，祖父的爱，便散发着令人永难忘怀的温馨的辉晕；满是花鸟昆虫的后花园、堆了积年的几至发霉的杂物储藏室，成了可以尽情玩乐、陶醉身心的圣地；所有的自然景物，也全被赋予了生命的色彩和活力。

在萧红那里，祖父的关爱，是对她那颗缺乏父爱母爱的孤寂灵魂的莫大慰藉和有力补偿。时隔多年，她这样表达着对祖父的深情：“等我生来了，第一给了祖父无限的欢喜，等我长大了，祖父非常地爱我。使我觉得在这世界上，有了祖父就够了，还怕什么呢？虽然父亲的冷淡，母亲的恶言恶色，和祖母用针刺我手指的这些事，都觉得算不了什么。”① 祖父的爱，对于萧红，几乎成了一

---

① 萧红．呼兰河传［M］//萧红．萧红全集：上卷．哈尔滨：哈尔滨出版社，1998：169．

种精神象征，安慰了她孤独的童年生活，又似乎是一种衡量的尺度和标准，使她在离家后苦苦寻觅理想之爱，希望有人为她撑起一片爱的天空，让她可以寄托身心，如在祖父的庇护下一样自由翱翔。但现实中爱的理想的屡屡失落，也只能使她在创作的追忆当中，体验祖父之爱的浓郁醇厚。在《呼兰河传》那一段段舒徐和缓的美丽文字当中，萧红仔细描绘了自己童年与祖父相依相伴的一幕幕场景：后花园里的嬉戏玩耍，早晚的学诗念诗，灶坑里的烧猪烧鸭，与祖父一起消磨时间和玩闹的种种……对备受祖父呵护的童年生活的追忆，其情也真其意也切。情之所至的叙写当中，她不断强化着自己对祖父的一片深情，难怪有研究者这样评价："'呼兰河这小城里住着我的祖父'，这一句几乎可以看作是全篇的主题词。"① 但是，对浓厚的祖父之爱的追怀和缅想，也流露出作者一种难以言说的悲哀：童年已逝，祖父也已离自己而去，无论多么美好的回忆，终究只是一份回忆，自己终将面对的，还是无以回避的峻切的现实。

童年生活当中，祖父，是最值得萧红回忆的人，而后花园和储藏室，则是最值得她回忆的地方。尤其是后花园，她的大部分童年生活时光，都是在那里度过的。在这里，她可以避开家里冰冷的氛围，将身心放松，自由自在地徜徉于大自然的和谐当中。于是，自然景物在她笔下，都被赋予了灵动的生命色彩，后花园里所有的树木菜蔬、花鸟昆虫、天空白云，都似乎变成了有生命的、与人有着血缘亲情的东西："花开了，就像花睡醒了似的。鸟飞了，就像鸟上天了似的。虫子叫了，就像虫子在说话似的。一切都活了。都有无限的本领，要做什么，就做什么。要怎么样，就怎么样。都是自由的。倭瓜愿意爬上架就爬上架，愿意爬上房就爬上房。黄瓜愿意

---

① 钱理群，温儒敏，吴福辉．中国现代文学三十年［M］．修订本．北京：北京大学出版社，1998：309．

开一个谎花，就开一个谎花，愿意结一个黄瓜，就结一个黄瓜。若都不愿意，就是一个黄瓜也不结，一朵花也不开，也没有人问它。玉米愿意长多高就长多高，它若愿意长上天去，也没有人管。蝴蝶随意地飞，一会从墙头上飞来一对黄蝴蝶，一会又从墙头上飞走了一个白蝴蝶。它们是从谁家来的，又飞到谁家去？太阳也不知道这个。"① 这可以消解孤独的情怀，让疲惫的身心、孤寂的心灵得以休憩的大自然，对于郁达夫，是往现实当中去寻觅，对于萧红，却只能从往昔的回忆当中去追怀。如果说，郁达夫还可以直接用凉风残月、荒草败柳，直接倾诉心中的孤独与感伤的话；在这里，萧红也只能把自己孤寂悲切的心情小心收匿起来，让后花园里的风物景致，尽可能地传达出自己曾经拥有过的快乐与惬意。

在《呼兰河传》、《后花园》、《小城三月》和《家族以外的人》等忆家题材的作品当中，萧红成功地借用了儿童的视角。借助儿童的眼光和视角，在缅想快乐无忧的童年生活的同时，作者孤寂的心情也可以暂时得到舒缓与释放。但是，儿童视角的意义还远非止于此，作者创作的目的，也绝不是仅仅停留在回忆童年幸福时光的层面上。通过儿童的眼光，可以在儿童充满生机与活力的比照下，突出成人精神世界的麻木与可悲，从而透视出充斥于成人世界的林林总总的荒谬与不合理处。通过本真的、近乎天真的儿童眼光，可以在"童谣"般的乡情吟唱当中，完成对成人世界的拷问，对延续几千年一成不变的"无主名"的传统积习，做出深刻的谴责与反省。正如有的论者所说："儿童的视角是一个遭遇型视角，因为儿童的生活就是遭遇的，无计划的。"② 唯其遭遇型、无计划、

---

① 萧红．呼兰河传［M］//萧红．萧红全集：上卷．哈尔滨：哈尔滨出版社，1998：160.

② 张宇凌．论萧红《呼兰河传》中的儿童视角［J］．中国现代文学研究丛刊，1997（1）：192.

直接性、随意性和无目的性，才更可以洞见成人世界的真实，凸显出被看对象的鲜活、本真的面貌。《呼兰河传》中，在“我”看来，“黑忽忽的，笑呵呵的”“怪好”的小团圆媳妇，在大人们眼里，却“不像个团圆媳妇”。在她被管教成“病”之后，众人献计献策要“拯救”她，最后发展到要给她洗开水澡，但在“我”看来，她却是没有病的，她还跟我一起玩玻璃球，“我”和她都根本不知厄运即将降临到她头上。在她被大家当作是掉了辫子的“妖怪”时，“我”要说出辫子“是用剪刀剪的”的真相，却被老厨子堵住了嘴。正因为儿童“我”的存在，才可以将已经为“无主名”的传统积习所麻木了的成人所不知的所有细节悉数纳入视野，揭示出乡民的可憎可怜可悲悯之处。这样，萧红既成功地实现了对沉寂的生命世界的拷问，又没有陷入过于冷峻峭拔、严峻惨烈的直接批判；既服膺了她执着的社会责任感的立场追求，又最为恰当地贴合了她当时的创作心境——她没有陷入孤独寂寞的泥淖而无法自拔。而非成人视角的叙事策略，以及“我的人物比我高”所涵盖的另外的方面——不同人物的限知视角和限制叙事、固定人物的限知视角和限制叙事等，都让萧红后期的《呼兰河传》等忆家题材的小说，在散文化、抒情性特征，即“像诗样美的辞章”之外，兼具“叙述性强”“以及扣人心弦的情节”的特点。

萧红的一生，是孤独的一生。她孤独寂寞，却又敢于“直面惨淡的人生”，能够勇敢地面对残酷的现实。生活不断给她重重打击，她却在打击中寻觅希望，心中满怀永久的憧憬和追求。她感受到生命的永恒悲凉，却并不曾把人引向彻底的悲观与绝望。她在矛盾与迷惘当中挣扎，在孤独与寂寞当中奋斗。她是一个踯躅于生命边界的孤独者，以一颗纯真率直的寂寥女儿心，诉说着她那对于生命悲寂的真切感受，和向这“温暖”和“爱”的方面，怀着永久的憧憬和追求——萧红展现给我们的，是“生命边界的孤独者”写作的抒情性特征。

第二节 限知视角与限制叙事的小说范本
——萧红《呼兰河传》再解读

《呼兰河传》是萧红最后的杰作，也是她文学和艺术上的巅峰之作，从隐含作者、叙事结构、情节性以及限制叙事的可能性，从童心与诗心的意向结构与非成人视角的叙事策略角度，以及如入化境的限制叙事——“我的人物比我高”的层面，可以发现《呼兰河传》的文学性以及其何以成为一部不朽小说的原因所在。《呼兰河传》小说主体层面是第一人称回顾性叙述，这一类型的叙述潜藏两种不同的叙事眼光：一是叙述者“我”从现在的角度追忆往事的眼光，二是被追忆的“我”过去正在经历事件时的眼光。《呼兰河传》兼具这两种叙事眼光，而且尤重第二种叙事眼光：既包括儿童的非成人视角的叙事眼光，又包括固定人物的限制性视角和转换性人物有限视角。这都是隐含作者所采取的叙述行为和方式方法，是令原本缺乏因果链的小说能够情节性强、艺术真实感油然而生的重要原因，同时也令小说更加具备打动人心的力量和具有丰沛的文学性。而最真实感人地展现童年时家乡的一切、成功地运用儿童的非成人视角的叙事策略，还得益于萧红是一个童心与诗心兼具的作家，而且童年经验作为先在意向结构对她的创作尤其是后期“内观”与“自传体”特征的小说，产生了深远的影响。这第二种叙事眼光所包含的三种叙事视角，其实都在传达和体现萧红对小说学、小说写法的一种认知——“我的人物比我高”，是萧红对小说文体的自觉和一种自觉的创作理念。

2000 年前后中国文学界开展了一场“回到文学本身”的讨论，

目的是对“纯文学”做有价值的反思，希望能够回到文学创作的本身，强调文学性，但由于这些讨论不关注作品文本的形式，仍然是在思想范围内的一种言说，十几年时间倏忽而过，文学评论仍然更多的是一种思想的评论，还是更多纠结于“写什么”而不是“怎么写”，一众文学性的讨论，总是轻轻点到小说的形式和技巧问题之后，迅速又回到内容的问题。2016 年，《文艺报》再度开设专栏讨论，呼吁文学批评“回到文学本体”，让我们从最基本的文学要素——语言、形式、结构等方面——开始，重新探讨作品的价值和问题。但研究者真正能够打开小说形式之窗，窥见小说真正的文学性所在的，还是稀见的。

结合叙事学的方法，从形式分析的角度入手，可以掘开文学本体的裂隙，发现作家作品独特性及其文学性奥秘所在。像萧红，虽以《生死场》名世，但在文学性上，毫无疑问《呼兰河传》才是萧红最为成功的作品，代表萧红文学创作在文学性和艺术性上的最高成就。几乎可以说，没有《呼兰河传》，萧红将不成为萧红，而有了《呼兰河传》，不止成就了创作上天才般的萧红，而且令呼兰这个不起眼的边地小城，成为中国文学版图上为数不多的最为闪耀的地方之一。但不可否认的是，《呼兰河传》在文学史上，是曾经长时间被遮蔽的。当救亡压倒启蒙，同时代的作家都在写抗战文学、抗日性的小说和宣传品的时候，萧红写了《呼兰河传》，招致了很多的不理解和批评。茅盾当年为《呼兰河传》所作的序，肯定《呼兰河传》的同时，也给此后很长一段时期对《呼兰河传》的评价、对萧红的文学史定位，定下了调子：他认为萧红“感情富于理智”，“被自己的狭小的私生活的圈子所束缚”，而“和广阔的进行着生死搏斗的大天地完全隔绝了”① ……夏志清虽然认为是“最不

① 茅盾. 呼兰河传・序［M］//萧红. 萧红全集：上卷. 哈尔滨：哈尔滨出版社，1998：109.

可宽恕的疏忽”，但他的《中国现代小说史》，毕竟没有提到《呼兰河传》也并未加评论。所以林贤治才会这样替《呼兰河传》惋惜：“就这样，萧红成了前后两种不同的文学思潮的牺牲品。”《呼兰河传》曾经长期不被重视，原因是什么呢？除了没有直接表达当时的抗日主题，小说的写法上，也是很特别的，“写法上，没有一个小说家像她如此的散文化、诗化，完全不顾及行内的规矩和读者的阅读习惯”①，不仅如此，茅盾当年作序时就已经很锐敏地指出了也许会有人认为《呼兰河传》非小说的担心：“也许有人会觉得《呼兰河传》不是一部小说”，“他们也许会这样说，没有贯串全书的线索，故事和人物都是零零碎碎，都是片段的，不是整个的有机体”。② 但是，检验小说的文学性和艺术性的最好标准，就是时间。大浪淘沙，历久而留下并熠熠生辉的一定是金子。的确如葛浩文的判断，“文评家们在时空上距战时的中国越远就越认为该书是写作技巧上最成功之作。这一看法，即为此书不朽的最有力例证”③；而夏志清则是先疏忽后赞誉有加，2000 年时提到了他曾经在一篇文章里对萧红《呼兰河传》的“最高评价”：“我相信萧红的书，将成为此后世世代代都有人阅读的经典之作。”④ 这些评价是准确的，但《呼兰河传》到底好在哪里呢？结合叙事学的方法，从形式角度加以分析，就会洞悉端倪。从隐含作者、叙述者角度和叙事结构、情节性以及限制叙事的可能性层面，从童心与诗心的意向结构与非成人视角的叙事策略角度，以及如入化境的限制叙事——“我

① 林贤治．前言：萧红和她的弱势文学［M］//林贤治．萧红十年集：上．北京：人民文学出版社，2009：14－15.

② 茅盾．呼兰河传·序［M］//萧红．萧红全集：上卷．哈尔滨：哈尔滨出版社，1998：107.

③ 葛浩文．萧红传［M］．上海：复旦大学出版社，2011：113.

④ 林贤治．前言：萧红和她的弱势文学［M］//林贤治．萧红十年集：上．北京：人民文学出版社，2009：14.

的人物比我高”的层面，可以发现《呼兰河传》不啻为一部限知视角和限制叙事的小说范本，正是由于萧红在限知视角和限制叙事方面的才华，才令《呼兰河传》文学性独具并使其能够成为一部不朽的小说。

一、隐含作者、叙事结构、情节性以及限制叙事的可能性

中国文学自现代以来，凡是作家主体较多融入叙事的小说，往往要么因为作者思想意识侵入小说叙事太多太盛而伤害了小说的文学性，要么多令小说呈现情节性、故事性削减和散文化、抒情性增强的特征，这种情况，自五四时期即已肇始。个性主义思潮和民主自由意识的催生，独白式小说，包括日记体、书信体小说，曾经是五四作家最为热衷和喜爱的小说形式。但是独白的过剩，便是小说情节性大受冲击，很多小说比如《狂人日记》根本无法还原为完整的故事或者改编为讲求故事性、情节性的戏剧和电影。郁达夫、郭沫若、王以仁、倪贻德等人的小说，全以小说结构松散著称，微末之小事，也要大发一通议论，甚至痛得死去活来，他们实在是在夸大并欣赏着，甚至津津有味咀嚼着自己的痛苦，以致忘却了小说的艺术。作家主体过多地融入小说叙事，对小说形式的伤害是明显和严重的，一个极端的例子，便是郁达夫，在他从《银灰色的死》到《出奔》五十篇左右的小说中，属于自叙传小说的有近四十篇。其小说主人公无论以什么样的身份出场，都熔铸了作家太多的主体形象和心理体验，而主人公的长相、穿着、气质、心理，简直就是郁达夫本人的翻版。郁达夫代表作《沉沦》开篇第一句就是：“他近来觉得孤冷得可怜。”以致有研究者忍不住说：“关键不在人物的处境是否可怜，而是人物自己是否感觉到自己可怜。小说的焦点一下子从外在的故事情节转为内在的人物情绪。表面上不同于‘独白’式小说，有场景描写，有情节叙述，可这一切都服务于人物的主观

感受。"① 要知道，小说是典型的虚构叙事文本（非虚构作品不在此讨论之列），对虚构性、情节性和可读性有着较强的要求，小说求真求的是艺术的真实。所以有研究者曾经从形式层面这样批评郁达夫："小说则需要虚构，如果一个小说文本缺乏虚构则会近于散文，情节性也会几乎丧失，阅读的快感也会弱得多，郁达夫的小说则是这种情况。从形式上看，他的叙述人与人物角色几乎没有距离，距离感的丧失正是缺乏虚构意识的结果，而且感情毫无节制，只成为启蒙之初个人欲望的泛滥。距离的丧失也导致了叙事视点转换的稀少，第一人称叙事带来的极端向内转，其实是与个人经验直接相联系，缺乏虚构性的同时也丧失了叙事的丰富性，最终失去意义层面的丰富性。"②

在这种情况下，"内观"的"自传体"型作品，能够在诗化、散文化、抒情性特征之外，葆有很好的情节性、可读性，能够避开将作家主体过多融入叙事的窠臼，具有充沛的文学性，是非常不容易的，将之置于新文学发展的谱系，就更加能够理解这种难得和罕有。萧红做到了，而且显示了她非凡的文学才华。她后期的作品《呼兰河传》《小城三月》《家族以外的人》《后花园》等，虽然也是带自传体特征的小说，但却同时也是她最成功、最感人的作品。《呼兰河传》，被葛浩文称为是萧红的"巅峰之作""她那注册商标个人'回忆式'文体的巅峰之作"。她以极为细腻的笔法回溯往事，几乎不费吹灰之力、轻而易举就将小说的散文化、抒情性，与小说的情节性、可读性和一定的虚构性并置，几乎形成一种"萧红体"。这一切，都得益于萧红高超的小说叙事能力和叙述手法。

---

① 陈平原. 中国小说叙事模式的转变［M］. 北京：北京大学出版社，2010：119.

② 刘旭. 赵树理文学的叙事模式研究［M］. 太原：北岳文艺出版社，2015：66－67.

其实，已经有人约略意识到了萧红《呼兰河传》所呈示的这种繁富多姿的叙事能力，但尚未有人来得及细究根底。茅盾在作序时，其实对此是有察觉的，他说："也许又有人觉得《呼兰河传》好像是自传，却又不完全像自传"，"但是我却觉得正因其不完全像自传，所以更好，更有意义"——他意识到了《呼兰河传》不完全像自传，而且也感觉到了这不完全像自传更好更有意义，但为何不像，他并没有深究。他甚至也意识到了："要点不在《呼兰河传》不像是一部严格意义的小说，而在于它这'不像'之外，还有些别的东西——一些比'像'一部小说更为'诱人'些的东西：它是一篇叙事诗，一幅多彩的风土画，一串凄婉的歌谣。"① 但茅盾并没有深究，这"不像"之外更为"诱人"的东西，到底是如何产生的。而且萧红《呼兰河传》小说叙事的魅力，在同样带"内观""自传体"特征并且具有诗化、散文化和抒情性的小说中，是达到极致和巅峰状态的，这又是萧红动用了什么样的叙事能力和叙述行为，他没有进一步地思考和分析。葛浩文对萧红的叙事能力和才华，也是有体察的，他也说："这书严格来说，不能算是典型的小说，它大部分牵涉个人私事，叙述性强，但书中却有着像诗样美的辞章，以及扣人心弦的情节。"② 这句话是对《呼兰河传》小说叙事的一种总结，它所内蕴的矛盾和吊诡之处，恰恰是对《呼兰河传》中叙事魅力的一种呈现。"不能算是典型的小说"，诗化、抒情性，葛浩文的判断是准确的，"大部分牵涉个人私事"，本来就容易影响虚构性、故事性和情节性，但他同时又说它"叙述性强"，书中却有着"扣人心弦的情节"。是什么给他《呼兰河传》叙述性强、情节性强的印象呢？原因就在于萧红运用了非凡的小说叙事技

---

① 茅盾．呼兰河传·序［M］//萧红．萧红全集：上卷．哈尔滨：哈尔滨出版社，1998：107－108.

② 葛浩文．萧红传［M］．上海：复旦大学出版社，2011：106.

巧，《呼兰河传》的隐含作者，对于小说的叙事结构、叙事节奏、主体行为方式和意义层面等做出了或许出自创作天赋但的确称得上是很精心的安排。小说的叙述者、人物绝对没有成为作者、隐含作者的传声筒。童心与诗心的情感意向结构，带来的是作家主体成人经验的尽可能多地撤离，在萧红《呼兰河传》这里，“以物观物”的“无我之境”的风景描写得以呈现。而其所取非成人视角的限制性叙事策略、固定人物有限视角叙事和转换性人物有限视角叙事等，都达到了很好的叙事效果，避免了作者、隐含作者与叙述者、人物的一种高度混合性和过于全知叙事对于小说艺术真实感的伤害。《呼兰河传》哪怕是做成人视角的叙事，也往往是取人物限知视角的限制性叙事——“我的人物比我高”（萧红），比如对小团圆媳妇的婆婆的描写，等等，方才能够在叙事方面，克服郁达夫那种“叙述人与人物角色几乎没有距离”（准确地说，是作者、隐含作者与叙述人、人物几乎没有距离）、人物沦为作者和隐含作者传声筒的弊病，令小说产生足够的艺术真实性和可读性。

传统的批评往往将全知叙述者与作者等同起来，而结构主义叙述学则倾向于排斥作者，将全知叙述者视为一种结构体或表达工具。将现实中的作者等同于叙述者，的确是不合适的，而真实作者和叙述者之间，被引入了“隐含作者”的概念，这一概念最早是由韦恩·布斯在1961年出版的《小说修辞学》一书中提出。所谓隐含作者，就是读者从作品中推导和建构出来的作者的形象，是作者在具体文本中表现出的“第二自我”。在有的研究者看来，“隐含作者是20世纪80年代以来叙事学理论发展到后经典叙事学之后的一个重要概念，它改变了20世纪60年代以来的经典叙事学过于形式化的特点，把意义分析与形式分析相结合，相当好地解决了文学的社会价值和文学价值问题。后经典叙事学的特点类似于把马克思主义代表的意识形态批评与罗兰·巴特等人代表的叙事学相结合，成为一种更有效的文学文本分析方法。”①隐含作者不同于真实作者，是作者在文本中的“第二自我”，决定着文本的叙事结构及文本所遵循的价值观和文化规范，他负责场景和事件的选择和组合，即整体叙事结构、叙事节奏、主体行为方式和意义层面等各方面的安排。同一个作家在不同的作品中，可能而且几乎一定表现为不同的隐含作者，因为他们在创作不同的作品的时候其状态、创作理念等都会有所不同。

这样的情况在萧红身上，可能表现得更加显著。《呼兰河传》的隐含作者与《生死场》的隐含作者，迥然有异，因为创作两部作品时，萧红的状态是不同的，尤其是她对“小说学”——小说写作与小说文体的理解，差别很大，况且又是面临不同的题材，在叙事结构和叙事策略等方面，两部作品也可以说是完全不同的。《生死场》中的隐含作者，是一个受“抗日义勇军”战士萧军影响，很想通过写农民生活表达出“抗日”主题，希望启蒙民众和表达抗日爱国思想的知识者。小说是一部描写“九一八事件”前后哈尔滨近郊农村农家生活的一部小说。虽然同样是描写农村和农家生活，但隐含作者的目的性非常明显而且强烈——她要通过描写家乡农民在生死边缘挣扎的情况而写出他们反日斗争的觉醒过程。主题的先行设定和缺乏对农民实际抗日过程的了解——甚至她小说中所提到的少数几个抗日组织的名称，都是她从萧军和其他朋友口中听来的，加上启蒙和救亡的心情过于迫切，又恰逢萧红小说写作相对来说还是起步的阶段，写作受他人影响和模仿的痕迹都在。《生死场》中，隐含作者是处在一个比较高的层面，从上而下悲悯她的人物的。在小说的叙事结构和素材的处理上，都比较粗疏，小说结构比较松散，题材和情节处理，都是尽量选取将“生”和“死”尤其是

---

① 刘旭．隐含作者与虚构：赵树理文学的深层结构分析［J］．文学评论，2013（3）：100．

"死"，加以最有视觉冲击力的描写和展现，要以十二分的笔力写出外来的暴力压迫和男性对女性的戕害和压迫……用力太过，对文学性反而是伤害，这些方面在胡风为萧红《生死场》作《读后记》时已经发现："第一，对于题材的组织力不够，全篇现得是一些散漫的素描，感不到向着中心的发展，不能使读者得到应该能够得到的紧张的迫力。第二，在人物底描写里面，综合的想像的加工非常不够。个别地看来，她底人物都是活的，但每个人物底性格都不凸出，不大普遍，不能够明确地跳跃在读者底前面。第三，语法句法太特别了，有的是由于作者所要表现的新鲜的意境，有的是由于被采用的方言，但多数却只是因为对于修辞的锤炼不够。"①

与《生死场》一样，《呼兰河传》中没有主要和中心人物，农家、乡间生活题材，素材驳杂。而且根据小说结尾的提示来看，作家选定的叙述人是"逃荒去了"的"小主人"，以一个小孩——未成年人的视角，来写的回溯童年和故乡往昔故事的小说，对作为小说文本叙事世界掌控者的隐含作者来说，就更加是一种考验。对于小说能否具有一种可读性强的情节性，是一种考验，至于达到葛浩文所说的"扣人心弦的情节"的程度，就更加是一种考验。五四作家和现代小说家，一度把淡化情节作为他们心目中提高中国小说艺术水准的关键一环，想摆脱故事的诱惑而在小说中寻求新的结构重心。而《呼兰河传》本身的题材和素材，也缺乏具有因果链的情节，缺少有因果关系的故事事件，组成一个有开端、发展、高潮和结局的整体。具有因果关系的传统意义上的情节，《呼兰河传》里实在缺乏可以滋养它们的土壤。这种情况下，要产生和实际上确实产生了"扣人心弦的情节"，确实颇有些不可思议。虽然中西文学批评家常常在批评实践当中对"故事"和"情节"不加区分，故

① 胡风．生死场·读后记［M］//萧红．萧红全集：上卷．哈尔滨：哈尔滨出版社，1998：97.

事和情节常常成了可以换用的概念。但重视结构关系的叙述学家则划出清晰可辨的界限——将情节视为故事中的结构。从这个意义上说，《呼兰河传》中的“扣人心弦的情节”或许可以从隐含作者对于叙事结构、叙事节奏等的掌控和有关的叙述行为当中找寻答案。

《辞海》里对“故事”的定义强调故事中事件的因果关系并把叙事性文学作品中的故事混同于故事情节的概念。而英国批评家福斯特在《小说面面观》中则认为：“我们已将故事界定为按照时间顺序来叙述事件。情节也叙述事件，但着重于因果关系。”这种通过因果关系来区分故事与情节的方式不甚合理，容易导致混乱，但无论中国还是西方的古典与传统文艺理论都非常强调情节中因果关系的重要性。虽然结构主义叙述学家查特曼将叙事作品的情节区分为“结局性的情节”和“展示性的情节”，但他的“展示性的情节”主要指意识流等现代作品中的情节。从亚里士多德迄今，带事件因果关系的情节一直得到强调和重视。① 中国自五四开始新小说家们又在有意淡化情节，甚至不惜走向强调个人感觉的极致。《呼兰河传》的素材和题材，都决定了其无法形成因果链和因果关系的情节。无论是基于故事的层面，还是基于事件形成因果关系的情节方面，《呼兰河传》都不占天时与地利。它所能涉及的故事，甚至不如《生死场》中的故事，可以带给人足够的“震惊”体验。就是那个节奏相对激烈的小团圆媳妇被虐待致死的故事，其实故事性也不强，一旦叙述不当，只会是一个最简单不过的乡间轶事，更不要说产生震撼人心的叙事效果。《呼兰河传》整个小说所涉及素材的零零碎碎，也确乎根本无法形成一个有开端、发展、高潮和结局的整体——具有因果关系的传统意义上的情节。“扣人心弦的情节”“叙述性强”，我们只能寄望于隐含作者对叙事结构、叙事节奏等的

① 申丹. 叙述学与小说文体学研究［M］. 3 版. 北京：北京大学出版社，2004：51 – 53.

掌控，以及隐含作者在叙述行为当中所展现的才华。事实上，《呼兰河传》的文学性也恰恰归功于隐含作者的叙述行为能力。

仔细研究一下《呼兰河传》的章节设置，就很容易体会隐含作者在叙事结构和叙事节奏等方面的巧心和匠心。小说开篇第一章，以大地冻裂、卖馒头老头跌倒、路人趁机拾了几个一边吃着就走了，而老头子挣扎起来后则以地皮冻裂了、吞了他的馒头自我解嘲来开篇。呼兰的四季风光、民情风俗，隐含作者安排周详，一一尽现：东二道街的龙王庙与祖师庙里的两家小学，西二道街常常让人抬车抬马，并给大家带来吃瘟猪肉借口的大泥坑子，碾磨房、豆腐店、染缸房、扎彩铺，卖着麻花的小胡同，天边的火烧云，等等。“这章不仅是篇研究大自然景色风物的佳构，而且也是对形成人们的生活方式的和他们的社会制度的一种注释。”① 第二章，是跳大神、唱秧歌、放河灯、野台子戏、四月十八娘娘庙大会，等等，这些呼兰河地方卑琐平凡的实际生活之外的精神上的“盛举”。第三第四章，是小女孩“我”和祖父生活的故事，院子里的各色人等及他们的生活百态。第五章，是小说中故事性、情节性最强的小团圆媳妇被虐待致死的故事。第六章，是有二伯的故事，可以与《家族以外的人》做联系和比照，《呼兰河传》中的有二伯，似乎叙写得更加周详和生动有趣。这当然归功于限知视角和限制叙事的成功，后面会再述及。第七章，是磨房里冯歪嘴子的故事，林贤治认为这是小说的“光明的尾巴”②，茅盾也在序言中言冯歪嘴子“生命力特别顽强，而这是原始性的顽强”③，这章其实可与《后花园》比照阅读。这七章的叙事结构、叙事节奏，素材的剪接和配搭，用葛

---

① 葛浩文．萧红传［M］．上海：复旦大学出版社，2011：109.

② 林贤治．所加小说《呼兰河传》后的注［M］//林贤治．萧红十年集：下．北京：人民文学出版社，2009：811.

③ 茅盾．呼兰河传·序［M］//萧红．萧红全集：上卷．哈尔滨：哈尔滨出版社，1998：108.

浩文的话来说，就是："萧红非常技巧地将每章情节调配得抑扬顿挫，高低有序。时而有令人伤心不已的悲剧章节，瞬时又出现轻松的幽默讽刺场面"；"这七章总体而言，无论在技巧手法上都胜过单一存在。因为此书将呼兰这城镇，也可以说将20世纪早期中国东北的农村社会，置于显微镜下来端详。此书不但让我们大开眼界，而且感人至深。"①

叙事结构、叙事节奏等，都是由隐含作者掌控的叙述行为。法国叙事学家热奈特1972年在《叙述话语》这一经典叙事学名篇中，曾提出叙事层次三分法：一是故事，即被叙述的事件；二是"叙述话语"，即叙述故事的话语，也就是文学的文本；三是"叙述行为"，即产生话语的行为或过程，比如讲故事的过程。② 热奈特反复强调了叙述行为的重要性和首要性：没有叙述行为就不会有叙述话语，也就不会有被叙述出来的事件和情节。叙述行为其实既关及形式，也关及内容、作品的意义。但那时还处于经典叙事学强调形式化的阶段，拒绝把形式明确地与意义相联系。及至后来20世纪80年代，叙述行为在"隐含作者"这一概念那里得到延续，正式把形式层面与意义层面相结合，成为后经典叙事学的一个重要概念③……隐含作者掌控所有叙述行为，借由叙事动因，可以说把形式与内容加以彻底结合了起来，当然，隐含作者还决定了结合的方法。《呼兰河传》中故事性、情节性以及丰富的可读性，要依赖隐含作者对叙事结构和叙事节奏的掌控。而且还远不止于此，小说主体层面是第一人称回顾性叙述，这一类型的叙述潜藏两种不同的叙事眼光：一是叙述者"我"从现在的角度追忆往事的眼光，二是被

---

① 葛浩文．萧红传［M］．上海：复旦大学出版社，2011：109－110.

② 张寅德．叙述学研究［M］．北京：中国社会科学出版社，1989：188－189.

③ 刘旭．赵树理文学的叙事模式研究［M］．太原：北岳文艺出版社，2015：68.

追忆的“我”过去正在经历事件时的眼光。《呼兰河传》中，这两种叙事眼光其实是都具有的，但是，第二种叙事眼光——被追忆的“我”过去正在经历事件时的眼光，其中有儿童的非成人视角的叙事眼光，这其中，又衍生出固定人物的限制性视角和转换性人物有限视角，都是隐含作者所采取的最为了不起的叙述行为以及方法，是令小说所描写的人物以及事件真实生动、艺术真实感油然而生的重要原因，同时也是令小说具备打动人心力量和丰沛文学性的关键原因所在。《呼兰河传》的隐含作者，不同于萧红在其他作品，尤其是《生死场》中的隐含作者。正是这个隐含作者，让《呼兰河传》成为限知视角和限制叙事的小说范本。

二、童心和诗心的意向结构与非成人视角的叙事策略

带“内观”“自传体”特征的小说，是萧红成人后及在离开家乡多年后的一种回溯性叙事，如果是一味地全知叙述和过多地采用叙述者“我”从现在的角度追忆往事的眼光，牺牲的将是艺术的真实感，叙述者和人物会沦为作者、隐含作者的传声筒。出现郁达夫创作的那种极致状态“感情毫无节制，只成为启蒙之初个人欲望的泛滥”，也不是没有可能的。《呼兰河传》的叙述者是后花园的小主人——第一人称“我”，但隐含作者非常恰当地将“我”在小说中直接出现的比例控制到了较小的份额——只占较少的章节，而且很多时候，是取其非成人视角的限制性叙事，达到了很好的叙事效果，避免了作者、隐含作者与叙述人、人物的一种高度混合性和过于全知叙事对于小说艺术真实感的伤害。而且，即便在叙述中“我”没有现身的情况下，叙事眼光和叙事声音往往也是“我”的、非成人的视角和叙事声音。隐含作者安排这样的限知视角和限制叙事，可以最大限度地产生艺术的真实感，带给受述者和理想读者身临其境和感同身受的阅读感受。这其实也是《呼兰河传》在散文性和抒情性之外，同时也是非常好的小说叙事文本的有力佐证。

如果将隐含作者采纳限制叙事来还原现场感和产生艺术真实感，放到新文学发展的谱系当中，自然格外凸显其意义和价值。中国古代小说中已见限制叙事的情形，但实在不能与西方现代小说的限制叙事技巧等同。20世纪初西方小说大量涌入中国以前，中国小说家、理论家从未形成突破全知叙事的自觉意识。俞明震在时人多从强调小说布局意识入手悟出限制叙事时，从柯南道尔选择“局外人”华生为叙事角度，接触到了如何借限制叙事来创造小说的真实感问题。新小说家们很难在限制叙事尤其是通过限知视角和限制叙事方面取得成功的原因之一，就是“一方面想用限制视角来获得‘感觉’的真实，一方面又想用引进史实来获得‘历史’的真实”①。以儿童的非成人视角而论，很多研究者注意到了自现代以来，小说家们常有意采用儿童视角叙事。但需要注意的是，小说家设定由作品中人物——一个儿童的口吻来叙述，也并不一定是成功的儿童的、非成人的限知视角和限制叙事。过多受到作家主体干扰的叙事，比比皆是，也就是俗见的“小大人”现象。有很多研究者认为，莫言以儿童视角写过不少短中篇小说和长篇小说《四十一炮》。《四十一炮》以“炮孩子”罗小通的四十一段滔滔诉说结构成篇，莫言是要“想挥霍性地用一下儿童视角，算是一种总结”②。但用了一个儿童叙述人，就是儿童视角和限制性叙事吗？似乎并不尽然。儿童叙述人而叙事眼光和叙事声音，并不是儿童的或者受成人视角过多渗透和干预的情况，处处可见。而且，若要想拥有儿童的、非成人的限知视角和限制叙事的能力，恐非得具有和儿童能够相媲美至少是相通的思维和情感意向结构才行。由此可见，《呼兰

---

① 陈平原. 中国小说叙事模式的转变［M］. 北京：北京大学出版社，2010：65－68.

② 舒明. 新小说像狗一样追着我：关于《四十一炮》的对话［N］. 文汇报，2003－07－25.

河传》能够在全篇成功运用儿童的非成人视角来叙事，的确不容易。可贵的是，其隐含作者不再像《生死场》中的隐含作者那样，有着表达启蒙与救亡——主题先行的迫切心情，也无意去模仿别人的写作，在作品中刻意填充思想和精神之核。对于童年生活的家乡物事民情风俗的描写，隐含作者的叙述动因，没有一个强大的外部利益关照，即没有一个功利化的创作目的。小说只意在对童年家乡的一切予以最真实感人的展现，这就是隐含作者的叙述动因，这也是我们在小说中看不到深刻地揭露和峻切地批判的原因。作者和隐含作者对文本中所涉及的一切，是怀着理解之同情的。

最真实感人展现童年时家乡的一切、成功地运用儿童的非成人视角的叙事策略，其实还得益于萧红是一个童心与诗心兼具的作家，而且童年经验作为先在意向结构对她的创作尤其是后期“内观”与“自传体”特征的小说，产生了深远的影响。有了儿童的先在意向结构、具备了儿童的思维能力，才令儿童的、非成人视角的限制性叙事，真正地落到实处。童庆炳先生曾提到过童年经验作为先在意向结构会对作家创作产生多方面的影响，笔者在研究中也论述过童年经验以及童年经验作为先在意向结构对萧红创作的影响。《呼兰河传》中，童年经验为小说提供了生活原型和写作题材，它已经作为一种先在的意向结构对作家创作产生多方面的影响，“对作家而言，所谓先在意向结构，就是他创作前的意向性准备，也可理解为他写作的心理定势。根据心理学的研究，人的先在意向结构从儿童时期就开始建立。整个童年的经验是其先在意向结构的奠基物”；童年经验作为先在意向结构的奠基物，影响和制约着萧红面对生活时的感知方式、情感态度、想象能力、审美倾向和艺术追求等。童年经验作为先在意向结构最初却又是最为深刻的核心，而且“由童年经验所建筑的最初的先在意向结构具有最强的生命力”，深刻影响了萧红作品的基调、情趣和风格等，尤其直接关涉和影响着她对于边地人生的女性书写的部分。① 这点在《呼兰河传》中的表现，就尤为凸出和显著。萧红有着一颗如儿童一般的赤子之心，童心与诗心兼具的她，自然可以达到相通和使用儿童“我向思维”的思维方式。“我向思维”的特征，是将周围的一切事物等同于有生命的“我”，把物和整个世界都当作有生命的或者说是情感投寄的对象来加以对待②，这有点像原始人的思维方式和原始宗教的特点，所以后来的迟子建曾经在《文学的“求经之路”》里讲到了民间神话和原始宗教对自己的影响，鄂伦春和鄂温克民族“这两个少数民族信奉万物有灵，在他们眼里，花、石头、树木等都是有灵魂的”③。

能够具有“我向思维”的思维方式，恰恰是萧红以及《呼兰河传》的隐含作者能够在叙述行为当中成功使用儿童的限知视角和限制叙事的前提和基础。很难想象一个拥有十足的成人思维方式的人，能够使用儿童的叙事眼光和叙事声音。“我向思维”的思维方式，在风景物事的描写里，产生了非常好的修辞效果。《呼兰河传》第一章第八小节里“火烧云”的大段描写，充分展现了儿童“我向思维”特点的叙事眼光和叙事声音：“五秒钟之内，大空里有一匹马”，“忽然又来了一条大狗，这条狗十分凶猛，它在前边跑着，它的后面似乎还跟了好几条小狗仔。跑着跑着，小狗就不知跑到那里去了，大狗也不见了”。“又找到了一个大狮子”，“它表示着蔑视一切的样子，似乎眼睛连什么也不睬，看着看着地，一不谨慎，

① 童庆炳．作家的童年经验及其对创作的影响［J］．文学评论，1993（4）；刘艳．童年经验与边地人生的女性书写：萧红、迟子建创作比照探讨［J］．文学评论，2015（4）．

② 刘艳．童心与诗心的女性书写：萧红、迟子建创作品格论［J］．齐鲁学刊，2013（3）．

③ 迟子建．文学的“求经之路”［J］．华中科技大学学报（社会科学版），2017（2）：7．

同时又看到了别一个什么”。“一时恍恍惚惚的，满天空里又像这个，又像那个，其实是什么也不像，什么也没有了。”“必须是低下头去，把眼睛揉一揉，或者是沉静一会再来看。”怀有童心、赤子之心，具备“我向思维”的思维方式，使萧红不会把景物看作与自己拉开距离、仅供自我观照的“他者”或者客体，而是能够打通视觉、听觉、嗅觉等各种感官知觉，把自己和景物融为一体：

> 花开了，就像花睡醒了似的。鸟飞了，就像鸟上天了似的。虫子叫了，就像虫子在说话似的。一切都活了。都有无限的本领，要做什么，就做什么。要怎么样，就怎么样。都是自由的。倭瓜愿意爬上架就爬上架，愿意爬上房就爬上房。黄瓜愿意开一个谎花，就开一个谎花，愿意结一个黄瓜，就结一个黄瓜。若都不愿意，就是一个黄瓜也不结，一朵花也不开，也没有人问它。玉米愿意长多高就长多高，它若愿意长上天去，也没有人管。蝴蝶随意地飞，一会从墙头上飞来一对黄蝴蝶，一会又从墙头上飞走了一个白蝴蝶。它们是从谁家来的，又飞到谁家去？太阳也不知道这个。①

在这里，自然与景物，都被赋予了灵动的生命色彩，后花园里的花鸟虫子、倭瓜、黄瓜、玉米、蝴蝶，等等，都是以儿童的叙事眼光来叙述的，是儿童式的将周围的世界一律加以生命化的做法。可以说，这段广为大家喜爱和援引的文字，已经达到了王国维所阐析的“无我之境”的境界。王国维手稿本第三十三则云：“有我之境，物皆著我之色彩；无我之境，不知何者为我，何者为物。”初

① 萧红．呼兰河传［M］//林贤治．萧红十年集：下．北京：人民文学出版社，2009：703－704.

刊本第三则对两境的表述略有调整："有我之境，以我观物，故物皆著我之色彩；无我之境，以物观物，故不知何者为我，何者为物。"所以学者言两本对勘王国维对两境的理解并没有发生多少变化：只是将两境的"观物"特点做了对比分析，立足于"我"的观物——以我观物，即为有我之境，将"我"物化的观物，或者说淡化"我"的观物——以物观物，即为无我之境。两境都涉及审美主客体的关系，但侧重在对审美主体的要求各不相同。① 学者还引饶宗颐《人间词话平议》来疏证："王氏区有我之境与无我之境为二，意以无我之境为高。予谓无我之境，惟作者静观吸收万物之神理，及读者虚心接受作者之情意时之心态，乃可有之……惟物我合一之为时极暂，浸假而自我之我已浮现……以我观物，则凡物皆着我相，以物观我，则浑我相于物之中。实则一现一浑。现者，假物以现我；浑者，借物以忘我。王氏所谓'无我'，亦犹庄周之物化，特以遣我而遗我于物之中……"②（省略号为笔者所加）《庄子·齐物论》中所谓"庄周梦为蝴蝶"而物我不分亦即物我两忘的境界，沈约《郊居赋》的"惟至人之非己，固物我而兼忘"——指艺术创作时候艺术家主体与创作对象的客体浑然为一而兼忘的境界，王国维的"无我之境"，在艺术创作时身与物化，儿童经验的先在意向结构和"我向思维"的儿童思维方式，令这一切成为可能。这其实又是一种成人主体之我和成人经验之我的"淡化"和消退，风景物事的描写不止可以由此而形神兼备，而且可以避免滑入五四以来现代小说家常常犯的重主体感觉宣泄而轻叙述，乃至郁达夫那种"感情毫无节制，只成为启蒙之初个人欲望的泛滥"自叙传特征的小说叙述方式。这只是儿童先在意向结构和儿童思维方式所铸限知

① 彭玉平．王国维词学与学缘研究：上［M］．北京：中华书局，2015：335－336.

② 彭玉平．人间词话疏证［M］．北京：中华书局，2014：156－157.

视角和限制叙事的一个维度。另一维度，还可以避免五四以来在现代时期，小说家的风景描写，常常是审美主体与外物客体拉开了距离产生的修辞效果——主客体拉开距离后，主体与客体之间，更多是认识和被认识的关系，“所谓风景乃是一种认识性的装置”，写风景的人“对眼前的他者表示的是冷淡”。① 外部事物作为客体，是一个被作家观照但却好像跟作家没有什么关系或者说关系不大的“他者”。以致有研究者在分析后来《暴风骤雨》和《太阳照在桑干河上》的风景描写时，仍然忍不住指出其透露的情感仍然是那种“五四启蒙影响下第一个十年风靡文坛的个体的小资化情感，却与农民无关，农村成了被欣赏被塑造的他者，农村风景变成隐蔽地表现小资情怀的场所”②。

其实不止是风景的描写，对于物事人情，《呼兰河传》也多采用儿童的非成人视角的叙事策略。小说开篇大地冻裂卖馒头老头跌跤失馒头的细节，大泥坑子的陷马淹猪可以提供“福利”（借口）给全呼兰河的人心安理得吃着瘟猪肉，那指出是瘟猪肉而挨了两次揍的孩子，小胡同里五个孩子的母亲给他们买麻花而动手追打的戏剧化场面……皆生动、感人，令人印象深刻，回味悠长。如果不是儿童非成人视角的叙事策略，堆积了几年几至发霉的杂物的储藏室，满是花鸟昆虫的后花园，等等，绝没有小说中所叙述的那样生动和富有生趣。扎彩人、跳大神、放河灯、四月十八娘娘庙大会等民俗事象的表现，也离不开儿童视角里的生活细节的悉数展现。不谙世事的孩子，观察和感受世界的时候，往往能够注意到成人注意不到或者忽略的种种细节，加上儿童非成人视角往往单纯、感性、

① 柄谷行人. 日本现代文学的起源［M］. 赵京华，译. 北京：生活·读书·新知三联书店，2006：12－15.

② 刘旭. 隐含作者与虚构：赵树理文学的深层结构分析［J］. 文学评论，2013（3）：102.

不事理性概括的特点，常常能够将无数为成人熟视无睹的细节一一突显出来。《呼兰河传》里，萧红就将许多的笔墨花费在以儿童“我”的叙事眼光和叙事声音所讲述出来的小城人许多的生活细节上面。而有些情节，原本缺乏事件因果关系和传统情节需要的开端、发展、高潮、结局的完整关系，却由于叙述人是儿童的眼光和心理，而妙趣横生。比如“有二伯偷东西被我撞见了”，“我”也是在藏东西的后房里乱翻东西的，正因为“我”是个孩子，不十分明确和懂得眼前发生的事情，“我”才会津津有味地目睹有二伯偷东西的整个过程，互相发现后，大偷和小偷——有二伯和“我”，彼此吓一跳……后来有二伯偷了大澡盆，是被这样叙述的：“就在这样的一个白天，一个大澡盆被一个人掮着在后花园里边走起来了。”“那大澡盆太大了，扣在有二伯的头上，一时看不见有二伯，只看见了大澡盆。好像那大澡盆自己走动了起来似的。”有二伯说自己没有钱，不肯买票带自己看马戏，“我一急就说：‘没有钱你不会偷？’”——只有孩子、非成人，才会有这样的言行和心理与叙事的眼光。

而且，儿童视角的遭遇型、无规划、直接性、随意性和无目的性，反而更容易洞见成人世界的真实，对充斥于成人世界的荒谬、不合理处乃至人性的扭曲，别具一种透视和艺术表现的力度。在萧红的《呼兰河传》里，在“我”看来，“怪好”的小团圆媳妇，在大人们的眼里，却“不像个团圆媳妇”、有病（所谓的病其实是被婆婆吊起来打、用烙铁烙脚心等致）直至要给她洗开水澡。但在“我”看来，她却是没有病的，她还跟我一起玩玻璃球。而当她被婆婆和众人说成是掉了辫子的“妖怪”时候，“我”要说出辫子“是用剪刀剪的”的真相，却被老厨子堵住了嘴。这种儿童的非成人视角的叙事策略，别具人性表现的真实和力度，在半个多世纪之后严歌苓《穗子物语》系列小说里，又有继承和进一步的叙事探索。比如，《角儿朱依锦》的故事，在通过儿童视角的细节叙述来揭示成人世界的荒谬可憎、人性扭曲方面，与萧红的《呼兰河传》有异曲同工之妙。就像严歌苓在自序中坦言的："我做过这样的梦：我和童年的自己并存，我在画面外观察画中童年或少年的自己，观察她的一举一动，她的一颦一笑；她或者聪慧，或者愚蠢可笑。当童年的我开始犯错误时，我在画面外干着急，想提醒她，纠正她，作为一个过来人，告诉她那样会招致伤害，而我却无法和她沟通，干涉她，只能眼睁睁看着她把一件荒唐事越做越荒唐。"对于童年穗子的种种行为，"成年的我只能旁观"① ——隐含作者在安排叙述行为的时候，有意地不干涉人物和叙事，反而能够成就儿童的非成人的限知视角和限制叙事。从萧红《呼兰河传》到严歌苓的《穗子物语》，就展现了这种叙事探索在中国现当代文学一个很长的时间跨度里的呼应和长足发展。②

三、如入化境的限制叙事："我的人物比我高"

如果《呼兰河传》的限知视角和限制叙事，仅仅体现在儿童的、非成人叙事策略的层面，小说断不会包含如许繁富的审美意蕴和文学性，也不会被认为"该书是写作技巧上最成功之作"（葛浩文），而且，这是一部让人读了便感喟不已，被认为越历时将越成为不朽之书的小说。在《呼兰河传》所采取的非成人视角叙事策略里面，我们常常看到和听到两种不同的视角和声音：儿童叙述者的声音和成人的隐含作者偶尔安排的成年人的视角和声音——两种视角和声音的穿插交错甚至是水乳交融，共同构成了小说文本的复调叙事。在复调叙事的文本叙事结构里面，似乎就是饶宗颐在《人间词话平议》里所说的："惟物我合一之为时极暂，浸假而自我之我

---

① 严歌苓．穗子物语［M］．桂林：广西师范大学出版社，2005：自序 1.

② 刘艳．非成人视角的叙事策略：萧红"忆家"题材系列与严歌苓《穗子物语》合论［J］．吉林大学社会科学学报，2007（4）：120.

已浮现。此时之我，已非前此之我，亦非刚才物我合一之我，而为一新我——此新我即自得之境。”① 非成人视角叙事策略为主、成人视角与声音为辅，何尝不是小说叙事所缔造的新我自得之境呢？前面已经提到，《呼兰河传》小说主体层面是第一人称回顾性叙述，这一类型的叙述潜藏两种不同的叙事眼光：一是叙述者“我”从现在的角度追忆往事的眼光，二是被追忆的“我”过去正在经历事件时的眼光。《呼兰河传》兼具这两种叙事眼光，而且尤重第二种叙事眼光：既包括儿童的非成人视角的叙事眼光，又包括固定人物的限制性视角和转换性人物有限视角。也就是说，儿童的非成人视角的叙事策略之外，转换性人物有限视角和固定人物的限制性视角，也都是隐含作者所采取的叙述行为和方式方法，是令原本缺乏因果链的小说能够情节性强、艺术真实感油然而生的重要原因，同时也令小说更加具备打动人心的力量和具有丰沛的文学性。

这第二种叙事眼光所包含的三种叙事视角，其实都在传达和体现萧红对小说学、小说写法的一种认知——“我的人物比我高”，是萧红对小说文体的自觉和一种自觉的创作理念。她在 1938 年与友人的谈话当中已经明确表达了她的这种创作理念，她说：“有一种小说学，小说有一定的写法，一定要具备某几种东西，一定写得像巴尔扎克或契诃夫的作品那样。我不相信这一套。有各式各样的作者，有各式各样的小说”；“鲁迅以一个自觉的知识分子，从高处去悲悯他的人物”，“我开始也悲悯我的人物，他们都是自然奴隶，一切主子的奴隶。但写来写去，我的感觉变了。我觉得我不配悲悯他们，恐怕他们倒应该悲悯我咧！悲悯只能从上到下，不能从下到上，也不能施之于同辈之间。我的人物比我高”。② 出于对鲁迅的

---

① 彭玉平. 人间词话疏证［M］. 北京：中华书局，2014：157.

② 聂绀弩. 回忆我和萧红的一次谈话［M］//季红真. 萧萧落红. 北京：人民文学出版社，2001：5－6.

尊重与敬重，她没有表达她不同意鲁迅小说从高处悲悯人物的写法，但是，她已经表达出了她之不同于鲁迅的小说观和人物观。从高处去悲悯人物的一个直接的效果，便是易将很多思想之核“哽”在小说当中，小说的隐含作者会持有明显乃至太重的“功利化”写作目的，易使人物变成隐含作者的传声筒，使人物失去其身份及其所应该具有的主体行为特征、思想心理等。思想之核“哽”在小说里，直接影响小说的文学性，迟子建曾经明确表达她喜欢和乐于点评鲁迅的《社戏》而非其他小说，原因就是：“《社戏》是鲁迅写给自己的一首《安魂曲》，在他的作品中，《社戏》因为没有更多的思想之核‘哽’在其中，呈现着天然、圆润、质朴、纯真的气质。现在读它，依然是那么的亲切、感人。”① 小说中过多充斥思想之核，不止鲁迅具有，从现代到当代，这条小说的流脉和小说学或者说小说的写法，从来没有断绝过，比如当代的张炜、张承志等作家的创作。可能由于作家表达得含蓄，或者是她自己也还没有达到一种高度的自觉和能够对此做郑重的理论概括和归纳总结，萧红或还只是从感性的层面意识到了她自己所采用是“我的人物比我高”的小说写法。前面所分析的非成人视角叙事策略，其实就是“我的人物比我高”这一限知视角和限制叙事在小说当中的一个维度。下面将结合具体叙述片段，从形式层面分析隐含作者是如何在转换性人物有限视角和固定人物的限制性视角方面，来实现“我的人物比我高”的限制性叙事效果的。呼兰河的大泥坑子一年之中发生多次抬车抬马，可没有一个人说把泥坑子用土填起来，有一天，下大雨的时候，一个小孩子掉下去，让一个卖豆腐的救了上来。救上来一看，那孩子是农业学校校长的儿子：

---

① 《北京文学·中篇小说月报》编辑，迟子建．与迟子建对谈：鲁迅在骨子里其实是一个浪漫主义者［J］．北京文学·中篇小说月报，2005（3）：140.

一、于是议论纷纷了，有的说是因为农业学堂设在庙里边，冲了龙王爷了，龙王爷要降大雨淹死这孩子。

二、1 有的说不然，完全不是这样，都是因为这孩子的父亲的关系。他父亲在讲堂上指手画脚地讲，讲给学生们说，说这天下雨不是在天的龙王爷下的雨，他说没有龙王爷。2 你看这不把龙王爷活活地气死，他这口气那能不出呢？所以就抓住了他的儿子来实行因果报应了。

三、1 有的说，那学堂里的学生也太不像样了，有的爬上了老龙王的头顶，给老龙王去戴了一个草帽。这是什么年头，一个毛孩子就敢惹这么大的祸，老龙王怎么会不报应呢？2 看着吧，这还不能算了事，你想龙王爷并不是白人呵！你若惹了他，他可能够饶了你？那不像对付一个拉车的、卖菜的，随便地踢他们一脚就让他们去。那是龙王爷呀！龙王爷还是惹得的吗？

四、1 有的说，那学堂的学生都太不像样了，他说他亲眼看过，学生们拿了蚕放在大殿上老龙王的手上。2 你想老龙王那能够受得了。

五、有的说，现在的学堂太不好了，有孩子是千万上不得学堂的。一上学堂就天地人神鬼不分了。

六、有的说，他要到学堂把他的儿子领回来，不让他念书了。

七、1 有的说孩子在学堂里念书，是越念越坏，比方吓掉了魂，他娘给他叫魂的时候，2 你听他说什么？他说这叫迷信。你说再念下去那还了得吗？

八、说来说去，越说越远啊。[①]（序号为笔者所加）

之所以做这样大段的引用，就是为说明转换性人物有限视角的问题。叙事学认为，隐含作者、叙述者和人物，都可以体现一种或多种视点。视点与叙事声音是有重要区别的："视点是身体处所，或意识形态方位，或实际生活定位点，基于它，叙事性事件得以立足。而声音（voice）指的是讲话或其他公开手段，通过它们，事件及实存与受众交流。视点并不意味着表达，而仅意味着表达基于何种角度而展开。**角度与表达不需要寄寓在同一人身上**，而可能有多种结合方式。"[②] 我们看上面第一、二、三、四、七段的情况，这五段可以看成是对于五个不同人物的自由直接引语，也就是没有引号等规约性标志的直接引语，有点像第一人称内心独白，只不过叙述者分饰了不同的人物，用人物的感知和利益视点来叙述。但这不是唯一的解释，第二、三、四、七段的第1句可以理解为叙述人在叙述人物的想法、观点和不同人物对泥坑子淹着农业学校校长儿子的众说纷纭，但第2句自由转换成了该人物的自由直接引语，叙述人从人物的角度直接发声，与受述者直接交流，视点也是人物的（第五段，可视为人物的自由直接引语，取人物的视角。第六段，间接引语，视角也是人物的）。无论按哪种解释，在这几段的叙述里，叙述人与人物持同一视点乃至就是合体为一的叙述声音，而叙述人与隐含作者的视点（尤其是利益视点）是分离的，这就形成了转换性人物有限视角。这种视角最大的好处是，符合人物自身的认识水平、意识心理和语言及行为逻辑，这样的人物不再是隐含作者

---

① 萧红．呼兰河传［M］//林贤治．萧红十年集：下．北京：人民文学出版社，2009：665.

② 查特曼．故事与话语：小说和电影的叙事结构［M］．徐强，译．北京：中国人民大学出版社，2013：137－138.

的传声筒，而是有着自己主体行为方式的立体的、鲜活的人物。其实也就是如有的评论者所说的，小说写作要“贴着人物写”的写法：“在小说写作中，人物的性格逻辑是高于作家的想象的，如果你强行扭曲人物自身的逻辑，这小说一定会显得生硬而粗糙。不贴着人物自身的逻辑、事物内在的情理写，你就会武断、粗暴地对待自己小说的情节和对话，艺术上的漏洞就会很多。”“你要了解一个疯子或者傻瓜，就得贴着他们的感受写，如果你用健康人的思维去写，就很难写得真实生动。”① 在上面引用的几个段落里，叙述人是贴着呼兰河这里的每个人物的感受去写的，叙述人、人物与隐含作者的思想意识和认识水平发生了剥离，我们很明白作者、隐含作者对于农业学校校长儿子掉泥坑子的原因，都不会是这些段落所呈现的这样的认识水平、价值观和道德评判标准。当然，转换性人物有限视角，算是“贴着人物写”里一种比较高超的写作技巧。虽然通常情况下，叙事学的转换性人物有限视角往往并不解决任何特定的问题、也不展开一个因果链。西蒙·查特曼就提出了“对人物内心的转换性有限透视”这一术语，他说：

> 转换性有限透视没有目的性，不是为结局性情节服务的，它毫无目的地展示各色人物的想法，这想法本身就是“情节”，它变幻无常，根本不为外在的事件服务。在“转换性有限透视”中，叙述者从一人物的内心转至另一人物的内心，但并不解决任何特定的问题，也不展开一个因果链。

由于传统全知叙述和现代叙事方式的本质区别并不是叙述者能透视所有人物的内心与仅能透视部分人物的内心这样一种范围上的

① 谢有顺．文学及其所创造的［M］．福州：海峡文艺出版社，2016：307．

区别，而是叙述者究竟是用自己的全知眼光来观察故事世界，还是尽量转用人物的有限视角来观察故事世界这样一种质的区别。所以申丹认为应该用“有限”一词来描述这种现代视角，并将它用于“（叙述者采纳的）人物有限视角”这一含义，而查特曼的“对人物内心的转换性有限透视”这一术语应改为“转换性人物有限视角”。[①] 围绕农业学校校长儿子掉泥坑子又被救上来的事件，叙述人从不同人物的转换性人物有限视角所做的叙述，虽然不为结局性情节服务，也不展开一个因果链，看似是毫无目的地展示各色人物的想法，笔者倒觉得《呼兰河传》的隐含作者是有目的的，至少是无目的的合目的性，不同人物的“想法本身就是‘情节’”。借此，隐含作者不仅做到了还艺术真实于人物——“我的人物比我高”，而且，由于叙述人、人物与隐含作者之间利益视点的剥离，还形成了一种轻微的反讽效果，也就是葛浩文所说的“轻松的幽默讽刺场面”。《呼兰河传》中很多的轻微的反讽甚至有些幽默意味的叙述，都是借由转换性人物有限视角而产生的。

除了转换性人物有限视角，固定人物的有限视角，也一样非常出彩。《呼兰河传》中叙述者所采用的固定人物的有限视角，给人印象最为深刻的，当属小团圆媳妇的婆婆了。小团圆媳妇的婆婆，她是只虐待和打骂小团圆媳妇吗？当然不是：

> （据她说，她一辈子的孩子并不多，就是这一个儿子，虽然说是稀少，可是她没有娇养过。到如今那身上的疤也有二十多块。
>
> （她说：“不信，脱了衣裳给大家看看……那孩子那身上的疤拉，真是多大的都有，碗口大的有一块。真不是

---

① 申丹．叙述学与小说文体学研究［M］．3 版．北京：北京大学出版社，2004：210－211．

说，我对孩子真没有娇养过。除了他自个儿跌的摔的不说，就说我用劈柴棒子打的也落了好几个疤。养活孩子可不是养活鸡鸭的呀！养活小鸡，你不好好养它，它不下蛋。一个蛋，大的换三块豆腐，小的换两块豆腐，是闹着玩的吗？可不是闹着玩的。”

（有一次，她的儿子踏死了一个小鸡子，她打了她儿子三天三夜。她说：

“……”①

（她这有多少年没养鸡了，自从订了这团圆媳妇，把积存下的那点针头线脑的钱都花上了。这还不说，还得每年头绳钱啦，腿带钱地托人捎去，一年一个空，这几年来就紧得不得了。想养几个鸡，都狠心没有养。②

在整个的婆婆的视角里，儿子踏死一个鸡子，也值得她如此下狠手暴打，可见她并不是只虐打小团圆媳妇一个。暴打的原因，足以让人一悲三叹。因为订了团圆媳妇，费钱，她最爱惜的鸡子都没有养，却又因把团圆媳妇打出病来，流水一样花钱在抽帖的云游真人身上……各种矛盾和不可思议，都如此真实地汇聚在了小团圆媳妇的婆婆身上。小团圆媳妇的婆婆，可以说是萧红为中国现代文学史乃至整个中国现当代文学史所奉献的一个极为经典的人物形象。在这个人物身上所显示的艺术性和文学性，同类人物几无人能出其右者。《呼兰河传》整个第五章的第四节到第八节，所采纳的小团

① 注：此处省略号为笔者所加，省略一整段原文，这段是可视作婆婆原话的直接引语，也可视为婆婆的内心独白——她念叨或者是在心里反复盘算儿子踩死一个鸡子相当于糟蹋了多少豆腐，越想越气所以打了儿子三天打出儿子一场病来，然后叫魂了事。

② 萧红．呼兰河传［M］//林贤治．萧红十年集：下．北京：人民文学出版社，2009：751.

圆媳妇的婆婆作为固定人物有限视角的叙述，得到了最为淋漓尽致的发挥，其间还穿插了不同看客和其他人的转换性人物有限视角。在这一章里，也许是为了调节叙事节奏、区分不同的叙述段落和不同人物的有限视角，还大量使用了小括号来作为规约性标志。在小团圆媳妇的婆婆这一固定人物有限视角里，叙述人、人物与隐含作者、作者，都天然拉开了距离。人物的心理、思想意识、价值观和道德判断等，都是人物自己的，人物绝没有充当隐含作者的传声筒，而且在这种距离拉开的叙述手法中，人物的真实性得到了最大程度的还原和展现，人性的复杂性亦远非简单的二元可以涵括。而且，整个事件的反讽意味和悲剧性并存，让人在对人物的理解之同情当中，又对小团圆媳妇的被虐待致死和施虐者不失朴拙但又愚昧并且兼具人性恶与各种人性复杂性之外还对自己所犯平庸之恶毫不自知，而感到一种让人无法释怀的纠结与无力感，纠结与无力当中还对美好生命的被虐杀而备感痛入心髓之痛，审美意蕴可谓繁富无尽。

申丹在《叙述学与小说文体学研究》中辨析了福勒在厄斯彭斯基的影响下提出视角或眼光有三方面的含义：一是心理眼光（或称“感知眼光”），它属于视觉范畴，其涉及的主要问题是：“究竟谁来担任故事事件的观察者？是作者呢，还是经历事件的人物？”；二是意识形态眼光，它指的是由文本中的语言表达出来的价值或信仰体系，例如托尔斯泰的基督教信仰、奥威尔对极权主义的谴责等；三是时间与空间眼光。有关福勒的“心理眼光”，申丹认为，讨论叙事眼光时，叙述学家一般不考虑文本之外的作者，仅关注文本之内的“隐含作者”（即文本中蕴涵的作者的立场、观点、态度等）。在讨论叙事眼光时，他们关注的是叙述者究竟是采用自己的眼光来叙事，还是采用人物的眼光来叙事。由于文本中的叙述者是故事事件的直接观察者，文本外的作者只能间接地通过叙述者起作用（况且叙述者与作者之间往往有一定的距离，不宜将两者等同起来），提叙述者显然比提作者更为合乎情理。申丹认为，福勒对“意识形态眼光”的探讨不仅混淆了作者与叙述者之间的界限，而且也混淆了叙述声音与叙事眼光以及聚焦人物与非聚焦人物之间的界限。[①] 尽管如此，福勒对心理眼光和意识形态眼光的论述，还是给我们以有益的启示。隐含作者与叙述人和人物之间，可以发生心理眼光和意识形态眼光的偏离和拉开距离甚至截然相反。这是贴着人物写、还人物真实性于人物、实现“我的人物比我高”小说学的必需的叙述行为和方式方法。有研究者对像迟子建的《额尔古纳河右岸》和《群山之巅》那种“作者”无所不在介入到写作中的文本——“作者”“隐含作者”“叙述者”和小说中的人物，确实存在着无法分离的混合性——做出分析，认为迟子建在写作过程中，自己其实已经是文本的一个有机部分，也因之认为：也许把这几者划分得界限分明的小说文本能够给研究者提供比较典型的分析案例，但这不应该成为区分文本审美高下的尺度，不然对迟子建这样主观介入和代入，自由出入文本内外的作者是不公平的。[②] 同样是写东北边地人生的杰出的女作家，萧红的《呼兰河传》作为小说叙事文本，与迟子建在小说文本中常常存在的作者、隐含作者、叙述者和小说中人物之间确实存在着无法分离的混合性——这样的情形颇为不同，《呼兰河传》里的作者、隐含作者与叙述者、人物常常是拉开距离的，存在着价值视点与利益视点（也可以说是心理眼光和意识形态眼光）偏离和巨大距离。《呼兰河传》是限知视角和限制叙事的小说范本，这也是它在文学性上终将成为不朽之书的最为重要的原因之一。

---

① 申丹. 叙述学与小说文体学研究［M］. 3 版. 北京：北京大学出版社，2004：204－205.

② 何平. 从历史拯救小说：论《额尔古纳河右岸》和《群山之巅》［J］. 中国文学批评，2017（1）.

第三节 固定人物的限知视角与限制叙事
——以《呼兰河传》小团圆媳妇婆婆形象为例证

我在前面的研究当中，已经提出过《呼兰河传》本身的题材和素材，其实是缺乏具有因果链的情节，缺少有因果关系的故事事件，组成一个有开端、发展、高潮和结局的整体。具有因果关系的传统意义上的情节，其实不太适用于《呼兰河传》。这种情况下，要产生和实际上确实产生了“扣人心弦的情节”，颇有些散文化的小说叙事要具有故事性、情节性以及丰富的可读性，要依赖隐含作者对叙事结构和叙事节奏的掌控，要依赖隐含作者在叙述行为方面所展现出的才华。《呼兰河传》小说主体层面是第一人称回顾性叙述，这一类型的叙述潜藏两种不同的叙事眼光：一是叙述者“我”从现在的角度追忆往事的眼光，二是被追忆的“我”过去正在经历事件时的眼光。《呼兰河传》中，这两种叙事眼光其实是都具有的，但是，尤重第二种叙事眼光——被追忆的“我”过去正在经历事件时的眼光：其中既包括儿童的非成人视角的叙事眼光，又包括固定人物的限制性视角和转换性人物有限视角。都是隐含作者所采取的最为了不起的叙述行为以及方法，是令小说所描写的人物以及事件真实生动、艺术真实感油然而生的重要原因，同时也是令小说具备打动人心力量和丰沛文学性的关键原因所在。①

《呼兰河传》整个小说所涉及素材零零碎碎，也确乎根本无法形成一个有开端、发展、高潮和结局的整体——具有因果关系的传统意义上的情节。“扣人心弦的情节”“叙述性强”，我们只能寄望

---

① 刘艳. 限知视角与限制叙事的小说范本：萧红《呼兰河传》再解读［J］. 华中师范大学学报（人文社会科学版），2017（6）.

于隐含作者对叙事结构、叙事节奏等的掌控以及隐含作者在叙述行为当中所展现的才华，事实上《呼兰河传》的文学性也恰恰归功于隐含作者的叙述行为能力。《呼兰河传》所能涉及的故事，甚至不如《生死场》中的故事，可以带给人足够的"震惊"体验，就是这个节奏相对激烈的小团圆媳妇被虐待致死的故事（第五章），其实故事性也不强，一旦叙述不当，只会是一个最简单不过的乡间轶事，更不要说产生震撼人心的叙事效果。但恰恰是《呼兰河传》的第五章，在我看来，是《呼兰河传》艺术性和文学性最为丰沛、最为具有艺术真实感的一章，是全篇小说最为精彩的华章，也是让人最为痛心和最具有审美复杂性的一章。萧红《呼兰河传》第五章，是小团圆媳妇被虐待致死的故事，施虐者，主要是小团圆媳妇的婆婆，其他人，仅可视作帮凶。整个事件的反讽意味和悲剧性并存，让人在对人物的理解之同情当中，又对小团圆媳妇的被虐待致死和施虐者不失朴拙但又愚昧并且兼具人性恶与各种人性复杂性之外还对自己所犯平庸之恶毫不自知，而感到一种让人无法释怀的纠结与无力感，纠结与无力当中还对美好生命的被虐杀而备感痛入心髓之痛，审美意蕴可谓繁富无尽。人物塑造的真实感和艺术性丰沛，不止令第五章在文学性和艺术性方面是在《呼兰河传》里排首位的，甚至可以说，小团圆媳妇的婆婆这个人物身上所显示的艺术性和文学性，同类人物几无人能出其右者，可以说是萧红为中国现代文学史乃至整个中国现当代文学史所奉献的一个极为经典的人物形象。这一章，几乎是《呼兰河传》隐含作者在叙述行为方面所展现才华最为充分的一个叙事段落。能达到如此的叙事效果，与隐含作者对小团圆媳妇的婆婆这一固定人物的限知视角和限制叙事炉火纯青般的运用，是分不开的。

一、转换性人物有限视角和固定人物有限视角

《呼兰河传》第五章的第一、二、三节，还是"我"第一人称

叙述。从第四节开始，是院子西南角老胡家请了一个大神，请好几个二神，鼓声连天地响——小团圆媳妇被施虐叙事的全面展开。再单纯依赖“我”的儿童的、非成人视角的叙事策略，已经很难达到“扣人心弦的情节”“叙述性强”的叙事效果，小说叙事开始转向了转换性人物有限视角和固定人物的有限视角，人物的言语也取一种限知视角和限制叙事：

(于是有许多人给他家出了主意，人那能够见死不救呢？于是具有善心的人都帮起忙来。他说他有一个偏方，她说她有一个邪令。

(有的主张给她扎一个谷草人，到南大坑去烧了。

(有的主张到扎彩铺去扎一个纸人，叫做“替身”，把它烧了或者可以替了她。

(有的主张给她画上花脸，把大神请到家里，让那大神看了，嫌她太丑，也许就不捉她当弟子，就可以不必出马了。

(周三奶奶则主张给她吃一个全毛的鸡，连毛带腿地吃下去，选一个星星出全的夜，吃了用被子把人蒙起来，让她出一身大汗。蒙到第二天早晨鸡叫，再把她从被子放出来。她吃了鸡，她又出了汗，她的魂灵里边因此就永远有一个鸡存在着，神鬼和胡仙黄仙就都不敢上她的身了。传说鬼是怕鸡的。①

这五段可以看成是给他家出主意的不同人物的自由直接引语，也就是没有引号等规约性标志的直接引语，尤其第一段当中“人那

① 萧红．呼兰河传［M］//林贤治．萧红十年集：下．北京：人民文学出版社，2009：743.

能够见死不救呢?”——这近乎出主意的人的直接引语、人物言语，叙述者将人物言语与自己的叙述无缝衔接，所起到的效果是，叙述者可以更加贴近人物并且可以分饰不同的人物，用人物的感知、世界观和利益视点来叙述。当然，这几段还可以理解为叙述人在叙述人物为了对小团圆媳妇展开“人那能够见死不救呢”的“施救”行为的具体措施和办法，但所取，也都是人物的有限视角。而如果总起来看，可以算是转换性人物有限视角。具体到一个人身上，比如周三奶奶这段，就是周三奶奶这一固定人物的有限视角，从“给她吃一个全毛的鸡，连毛带腿地吃下去”到“传说鬼是怕鸡的”，这里的叙述声音，与其说是第五章前三节的叙述者“我”的叙述，不如说是没有引号规约性标志的对于周三奶奶原话的自由直接引语，“给她（小团圆媳妇，笔者注）吃一个全毛的鸡，连毛带腿地吃下去，选一个星星出全的夜，吃了用被子把人蒙起来，让她（小团圆媳妇，笔者注）出一身大汗……”这段话是符合周三奶奶“原”话风格和形式的。而紧跟这段的叙述，就更加展现了隐含作者的叙述方面的才华：

1 据周三奶奶说，她的曾祖母就是被胡仙抓住过的，闹了整整三年，差一点没死，最后就是用这个方法治好的。因此一生不再闹别的病了。2 她半夜里正做一个恶梦，她正吓得要死，她魂灵里边的那个鸡，就帮了她的忙，只叫了一声，恶梦就醒了。她一辈子没生过病。说也奇怪，就是到死，也死得不凡，她死那年已经是八十二岁了。八十二岁还能够拿着花线绣花，正给她小孙子绣花兜肚嘴，绣着绣着，就有点困了，她坐在木凳上，背靠着门

扇就打一个盹。这一打盹就死了。①（序号为笔者所加）

这第一句，可以视作叙述者对周三奶奶原话的“间接内容转述”（或间接引语），但第二句就不宜仍然视为间接内容转述，因为间接引语是一个言语事件的内容的概要，不考虑“原”话的风格与形式，这第二句很明显更符合周三奶奶“原”话的风格与形式。视角或者说世界观、利益视点，都是周三奶奶的，而且第二句里的“她”，全部指代周三奶奶的曾祖母。第二句虽然没有引号这一规约性标志，但可以视为周三奶奶的直接引语——因其没有引号的规约性标志，更像自由直接引语，但由于不是周三奶奶人物内心独白，所以又不能完全等同于自由直接引语。除了将第二句理解为没有引号的周三奶奶的“原”话，还可从句式语法和模仿程度上，将其视作介乎直接引语和间接引语之间的层次——有点像自由间接引语，“因为自由间接引语位于言语呈现梯次表的中间，它以独特的方式反映着叙述者和说话人*两者*的声音。然而，虽然自由间接引语通常被解释为两个声音的语言学组合，这一现象却并非‘纯粹语言学的’，因为它在叙事和主题上都另有重要的文学功效”；“与间接叙述不同的是”，自由间接引语“叙述较接近或‘滑向’直接引语所引用的人物原话。于是，自由间接引语在语言学意义和叙事学意义上成为直接引语和间接引语的中间状态：‘在表现人物思想上比前者更间接，比后者更直接’”。② 而我要进一步说的是，这样的叙述行为，令叙述者可以更加贴近周三奶奶这个人物本身，叙述者与人物周三奶奶持同一视点乃至就是合体为一的叙述声音，而叙述人与

---

① 萧红．呼兰河传［M］//林贤治．萧红十年集：下．北京：人民文学出版社，2009：743.

② 卢特．小说与电影中的叙事［M］．徐强，译．申丹，校．北京：北京大学出版社，2011：47.

隐含作者的视点（尤其是利益视点）是分离的，这就形成了“周三奶奶”这一固定人物的有限视角。这种视角最大的好处是，符合周三奶奶人物自身的认识水平、意识心理和语言及行为逻辑，这样的人物不再是隐含作者的传声筒，而是有着自己主体行为方式的立体的、鲜活的人物。其实也就是如有的评论者所说的，小说写作要“贴着人物写”的写法。而对于萧红的《呼兰河传》，则是隐含作者借固定人物的限制性视角，来实现“我的人物比我高”的限制性叙事效果。要知道，“叙述者的使用本身就是距离化的一种方法”，“即使叙事文本呈现的是直接的言语，叙述者也‘引用’了人物的语言，这时被‘展示’出来的是通过叙述者才传递给读者的（有时需经一个叙述框架的过滤）。我们可以在**叙述**（**narration**）和**言语**（**speech**）之间作一区分。叙述功能与叙述者相关，言语则是先由人物说出，然后再被叙述者呈现。”“叙事虚构中，一切人物话语都是通过叙述者交流的”，明确了这些之后，便有了“一个从‘纯粹’叙事言语呈现到‘纯粹’摹仿的渐进梯次”。[①] 虚构文本的叙事交流，涉及距离，如果叙述者远离了人物，而是与隐含作者乃至文本的创作者——真实作者更近，便会让小说叙事罹患作家主体更多融入小说叙事、人物沦为作者和隐含作者传声筒的弊病。《呼兰河传》的隐含作者的叙述能力，远不止于此，隐含作者紧跟此段之后设置了“别人”与周三奶奶的对话，既推动了情节的发展，也令周三奶奶的言语更加是周三奶奶本人的，而不是其他任何人的：

（别人就问周三奶奶：
“你看见了吗?”
（她说：

① 卢特. 小说与电影中的叙事［M］. 徐强，译. 申丹，校. 北京：北京大学出版社，2011：45.

“可不是……你听我说呀，死了三天三夜按都按不倒。后来没有办法，给她打着一口棺材也是坐着的，把她放在棺材里，那脸色是红扑扑的，还和活着的一样……”

(别人问她：

“你看见了吗?”

(她说：

哟哟！你这问得可怪，传话传话，一辈子谁能看见多少，不都是传话传的吗!”

(她有点不大高兴了。①

“传话传话，一辈子谁能看见多少，不都是传话传的吗!”一语道破玄机，叙述者不必加一句自己视角或者眼光的叙述，情节自动发展而且涵蕴丰富。这本身就是“传话传的”的周三奶奶曾祖母治好病的方法“吃一个全毛的鸡，连毛带腿地吃下去”，如果用来给小团圆媳妇治病，后果——将不堪设想。叙述者与人物周三奶奶持同一视点乃至就是合体为一的叙述声音，而叙述者与隐含作者的视点（尤其是利益视点）是分离的，不止还艺术真实感于人物，而且还形成了轻微的反讽。葛浩文曾说《呼兰河传》有“轻松的幽默讽刺场面”，他的感觉是对的，只是他还未及说明为何会如此而已。

二、固定人物的限知视角与限制叙事

周三奶奶这一固定人物的限知视角和限制叙事，还只是《呼兰河传》第五章的一个叙事的引子。《呼兰河传》第五章中，隐含作者对固定人物的限知视角和限制叙事炉火纯青般的运用，发生在小团圆媳妇的婆婆这一艺术形象身上。当小团圆媳妇的病，一天比一

① 萧红. 呼兰河传［M］//林贤治. 萧红十年集：下. 北京：人民文学出版社，2009：743－744.

天严重，“东邻西邻的，又都去建了议，都说那能够见死不救呢?”的时候，来了一个“抽帖儿的”，“他说他不远千里而来”。大孙子媳妇还未介绍完“我家的弟妹”的病史，大娘婆婆（小团圆媳妇的婆婆）就接着说了，我们看她是如何说的：

（大孙子媳妇还没有说完，大娘婆婆就接着说：

“她来到我家，我没给她气受，那家的团圆媳妇不受气，一天打八顿，骂三场。可是我也打过她，那是我要给她一个下马威。我只打了她一个多月，虽然说我打得狠了一点，可是不狠那能够规矩出一个好人来。我也是不愿意狠打她的，打得连喊带叫的，我是为她着想，不打得狠一点，她是不能够中用的。有几回，我是把她吊在大梁上，让她叔公公用皮鞭子狠狠抽了她几回，打得是狠着点了，打昏过去了。可是只昏了一袋烟的工夫，就用冷水把她浇过来了。是打狠了一点，全身都打青了，也还出了点血。可是立刻就打了鸡蛋青子给她擦上了。也没有肿得怎样高，也就是十天半月的就好了。这孩子，嘴也特别硬，我一打她，她就说她要回家。我就问她：‘那儿是你的家?这儿不就是你的家吗?’她可就偏不这样说。她说回她的家。我一听就更生气。人在气头上还管得了这个那个，因此我也用烧红的烙铁烙过她的脚心。谁知道来，也许是我把她打掉了魂啦，也许是我把她吓掉了魂啦，她一说她要回家，我不用打她，我就说看你回家，我用锁链子把你锁起来，她就吓得直叫。大仙家也看过了，说是要她出马。一个团圆媳妇的花费也不少呢，你看她八岁我订下她的，一订就是八两银子，年年又是头绳钱，鞋面钱的，到如今又用火车把她从辽阳接来，这一路的盘费。到了这儿，就是今天请神，明天看香火，几天吃偏方。若是越吃越好，那还罢了。可是百般的不见好，将来谁知道会……到什么结果……”①

这里是直接引语，小团圆媳妇的婆婆的“言语”，正如前面所说，即使叙事文本呈现的是直接的言语，但这其实还是叙述者对人物的语言的“引用”，这时被“展示”出来的是通过叙述者才传递给预期受众和读者的。在小团圆媳妇的婆婆这段话里，隐含作者、叙述者其实是展现了叙述方面的非常才华的，小团圆媳妇的婆婆这段言语、“原”话，看似荒谬和满是自相矛盾，却是最符合婆婆的世界观、兴趣、利益，等等。“我没给她气受”，却有后面“狠打她的”种种细节，吊起来打，也用烧红的烙铁烙过她的脚心；明明是爱钱如命，却又忍不住要给她一个下马威，把她打出病来，落得“今天请神，明天看香火，几天吃偏方”。而读到后文，就可以知道，她的儿子踏死了一个小鸡子，她打了她儿子——她唯一的孩子——三天三夜，为什么这样打儿子呢？她心里想的是一个鸡子是一个鸡蛋变的，儿子踩死一个鸡子相当于糟蹋了一个鸡蛋，一个鸡蛋换三块豆腐，所以踩死一只鸡子相当于——“眼睁睁地把三块豆腐放在脚底踩了，这该多大的罪，不打他，那儿能够不打呢？”越想越气所以打了儿子三天打出儿子一场病来，然后叫魂了事。这样爱惜鸡蛋的婆婆，却要把小团圆媳妇吊起来打，狠打，“全身都打青了，也还出了点血”，“可是立刻就打了鸡蛋青子给她擦上了”，爱惜鸡蛋如命，又这样舍得打了鸡蛋青子给被打的小团圆媳妇擦上，婆婆这个人物所蕴含的人性复杂性就在这样一种看似自相矛盾当中展开。在一种完全符合婆婆世界观（意识形态、观念系统、信仰等）的叙述当中，隐含作者通过叙述者的叙述，不动声色地将小团

① 萧红．呼兰河传［M］//林贤治．萧红十年集：下．北京：人民文学出版社，2009：747－748.

圆媳妇受虐过程悉数展示，人物的真实感也因此跃然而出。萧红在《呼兰河传》的写作当中，是实实在在践行着“我的人物比我高”的创作理念的。

无论是小团圆媳妇的婆婆这样的“原”话、人物直接的言语，还是第五章的这一段之后以小团圆媳妇的婆婆这个人物视点所进行的叙事（第三人称叙事为主，间或杂糅了婆婆的第一人称叙事），都是固定人物的限知视角和限制叙事的最为佳妙的运用。要理解《呼兰河传》隐含作者是如何在小团圆媳妇的婆婆这一固定人物的限知视角和限制叙事里，将人物和事件予以最大程度的真实性还原，必须借助叙事学理论的一些理论和概念，比如叙事声音、视点，而申丹所强调的叙述声音和叙述眼光的区分当中，叙述眼光近于笔者这里所讲的“视点”。在叙事学家看来，“和任何理论一样，叙事理论也有一个任务：处理其所传承的术语之含混性与模糊性。为了理解叙述者声音这一概念——包括叙述者声音‘没有’呈现（或最少化地呈现）的那种情况，我们必须首先将它和最复杂的批评术语之一——‘视点’（point of view）区别开来。”而“在普通用法中，至少可以区别出三种意义”：

(a) 字面上：通过某人的眼睛（感知）；

(b) 比喻义：通过某人的世界观（意识形态、观念系统、信仰等）；

(c) 转义：从某人的利益优势（表现其总体兴趣、利益、福利、安康等特征）。

而且，“当我们转向叙事文本，就会发现一个更加复杂的状况，因为正如我所见，这里不再像在说明性散文、布道、政治演说之类当中那样只有一个单独的现身者，而是有两个——人物和叙述者，更不用说另外还有隐含作者。他们当中每一个都体现一种或多种视点。人物可能如实地感知特定对象或事件，而且（或者）它可以在他的概念化意义上呈现出来，而且（或者）可能激发他之于它的利益（即使他并未意识到那一利益）”①。

小团圆媳妇的婆婆这个人物身上，叙述者与人物“婆婆”持同一视点乃至就是合体为一的叙述声音，而叙述者与隐含作者的视点（尤其是利益视点）乃至真实作者是分离的，不止还艺术真实感于人物，而且还形成了轻微的反讽，更加成就了小团圆媳妇的婆婆性格与人性心理的丰富性和复杂性。明明是狠打媳妇和虐待媳妇导致的小团圆媳妇的病，却要东家一个偏方，西家一个邪令，跳大神，请云游真人抽帖儿治病，给小团圆媳妇洗开水澡治病，小团圆媳妇快不行了的时候，又烧扎彩人“替身”治病……婆婆明明爱钱如命，却一再花钱在虚妄的、无用的事情上面。云游真人不断地提高价码让她抽帖儿，她整个的心理活动，真是难得一遇的精妙描写，她不断地心痛钱到蚀骨般疼痛的地步。当云游真人看到小团圆媳妇脚心被婆婆烙铁烙的疤，想再逼她花钱的时候，故意说得严重一些：“这疤不掉，阎王爷在三天之内就能够找到她，一找到她，就要把她活捉了去的。”却好像吓唬不到她们似的：

（他如此地吓唬着她们，似乎她们从奶奶婆婆到孙子媳妇都不大怕。那云游真人，连想也没有想，于是开口就说：“阎王爷不但要捉团圆媳妇去，还要捉了团圆媳妇的婆婆去，现世现报，拿烙铁烙脚心，这不是虐待，这是什么，婆婆虐待媳妇，做婆婆的死了下油锅，老胡家的婆婆虐待媳妇……”

（他就越说越声大，似乎要喊了起来，好像他是专打

---

① 查特曼．故事与话语：小说和电影的叙事结构［M］．徐强，译．北京：中国人民大学出版社，2013：136－137．

抱不平的好汉，而变了他原来的态度了。

（一说到这里，老胡家的老少三辈都害怕了，毛骨悚然，以为她家里又是撞进来了什么恶魔，而最害怕的是团圆媳妇的婆婆，吓得乱哆嗦。这是多么骇人听闻的事情，虐待媳妇，世界上能有这样的事情吗？

（于是团圆媳妇的婆婆赶快跪下了，面向着那云游真人，眼泪一对一双地往下落："这都是我一辈子没有积德，有孽遭到儿女的身上，我哀告真人，请真人诚心地给我化散化散，借了真人的灵法，让我的媳妇死里逃生吧。"

（那云游真人立刻就不说阎王了，说她的媳妇一定见不了阎王，因为他还有一个办法一办就好的。说来这法子也简单得很，就是让团圆媳妇把袜子再脱下来，用笔在那疤痕上一画，阎王爷就看不见了……①（省略号为笔者所加）

当然，"五吊钱一只脚心，一共画了两只脚心，又是十吊"。云游真人如此地吓唬着她们不好使的时候，"他就越说越声大，似乎要喊了起来，好像他是专打抱不平的好汉"，是叙述者贴着云游真人的利益视点来叙述的；而老胡家的老少三辈果然都害怕了，"这是多么骇人听闻的事情，虐待媳妇，世界上能有这样的事情吗？"——这又是贴着老胡家老少三辈尤其小团圆媳妇的婆婆的利益视点来叙述的。就是将这一句视为没有引号规约性标志的自由直接引语——老胡家老少三代尤其是婆婆的自由直接引语，也不为过。再加上小团圆媳妇婆婆赶快跪下了，眼泪一对一双地往下落地哀告，叙述者又完全是贴着婆婆的感知、意识形态、观念系统、信

① 萧红. 呼兰河传［M］//林贤治. 萧红十年集：下. 北京：人民文学出版社，2009：753－754.

仰等视点，另外还有利益等的视点，其世界观的视点又和利益视点合谋。婆婆把小团圆媳妇的病归结为“这都是我一辈子没有积德，有孽遭到儿女的身上”，这似乎是从其世界观出发的寻找根由，实际上是婆婆为自己所做的一种开脱。她想到的解决办法，不是从自己身上找原因，而是“请真人诚心地给我化散化散，借了真人的灵法，让我的媳妇死里逃生吧”。在此，她的世界观视点和利益视点合流，结果是遂了云游真人再从她们老胡家榨出些钱来的想法，同时也免除了被云游真人专打抱不平之虞。表面看，婆婆是愚钝的，因为这里你看不到叙述者自己的叙事声音以及叙述者与读者之间的交流——就像好多第一人称叙述喜欢与读者交流那样，这里跳出小说叙事所做议论的成分可以说是零，也就是说不存在叙述者所做与小说叙事有点“格格不入”的议论，不存在除固定人物身上所具有的感知、世界观和利益视点之外的其他视点与脱离固定人物限知视角和限制叙事的其他的叙事声音，叙述者与人物小团圆媳妇的婆婆持同一视点乃至就是合体为一的叙述声音，而叙述人与隐含作者的视点（尤其是世界观视点和利益视点）是分离的，这就形成了“小团圆媳妇的婆婆”这一固定人物有限视角。但婆婆的性格和人性心理是极其复杂、多层面和多维度的，就是她赶快跪下了跟云游真人哀告的言行，其实也不是用“愚钝”这样的词所能够概括的，她有她的心里“明”的一面，她心里“明”在哪里？这当然要通过她自己的言语或者心理活动来体现，通过以她的视点所做的限制性叙事来表达。当云游真人拿了钱乐乐呵呵地走了之后，小说内部倒叙了婆婆过往拾豆子被豆秧刺了手指甲导致手肿、买红花来擦的过往故事，叙述完这一段过往故事之后，又回到现场叙述，紧接着：

（现在她一遭就拿了五十吊钱给了云游真人。若照她的想法来说，这五十吊钱可该买多少豆腐了呢？

（但是她没有想，一方面因为团圆媳妇的病也实在病得缠绵，在她身上花钱也花得大手大脚的了。别一方面就是那云游真人的来势也过于猛了点，竟打起抱不平来，说她虐待团圆媳妇，还是赶快地给了他钱，让他滚蛋吧。①

这是第三人称叙述，却是紧贴小团圆媳妇的婆婆的利益视点的，尤其最后一句"还是赶快地给了他钱，让他滚蛋吧"，简直就是没有引号规约性标志的婆婆的自由直接引语。在给小团圆媳妇洗开水澡时，小团圆媳妇还"黑忽忽的，笑呵呵的"，婆婆却请了大神、二神来给她当众洗开水澡。"大神打着鼓，命令她当众脱了衣裳。衣裳她是不肯脱的，她的婆婆抱住了她，还请了几个帮忙的人，就一齐上来，把她的衣裳撕掉了。"当小团圆媳妇被滚烫的热水浇昏死过去了：

大家正在谈说之间，她的婆婆过来，赶快拉了一张破棉袄给她盖上了，说：

"赤身裸体羞不羞！"

（小团圆媳妇怕羞不肯脱下衣裳来，她婆婆喊着号令给她撕下来了。现在她什么也不知道了，她没有感觉了，婆婆反而替她着想了。②

洗开水澡导致小团圆媳妇昏昏沉沉睡着不醒、六七天不饮不食地昏睡的时候，"于是又采用了正式的赶鬼的方法，到扎彩铺去，

① 萧红．呼兰河传［M］//林贤治．萧红十年集：下．北京：人民文学出版社，2009：757.

② 萧红．呼兰河传［M］//林贤治．萧红十年集：下．北京：人民文学出版社，2009：763.

扎了一个纸人，而后给纸人缝起布衣来穿上，——穿布衣裳为的是绝对的像真人——”，“团圆媳妇的婆婆为着表示虔诚，她还特意地请了几个吹鼓手”，但天太冷，“跑到大街上来看这热闹的人也不很多”：

(所以就孤孤单单地，凄凄凉凉在大土坑那里把那扎彩人烧了。

(团圆媳妇的婆婆一边烧着还一边后悔，若早知道没有什么看热闹的人，那又何必给这扎彩人穿上真衣裳。她想要从火堆中把衣裳抢出来，但又来不及了，就眼看着让它烧去了。这一套衣裳，一共花了一百多吊钱。于是她看着那衣裳的烧去，就像眼看着烧去了一百多吊钱。

(她心里是又悔又恨，她简直忘了这是给她的团圆媳妇烧替身，她本来打算念一套祷神告鬼的词句。她回来的时候，走在路上才想起来。但想起来也晚了，于是她自己感到大概要白白地烧了个替身，灵不灵谁晓得呢！)①

综及以上，我们一直看到的是，小团圆媳妇的婆婆感知视点与意识形态和观念系统、迷信（也是信仰的另类表现形式）等的世界观视点及利益视点的一种多重视点的交织，一种贴近婆婆看似蒙昧的意识形态、观念系统、信仰（迷信）视点的叙述当中，总是旁逸斜出贴近婆婆的利益视点的叙述，“团圆媳妇的婆婆一边烧着还一边后悔，若早知道没有什么看热闹的人，那又何必给这扎彩人穿上真衣裳”，这时候她的第一反应是“她想要从火堆中把衣裳抢出来，但又来不及了”，“于是她看着那衣裳的烧去，就像眼看着烧去了一

① 萧红．呼兰河传［M］//林贤治．萧红十年集：下．北京：人民文学出版社，2009：765－766.

百多吊钱”，这在嗜钱如命的婆婆这里，是多大的心痛？痛到“她简直忘了这是给她的团圆媳妇烧替身，她本来打算念一套祷神告鬼的词句”，但回来的路上才想起来，“但想起来也晚了，于是她自己感到大概要白白地烧了个替身”。与她感觉活似烧去了一百多吊钱的心痛相比，这点“忘了”不算什么——“灵不灵谁晓得呢！”在她看来，其实灵不灵是没有关系的，她的烧扎彩人更加是为了做戏给大家看的本心目的，不点破却氤氲而出。难能可贵的是，尽管婆婆这一个人物身上就具有如此繁富并且繁复的多重视点，在这一章里叙述者始终能够贴近婆婆这个人物的这复杂交织的多重视点来叙述。《呼兰河传》隐含作者掌控叙述行为、叙述手法的高妙之处，不仅在于能够贴近像婆婆这样具有复杂视点的人物，来做最大程度的艺术真实感还原的叙述；而且能够将叙述人、人物与隐含作者尤其真实作者的世界观和利益视点做区别和距离化处理，距离化本身便产生了人物的艺术真实感，还人物真实性于人物，产生丰沛的艺术性和文学性，实现“我的人物比我高”的写作理念。

三、固定人物限知视角与限制叙事里的叙述转换

前面已经讲过，《呼兰河传》小说主体层面是第一人称回顾性叙述，这一类型的叙述潜藏两种不同的叙事眼光：一是叙述者“我”从现在的角度追忆往事的眼光，二是被追忆的“我”过去正在经历事件时的眼光。第二种叙事眼光——被追忆的“我”过去正在经历事件时的眼光，其中有儿童的非成人视角的叙事眼光，这其中，又衍生出固定人物的限制性视角和转换性人物有限视角，都是隐含作者所采取的最为了不起的叙述行为以及方法。在这第五章里，尤其从第五章的第四节开始，如果叙述者再单纯地使用儿童的非成人视角的叙事眼光，很多场景的描写无法达到最大程度真实性地还原，人性心理等的描写也难以手法灵活地多角度、多维度切入和予以呈现。儿童的非成人视角的叙事眼光，在小说叙事方面其实

也是有局限性的。在这种情况下，固定人物的限制性视角和转换性人物有限视角，有效弥补了这一缺憾。而在第五章里，又尤以小团圆媳妇的婆婆这一固定人物的限知视角和限制叙事，达到了让预期受众和读者铭心入骨的叙事效果。

前面已经提到，隐含作者、叙述者在使用小团圆媳妇的婆婆这一固定人物的限知视角和限制叙事的时候，大量使用了婆婆这一人物的直接引语——小团圆媳妇的婆婆的“言语”或者说“原”话。虽然即使叙事文本呈现的是直接的言语，但这其实还是叙述者对人物的语言的“引用”，这时被“展示”出来的是通过叙述者才传递给预期受众和读者的。但不可否认的是，小团圆媳妇的婆婆这些言语里，隐含作者、叙述者其实是展现了叙述方面的非常才华的。仅仅有婆婆这一人物的“原”话和言语，对叙述和小说叙事来说，当然还远远不够。所以由第五章第四节开始，老胡家为小团圆媳妇请跳神、吃偏方、请云游真人抽帖儿算命、洗开水澡、烧扎彩人“替身”等——“叙述性强”和有着“扣人心弦的情节”的小说叙事里，就巧妙运用了内部倒叙和混合倒叙的手法，同事件发生现场的叙述（婆婆的言语为主）无缝衔接，拼贴地天衣无缝，形成隐含作者对叙事节奏的自如调节。而在这内部倒叙和混合倒叙里，主要采用“她”（婆婆）的第三人称叙述，但这第三人称叙述里，又间或杂有没有引号规约性标志的自由直接引语，在这里叙述者似乎是完全与人物合体为一地进行叙述。基本遵循线性时间顺序的叙述里，又兼有内部倒叙和混合倒叙，可以说隐含作者的叙述手法极其灵活自如。像云游真人初让婆婆抽红绿蓝黄四个帖儿时：

一（1 团圆媳妇的婆婆一听，这才恍然大悟，原来这可不是白抽的，十吊钱一张可不是玩的，十吊钱拣豆腐可以拣二十块。三天拣一块豆腐，二十块，二三得六，六十天都有豆腐吃。若是隔十天拣一块，一个月拣三块，那就半年都不缺豆腐吃了。2 她又想，三天一块豆腐，那有这么浪费的人家。3 依着她一个月拣一块大家尝尝也就是了。4 那么办，二十块豆腐，每月一块，可以吃二十个月，就是一年半还多两个月。

二（若不是买豆腐，若养一口小肥猪，经心地喂着它，喂得胖胖的，喂到五六个月，那就是多少钱哪！喂到一年，那就是千八百吊了……

三（再说就是不买猪，买鸡也好，十吊钱的鸡，就是十来个，一年的鸡，第二年就可以下蛋，一个蛋，多少钱！就说不卖鸡蛋，就说拿鸡蛋换青菜吧，一个鸡蛋换来的青菜，够老少三辈吃一天的了……何况鸡会生蛋，蛋还会生鸡，永远这样循环地生下去，岂不有无数的鸡，无数的蛋了吗？岂不发了财吗？

四（但她可并不是这么想，她想够吃也就算了，够穿也就算了。一辈子俭俭朴朴，多多少少积储了一点也就够了。她虽然是爱钱，若说让她发财，她可绝对的不敢。

五（那是多么多呀！数也数不过来了。记也记不住了。假若是鸡生了蛋，蛋生了鸡，来回地不断地生，这将成个什么局面，鸡岂不和蚂蚁一样多了吗？看了就要眼花，眼花就要头痛。

……①（序号、此处省略号为笔者所加）

在上面这些段落里，本是由事件（云游真人抽帖儿）现场的人物对话，转向了内部倒叙，用了第三人称叙述。但是第一段这短短一段里，竟然发生了多次的叙述转换，当然还都是在婆婆这一个固

① 萧红．呼兰河传［M］//林贤治．萧红十年集：下．北京：人民文学出版社，2009：749．

定人物的限知视角和限制叙事的范畴里。第二句，“三天一块豆腐，那有这么浪费的人家”，可以视作有关婆婆的自由直接引语，完全可以视为不加引号规约性标志的婆婆的“原”话；第三句，又转向了第三人称叙述“依着她一个月拣一块大家尝尝也就是了”；第四句“那么办，二十块豆腐，每月一块，可以吃二十个月，就是一年半还多两个月”，又转回不加引号规约性标志的婆婆的“原”话的模仿和复现。第二、第三段，可以视为贴近人物的第三人称叙述，更可以视为婆婆的自由直接引语，近乎人物内心独白。第四段，是贴近婆婆视角和世界观视点、利益视点的叙述者的叙述。但第五段，又可以视作有关婆婆的自由直接引语……在接下去的段落里，完全是婆婆视点所做的叙述：她怎样买了小鸡，怎样精心地挑选顶优秀的小鸡，“她养鸡，是养得很经心的，她怕猫吃了，怕耗子咬了”。“小鸡的腿上，若让蚊子咬了一块疤，她一发现，她就立刻泡了艾蒿水来给小鸡擦一擦。”为了与邻居家的小鸡区分，她给小鸡精心地选地方（脑门还是膀梢）染颜色。“好像不是养的小鸡，好像养的是小孩似的。”

> （这团圆媳妇的婆婆从前她养鸡的时候就说过：“养鸡可比养小孩更娇贵，谁家的孩子还不就是扔在旁边他自己长大的，蚊子咬咬，臭虫咬咬，那怕什么的，那家的孩子的身上没有个疤拉疖子的。没有疤拉疖子的孩子都不好养活，都要短命的。”
>
> （据她说，她一辈子的孩子并不多，就是这一个儿子，虽然说是稀少，可是她没有娇养过。到如今那身上的疤也有二十多块。①

---

① 萧红．呼兰河传［M］//林贤治．萧红十年集：下．北京：人民文学出版社，2009：751．

接着，她说："不信，脱了衣裳给大家伙看看……"还混合倒叙了"（有一次，她的儿子踏死了一个小鸡子，她打了她儿子三天三夜。"然后又接回现场的叙述，以婆婆这个人物的言语、"原"话，来陈述她为什么打了儿子三天三夜……而内部倒叙的叙述最终回到了她抽帖儿的现场叙述——小说这一部分的叙事，总体呈现混合倒叙的叙述形式。然后，叙述又回到她抽云游真人的帖儿："所以那团圆媳妇的婆婆觉得，一伸手，十吊钱，一张口，十吊钱，这不是眼看着钱往外飞吗?""这不是飞，这是干什么，一点声响也没有，一点影子也看不见。""好比自己发了昏，把钱丢了，好比遇了强盗，活活地把钱抢去了"。"（团圆媳妇的婆婆，差一点没因为心内的激愤而流了眼泪。她一想十吊钱一帖，这那里是抽帖，这是抽钱。"当她抽的两帖都坏，问云游真人是否可以想一个办法破一破时，云游真人打算给拿笔拿墨来"画病"，却意外发现了小团圆媳妇脚心被婆婆用烙铁烙的一大片白色的疤痕。云游真人想再多讹些钱，先是吓唬她们，吓唬不成又改控诉"婆婆虐待媳妇"，越说越声大，似乎要喊了起来，"好像他是专打抱不平的好汉"。这样的吓唬之下，婆婆终于让云游真人遂了愿、乐乐呵呵拿走了五十吊钱。"（于是她心安理得地把五十吊钱给了人家了。这五十吊钱，是她秋天出城去在豆田里拾黄豆粒，一共拾了二升豆子卖了几十吊钱。"小说叙事接下来又内部倒叙了婆婆过往拾豆子被豆秧刺了手指甲导致手肿，心疼钱怎么也舍不得买买红花来擦的过往故事，"（最后也毕竟是买了，她选择了一个顶严重的日子，就是她的手，不但一个指头，而是整个的手都肿起来了。那原来肿得像茄子的指头，现在更大了，已经和一个小冬瓜似的，而且连手掌也无限度地胖了起来，胖得和张大簸箕似的。"即便如此，还是儿子用了奶奶的钱买了红花来，她才肯一边明明先前听见了祖孙俩的对话却装不晓得，"（这回可并没有用烟袋锅子打，倒是安安静静地把手伸出来，让那浸了红花的酒，把一只胖手完全染上了。”然后再度接回现场的叙述，“（现在她一遭就拿了五十吊钱给了云游真人。若照她的想法来说，这五十吊钱可该买多少豆腐了呢?”……

《呼兰河传》第五章第四节，是隐含作者、叙述者灵活运用叙述手法最为精妙的一个叙事段落。在这一章尤其第四节里，应该是为了调节叙事节奏、区分不同的叙述段落，将现场叙述和内部倒叙、混合倒叙自如拼贴，还大量使用了小括号来作为规约性标志。“在小团圆媳妇婆婆这一固定人物有限视角里，叙述人、人物与隐含作者、作者，都天然拉开了距离，人物的心理、思想意识、价值观和道德判断等，都是人物自己的，人物绝没有充当隐含作者的传声筒，而且在这种距离拉开的叙述手法中，人物的真实性得到了最大程度的还原和展现，人性的复杂性亦远非简单的二元可以涵括。”①

前面讲过，申丹在《叙述学与小说文体学研究》中辨析了福勒在厄斯彭斯基的影响下提出视角或眼光有三方面的含义：一是心理眼光（或称“感知眼光”），它属于视觉范畴，其涉及的主要问题是：“究竟谁来担任故事事件的观察者?是作者呢，还是经历事件的人物?”；二是意识形态眼光，它指的是由文本中的语言表达出来的价值或信仰体系，例如托尔斯泰的基督教信仰、奥威尔对极权主义的谴责等；三是时间与空间眼光。有关福勒的“心理眼光”，申丹认为，讨论叙事眼光时，叙述学家一般不考虑文本之外的作者，仅关注文本之内的“隐含作者”（即文本中蕴涵的作者的立场、观点、态度等）。在讨论叙事眼光时，他们关注的是叙述者究竟是采用自己的眼光来叙事，还是采用人物的眼光来叙事。由于文本中的叙述者是故事事件的直接观察者，文本外的作者只能间接地通过叙

① 刘艳．限知视角与限制叙事的小说范本：萧红《呼兰河传》再解读［J］．华中师范大学学报（人文社会科学版），2017（6）：91．

述者起作用（况且叙述者与作者之间往往有一定的距离，不宜将两者等同起来），提叙述者显然比提作者更为合乎情理。申丹认为，福勒对“意识形态眼光”的探讨不仅混淆了作者与叙述者之间的界限，而且也混淆了叙述声音与叙事眼光以及聚焦人物与非聚焦人物之间的界限。① 尽管如此，福勒对心理眼光和意识形态眼光的论述，还是给我们以有益的启示。隐含作者与叙述人和人物之间，可以发生心理眼光和意识形态眼光的偏离和拉开距离甚至截然相反。这是贴着人物写，还人物真实性于人物、实现“我的人物比我高”小说学的必需的叙述行为和方式方法。② 以小团圆媳妇的婆婆形象为例证，可以见出《呼兰河传》是怎样在固定人物的限知视角和限制叙事里，叙述者、人物与隐含作者、作者，发生着感知视点、世界观视点、利益视点等的偏离，甚至在同一个人物身上还复杂交织了多重视点。由此，叙述者、人物与隐含作者尤其真实作者，都天然拉开了距离，由是也产生了足够丰沛的艺术性和文学性。“各种矛盾和不可思议，都如此真实地汇聚在了小团圆媳妇婆婆身上。小团圆媳妇的婆婆，可以说是萧红为中国现代文学史乃至整个中国现当代文学史所奉献的一个极为经典的人物形象。在这个人物身上所显示的艺术性和文学性，同类人物几无人能出其右者。”③

---

① 申丹. 叙述学与小说文体学研究［M］. 3 版. 北京：北京大学出版社，2004：204－205.

② 刘艳. 限知视角与限制叙事的小说范本：萧红《呼兰河传》再解读［J］. 华中师范大学学报（人文社会科学版），2017（6）：91.

③ 刘艳. 限知视角与限制叙事的小说范本：萧红《呼兰河传》再解读［J］. 华中师范大学学报（人文社会科学版），2017（6）：90－91.

第四章

作为抒情诗的散文化小说

——抒情传统与汪曾祺的小说

第一节 抒情传统与“汪氏文体”特征

汪曾祺是当代文学史和当代文学研究中的重要作家。汪曾祺专擅短篇小说，其小说在20世纪80年代及其后的中国小说创作中具有的重大意义，殆无疑义。他在《短篇小说的本质》当中，那段被广为征引的名言：“我们宁可一个短篇小说像诗，像散文，像戏，什么也不像也行，可是不愿意它太像个小说，那只有注定它的死灭。”① ——形象地说出了汪曾祺短篇小说所呈具的“汪氏文体”气质，差不多就是汪曾祺对短篇小说创作的一个文学宣言。这段话，可以作为我们探究“汪氏文体”的形成，及考察其在中国文学传承当中的位置与艺术渊源的一个窗口。

汪曾祺与沈从文是师生关系：“我是沈从文先生的学生。”② 汪曾祺自己有多篇评论沈从文创作及生平的文章，比如《沈从文和他的〈边城〉》(1980)、《沈从文的寂寞》(1982)、《沈从文先生在西南联大》(1986)、《沈从文转业之谜》(1988) 和《与友人谈沈从文》等。汪曾祺创作受沈从文的影响很深，后面还会述及。汪曾祺对“汪氏文体”的有意探索和逐渐形成，是自20世纪40年代就开始了，他曾自述自己的创作：“我写小说，是断断续续的，一阵一阵的。开始写作的时间倒是颇早的。第一篇作品大约是一九四〇年发表的。那是沈从文先生所开‘各体文习作’课上的作业，经沈

---

① 汪曾祺. 短篇小说的本质：在解鞋带和刷牙的时候之四［M］//邓九平. 汪曾祺全集：第三卷 散文卷. 北京：北京师范大学出版社，1998：27－28.

② 汪曾祺. 谈风格［M］//邓九平. 汪曾祺全集：第三卷 散文卷. 北京：北京师范大学出版社，1998：339.

先生介绍出去的……”① 学界普遍以20世纪70年代末（1979）汪曾祺“复出”，来形容汪曾祺在80年代奇崛于当代文坛。很多学者甚至认为从40年代到80年代，汪曾祺的创作是“断裂”的，当然也有学者试图寻找连续性。汪曾祺的创作，其实从20世纪40年代到八九十年代，是有着稳定性、连续性的，当然也有渐变，包括他在1983年说到了“衰年变法”——并在后来的创作当中果真有很多“变法”的尝试。他在1947年为短篇小说所做的总结，其实一直延续到80年代及以后：“一个短篇小说，是一种思索方式，一种情感形态，是人类智慧的一种模样。”② 正如有研究者所说：“其实，汪曾祺的创作一直有着稳定的连续性，自由式文人意识形态从40年代中期就已经形成，散文化的小说观念和创作也初具规模，从未断裂的汪曾祺从踏入文坛的40年代，就已经在淡泊的外表下潜藏着叛逆的思维，到仙去都是如此。只是80年代才给了他崛起的机会。他的‘汪氏文体’有着不可磨灭的文学史价值，首先他直接引导了后来的‘寻根文学’，甚至与后现代小说也有了某种关联，我们该多向这个倔强的老人表示我们的敬意，为了他带给当代文坛的革命性的‘汪氏文体’。或者，更进一步，在中国崛起于世界的今天，东方文化的价值越来越倍受重视，寻找一个东方化的文学写作模式和文学评价模式是越来越严峻的当代问题，我们需要将现当代文学研究与中国文化研究相结合，力图打破西方现代文学体系一统天下的格局，建构属于中国的文学体系和评价体系，坚持中国文化的独特性和在当今世界的独特价值。在这方面，汪曾祺的‘汪氏

---

① 汪曾祺.《汪曾祺短篇小说选》自序［M］//邓九平. 汪曾祺全集：第三卷　散文卷. 北京：北京师范大学出版社，1998：1.

② 汪曾祺. 短篇小说的本质：在解鞋带和刷牙的时候　之四［M］//邓九平. 汪曾祺全集：第三卷　散文卷. 北京：北京师范大学出版社，1998：31.

文体’给了我们莫大的启示。他是一个先知，一个开拓者。”①

汪曾祺自述：“我年轻时受过西方现代派的影响，有些作品很‘空灵’，甚至很不好懂。这些作品都已散失。有人说翻翻旧报刊，是可以找到了。”“我的看似平常的作品其实并不那么老实。我希望能做到融奇崛于平淡，纳外来于传统，不今不古，不中不西。”“我是较早意识到要把现代创作和传统文化结合起来的。”“有评论家说我的作品受了两千多年前的老庄思想的影响，可能有一点，我在昆明教中学时案头常放的一本书是《庄子集解》。但是我对庄子感极大的兴趣的，主要是其文章，至于他的思想，我到现在还不甚了了。我自己想想，我受影响较深的，还是儒家。我觉得孔夫子是个很有人情味的人，并且是个诗人。”② 把现代创作与传统文化结合起来有多重要呢？王瑶先生就认为：“中国现代文学是在学习和借鉴外国进步文学中发展成熟起来的。但是它同民族文化传统之间有着深刻的联系。现代文学中的外来影响是自觉追求的，而民族传统则是自然形成的。它的发展方向是使外来因素取得民族化的特点，并使民族传统与现代化相适应。”③ 有学者指出，谈论汪曾祺 20 世纪 80 年代以后的创作中，至少包含了两个“传统”：一是古代中国民族传统，如宋元以来的笔记小说；一是中国现代传统，黄子平把后者概括为“现代抒情传统”或“40 年代的文学传统”。④ 宋元以来笔记小说传统对汪曾祺的影响，此不赘述。且看一下晚明文学的

---

① 刘旭. 汪曾祺小说的叙事模式研究：“汪氏文体”的形成 [J]. 文学评论，2015 (2)：125.

② 汪曾祺. 自报家门 [M] //邓九平. 汪曾祺全集：第四卷 散文卷. 北京：北京师范大学出版社，1998：290.

③ 王瑶. 中国现代文学与古典文学的历史联系 [J]. 北京大学学报（哲学社会科学版），1986 (5)：1.

④ 卢军. 汪曾祺小说创作论 [M]. 北京：社会科学文献出版社，2007：90－92.

人文主义思想，尤其是归有光的小品文对汪曾祺的影响。

不过的确是可以说，“汪曾祺的小品是中国古典文学的重要一翼——性灵派文学在当代的深度复归和不断延伸的成功标志”①。当然，作为对这种传统的回归，汪曾祺并非第一人，周作人、林语堂等都十分推崇晚明小品，“五四”与晚明的关系的确是20世纪的一个重要学术论题，吸引了做现当代文学研究和古代文学研究的学者的关注。有学者认为，“童心说”“性灵说”都是以人为思考中心的，与“五四”新文化运动中“人的发现”有着内在的脉络，表现出的人文主义情思，反映了新市民阶层要求个性获得解放的时代心声。②（另古代文学学者吴承学等人也有相关研究和论述）

“晚明小品文贵真尚情。重视趣味和写世态的传统在汪曾祺的写作中皆有所体现。”晚明小品强调“真”，于是连实用性文体也风趣盎然。汪曾祺在崇尚真率自然、推重本色方面与晚明文人情趣一致，他在理论批评文章中的表述，显示了其美学系统的最高范畴是“真实”。汪曾祺主张小说写“真实”，但这种“真实”是建立在对中国现代小说真实观念批判的基础上的。现代小说求的“真实”是抽象概括之真，是一种本质的真实，而汪曾祺所追求的“真实”是具体实在的真，是一种表象的真实。③汪曾祺认为，小说与生活是直接对应的，小说写的是生活，“生活的样式，就是小说的样式”④，这就使小说由对生活本质意义的挖掘转化为对生活本身的书写。⑤为达到“真实”，汪曾祺在多方面对当代小说进行了改

① 卢军. 汪曾祺小说创作论［M］. 北京：社会科学文献出版社，2007：93.

② 朱德发. 中国古代文学向现代文学转换的第一部曲［J］. 齐鲁学刊，1991（3）：86－95.

③⑤ 卢军. 汪曾祺小说创作论［M］. 北京：社会科学文献出版社，2007：97.

④ 汪曾祺：思想·语言·结构［M］//邓九平. 汪曾祺全集：第六卷　散文卷. 北京：北京师范大学出版社，1998：80.

造：第一，是对“非故事性”的强调，这显然与西方叙事文学对故事性的要求是相悖的。写生活的小说在汪曾祺笔下，常常是为抒发一种情绪，记下对生活的一种印象，是他对生活的思索方式，一种情感形态，常常只为建构一种意境。第二，汪曾祺反典型人物、典型性格的小说写法。

晚明尊崇才性和智慧的思潮见诸文学则为贵创和求新。晚明学者文人极重才情、智慧、技艺，袁宏道说：“薄技小器，皆得著名。”不以出身地位取舍人物，而贵才智，这是对人的价值的新认识。于是乎，受晚明文学影响，汪曾祺笔下出现了一些现当代文学中前所未有的人物形象。他的小说乐于描写一些身怀绝技的传奇人物，他们多是“引车卖浆者流”，或为艺人，或为平民，不一而足，但身上总有与众不同的特异之处。① 写于1947年的《鸡鸭名家》，文气上与汪曾祺20世纪70年代末“复出”后的写作最为接近，完全可以称之为“作为抒情诗的散文化小说”。小说中炕房师傅余老五炕小鸡俨然得道成仙的水准，手法堪称出神入化：

> 余大房何以生意最好？因为有一个余老五。余老五是这行的状元。余老五何以是状元？他炕出来的鸡跟别家的摆在一起，来买的人一定买余老五炕出的鸡，他的鸡特别大。刚刚出炕的小鸡照理是一般大小，上戥子称，分量差不多，但是看上去，他的小鸡要大一圈！那就好看多了，当然有人买。怎么能大一圈呢？他让小鸡的绒毛都出足了。鸡蛋下了炕，几十个时辰。可以出炕了，别的师傅都不敢等到最后的限度，生怕火功水气错一点，一炕蛋整个的废了，还是稳一点。想等，没那个胆量。余老五总要多等一个半个时辰。这一个半个时辰是最吃紧的时候，半个

---

① 卢军．汪曾祺小说创作论［M］．北京：社会科学文献出版社，2007：98.

多月的功夫就要在这一会见分晓。余老五也疲倦到了极点，然而他比平常更警醒，更敏锐。他完全变了一个人。眼睛塌陷了，连颜色都变了，眼睛的光彩近乎疯狂。脾气也大了，动不动就恼怒，简直碰他不得，专断极了，顽固极了。很奇怪，他这时倒不走近火炕一步，只是半倚半靠在小床上抽烟，一句话也不说。木床、棉絮，一切都准备好了。小徒弟不放心，轻轻来问一句："起了吧?"摇摇头。——"起了吧?"还是摇摇头，只管抽他的烟。这一会正是小鸡放绒毛的时候，这是神圣的一刻。忽而作然而起："起!"徒弟们赶紧一窝蜂似地取出来，简直是才放上床，小鸡就啾啾啾啾纷纷出来了。余老五自掌炕以来，从未误过一回事，同行中无不赞叹佩服。道理是谁也知道的，可是别人得不到他那种坚定不移的信心。这是才分，是学问，强求不来。①

余老五"忽而作然而起：'起!'"——这句话极其形象，简直神了，写出了神人之"神奇"。而《鸡鸭名家》里，替一趟鸭子（三百四十二只）全散了的倪二赶鸭子的陆长庚——绰号"陆鸭"，更是身怀绝技：

这十块钱赚得太不费力了！拈起那根篙子（还是那根篙，他拈在手里就是样儿），把船撑到湖心，人仆在船上，把篙子平着，在水上扑打了一气，嘴里啧啧啧咕咕咕不知道叫点什么，赫！——都来了！鸭子四面八方，从芦苇缝里，好像来争抢什么东西似的，拼命地拍着翅膀，挺着脖

① 汪曾祺. 鸡鸭名家［M］//邓九平. 汪曾祺全集：第一卷　小说卷. 北京：北京师范大学出版社，1998：84－85.

> 子，一起奔向他那只小船的四周来。本来平静辽阔的湖面，骤然热闹起来，一湖都是鸭子。不知道为什么，高兴极了，喜欢极了，放开喉咙大叫，“呱呱呱呱呱……”不停地把头没进水里，爪子伸出水面乱划，翻来翻去，像一个一个小疯子。岸上人看到这情形都忍不住大笑起来。倪二也抹着鼻涕笑了。看看差不多到齐了，篙子一抬，嘴里曼声唱着，鸭子马上又安静了，文文雅雅，摆摆摇摇，向岸边游来，舒闲整齐有致。兵法：用兵第一贵“和”。这个“和”字用来形容这些鸭子，真是再恰当不过了。他唱的不知是什么，仿佛鸭子都爱听，听得很入神，真怪！①

作家满怀对余老五、陆长庚的欣赏之情，写他们身怀的这些绝技。下文还有陆长庚如何识出鸭群裹挟了别家养的一只老鸭，如何一手一只，拎了拎就知鸭子重几斤几两，如何刀也不用，一指头往鸭子三岔骨处一捣，两只鸭挣扎都不挣扎，就死了。

《故里三陈》中的陈小手、陈四、陈泥鳅，各个是奇人。《陈小手》一节，“我们那地方，过去极少有产科医生。一般人家生孩子，都是请老娘”。“陈小手就是一位出名的男性的产科医生。”根据上下文，几乎可以推断出陈小手是“我们那地方”唯一的男性产科医生。“陈小手的得名是因为他的手特别小，比女人的手还小，比一般女人的手还更柔软细嫩。他专能治难产。横生、倒生，都能接下来”。只要有人来请，陈小手就立刻跨上他的白马，飞奔而去。他的技艺超群，汪曾祺怎么表现的呢？“正在呻吟惨叫的产妇听到他的马脖子上的銮铃的声音，立刻就安定了一些。”——这是“陈小手活人多矣”最好的明证。《陈四》一节，陈四是个瓦匠，外号

① 汪曾祺. 鸡鸭名家［M］//邓九平. 汪曾祺全集：第一卷　小说卷. 北京：北京师范大学出版社，1998：91－92.

“向大人”。擅长表演向大人的，只有陈四，别人都不如。扮演向大人的“演员”功夫，有多难呢？

> 那是很难的。向大人要在高跷上蹚马，在高跷上坐轿，——两只手抄在前面，“存”着身子，两只脚（两只跷）一撩一撩地走，有点像戏台上“走矮子”。他还要能在高跷上做“探海”、“射雁”这些在平地上也不好做的高难动作（这可真是“高难”，又高又难）。到了挨火烧的时候，还要左右躲闪，簸脑袋，甩胡须，连连转圈。到了这时，两旁店铺里的看会人就会炸雷也似地大声叫起“好”来。①

陈四因雷暴雨误了一次三垛的会期，被会首乔三太爷抽了一个嘴巴，被罚当众跪了一炷香之后，发誓再也不踩高跷，以糊纸灯为副业。他糊的灯也很精致。《陈泥鳅》一节，陈泥鳅也是“异人”，人淹死了，尸首找不着，事主家里就会来找陈泥鳅。“陈泥鳅不但水性好，且在水中能开眼见物。他就在出事地点附近，察看水流风向，然后一个猛子扎下去，潜入水底，伸手摸触。几个猛子之后，他准能把一个死尸托上来。”但说他是一个“异人”，还不止于此：陈泥鳅一辈子没少挣钱，但是他不置产业，一个积蓄也没有。他花钱很撒漫，有钱就喝酒尿了，赌钱输了。有的时候，也偷偷地周济一些孤寡老人，但嘱咐千万不要说出去。

“极趣”是晚明小品文的美学追求，在文章体制上则强调独抒性灵，不拘格套，汪曾祺自觉进行文体实验，在文体风格上创新求变，似与此一脉相承。他很多小说，称其为随笔体小说，似乎也很

---

① 汪曾祺. 故里三陈［M］//邓九平. 汪曾祺全集：第二卷　小说卷. 北京：北京师范大学出版社，1998：122.

恰当。与古代笔记相类，取材自由，记事也好似很随意，不重传统小说所讲究曲折的情节和故事性，更不符合与西方叙事文学的要求，其短篇小说似应承晚明公安、竟陵主性灵的回响。而且晚明小品重视“情”，亦即重视世情、俗情，也被汪曾祺继承。晚明士大夫文人对市井人物的亲近，和对世俗生活的热爱，也深深影响着汪曾祺。有人问过汪曾祺，如果说沈从文写的是“乡下人”，那么他写的是——汪曾祺认为自己写的是“市民”阶层。汪曾祺“大量吸收市民文学、民间文学的养分，并从世俗化的题材中找到稳固的艺术支点，从而赋予了作品以俗为雅、寓庄于谐的向俗品格”①。汪曾祺一生足迹涉天下，按照前后居留次序，先后有高邮、“第二故乡”昆明、上海、武汉、江西进贤、张家口、北京，除武汉外汪氏小说当中都有写及。但是，汪曾祺写得最多的，还是他的故乡高邮，其次是北京，再次是昆明和张家口。是故评论家郜元宝都有专门的研究文章《上海令高邮疯狂——汪曾祺故里小说别解》。② 汪曾祺目睹过1930年高邮大水，平时水旱灾害不断，也形成了他重要的童年记忆和成长经验，“我的童年记忆里，抹不掉水灾、旱灾的怕人景象。在外多年，见到家乡人，首先问起的也是这方面的情况”。汪曾祺“复出”之后大量的故里小说主要背景是高邮而非上海，后来汪曾祺小说当中又出现了大量有上海生活背景的高邮人，“从他们身上可以看到上海阴影之下高邮古城社会凋敝、旧家没落与风俗改移”。汪曾祺小说题材和内容，多受以上地方尤其是故乡高邮的风土人情的影响。

重视风土人情、风物的描写，其实是汪曾祺从20世纪40年代开始创作时就逐渐形成了。比如1946年的《鸡鸭名家》和《落

① 卢军. 汪曾祺小说创作论［M］. 北京：社会科学文献出版社，2007：101.

② 郜元宝. 上海令高邮疯狂：汪曾祺故里小说别解［J］. 文学评论，2017（6）.

魄》等，都是闲庭信步般讲一通风俗，而且风俗有时还和风景混在一起，“似乎是风俗就是风景，风景包括风俗，风景也成了风俗的一部分，然后才淡淡地扯出小说中必须要有的人物来”。大写风俗，当然是沈从文小说的传统，在沈从文之前则更多是存在于像周作人散文之类的非小说文类之中。汪曾祺将其引入小说，“风物和人物同成重要的叙事主体，而且以风景带人物，风物有压倒人物之势”。所以有研究者说：“所以，风俗在汪曾祺小说中所占的叙述比重越来越大，直至形成一种非小说也非散文的小说变体，即主题越来越淡化，甚至消解了故事性，叙事文本变成散文与小说的混合文体。”如有些小说干脆几乎通篇是风俗和风景，如《幽冥钟》、《茶干》和《熟藕》等，代表作《异秉》中的故事，仅仅集中在小说结尾那一笔，前面则是大篇幅的风物、民情的细细述来。《大淖记事》里前面大半篇幅故事性也不强，风物、风俗在小说中满铺开来，占据了小说前面的大半部分，风物、风景占了整整三章，“直到第四章，常规小说中的主人公才千呼万唤始出来”，而且是从对“民俗化挑夫”的详细玩味中慢镜头浮现。“在讲述人物的中间如果出现叙述人认为有意思的风景和风俗，叙述人又会抛开主人公自顾自地大写风物”。“就是说，风俗和风景似乎成了汪曾祺小说的真正主体，而人物似乎也被风景化了。这在当时的中国文坛是绝无仅有的”。[①] 所以说，汪曾祺是把散文的笔法用到了小说的创作中；在风格特色上，汪曾祺的小说比较接近散文，是散文化的小说；汪曾祺的小说，散文的味儿很浓，几乎是共识，以致有人认为“汪曾祺小说‘散文化’却正是东方（中国）古典散文理论移植的成功尝

---

① 刘旭．汪曾祺小说的叙事模式研究：“汪氏文体”的形成［J］．文学评论，2015（2）：117－118.

试”①。研究者包括汪曾祺自言的自己的小说“散文化”的特点，与汪曾祺小说流连于风物的描写，有时几成“风俗画”的写作，往往在小说主体叙事当中也常常转向了风物的描写，然后才回到故事的讲述上来，是分不开的。

晚明文人普遍的文化心态是“文以自娱”，而不再是代圣人立言。汪曾祺小说中那善意的戏谑、机智中的谐趣，都与此不无关联。《异秉》结尾，陈相公、陶先生对王二“大小解分清”的“异秉”的求证，即是此类。《鉴赏家》中的叶三卖水果，总是先给季匋民送去：

> 他给季匋民送果子，一来就是半天。他给季匋民磨墨、漂朱膘、研石青石绿、抻纸。季匋民画的时候，他站在旁边很入神地看，专心致意，连大气都不出。有时看到精采处，就情不自禁的深深吸一口气，甚至小声地惊呼起来。凡是叶三吸气、惊呼的地方，也正是季匋民的得意之笔。季匋民从不当众作画，他画画有时是把书房门锁起来的。对叶三可例外，他很愿意有这样一个人在旁边看着，他认为叶三真懂，叶三的赞赏是出于肺腑，不是假充内行，也不是谀媚。②

季匋民送了叶三很多画，季匋民死后，他的画价大增。有日本人远道而来想买季匋民的画，叶三说：“不卖。”多少钱都不卖。小说结尾：“叶三死了。他的儿子遵照父亲的遗嘱，把季匋民的画和

---

① 费振钟．时空的幻景：新时期小说的艺术蜕变侧面研究［J］．文学探索，1987（1）．

② 汪曾祺．鉴赏家［M］//邓九平．汪曾祺全集：第二卷　小说卷．北京：北京师范大学出版社，1998：9－10．

父亲一起装在棺材里，埋了。”叶三以画自娱，汪曾祺以文自娱。晚明的文学风尚是“各因其性之所近，而纵谈其所自得”，因而造就了晚明小品这一独特的文体。晚明小品追求文字淡雅闲适，韵趣兼具，或尚清雅，或求奇赏，这种语言风格的刻意追求在作品中往往表现为不经意的挥洒。这源于小品作家以自我为中心构建其文学世界，正如李贽所说“皆求以快乐自己”。他们很少写明道教化之文，只是在作品中表达个人的生活情趣，日常生活中的小事、琐事。他们强调小品要“真”。在文章体制上，小品强调独抒性灵，不拘格套，是对唐宋以来古文创作中日益严重的模式化的反拨。这些特点都在汪曾祺的创作中有鲜明的呈现。①

晚明文人中，归有光对汪曾祺的影响最深。在汪曾祺谈创作的一些文章当中，即可见归有光对汪曾祺的深刻影响。《两栖杂述》中有：“从小学五年级到初中三年级，我的国文老师一直是高北溟先生。为了纪念他，我的小说《徙》里直接用了高先生的名字。”“在他手里，我读过的文章，印象最深的是归有光的《项脊轩记》、《先妣事略》。”“有几个暑假，我还从韦子廉先生学习过。韦先生专攻桐城派的。我跟着他，每天背一篇桐城派古文。姚鼐的、方苞的、刘大槐和戴名世的。加在一起，不下百十篇。”

> 到现在，还可以从我的小说里看出归有光和桐城派的影响。归有光以清淡之笔写平常的人情，我是喜欢的（虽然我不喜欢他正统派思想），我觉得他有些地方很像契诃夫。“桐城义法”，我以为是有道理的。桐城派游究文章的提、放、断、连、疾、徐、顿、挫，讲“文气”。正如中国画讲“血脉流通”、“气韵生动”。我以为“文气”是比“结构”更为内在，更精微的概念，和内容、思想更有有

① 卢军．汪曾祺小说创作论［M］．北京：社会科学文献出版社，2007：103.

> 机联系。这是一个很好的、很先进的概念，比许多西方现代美学的概念还要现代的概念。文气是思想的直接的形式。我希望评论家能把“文气论”引进小说批评中来，并且用它来评论外国小说。①

桐城派和归有光的“文气”概念，对汪曾祺影响很深。而后来在《关于小说的语言（札记）》（1986）当中，他曾结合韩愈的“气盛言宜”和桐城派的“文气论”，来阐说了他对于“文气论”是中国文论的一个源远流长的重要的范畴的理解。② 而他在《回到现实主义，回到民族传统》（1983）中再述归有光和桐城派的影响：

> 有人说，用习惯的西方文学概念套我是套不上的。我这几年是比较注意传统文学的继承问题。我自小接触的两个老师对我的小说是很有影响的。中国传统的文论、画论是很有影响的。我初中有个老师，教我归有光的文章。归有光用清淡的文笔写平常的人情，对我是有影响的。另一个老师每天让我读一篇“桐城派”的文章，“桐城派”是中国古文集大成者，不能完全打倒。他们讲文气贯通，注意文章怎样起怎样落，是有一套的。③

像上面这样，汪曾祺在自己的文章中，曾多次细述他对归有光

---

① 汪曾祺. 两栖杂述［M］//邓九平. 汪曾祺全集：第三卷 散文卷. 北京：北京师范大学出版社，1998：198.

② 汪曾祺. 关于小说的语言（札记）［M］//邓九平. 汪曾祺全集：第四卷 散文卷. 北京：北京师范大学出版社，1998：11－12.

③ 汪曾祺. 回到现实主义，回到民族传统［M］//邓九平. 汪曾祺全集：第三卷 散文卷. 北京：北京师范大学出版社，1998：289.

的喜爱，及他与归有光某些方面的文学旨趣的相投：

王锡爵《归公墓志铭》说归文“无意于感人，而欢愉惨恻之思，溢于言表”。连被归有光诋为“庸妄巨子”的王世贞在晚年也说他“不事雕饰而自有风味”（《归太仆赞序》）。这些话都说得非常中肯。归有光的名文有《先妣事略》、《项脊轩志》、《寒花葬志》等篇。我受到影响的也只是这几篇。归有光在思想上是正统派，我对他的那些谈学论道的大文实在不感兴趣。我曾想：一个思想迂腐的正统派，怎么能写出那样富于人情味的优美的抒情散文呢？这问题我一直还没有想明白。归有光自称他的文章出于欧阳修。读《泷冈阡表》，可以知道《先妣事略》这样的文章的渊源。但是归有光比欧阳修写得更平易，更自然。他真是做到“无意为文”，写得像谈家常话似的。他的结构“随事曲折”，若无结构。他的语言更接近口语，叙述语言与人物语言衔接处若无痕迹。他的《项脊轩志》的结尾：

庭有枇杷树，吾妻死之年所手植也，今已亭亭如盖矣！

平淡中包含几许惨恻，悠然不尽，是中国古文里的一个有名的结尾。使我更为惊奇的是前面的：

“吾妻归宁，述诸小妹语曰：‘闻姊家有阁子，且何谓阁子也？’”话没有说完，就写到这里。想来归有光的夫人还要向小妹解释何谓阁子的，然而，不写了。写出了，有何意味？写了半句，而闺阁姊妹之间闲话神情遂如画出。这种照生活那样去写生活，是很值得我们今天写小说时参

> 考的。我觉得归有光是和现代创作方法最能相通，最有现代味儿的一位中国古代作家。我认为他的观察生活和表现生活的方法很有点像契诃夫。我曾说归有光是中国的契诃夫，并非怪论。①

所以说，笼统地说汪曾祺受晚明小品文尤其是归有光的影响，还不准确。汪曾祺所慕和有意学习归有光的，是以上他所述及的方面。汪曾祺崇尚归有光的“无意于感人，而欢愉惨恻之思，溢于言表”，以及他的“不事雕饰而自有风味”；喜欢归有光的平易、自然；欣赏其“‘无意为文’，写得像谈家常话似的”，以及他的结构“随事曲折”，若无结构。“他的语言更接近口语，叙述语言与人物语言衔接处若无痕迹。”——对汪曾祺来说，这真是极其入心之处了。而“平淡中包含几许惨恻，悠然不尽”的小说结尾，也被汪曾祺屡次尝试。归有光为文常常紧紧抓住一个“情”字，而“情”字又为突出一个“悲”字，这些都深深影响着汪曾祺。“崇情”和“平淡中包含几许惨恻，悠然不尽”的小说结尾，至少是余韵悠长、言不尽意的结尾，为汪曾祺所继承。归有光在《文章指南》中总结了五种结尾方法：结尾垂戒法、结尾括应法、结尾推广法、结尾推原法、结尾有余法。归有光“须要言有尽而意无穷，如清庙三叹而有余音，方为妙手”的“结尾有余法”，对汪曾祺的影响之深，可以从多篇小说当中体现出来。《晚饭花》（1981）第一节《珠子灯》中孙家大小姐孙淑芸嫁给了王常生，王常生病死后，遗言她不要守节，她还是守了，后来病了，就这么躺着，听天上的风筝响，听斑鸠在远远的树上叫着双声，“听着麻雀在檐前打闹，听着一个大蜻蜓振动着透明的翅膀，听着老鼠咬啮着木器，还不时听到一串滴滴

---

① 汪曾祺. 谈风格［M］//邓九平. 汪曾祺全集：第三卷　散文卷. 北京：北京师范大学出版社，1998：337－338.

答答的声音，那是珠子灯的某一处流苏散了线，珠子落在地上了”。小说结尾处：

> 她这样躺了十年。
>
> 她死了。
>
> 她的房门锁了起来。
>
> 从锁着的房间里，时常还听见散线的玻璃珠子滴滴答答落在地板上的声音。①

《三姊妹出嫁》中，三姐妹出嫁后，父亲秦老吉心满意足，毫无遗憾。“他只是有点发愁：他一朝撒手，谁来传下他的这副馄饨担子呢?”“笃——笃笃，秦老吉还是挑着担子卖馄饨。”“真格的，谁来继承他的这副古典的，南宋时期的，楠木的馄饨担子呢?”《晚饭花》中，李小龙每天放学，都经过王玉英家的门外。他都看见王玉英。“这是李小龙的黄昏。要是没有王玉英，黄昏就不成其为黄昏了。”后来，王玉英出嫁了。小说结尾：“李小龙觉得王玉英不该出嫁，不该嫁给钱老五。他很气愤。”“这世界上再也没有原来的王玉英了。”一切都在看似不经意、余韵悠长中收束。而《故里三陈》中《陈小手》一节，陈小手给孙传芳“联军”团长难产的太太接生成功后，团长给了二十块现大洋的赏银，还喝了酒。离开后的陈小手，却被团长从背后一枪打下来了。这已经不止是余韵悠长了，它带给读者震惊体验，但作者却不赘语，只在小说末尾来一句：“团长觉得怪委屈。”已经包含了言说不尽的内容和感喟。当然，也包含后面要述及的贴近人物叙述的叙述手法。汪曾祺对小说结尾的处理，不仅学习了归有光，而且还师法了沈从文，汪曾祺那

① 汪曾祺．晚饭花［M］//邓九平．汪曾祺全集：第一卷　小说卷．北京：北京师范大学出版社，1998：520.

篇写得犹如抒情诗、犹如散文美文的作家作品论《沈从文和他的〈边城〉》，字里行间充溢的，是对沈从文及沈从文《边城》的深深的“懂得”。对沈从文《边城》结尾的细细分析，也可见出他对于沈从文小说结尾处理手法的深度揣摩。汪曾祺说：“沈先生很注意开头，尤其注意结尾。”“他的小说的开头是各式各样的。”“《边城》的开头取了讲故事的方式”，他对于《边城》那段由地理进而“这人家只一个老人，一个女孩子，一只黄狗”的开头，由衷地透着欣赏和喜欢：“这样的开头很朴素，很平易亲切，而且一下子就带起全文牧歌一样的意境。”汪曾祺的多篇小说，都颇有《边城》这样的朴素而牧歌一样意境的开头。对于《边城》结尾，汪曾祺说：“汤显祖评董解元《西厢记》，论及戏曲的收尾，说‘尾’有两种，一种是‘度尾’，一种是‘煞尾’。‘度尾’如画舫笙歌，从远地来，过近地，又向远地去；‘煞尾’如骏马收缰，忽然停住，寸步不移。他说得很好。收尾不外这两种。《边城》各章的收尾，两种兼见。”① 汪曾祺分别举例了《边城》中不同的“度尾”和“煞尾”章节。他还特地引用了《边城》的结尾：

> 全文的最后，更是一个精彩的结尾：
>
> 到了冬天，那个圮坍了的白塔，又重新修好了。那个在月下歌唱，使翠翠在睡梦里为歌声把灵魂轻轻浮起的年青人，还不曾回到茶峒来。
>
> 这个人也许永远不回来了，也许明天回来。（汪曾祺所引《边城》的结尾，笔者注）

① 汪曾祺. 沈从文和他的《边城》［M］//邓九平. 汪曾祺全集：第三卷 散文卷. 北京：北京师范大学出版社，1998：162－163.

七万字一齐收在这一句话上。故事完了，读者还要想半天。你会随小说里的人物对远人作无比的思念，随她一同盼望着，热情而迫切。

我有一次在沈先生家谈起他的小说结尾都很好，他笑眯眯地说："我很会结尾。"①

沈从文与汪曾祺是师生，这对师生关系，在中国现当代文学史，在抒情传统的薪火传承里，真是熠熠生辉的。沈从文对汪曾祺非常器重和提携，当时沈从文向文艺界介绍汪曾祺，有一句话流传成佳话："他写的比我好"。沈从文其实是在文体和小说写作理念的方方面面，对汪曾祺发生着影响。

汪曾祺自言："有人问我受哪些作家影响比较深，我想了想：古人里是归有光，中国现代作家是鲁迅、沈从文、废名，外国作家是契诃夫和阿左林。"② 由汪曾祺这段话，其实串起了中国现代抒情小说一条史的线索，也显示了中国现当代抒情小说在汪曾祺身上所体现出来的古今中外的艺术渊源。其实，研究汪曾祺就会发现，中国文学史一条中断已久的"史的线索"的接续——这便是从鲁迅的《故乡》《社戏》、废名的《竹林的故事》、沈从文的《边城》、萧红的《呼兰河传》、师陀的《果园城记》等作品延续下来的现代抒情小说的线索。可以说，《受戒》《异秉》的发表，犹如地泉之涌出，使鲁迅开辟的现代小说的多种源流（写实、讽刺、抒情）之一脉，得以赓续。③

其实，从汪曾祺自己一篇文章《小说的散文化》（1986），已

---

① 汪曾祺. 沈从文和他的《边城》［M］//邓九平. 汪曾祺全集：第三卷　散文卷. 北京：北京师范大学出版社，1998：163－164.

② 汪曾祺. 谈风格［M］//邓九平. 汪曾祺全集：第三卷　散文卷. 北京：北京师范大学出版社，1998：337.

③ 卢军. 汪曾祺小说创作论［M］. 北京：社会科学文献出版社，2007：118.

经可以很清楚他对于自己在中国现代抒情小说流脉中的师承与所处的薪火传承的位置，清楚他对于小说的散文化——确切地说是他对于作为抒情诗的散文化小说的观点：

> 散文化似乎是世界小说的一种（不是唯一的）趋势。屠格涅夫的《猎人笔记》有些篇近似散文。《白静草原》尤其是这样。都德的《磨坊文札》也如此。……契诃夫有些小说写得很轻松随便。《恐惧》实在不大像小说，像一篇杂记。阿左林的许多小说称之为散文也未尝不可，但他自己是认为那是小说的。——有些完全不能称为小说的东西，则命之为“小品”，比如《阿左林先生是古怪的》。……鲁迅的《故乡》写得很不集中。《社戏》是小说么？但是鲁迅并没有把它收在专收散文的《朝花夕拾》里，而是收在小说集里的。废名的《竹林的故事》可以说是具有连续性的散文诗。萧红的《呼兰河传》全无故事。沈从文的《长河》是一部很奇怪的长篇小说。它没有大起大落，大开大阖，没有强烈的戏剧性，没有高峰，没有悬念，只是平平静静，慢慢地向前流着，就像这部小说所写的流水一样。这是一部散文化的长篇小说。大概传统的，严格意义上的小说有一点像山，而散文化的小说则像水。①（省略号为笔者所加）

这就可以很清楚汪曾祺在散文化的中国现代抒情小说流脉里的师承和传承关系了。接下来，他又说：“散文化的小说一般不写重大题材。在散文化小说作者的眼里，题材无所谓大小。他们所关注

---

① 汪曾祺. 小说的散文化［M］//邓九平. 汪曾祺全集：第四卷　散文卷. 北京：北京师范大学出版社，1998：78.

的往往是小事，生活的一角落，一片段。即使有重大题材，他们也会把它大事化小。散文化的小说不大能容纳过于严肃的，严峻的思想。这一类小说的作者大都是性情温和的人。”“散文化小说的作者大都是抒情诗人。散文化小说是抒情诗，不是史诗。散文化小说的美是阴柔之美，不是阳刚之美。是喜剧的美，不是悲剧的美。散文化小说是清澈的矿泉，不是苦药。它的作用是滋润，不是治疗。这样说，当然是相对的。”“散文化的小说不过分地刻划人物。他们不大理解，也不大理会典型论。”“散文化小说的人像要求神似。轻轻几笔，神全气足。”“散文化小说的最明显的外部特征是结构松散。”“打破定式，是散文化小说结构的特点。”“喔，还有情节。情节，那没有什么。”“有一些散文化的小说所写的常常只是一种意境。”“散文化小说的作者十分潜心于语言。他们深知，除了语言，小说就不存在。”“散文化的小说曾给小说的观念带来一点新的变化。”①

陈平原在《中国小说叙事模式的转变》里论述《“史传”传统与“诗骚”传统》时，特地讲过诗骚传统对五四时期小说的影响。中国现代抒情小说的艺术渊源的确可以追溯到鲁迅那里，汪曾祺谈小说的散文化，就专门例举过鲁迅的《故乡》《社戏》，小说抒情化的一脉，在创造社作家身上表现得尤为突出。而郁达夫是以鲜明的“自叙传”抒情特征的小说，近乎直抒胸臆地书写着五四知识分子“凄切的孤单”。五四之后，抒情传统并没有断裂，抒情特征主要在废名、沈从文、萧红、汪曾祺等作家的散文化小说里得到赓续和扩展。与郁达夫小说的散文化和抒情性不同，废名的小说不是主观心理的宣泄，而是以美文般的散文笔致来写小说。虽然同样不重视情节故事，但废名的《竹林的故事》，更注重宁静优美的田园风

---

① 汪曾祺．小说的散文化［M］//邓九平．汪曾祺全集：第四卷　散文卷．北京：北京师范大学出版社，1998：78－82．

光和琐细日常的生活图景，形成小说一幅流动的生活画图，以及田园美景如何以一种诗的意境来展现。无论他早期的《桃园》《竹林的故事》，还是他后来的《桥》，都是一种诗化小说，抒情诗的意味浓厚。沈从文受废名影响，有师承关系。汪曾祺曾以“散文诗”来评价废名小说（《小说的散文化》）：

> 废名这个名字现在几乎没有人知道了。国内出版的中国现代文学史没有一本提到他。这实在是一个真正很有特点的作家。他在当时的读者就不是很多，但是他的作品曾经对相当多的三十年代、四十年代的青年作家，至少是北方的青年作家，产生过颇深的影响。这种影响现在看不到了，但是它并未消失。它像一股泉水，在地下流动着。也许有一天，会汩汩地流到地面上来的。他的作品不多，一共大概写了六本小说，都很薄。……但是他早期的小说，《桥》、《枣》、《桃园》和《竹林的故事》，写得真是很美。他把晚唐诗的超越理性，直写感觉的象征手法移到小说里来了。他用写诗的办法写小说，他的小说实际上是诗。他的小说不注重写人物，也几乎没有故事。《竹林的故事》算是长篇，叫做“故事”，实无故事，只是几个孩子每天生活的记录。他不写故事，写意境。但是他的小说是感人的。使人得到一种不同寻常的感动。因为他对于小儿女是那样富于同情心。他用儿童一样明亮而敏感的眼睛观察周围世界，用儿童一样简单而准确的笔墨来记录。他的小说是天真的，具有天真的美。①（省略号为笔者所加）

---

① 汪曾祺. 谈风格［M］//邓九平. 汪曾祺全集：第三卷　散文卷. 北京：北京师范大学出版社，1998：339.

汪曾祺对废名的推崇是显而易见的，他在别的篇章里，也会说起废名，他说："我的老师沈从文承认他受过废名的影响。"而他自己则是："我读过废名的小说，《桃园》、《竹林的故事》、《桥》、《枣》……都很喜欢。在昆明（也许在上海）读过周作人写的《怀废名》。他说废名的小说的一个特点是注重文章之美。说他的小说如一湾溪水，遇到一片草叶都要抚摸一下，然后再汩汩地向前流去（大意）"。[①] 不仅是废名、沈从文，萧红的《生死场》也不过是几个人物零散生活片段的缀连，《呼兰河传》更是没有一个明显的贯穿全书的线索，情节性不强，近半的篇幅都在写这里的风俗民情物事等，却依然是叙述性强和抒情性兼备，在一种近似散文的笔调中完成小说叙述，而不是靠有因果链和戏剧性冲突的繁复情节来结构小说。汪曾祺谈了"小说的散文化"，但他所谈这个小说的散文化，不是五四作家日记体、个人自叙传体的小说的散文化，他谈的其实是"作为抒情诗的散文化小说"——它应该是兼具散文化小说和诗化小说的艺术特征。这种散文化小说，以抒情性特征胜，却并不是郁达夫等人那种不太约束自己感情的情况下写就，而是将感情容纳在精心融裁的结构修辞里，不重传统小说的情节曲折手法和西方叙事文学讲求因果链的情节观，汪曾祺强调和讲究的是可以作为抒情诗的散文化小说。

而受西方文学的影响，除了他自述的契诃夫、阿左林等人的影响，他早期也做过意识流书写的尝试。汪曾祺晚年还考虑并真正尝试过"衰年变法"，他最早提及"衰年变法"是在《我是一个中国人》（1983），结尾写道："我的作品和我的某些意见，大概不怎么招人喜欢。姥姥不疼，舅舅不爱。也许我有一天会像齐白石似的

---

① 汪曾祺. 从哀愁到沉郁：何立伟小说集《小城无故事》序［M］//邓九平. 汪曾祺全集：第三卷　散文卷. 北京：北京师范大学出版社，1998：456.

‘衰年变法’，但目前还没有这意思。我仍将沿着这条路走下去。有点孤独，也不赖。”① 他的确在创作当中做了“衰年变法”的尝试，正如有研究者认为：20 世纪 80、90 年代之交，汪曾祺在小说创作上实施“衰年变法”。他一方面以“改写”方式探索“现代主义中国化”道路，在古代神话、民间传说、《聊斋志异》和笔记小说中搜求“魔幻现实主义”的古老基因；另一方面又在小说主题和思想上回归存在主义，通过小说揭示世界、历史和个体生命的荒诞本质，并正视此种“荒诞”，坚持辩证人性观，在对日常伦理和道德的违逆、冒犯和冲撞中，寻找奠基“人性”的辉光，在对“死亡”的审视和思考中体味生命的荒诞与悲凉。② 汪曾祺在 1987 年改写了《瑞云》、《黄英》、《蛐蛐》和《石清虚》等聊斋作品，《石清虚》和《黄英》体现出“石能择主，花即是人”的魔幻意识；《蛐蛐》改自《促织》，但较原作更富“魔幻”色彩；《人变老虎》写向杲为兄报仇，原作中系道士施展法术帮助向杲变虎复仇，汪曾祺将之改写为向杲在仇恨的呐喊中直接变为老虎，突出了“表现主义”诉诸人物精神、情绪与意志的特点。存在主义对汪曾祺的影响，在 20 世纪 40 年代就有，到了汪曾祺“衰年变法”时期更胜，90 年代写作的《迟开的玫瑰或胡闹》、《鹿井丹泉》、《薛大娘》、《窥浴》和《小孃孃》等作品对此均有充分体现。但即便写了人与动物不伦之恋的《鹿井丹泉》和写了家庭辈分乱伦的《小孃孃》，也仍然有汪曾祺小说素有的散文化抒情性特征。能将难写的题材拿捏如许允当，是汪曾祺较之此前只是唯美和抒情表达人的生命和存在，只是“生活的样式，就是小说的样式”③ 写作理念的更为深一步的探索。

---

① 汪曾祺．我是一个中国人：散步随想［M］//邓九平．汪曾祺全集：第三卷　散文卷．北京：北京师范大学出版社，1998：303－304.

② 郭洪雷．汪曾祺小说“衰年变法”考论［J］．文学评论，2013（6）：78.

③ 汪曾祺．思想·语言·结构［M］//邓九平．汪曾祺全集：第六卷　散文卷．北京：北京师范大学出版社，1998：80.

若是考察抒情传统与汪曾祺的小说，就不能不面对和考虑他“衰年变法”之后的写作。全面看取其创作历程，才能更加完整地把握汪曾祺的小说和抒情传统的关系。

除了在《小说的散文化》里，汪曾祺提到的一些散文化小说的特点，当然其实也是“汪氏文体”的特点。前面提到汪曾祺小说“散文化”的特点，与汪曾祺小说流连于风物的描写，具“风俗画”艺术特征的写作，是分不开的。汪曾祺的小说，常常是开篇便是风景、风物的描写，感觉往往好像是，好容易出现了人物，开始写故事了，故事写着写着，又不自觉地转向了风物的描写，然后才回到故事的讲述上来。有研究者对汪曾祺风俗描写占比重较大甚至过大，表达了自己的看法——散文化特色表现在作品中，还形成了“汪氏文体”的另一个重要特点：情节的简化。情节的简化中，似乎是自由式文人的“随便”与“懒”，比如到后来，像 1995 年的《熟藕》，干脆什么都不想讲了，故事没有了，人物也算不上，虽然有个刘小红，但没了故事，人物也就风物化了，这就只剩下了熟藕。因为他的兴趣点也越来越“简洁”，似乎在他看来，故事总归是故事，似乎没有风俗那么有趣，能打动他叙事的冲动，特别是民间的美食和娱乐。还有可能，是他的目的根本就不在于编织一个完整的故事，而在于风俗人情。风俗和风景很容易处理，爱写多少写多少，不用考虑完整性，也不用考虑连贯性，连人性都可以随意地放在一边让别人去揣测。① ——虽好似不无道理，但是细察汪曾祺对于风俗画、写风俗的态度，就知道不是这么简单：

几个评论家都说我是一个风俗画作家。我自己原来没有想过。我是很爱看风俗画。十六七世纪的荷兰画派的

---

① 刘旭. 汪曾祺小说的叙事模式研究：“汪氏文体”的形成［J］. 文学评论，2015（2）：121.

> 画，日本的浮世绘，中国的货郎图、踏歌图……我都爱看。讲风俗的书，《荆梦岁时记》、《东京梦华录》、《一岁货声》……我都爱看。我也爱读竹枝词。我以为风俗是一个民族集体创作的生活抒情诗。我的小说里有些风俗画成分，是很自然的。但是不能为写风俗而写风俗。作为小说，写风俗是为了写人。有些风俗，与人的关系不大，尽管它本身很美，也不宜多写。比如大淖这地方放过荷灯，那是很美的。纸制的荷花，当中安一段浸了桐油的纸捻，点着了，七月十五的夜晚，放到水里，慢慢地漂着，经久不熄，又凄凉又热闹，看的人疑似离开真实生活而进入一种飘渺的梦境。但是我没有把它写入《记事》，——除非我换一个写法，把巧云和十一子的悲喜和放荷灯结合起来，成为故事不可缺少的部分，像沈先生在《边城》里所写的划龙船一样。这本是不待言的事，但我看了一些青年作家写风俗的小说，往往与人物关系不大，所以在这里说一句。①

因为认为“风俗是一个民族集体创作的生活抒情诗”，所以喜写风俗。但是，汪曾祺写风俗，是为了写人，细察他的小说就会发现，他所写的风俗，无不与人有着密切的关系，两者好似鱼水不可分离。去除了风俗的部分，人物的光彩和故事本身的故事性就会大打折扣，甚至完全失去味道，以致不能成立。比如《故里杂记》（1981）里的李三，李三是地保，又是更夫。他住在土地祠。李三同时又是庙祝。地保所管的事，主要的就是死人失火。地保的另一项职务是管叫花子。地保当然还要管缉盗。围绕土地祠、庙祝、管

---

① 汪曾祺.《大淖记事》是怎样写出来的［M］//邓九平. 汪曾祺全集：第三卷　散文卷. 北京：北京师范大学出版社，1998：218－219.

死人失火、管叫花子和管缉盗等一系列风俗的描写，都是与写李三分不开的。而且没有前面大半篇幅的写这些风俗物事，就不会凸显李三打更时抽了一只船上的船篙，想明天等这个弄船的拿钱来赎，反被船家捉住，罚了二百钱——这本是李三老是罚乡下人的钱的数目。没有前面不失兴味的描写、看似平淡的风俗物事的描写，就不会有小说结尾的突转和奇崛。而很显然，与小说叙事无关的，即与李三这个人物无关的风俗，汪曾祺并没有不加择取地全部细述。其他短篇，也多与此相类。《皮凤三楦房子》也是汪曾祺的名篇，虽然小说结尾也不失突转和奇崛之笔，小说通篇也比较注意写人物和讲述故事，但由于相对较少风俗物事的描写，我倒觉得，比那些有“风俗画”特征的汪曾祺小说，失味了不少。

不仅如此，汪曾祺直接就有一篇文章专谈“风俗画”问题——《谈谈风俗画》（1984）：

> 有几位评论家都说我的小说里有风俗画。这一点是我原来没有意识到的。经他们一说，我想想倒是有的。有一位文学界的前辈曾对我说：“你那种写法是风俗画的写法。”并说这种写法很难。风俗画的写法是怎样一种写法？这种写法难么？我不知道。有人干脆说我是一个风俗画作家……①

然后汪曾祺继续说：“我是很爱看风俗画的。”他接下来说，“十七世纪荷兰学派的画，日本的浮世绘，我都爱看。”他还爱看中国的风俗画，尤其是《清明上河图》：“宋代风俗画似乎特别的流行，《清明上河图》是一个突出的例了。我看这幅画，能够 看看

① 汪曾祺．谈谈风俗画［M］//邓九平．汪曾祺全集：第三卷 散文卷．北京：北京师范大学出版社，1998：348．

半天。我很想在清明那天到汴河上去玩玩，那一定是非常好玩的。”“我也很爱李嵩、苏汉臣的《货郎图》，它让我知道南宋的货郎担上有那么多卖给小孩子们的玩意，真是琳琅满目，都蛮有意思。”我们甚至可以不用怀疑，汪曾祺将货郎担上那么多琳琅满目的玩意，写进了自己的小说，包括像《三姊妹出嫁》中，三姐妹父亲秦老吉那副“古典的，南宋时期的，楠木的馄饨担子”。汪曾祺还讲了：“我也爱看讲风俗的书。”他还做了一一的例举：

> 我对风俗有兴趣，是因为我觉得它很美。我曾经在一篇文章里说过：“我以为风俗是一个民族集体创作的生活的抒情诗”(《〈大淖记事〉是怎样写出来的》)。这是一句随便说说的话，没有任何学术意义。但也不是一点道理没有。我以为，风俗，不论是自然形成的，还是包含一定的人为的成分（如自上而下的推行），都反映了一个民族对生活的挚爱，对“活着”所感到的欢悦。他们把生活中的诗情用一定的外部的形式固定下来，并且相互交流，溶为一体。风俗中保留一个民族的常绿的童心，并对这种童心加以圣化。风俗使一个民族永不衰老。风俗是民族感情的重要的组成部分。①

在汪曾祺看来，“所谓风俗，主要指仪式和节日”。为什么要在小说里写进风俗画？汪曾祺说自己这样做原是无意的。“只是因为我的相当一部分小说是写的家乡的，写小城的生活，平常的人事，每天都在发生，举目可见的小小悲欢，这样，写进一点风俗，便是很自然的事了。‘人情’和‘风土’原是紧密关联的。写一点风俗

① 汪曾祺．谈谈风俗画［M］//邓九平．汪曾祺全集：第三卷　散文卷．北京：北京师范大学出版社，1998：350.

画，对增加作品的生活气息、乡土气息，是有帮助的。”在汪曾祺看来，“鲁迅的《故乡》、《社戏》，包括《祝福》，是风俗画的典范。”而沈从文的《边城》是“风俗画小说”。他又强调：小说里写风俗，目的还是写人。不是为写风俗而写风俗，那样就不是小说，而是风俗志了。风俗和人的关系，大体有这样三种：一种是以风俗作为人的背景。一种是把风俗和人结合在一起，风俗成为人的活动和心理的契机。也有时，看起来是写风俗，实际上是写人。他特地举了《岁寒三友》里写放焰火是为写焰火的制造者陶虎臣的例子：

> 这天天气特别好。万里无云，一天皓月。阴城的正中，立起一个四丈多高的架子。有人早早吃了晚饭，就扛了板凳来等着了。各种卖小吃的都来了。卖牛肉高粱酒的，卖回卤豆腐干的，卖五香花生米的、芝麻灌香糖的，卖豆腐脑的，卖煮荸荠的，还有卖河鲜——卖紫皮鲜菱角和新剥鸡头米的……到处是“气死风”的四角玻璃灯，到处是白蒙蒙的热气、香喷喷的茴香八角气味。人们寻亲访友，说短道长，来来往往，亲亲热热。阴城的草都被踏倒了。人们的鞋底也叫秋草的浓汁磨得滑溜溜的。
>
> 忽然，上万双眼睛一齐朝着一个方向看。人们的眼睛一会儿睁大，一会儿眯细；人们的嘴一会儿张开，一会儿又合上；一阵阵叫喊，一阵阵欢笑，一阵阵掌声。——陶虎臣点着了焰火了。
>
> 中间还有一段具体描写几种焰火，文长不录。（此段在原文中是正文，笔者注）
>
> ……火光炎炎，逐渐消隐，这时才听到人们呼唤：
>
> “二丫头，回家咧！”

“四儿，你在哪儿哪?”

“奶奶，等等我，我鞋掉了!”

人们摸摸板凳，才知道：呀，露水下来了。

这里写的是风俗，没有一笔写人物，但是我自己知道笔笔都着意写人，写的是焰火的制造者陶虎臣。我是有意在表现人们看焰火时的欢乐热闹气氛中表现生活一度上升时期陶虎臣的愉快心情，表现用自己的劳作为人们提供欢乐，并于别人的欢乐中感到欣慰的一个善良人的品格的。这一点，在小说里明写出来，也是可以的，但是我故意不写，我把陶虎臣隐去了，让他消融在欢乐的人群之中。我想读者如果感觉到看焰火的热闹和欢乐，也就会感觉到陶虎臣这个人。人在其中，却无觅处。① （此段在原文中是正文，笔者注）

汪曾祺也再次郑重地强调了写风俗不能和人物脱节、不能和故事情节游离的重要性，以及风俗画小说的局限性：“写风俗，不能离开人，不能和人物脱节，不能和故事情节游离。写风俗不能留连忘返，收不到人物的身上。风俗画小说是有局限性的。一是风俗画小说往往只就人事的外部加以描写，较少刻画人物的内心世界，不大作心理描写，因此人物的典型性较差。二是，风俗画一般是清新浅易的，不大能够概括十分深刻的社会生活内容，缺乏历史的厚度，也达不到史诗一样的恢宏的气魄。”②

---

① 汪曾祺．谈谈风俗画［M］//邓九平．汪曾祺全集：第三卷　散文卷．北京：北京师范大学出版社，1998：353－355.

② 汪曾祺．谈谈风俗画［M］//邓九平．汪曾祺全集：第三卷　散文卷．北京：北京师范大学出版社，1998：355.

对于短篇小说应该有画意、意境，汪曾祺也多有思考和尝试。此处不赘。作为抒情诗的散文化小说，美则美矣，余韵悠长也是没有问题的，但会不会影响到小说叙事呢？汪曾祺的小说是不是就可以被视为散文了呢？的确就有研究者认为：与散文化核心特征直接相联系的，是“汪氏文体”的叙事视点。汪曾祺小说的叙事视点多是第三人称全知叙事，很少有现代自由转述体的痕迹。叙事视点，简单地说就是谁在看、谁在讲故事。第三人称全知叙事的视点几乎不发生转换，古典小说多用这种叙事方式。汪曾祺小说的叙述人角色也是固定的，即讲述者和观察者的身份也是固定的，基本就是京派式“自由文人”身份，一个外在于故事的观察者，即使有的时候出现“我”，这个“我”也通常不是故事的参与者，而仍然是观察者。汪曾祺那个“旅行者”式的叙述人是一个带着自由式文人意识形态的外来者，在人物和风景之上同时灌注了文人式价值观，风景和人物都成为承载文人情怀的“客体”。[①] 那么，我们不妨来看一下汪曾祺是怎样将叙事与抒情加以调和的，他说过：“在叙事中抒情，用抒情的笔触叙事。”[②] 而贴近人物叙述，使他在叙事视点转换较少，而且其小说故事性也不强的情况下，依然写出了生动感人的小说。

第二节　叙事与抒情：贴近人物叙述

汪曾祺在《小说笔谈》（1982）中说过：“在叙事中抒情，用抒情的笔触叙事。”这是他的“汪氏文体”的典型特征，独树一

---

① 刘旭. 汪曾祺小说的叙事模式研究：“汪氏文体”的形成［J］. 文学评论，2015（2）：118－119.

② 汪曾祺. 小说笔谈［M］//邓九平. 汪曾祺全集：第三卷　散文卷. 北京：北京师范大学出版社，1998：206.

帜，几乎无人能及。前面讲了，汪曾祺的小说是“作为抒情诗的散文化小说”，同传统小说纯散文的语言不同，与郁达夫的个人自叙传式散文化小说也不同，倒是更加师承废名和沈从文，是中国现代抒情小说中诗化小说一脉。《关于小说的语言（札记）》中，在汪曾祺看来，意境说也是中国文艺理论的重要范畴，它的影响，它的生命力不下于文气说。意境说最初只应用于诗歌，后来涉及了小说。废名说过：“我写小说同唐人写绝句一样。”所谓“唐人绝句”，就是不着重写人物，写故事，而着重写意境，写印象，写感觉，物我同一，作者的主体意识很强。这就使传统的小说观念发生了很大的变化，使小说和诗变得难解难分。这种小说被称为诗化小说。所谓诗化小说的语言，即不同于传统小说的纯散文的语言。这种语言，句与句之间的跨度较大，往往超越了逻辑，超越了合乎一般语法的句式（比如动宾结构）。在汪曾祺看来，如果用逻辑谨严、合乎语法的散文写，也是可以的，但不易产生恬淡的意境。

强调作者的主体意识，同时又充分信赖读者的感受能力，愿意和读者共同完成对某种生活的准确印象，有时作者只是罗列一些事物的表象，单摆浮搁，稍加组织，不置可否，由读者自己去完成画面，注入情感。“鸡声茅店月，人迹板桥霜。”“枯藤老树昏鸦，小桥流水人家，古道西风瘦马。”这种超越理智，诉诸直觉的语言，已经被现代小说广泛应用。如：

抗日战争时期，昆明小西门外。

米市，菜市，肉市。柴驮子，炭驮子。马粪。粗细瓷碗。砂锅铁锅。焖鸡米线，烧饵块。金钱片腿，牛干巴。炒菜的油烟，炸辣子的呛人的气味。红黄蓝白黑，酸甜苦辣咸。

《钓人的孩子》①

而此前的《说短——与友人书》（1982），已初见汪曾祺对于“叙事与抒情：贴近人物叙述”的一些零散的观点。他认为：“小说写得长，主要原因是情节过于曲折。现代小说不要太多的情节。”“现代读者要求的是真实，想读的是生活，生活本身。现代读者不能容忍编造。”“作者的责任只是用你自己的方式，尽量把这一点生活说得有意思一些。现代小说的作者和读者之间的界线逐渐在泯除。作者和读者的地位是平等的。最好不要想到我写小说，你看。而是，咱们来谈生活。生活，是没有多少情节的。”“小说长，另一个原因是描写过多。”不能脱离人物来写景。小说中的景最好是人物眼中之景，心中之景。至少景与人要协调。作者最好客观一点，尽量闪在一边，让人物自己去行动，让读者自己接近人物。汪曾祺说：我不大喜欢“性格”这个词。一说“性格”就总意味着一个奇异独特的人。现代小说写的只是平常的“人”。小说长，还有一个原因是对话多。对话要少，要自然。对话只是平常的说话，只是于平常中却有韵味。对话，要像一串结得很好的果子。他说：“我并不一般地反对在小说里发议论，但议论必须很富于机智。”“抒情，不要流于感伤。”“要使语言生动，要把句子尽量写得短，能切开就切开，这样的语言才明确。”“让人感到你这个人说话像做文章（你和读者的距离立刻就拉远了）。写小说决不能做文章，所用的语言必须是活的，就像聊天说话一样”。“我牺牲了一些字，赢得的是文体的峻洁。”②

---

① 汪曾祺．关于小说的语言（札记）［M］//邓九平．汪曾祺全集：第四卷　散文卷．北京：北京师范大学出版社，1998：13－14．

② 汪曾祺．说短：与友人书［M］//邓九平．汪曾祺全集：第三卷　散文卷．北京：北京师范大学出版社，1998：223－226．

前文所述，有研究者认为，与散文化核心特征直接相联系的，是“汪氏文体”的叙事视点——多是第三人称全知叙事，很少有现代自由转述体的痕迹。即便如其所说，汪曾祺那个“旅行者”式的叙述人，基本就是一个带着自由式文人意识的外来者，在人物和风景之上同时灌注了文人式价值观，但是，却不能说风景和人物都成了承载文人情怀的“客体”。不仅“不能脱离人物来写景”，而且“小说中的景最好是人物眼中之景，心中之景。至少景与人要协调”。这就涉及了贴近人物叙述的问题。在一种看似更趋近于中国古典小说的叙事方式里，汪曾祺以“贴近人物叙述”，来采用了人物的感知视点、兴趣视点或者说世界观和利益视点等来叙述，这其实是在古典叙述方式的外衣之下，有限度或者说尽力地使用了限知视角和限制性叙事的方式。尽管不是多个视点转换的现代自由转述体，这与诗化小说以及短篇小说所涉人物较少，是相关的。尽管如此，并不能质疑“贴近人物叙述”所达到的限制性叙事的效果。

汪曾祺在《“揉面”——谈语言》（1982）中直接有一小节，就是“语言要和人物贴近”。托尔斯泰说过：“人是不能用警句交谈的。”

> 写对话就应该这样，普普通通，家常理短，有一点人物性格、神态，不能有多少深文大义。——写戏稍稍不同，戏剧的对话有时可以“提高”一点，可以讲一点“字儿话”，大篇大论，讲一点哲理，甚至可以说格言。
>
> ……
>
> 不单是对话，就是叙述、描写的语言，也要和所写的人物“靠”。
>
> ……
>
> 小说里所描写的景物，不但要是作者眼中所见，而且要是所写的人物的眼中所见。对景物的感受，得是人物的

> 感受。不能离开人物，单写作者自己的感受。作者得设身处地，和人物感同身受。小说的颜色、声音、形象、气氛，得和所写的人物水乳交融，浑然一体。就是说，小说的每一个字，都渗透了人物。写景，就是写人。[①]（省略号为笔者所加）

汪曾祺还举例，契诃夫曾听一个农民描写海，说："海是大的"。这很美。一个农民眼中的海也就是这样。如果在写农民的小说中，有海，说海是如何苍茫、浩瀚、蔚蓝……统统都不对。汪曾祺举例写一个孩子坐牛车通过张家口坝上草原，就不能写成：他觉得到了一个童话的世界。因为这个孩子是个农村的孩子，没有念过书，在他的语言里没有"童话"这样的概念。只能写：他好像在一个梦里。写一个从山里来的放羊的孩子看一个农业科学研究所的温室，温室里冬天也结黄瓜，结西红柿：西红柿那样红，黄瓜那样绿，好像上了颜色一样。只能写"好像上了颜色一样"，这就是这个放羊娃的感受。如果稍微写得华丽一点，就不真实。

汪曾祺所举例，很像他在《黄油烙饼》中写的萧胜来到坝上草原时的感受和所见所闻。萧胜本是在跟着奶奶在家乡生活的，满七岁，进八岁了。奶奶死后，爸爸来接走他，到爸爸妈妈所在的坝上。他以为"坝"是一个水坝。爸爸说到了就知道了。

> 敢情"坝"是一溜大山。山顶齐齐的，倒像个坝。可是真大！汽车一个劲地往上爬。汽车爬得很累，好像气都喘不过来，不停地哼哼。上了大山，嘿，一片大平地！真是平呀！又平又大，像是擀过的一样。怎么可以这样平

① 汪曾祺．"揉面"：谈语言［M］//邓九平．汪曾祺全集：第三卷　散文卷．北京：北京师范大学出版社，1998：192－193．

> 呢！汽车一上坝，就撒开欢了。它不哼哼了，“刷——”一直往前开。一上了坝，气候忽然变了。坝下是夏天，一上坝就像秋天。忽然，就凉了。坝上坝下，刀切的一样。真平呀！远远有几个小山包，圆圆的。一棵树也没有。他的家乡有很多树。榆树，柳树，槐树。这是个什么地方！不长一棵树！就是一大片大平地，碧绿的，长满了草。有地。这地块真大。从这个小山包一匹布似的一直扯到了那个小山包。地块究竟有多大？爸爸告诉他：有一个农民牵了一头母牛去犁地，犁了一趟，回来时候母牛带回来一个新下的小牛犊，已经三岁了！
>
> 汽车到了一个叫沽源的县城，这是他们的最后一站。一辆牛车来接他们。这车的样子真可笑，车轱辘是两个木头饼子，还不怎么圆，骨鲁鲁，骨鲁鲁，往前滚。他仰面躺在牛车上，上面是一个很大的蓝天。牛车真慢，还没有他走得快。他有时下来掐两朵野花，走一截，又爬上车。①

这两段文字，的确是贴近了萧胜，这个一直跟奶奶在家乡农村居住的七八岁的小孩子来写的。对坝上所见所闻所感，都是一个乡村居住着的孩子的视点，他的感知视点、兴趣视点乃至世界观视点。牛车“车轱辘是两个木头饼子，还不怎么圆，骨鲁鲁，骨鲁鲁，往前滚”，也全是贴着萧胜，用萧胜的视点来叙述的。就不仅生动活泼，还尤为真实可信。后文在看到一大片马兰的时候，“这一大片马兰！他这辈子也忘不了。他像是在一个梦里。”未用任何多余的字句，比如形容词、副词等，类似他感觉、他觉得、他认

---

① 汪曾祺．黄油烙饼［M］//邓九平．汪曾祺全集：第一卷　小说卷．北京：北京师范大学出版社，1998：303．

为，等等，都没有用。叙述人抽身，闪在了一边，让人物自己去行动，读者自然更容易接近人物。正是前文所引汪曾祺所说的："不能脱离人物来写景。小说中的景最好是人物眼中之景，心中之景。至少景与人要协调"。"作者最好客观一点，尽量闪在一边，让人物自己去行动，让读者自己接近人物。"

《故里三陈》中的陈小手给难产的团长太太接生完了之后，先喝了酒，又被赏了二十块现大洋。小说结尾：

> 陈小手出了天王寺，跨上马。团长掏出枪来，从后面，一枪就把他打下来了。
>
> 团长说："我的女人，怎么能让他摸来摸去！她身上，除了我，任何男人都不许碰！这小子，太欺负人了！日他奶奶！"
>
> 团长觉得怪委屈。①

这个小说结尾，不仅突转和煞尾，有让人惊厥般的感受、震惊体验。而且余韵悠长，言有尽而意无穷的叙事效果，是通过贴近团长这个人物来叙述的，所采用是团长的感知视点和世界观视点、利益视点。他不觉应该报恩，而是："我的女人，怎么能让他摸来摸去！她身上，除了我，任何男人都不许碰！这小子，太欺负人了！日他奶奶！"这很符合这个孙传芳联军团长的价值观、世界观和他的素质与水平。而"团长觉得怪委屈"——其实是将贴近团长这个人物叙述做到了极致，所起到的结尾突转和煞尾的效果也最强烈。让人物自己行动和说出与其身份、心理相符的话，就会在叙事效果上，尤为让人觉得一个"真"字。

---

① 汪曾祺．故里三陈·陈小手［M］//邓九平．汪曾祺全集：第二卷　小说卷．北京：北京师范大学出版社，1998：116.

而在《两栖杂述》（1982）里，汪曾祺说："我追随沈先生多年，受到教益很多，印象最深的是两句话。"一句是："要贴到人物来写"。另外一句话是："千万不要冷嘲"。对于"要贴到人物来写"，汪曾祺的理解是：

> 第一，小说是写人物的。人物是主要的，先行的。其余部分都是次要的，派生的。作者要爱所写的人物。沈先生曾说过，对于兵士和农民"怀了不可言说的温爱"。"温爱"，我觉得提得很好。他不说"热爱"，而说"温爱"，我以为这更能准确地说明作者和人物的关系。作者对所写的人物要具有充满人道主义的温情，要有带抒情意味的同情心。
>
> 第二，作者要和人物站在一起，对人物采取一个平等的态度。除了讽刺小说，作者对于人物不宜居高临下。要用自己的心贴近人物的心，以人物哀乐为自己的哀乐。这样才能在写作的大部分的过程中，把自己和人物融为一体，语语出自自己的肺腑，也是人物的肺腑。这样才不会作出浮泛的、不真实的、概念的和抄袭借用来的描述。这样，一个作品的形成，才会是人物行动逻辑自然的结果。这个作品是"流"出来的，而不是"做"出来的。人物的身上没有作者为了外在的目的强加于他身上的东西。
>
> 第三，人物以外的其他的东西都是附属于人物的。景物、环境，都得服从于人物，景物、环境都得具有人物的色彩，不能脱节，不能游离。一切景物、环境、声音、颜色、气味，都必须是人物所能感受到的。写景，就是写人，是写人物对于周围世界的感觉。这样，才会使一篇作品处处浸透了人物，散发着人物的气息，在不是写人物的

部分有人物。①

《〈大淖记事〉是怎样写出来的》(1982)，他也举例了《大淖记事》中一个细节，来为“要贴到人物来写”作一注脚：

我的老师沈从文教我们写作，常说“要贴到人物来写”，很多人不懂他这句话。我的这一个细节也许可以给沈先生的话作一注脚。在写作过程中要随时紧紧贴着人物，用自己的心，自己的全部感情。什么时候自己的感情贴不住人物，大概人物也就会“走”了，飘了，不具体了。②

在《小说创作随谈》(1983) 里，汪曾祺再次讲述了“贴到人物来写”的问题：

第三谈谈结构技巧问题。我在大学里跟沈从文先生学了几门课。……他讲了一句话，对我的整个写作是很有指导作用的，但当时我们有些同学不理解他的话。他翻来覆去地说要“贴到人物来写”，要“紧紧地贴到人物来写”。有同学说“这是什么意思?”以我的理解，一个是他对人物很重视。我觉得在小说里，人物是主要的，或者是主导的，其他各个部分是次要的，是派生的。当然也有些小说不写人物，有些写动物，但那实际上还是写人物；有些着

① 汪曾祺. 两栖杂述［M］//邓九平. 汪曾祺全集：第三卷　散文卷. 北京：北京师范大学出版社，1998：199.

② 汪曾祺.《大淖记事》是怎样写出来的［M］//邓九平. 汪曾祺全集：第三卷　散文卷. 北京：北京师范大学出版社，1998：218.

重写事件；还有的小说甚至也没人物也没事件，就是写一种气氛，那当然也可以，我过去也试验过。但是，我觉得，大量的小说还是以人物为主，其他部分如景物描写等等，都还是从人物中派生出来的。现在谈我的第二点理解。当然，我对沈先生这话的理解，可能是“歪批《三国》”，完全讲错了的。我认为沈先生这句话的第二层意思是指作者和人物的关系问题。作者对人物是站在居高临下的态度，还是和人物站在平等地位的态度？我觉得应该和人物平等。当然，讽刺小说要除外，那一般是居高临下的。因为那种作品的人物是讽刺的对象，不能和他站在平等的地位。但对正面人物是要有感情的。沈先生说他对农民、士兵、手工业者怀着“不可言说的温爱”。我很欣赏“温爱”这两个字。他没有用“热爱”而用“温爱”，表明与人物稍微有点距离。即使写坏人，写批判的人物，也要和他站在比较平等的地位，写坏人也要写得是可以理解的，甚至还可以有一点儿“同情”。这样这个坏人才是一个活人，才是深刻的人物。作家在构思和写作的过程中，大部分时间要和人物溶为一体。我说大部分时间，不是全过程，有时要离开一些，但大部分时间要和人物“贴”得很紧，人物的哀乐就是你的哀乐。不管叙述也好，描写也好，每句话都应从你的肺腑中流出，也就是从人物的肺腑中流出。这样紧紧地“贴”着人物，你才会写得真切，而且才可能在写作中出现“神来之笔”。①（省略号为笔者所加）

---

① 汪曾祺．小说创作随谈［M］//邓九平．汪曾祺全集：第三卷 散文卷．北京：北京师范大学出版社，1998：309－310．

“在叙事中抒情，用抒情的笔触叙事。”这是极具写作难度的，汪曾祺却取得了极佳的写作实绩，且20世纪70年代末、80年代初以来迄今还未见有人，在同一路向或者相近写作路径上能够相及，更不要说超越了。除了以上所述，汪曾祺在小说叙事当中，还有意采用了很多小括号，涵括起一些解释性文字或者议论文字。这些可以被视为“副文本”的文字，对于小说叙事的流畅和小说叙事始终贴近人物叙述，是有着非常积极的作用的。可以说，贴近人物叙述，使汪曾祺的小说，在叙事视点转换较少，而且小说故事性也不强的情况下，依然写得生动感人，言有尽而意无穷，让人一慨三叹，余韵悠长。“东边日出西边雨，道是无晴却有晴”。

第三节　道是无情却有情
——以《异秉》《受戒》《岁寒三友》《大淖记事》等为例

如前文所述，汪曾祺在“在叙事中抒情，用抒情的笔触叙事”当中，强调“贴近人物叙述”。“作者对所写的人物要具有充满人道主义的温情，要有带抒情意味的同情心。”“作者要和人物站在一起，对人物采取一个平等的态度”，“要用自己的心贴近人物的心，以人物哀乐为自己的哀乐。这样才能在写作的大部分的过程中，把自己和人物融为一体，语语出自自己的肺腑，也是人物的肺腑。”“在写作过程中要随时紧紧贴着人物，用自己的心，自己的全部感情。”对人物怀着“不可言说的温爱”。即使写坏人，“也要和他站在比较平等的地位，写坏人也要写得是可以理解的，甚至还可以有一点儿‘同情’”。

在“贴近人物叙述”这里，已经显现了汪曾祺作为“一个中国式的抒情的人道主义者”的基本理念。也是由于“汪氏文体”

的独特性，有人认为汪曾祺写作的是“无主题小说”，用主题的概念来套汪曾祺，是不很合适的，汪曾祺认为“主题最好不要让人一眼就看出来”。汪曾祺是从“我是一个中国人”的基点出发，来接受中国传统思想和文化的影响的：

我是一个中国人。

中国人必须会接受中国传统思想和文化的影响。我接受了什么影响？道家？中国化了的佛家——禅宗？都很少。比较起来，我还是接受儒家的思想多一些。

我不是从道理上，而是从感情上接受儒家思想的。我认为儒家是讲人情的，是一种富于人情味的思想。……

我很喜欢《论语·子路曾皙冉有公西华侍坐章》。“暮春者，春服既成，冠者五六人，童子六七人，浴乎沂，风乎舞雩，咏而归。”我以为这是一种很美的生活态度。

我欣赏孟子的“大人者，不失其赤子之心”。

我认为陶渊明是一个纯正的儒家。“暖暖远人村，依依墟里烟。狗吠深巷中，鸡鸣桑树颠。”我很熟悉这样的充满人的气息的“人境”，我觉得很亲切。

我喜欢这样的诗：“万物静观皆自得，四时佳兴与人同”，“顿觉眼前生意满，须知世上苦人多”。这是蔼然仁者之言。这样的诗人总是想到别人。

有人让我用一句话概括出我的思想，我想了想说：我大概是一个中国式的抒情的人道主义者。

我不了解前些时报上关于人道主义的争论的实质和背景。我愿意看看这样的文章，但是我没有力量去作哲学上的论辩。我的人道主义不带任何理论色彩，很朴素，就是

对人的关心，对人的尊重和欣赏。①（省略号为笔者所加）

确需注意，汪曾祺的“人道主义”是朴素的，不带理论色彩的，确切说，是他“用充满温情的眼睛看人，去发掘普通人身上的美和诗意”。汪曾祺的人道主义思想的渊源和他对人道主义的理解，甚至被他写进了小说《徙》。他曾经在《两栖杂述》中说道：“从小学五年级到初中三年级，我的国文老师一直是高北溟先生。为了纪念他，我的小说《徙》里直接用了高先生的名字。”② 不仅如此，读《徙》，便会发现汪曾祺的人道主义思想与高北溟先生授业的渊源关系。小说中，高北溟在部定课本之外，自选教材。他选的文章看来有一个标准：有感慨，有性情，平易自然。这些文章有一个贯串性的思想倾向，这种倾向大体上可以归结为：人道主义。而他的学生们不仅日后考高中考大学时，国文分数都比较高，“更重要的是他们学会了欣赏文学——高先生讲过的文章的若干片段，许多学生过了三十年还背得；他们接受了高先生通过那些选文所传播的思想——人道主义，影响到他们一生的立身为人，呜呼，先生之泽远矣！”③

而且，汪曾祺这中国式的抒情的人道主义者，是以“温爱”的眼光，用充满温情的眼睛看人，去发掘普通人身上的美和诗意。他不要大起大落，或者轰轰烈烈地表达一种感情，作者写作过度地宣泄情绪和直白地抒发情怀就更要不得。汪曾祺讲究的是“道是无情却有情”。

---

① 汪曾祺．我是一个中国人：散步随想［M］//邓九平．汪曾祺全集：第三卷　散文卷．北京：北京师范大学出版社，1998：300－301.

② 汪曾祺．两栖杂述［M］//邓九平．汪曾祺全集：第三卷　散文卷．北京：北京师范大学出版社，1998：197.

③ 汪曾祺．徙［M］//邓九平．汪曾祺全集：第一卷　小说卷．北京：北京师范大学出版社，1998：491.

> 一个作家对生活没有熟悉到可以从心所欲、挥洒自如的程度，就不能取得真正的创作的自由。所谓创作的自由，就是可以自由地想象，自由地虚构。你的想象、虚构都是符合于生活的。一个作家所写的人和事常常有一点影子，但不可能就照那点影子原封不动地写出来，总要补充一点东西，要虚构，要想象。虚构和想象的根据，是生活。不但要熟悉你所写的那个题材，熟悉与那个题材有关的生活，还要熟悉与那个题材无关的生活。你要对某个时代、某个地区、某种范围的生活熟悉到可以随手抓来就放在小说里，很贴切，很真实。海明威说：冰山所以显得雄伟，因为它浮出水面的只有七分之一，七分之六在海里。一个作家在小说里写出来的生活只有七分之一，没有写出来的是七分之六。没有七分之六，就没有七分之一。
>
> 生活是第一位的。有生活，就可以头头是道，横写竖写行；没有生活，就会捉襟见肘，或者，瞎编。①

海明威所说的，“冰山所以显得雄伟，因为它浮出水面的只有七分之一，七分之六在海里”，对汪曾祺影响很深。他的小说最讲究余韵悠长和言有尽而意无穷。汪曾祺说，他是主张作者的态度是要让读者感觉到的，但是不能“特别地说出”。作者的感情、态度最好溶化在叙述、描写之中，隐隐约约，存在于字里行间。“东边日出西边雨，道是无晴却有晴。”②

---

① 汪曾祺. 道是无情却有情［M］//邓九平. 汪曾祺全集：第三卷　散文卷. 北京：北京师范大学出版社，1998：279.

② 汪曾祺. 道是无情却有情［M］//邓九平. 汪曾祺全集：第三卷　散文卷. 北京：北京师范大学出版社，1998：281.

汪曾祺的小说当中，存在着互文性，人物、情节、风俗物事等，都可以从互文角度看出关联性和做比较研究。完成的文本会被多次重写，形成多重互文关系。最初的《复仇》（1941）三年后就重写，《异秉》据说改写、重写共计三个版本（一说，第一个版本名为《灯》）——较为常见的是1948年版本和1981年版本。《戴车匠》首版完成于1947年，近30年后重写，收入《故人往事》（1985），《收字纸的老人》也在同一系列之中，汪曾祺意犹未尽，1991年又写了《捡烂纸的老头》，从“老人”变成了“老头”——这一变化所蕴含的叙事的深层情感指向，值得思考。以汪曾祺的经典名篇《异秉》为例，《异秉》似乎是最难抽绎出一个什么“主题”的小说了，但这个小说却在看似无主题之外，很温情，很有情。小说第一段仅有一句话：“王二是这条街的人看着他发达起来的。”他的熏烧（卤味）摊子，摆在保全堂药店廊檐下。小说写王二的日常，写他的听书，写他的推牌九。然后笔锋一转“且说保全堂”，写药店的“同仁”，一律称为“先生”。先生里分为几等。“先生”以下的，是学生意的，其实就是学徒，却叫作“相公”。保全堂的相公都满师走了，只有一个陈相公。他起得比谁都早。倒尿壶，扫地，擦桌椅，擦柜台，到处掸土，开门，一块一块卸门板（全是他一个人的活儿）。晒药。收药。可以爬梯子，到屋顶的晒台上：

这是他一天最快乐的时候。他可以登高四望。看得见许多店铺和人家的房顶，都是黑黑的。看得见远处的绿树，绿树后面缓缓移动的帆。看得见鸽子，看得见飘动摇摆的风筝。到了七月，傍晚，还可以看巧云。七月的云多变幻，当地叫做“巧云”。那真好看呀：灰的、白的、黄的、桔红的，镶着金边，一会一个样，像狮子的、像老虎的、像马的、像狗的。此时的陈相公，真是古人所说的

“心旷神怡”。①

这里的景物描写，汪曾祺是贴着陈相公这个人物来叙述的。用陈相公的眼睛，来看这些远处的风景，看那巧云。这也是一种“东边日出西边雨，道是无晴却有晴”。里面是有着作者隐隐约约的感情的，对于人物的温情和暖意。陈相公除了这点“享受”，其余的时候，就很刻板枯燥了。碾药。裁纸。上午，要搓很多抽水烟用的纸枚子。下午，擦灯罩。晚上，摊膏药。临睡前还要背两篇《汤头歌诀》……陈相公已经学了一年多生意了。他已经给赵公元帅和神农爷烧了三十次香，烧香的时候很虔敬。但是，仍然是“陈相公老是挨打”——注意，这是有伏笔的，没有这样的挨打和憋屈，就不会有小说结尾他蹲在厕所里，在本不是他解大手的时候在那里——汪曾祺没有直接写出的，言外之意是：陈相公想学王二（凡发达必有异秉）的“大小解分清”来脱离自己目下的处境。而发现陈相公在厕所里的，是陶先生——而那时本也不是陶先生解大手的时候。汪曾祺没有写出的言外之意是：陶先生也是来做“大小解分清”的尝试的。陶先生为什么也要这么做呢？小说作者在前文中已经草蛇灰线预设伏笔了，陶先生是保全堂里在腊月辞年酒时，已经有三次要被请到上席了——被辞退之意。陶先生四十多岁了，又是个痰篓子。终于没有坐上席，一则是同行店伙纷纷来说情，二则，他还有一点好处，即不回家，因为他没有娶过亲。作者没有在小说行文当中加入太多的抒情和议论，而是把自己的感情、态度溶化在叙述、描写之中，隐隐约约，存在于字里行间。“东边日出西边雨，道是无晴却有晴。”

《受戒》和《大淖记事》，毫无疑问是汪曾祺最为经典的篇章。

---

① 汪曾祺．异秉［M］//邓九平．汪曾祺全集：第一卷　小说卷．北京：北京师范大学出版社，1998：317．

《受戒》一篇，广受读者喜爱，连同是汪曾祺家乡出来的、当代优秀作家毕飞宇也不例外。毕飞宇在他有名的《小说课》一书里，有那一名篇《倾“庙”之恋——读汪曾祺的〈受戒〉》。在毕飞宇谈及汪曾祺描写寺庙里的吃喝嫖赌生活竟然那样淡定甚至不乏诗意的时候，他特地提示：“我们一定要留意汪曾祺的写作立场，他是站在‘生活的立场’上写作的，而不是‘宗教的立场’。这才是关键。他是不批判的，他是不谴责的，他更不是憎恨的。他中立。他没有道德优势，他更没有真理在握。因为小说人物身份的独特性，汪曾祺只是带上了些许的戏谑。既然你们的身份特殊，那就调侃你们一下，连讽刺都说不上。”“把宗教生活还原给了‘日常’与‘生计’，这是汪先生对中国文学的一个贡献。”①

《受戒》开篇就是：“明海出家已经四年了。”“他是十三岁来的。”明海在家叫小明子。“他是从小就确定要出家的。他的家乡不叫‘出家’，叫‘当和尚’。他的家乡出和尚。就像有的地方出劁猪的，有的地方出织席子的，有的地方出箍桶的，有的地方出弹棉花的，有的地方出画匠，有的地方出婊子，他的家乡出和尚。人家弟兄多，就派一个出去当和尚。”注意，“出家”不叫出家，叫“当和尚”。是职业的一种，而且竟然排在“有的地方出婊子”之后，说明在当地，“出婊子”也是一种职业，不丢人。而且，“当和尚”也未见得就比前者有什么优势，或者比之会被人高看一眼。这样，这个荸荠庵里的和尚与和尚生活，就变得格外有意思了。确切说是日常和生计主宰了庙里的生活。而且汪曾祺是以人道主义温情的目光和生活的立场来看取他们的日常生活的。庵里有一个老和尚，六十几了。也看不见他念佛，只是那么一声不响地坐着。“他是吃斋的，过年时除外。”下面就是师兄弟三个：仁山、仁海、仁渡。

---

① 毕飞宇．小说课［M］．北京：人民文学出版社，2017：160－161．

仁山，即明子的舅舅，是当家的。不叫“方丈”，也不叫“住持”，却叫“当家的”，是很有道理的，因为他确确实实干的是当家的职务。他屋里摆的是一张帐桌，桌子上放的是帐簿和算盘。帐簿共有三本。一本是经帐，一本是租帐，一本是债帐。和尚要做法事，做法事要收钱，——要不，当和尚干什么？常做的法事是放焰口。正规的焰口是十个人。一个正座，一个敲鼓的，两边一边四个。人少了，八个，一边三个，也凑合了。荸荠庵只有四个和尚，要放整焰口就得和别的庙里合伙。这样的时候也有过。通常只是放半台焰口。一个正座，一个敲鼓，另外一边一个。一来找别的庙里合伙费事；二来这一带放得起整焰口的人家也不多。有的时候，谁家死了人，就只请两个，甚至一个和尚咕噜咕噜念一通经，敲打几声法器就算完事。很多人家的经钱不是当时就给，往往要等秋后才还。这就得记帐。另外，和尚放焰口的辛苦钱不是一样的。就像唱戏一样，有份子。正座第一份。因为他要领唱，而且还要独唱。当中有一大段“叹骷髅”，别的和尚都放下法器休息，只有首座一个人有板有眼地曼声吟唱。第二份是敲鼓的。你以为这容易呀？哼，单是一开头的“发擂”，手上没功夫就敲不出迟疾顿挫！其余的，就一样了。这也得记上：某月某日、谁家焰口半台，谁正座，谁敲鼓……省得到年底结帐时赌咒骂娘。……这庵里有几十亩庙产，租给人种，到时候要收租。庵里还放债。租、债一向倒很少亏欠，因为租佃借钱的人怕菩萨不高兴。这三本帐就够仁山忙的了。另外香烛、灯火、油盐“福食”，这也得随时记记帐呀。除了帐簿之外，山师父的方丈的墙上还挂着一块水牌，上漆四个红字：“勤笔免思”。①

这一段，是有关仁山的日常叙事。仁山本是“方丈”身份，却被叫作“当家的”。读下文，便知仁山还真是一个有模有样、工作繁杂且又重要的“当家的”。接下来的文字，真是淋漓尽致地表现了仁山的“日常”和“生计”。风俗物事的描写也被引入，而且是以贴近人物叙述的方式来叙述，用的是人物的视点，作者、隐含作者与人物是平等的，作者、隐含作者用与人物持平的视点来看这些风俗物事，并把它们叙述出来。

二师父仁海。他是有老婆的。三师父是个很聪明精干的人。他不但算账聪明，打牌聪明，而且身怀绝技，会“飞铙”。飞铙就是把十多斤重的大铙钹飞起来——忽然起手，大铙向半空中飞去，一面飞，一面旋转。然后，又落下来，接住。接住不是平平常常地接住，有各种架势，“犀牛望月”“苏秦背剑”……这哪是念经，这是耍杂技。也许是地藏王菩萨爱看这个，但真正因此快乐起来的是人，尤其是妇女和孩子。一场大焰口过后，也像一个好戏班子过后一样，会有一两个大姑娘、小媳妇失踪，——跟和尚跑了。仁山吃水烟，连出门做法事也带着他的水烟袋。他们经常打牌。就在大殿上打牌。“牌客除了师兄弟三人，常来的是一个收鸭毛的，一个打兔子兼偷鸡的，都是正经人。”——怎么偷鸡呢？“偷鸡的有一件家什——铜蜻蜓。看准了一只老母鸡，把铜蜻蜓一丢，鸡婆子上去就是一口。这一啄，铜蜻蜓的硬簧绷开，鸡嘴撑住了，叫不出来了。正在这鸡十分纳闷的时候，上去一把薅住。”连鸡都能是“十分纳闷”，作者、隐含作者，把与人物平等的观念，已经延伸到动物鸡婆子那里了——贴近鸡来做叙述。况且，汪曾祺在前面还亦庄亦谐

① 汪曾祺. 受戒［M］//邓九平. 汪曾祺全集：第一卷　小说卷. 北京：北京师范大学出版社，1998：327－328.

地说了句“都是正经人”。而且，这里的和尚“他们吃肉不瞒人。年下也杀猪。杀猪就在大殿上。一切都和在家人一样，开水、木桶、尖刀。捆猪的时候，猪也是没命地叫。跟在家人不同的，是多一道仪式，要给即将升天的猪念一道‘往生咒’，并且总是老师叔念，神情很庄重”。——这一切的叙述，都是贴近人物的叙述，写风俗与写人融合，“东边日出西边雨，道是无晴却有晴”。

正是由于秉持生活的立场、道是无情却有情的写作理念，才会有《受戒》中既戏谑又唯美——这看似带有矛盾性却又和谐统一的语言风格。毕飞宇曾专门分析了《受戒》的语言风格，存在着戏谑与唯美这两种风格。“相对于一篇小说来说，这可是一个巨大的忌讳。”“从调性上来说，《受戒》的语言风格又是统一的。在哪里统一的？在语言的乐感与节奏上。”“为了证明我所说的话，你们回去之后可以做一个语言实验，把《受戒》拿出来，大声地朗诵。只要你朗诵出来了，你自己就可以感受得到那种内在的韵律，潇洒，冲淡，飘逸，自由，微微地有那么一丝骄傲。”“汪曾祺并不傲慢，在骨子里却是骄傲的。”“汪曾祺的腔调就是业已灭绝的文人气，就是业已灭绝的士大夫气，这种气息在当今的中国极为稀有。”① 汪曾祺的轻逸与唯美是如何完成的呢？毕飞宇特地精心分析了一段话：

> 划了一气，小英子说：“你不要当方丈。”
> “好，不当。”
> “你也不要当沙弥尾！”
> “好，不当。”
> 又划了一气，看见那一片芦苇荡子了。
> 小英子忽然把桨放下，走到船尾，趴在明子的耳朵旁，小声地说：

① 毕飞宇．小说课［M］．北京：人民文学出版社，2017：162.

“我给你当老婆，你要不要?”

明子眼睛鼓得大大的。

“你说话呀!”

明子说：“嗯。”

“什么叫‘嗯’呀，要不要，要不要?”

明子大声地说：“要——!”①

在毕飞宇的分析里，“在这个地方作者一定要一竿子插到底，直接就是‘我给你当老婆’，还要反问一句，你要不要！在这个地方，绝不能搞暧昧、绝不能玩含蓄、绝不能留有任何余地。为什么？留有余地小英子就不够直接、不够冒失，也就是不够懵懂、不够单纯。这就是‘准童年视角’的好处。”② “老实说，‘我给你当老婆’这句话的强度极大，是孟浪的，如何让孟浪不浪荡，这个又很讲究。”③ 毕飞宇认为汪曾祺做了很好的铺垫。“那么，汪曾祺是如何铺垫的呢？A，小英子聪明，她知道庙里的仁海是有老婆，她也知道方丈不能有老婆，所以，她的第一句话就是‘你不要当方丈’。B，从小说内部的逻辑来看，小英子还知道一点庙宇的常识，她知道沙弥尾是方丈的后备干部，所以，小英子的第二句话必须是‘你也不要当沙弥尾’。有了 A 和 B 这个两头堵，‘我给你当老婆’就不只是有强度，不只是孟浪，也还有聪明，也还有可爱。是少女特有的那种可爱，自作聪明。”④

明子大声地说“要!”之后，英子却嗔怪他：

---

① 毕飞宇. 小说课［M］. 北京：人民文学出版社，2017：172.
② 毕飞宇. 小说课［M］. 北京：人民文学出版社，2017：174.
③ 毕飞宇. 小说课［M］. 北京：人民文学出版社，2017：175.
④ 毕飞宇. 小说课［M］. 北京：人民文学出版社，2017：175－176.

"你喊什么！"

明子小小声说："要——！"

"快点划！"

英子跳到中舱，两只浆飞快地划起来，划进了芦花荡。

芦花才吐新穗。紫灰色的芦穗，发着银光，软软的，滑溜溜的，像一串丝线。有的地方结了蒲棒，通红的，像一枝一枝小蜡烛。青浮萍，紫浮萍。长脚蚊子，水蜘蛛。野菱角开着四瓣的小白花。惊起一只青桩（一种水鸟），擦着芦穗，扑鲁鲁鲁飞远了。

…………①

小说到这里，就结束了。没有直写英子和明子划进芦花荡之后，两个人发生了什么，是用写景来代替和衬托的。而且这段写景文字，用的是明子和英子的视角，属于以人物视点来叙述。语言方面，也富有诗意、抒情性，符合汪曾祺对"作为抒情诗的散文化小说"的理想和追求。《受戒》里，作者、隐含作者对于荸荠庵的老师叔的叙述，是有情的；对于仁山、仁海、仁渡的叙述，是有情的；当然这些，都抵不过对于明子和英子的感情的文学书写——最为有情。

《岁寒三友》（1981）中，先写王瘦吾家。他家的绒线店所卖的却只是：丝线、绦子、头号针、二号针、女人钳眉毛的镊子、刨花、抿子（涂刨花水用的小刷子）、品青、煮蓝、僧帽牌洋蜡烛、太阳牌肥皂、美孚灯罩……种类很多，但都值不了几个钱。"每天晚上结帐时都是一堆铜板和一角两角的零碎的小票，难得看见一块

---

① 汪曾祺：受戒［M］//邓九平．汪曾祺全集：第一卷　小说卷．北京：北京师范大学出版社，1998：342－343．

洋钱。”这样一个小店，维持一家生活，是困难的。不用说穿衣，就是穿鞋也是个愁人的事：

儿子最恨下雨。小学的同学几乎全部在下雨天都穿了胶鞋来上学，只有他穿了还是他父亲穿过的钉鞋。钉鞋很笨，很重，走起来还嘎啦嘎啦的响。他一进学校的大门，同学们就都朝他看，看他那双鞋。他闹了好多回。每回下雨，他就说：“我不去上学了！”妈都给他说好话：“明年，明年就买胶鞋。一定！”——“明年！您都说了几年了！”最后还是嘟着嘴，挟了一把补过的旧伞，走了。王瘦吾听见街石上儿子的钉鞋愤怒的声音，半天都没有说话。

女儿要参加全县小学秋季运动会，表演团体操，要穿规定的服装：白上衣、黑短裙。这都还好办。难的是鞋，——要一律穿白球鞋。女儿跟妈要。妈说：“一双球鞋，要好几块钱。咱们不去参加了。就说生病了，叫你爸写个请假条。”女儿不像她哥发脾气，闹，她只是一声不响，眼泪不停地往下滴。到底还是去了。这位能干的妈跟邻居家借来一双球鞋，比着样子，用一块白帆布连夜赶做了一双。除了底子是布的，别处跟买来的完全一样。天亮的时候，做妈的轻轻地叫：“妞子，起来！”女儿一睁眼，看见床前摆着一双白鞋，趴在妈胸前哭了。王瘦吾看见妻子疲乏而凄然的笑容，他的心酸。①

---

① 汪曾祺. 岁寒三友［M］//邓九平. 汪曾祺全集：第一卷　小说卷. 北京：北京师范大学出版社，1998：345－346.

这里面所蕴含的生活的艰辛和心酸，字里行间都渗透出来了。没有与人物平等的地位，对人物怀着“有情”之心，是写不好这样的日常化叙事的。也正是由于这样的生活艰辛和心酸，“因此，王瘦吾老想发财。”果然，他后来开了一个草绳厂，又相准时机改制草帽，不想却被一个开陆陈行（买卖豆麦杂粮的行）的王伯韬抢行霸市和收购了去，气得生了一场重病，“卖机子的钱、连同小绒线店的底本，全变成了药渣子，倒在门外的街上了。”这一波三折，才会更让读者为其命运而感悲情。临近小说结尾，陶虎臣把腰带拴在一棵树上，上吊，被人一刀砍断了腰带，没死成；王瘦吾家，也是家徒四壁了。靳彝甫回来了。第三天，靳彝甫约王瘦吾、陶虎臣到如意楼喝酒，从内衣口袋里掏出两封洋钱，外面裹着红纸。一看就知道，一封是一百。他在两位老友面前，各放了一封。“先用着。”“这钱——?”“靳彝甫笑了笑。”“那两个都明白了：彝甫把三块田黄给季匋民送去了。”——彝甫为了老友，把自己一直不舍得卖的田黄，卖了。这天是腊月三十。小说最后一句：“外面，正下着大雪。”腊月三十的大雪里，是岁寒三友的“有情”。

《大淖记事》（1981）是汪曾祺的经典代表作。小说一共分六节，第一节，几乎就是大淖的风俗画，可以因此而将《大淖记事》看作诗化小说、作为抒情诗的散文化小说，一点都不为过。世情当中，当然有人情。小说第二节，写了大淖这里的锡匠，二十来个锡匠，都是兴化帮。老锡匠告诫自己太聪明，长得又太好看了的侄儿，不要和东头的姑娘媳妇有什么勾搭。自然引入了第三节，东头的姑娘媳妇们，她们是挑鲜货的。

这些“女将”都生得颀长俊俏，浓黑的头发上涂了很多梳头油，梳得油光水滑（照当地说法是：苍蝇站上去都

> 会闪了腿)。脑后的发髻都极大。发髻的大红头绳的发根长到二寸，老远就看到通红的一截。她们的发髻的一侧总要插一点什么东西。清明插一个柳球（杨柳的嫩枝，一头拿牙咬着，把柳枝的外皮连同鹅黄的柳叶使劲往下一抹，成一个小小球形)，端午插一丛艾叶，有鲜花时插一朵栀子，一朵夹竹桃，无鲜花时插一朵大红剪绒花。因为常年挑担，衣服的肩膀处易破，她们的托肩多半是换过的。旧衣服，新托肩，颜色不一样，这几乎成了大淖妇女的特有的服饰。一二十个姑娘媳妇，挑着一担担紫红的荸荠、碧绿的菱角、雪白的连枝藕，走成一长串，风摆柳似的嚓嚓地走过，好看得很!①

小说第四节，写大淖东头有一户人家。这一家只有两口人，父亲和女儿——黄海蛟和巧云。巧云十七岁，她的父亲却摔断了腰，残废了。巧云和十一子好上了，十一子救了落水的巧云，把她送回家，就走了。“就在这一天夜里，另外一个人，拨开了巧云家的门。”第五节，接续前文写是号长把巧云糟蹋了。巧云“非常失悔：没有把自己给了十一子!”巧云、十一子约会在淖边的沙洲上，也止是一句“月亮真好啊!”——很像《受戒》的结尾，却更峻洁，一句写景，省却了具体事象的描写和叙述。小说第六节，号长带着兄弟们捆了小锡匠（十一子)，搂头盖脸地打他：

> 他们要小锡匠卷铺盖走人，回他的兴化，不许再留在

---

① 汪曾祺. 大淖记事［M］//邓九平. 汪曾祺全集：第一卷　小说卷. 北京：北京师范大学出版社，1998：420.

大淖。

小锡匠不说话。

他们要小锡匠答应不再走进黄家的门，不挨巧云的身子。

小锡匠还是不说话。

他们要小锡匠告一声饶，认一个错。

小锡匠的牙咬得紧紧的。

小锡匠的硬铮把这些向来是横着膀子走路的家伙惹怒了，“你这样硬！打不死你！”——“打”，七八根棍子风一样、雨一样打在小锡匠的身上。

小锡匠被他们打死了。①

后文可知，小锡匠不说不进巧云家的门，宁肯吃这样大的苦，是因为他心里知道巧云心里也不要他这样说。而这一句“小锡匠被他们打死了。”——其实是用当时正在经历事件的人物的视角来叙事的，在场的人看起来，小锡匠已经被他们打死了，后面是施救又救活了。这里，作者、隐含作者果断地说了一句“小锡匠被他们打死了”，其实是贴近人物的叙述。更有现场真实感，让叙述更加生动、真实和可信。小锡匠“被他们打死了”，该怎么施救呢？“老锡匠用手一探，十一子还有一丝悠悠气。老锡匠叫人赶紧去找陈年的尿桶。他经验过这种事，打死的人，只有喝了从桶里刮出来的尿碱，才有救。”这段文字书写里，最是寄寓了汪曾祺的有情和深情。他在《〈大淖记事〉是怎样写出来的》，举例过这段文字在创作时

① 汪曾祺．大淖记事［M］//邓九平．汪曾祺全集：第一卷　小说卷．北京：北京师范大学出版社，1998：430．

的一个细节：

> 各人的写作习惯不一样。有人是一边写一边想，几经改删，然后成篇。我是想得相当成熟了，一气写成。当然在写的过程中对原来所想的还会有所取舍，如刘彦和所说“殆乎篇成，半折心始”。也还会写到那里，涌出一些原来没有想到的细节，所谓“神来之笔”，比如我写到：“十一子微微听见一点声音，他睁了睁眼。巧云把一碗尿碱汤灌进了十一子的喉咙”之后，忽然写了一句：
>
> “不知道为什么，她自己也尝了一口”。
>
> 这是我原来没有想到的。只是写到那里，出于感情的需要，我迫切地要写出这一句（写这一句时，我流了眼泪）。我的老师沈从文教我们写作，常说“要贴到人物来写”，很多人不懂他这句话。我的这一个细节也许可以给沈先生的话作一注脚。在写作过程中要随时紧紧贴着人物，用自己的心，自己的全部感情。①

汪曾祺不止是在写作中以“神来之笔”，加了这一句话。而且是用流了眼泪的感情来写作这个细节和人物的，这才叫作“贴近人物叙述”。《大淖记事》结尾，巧云一家有了三张嘴。两个男的不能挣钱，但要吃饭。十一子的伤一时半会不会好，日子长了，怎么过呢?

---

① 汪曾祺.《大淖记事》是怎样写出来的［M］//邓九平．汪曾祺全集：第三卷　散文卷．北京：北京师范大学出版社，1998：218.

巧云没有经过太多考虑，把爹用过的箩筐找出来，磕磕尘土，就去挑担挣“活钱”去了。姑娘媳妇都很佩服她。起初她们怕她挑不惯，后来看她脚下很快，很匀，也就放心了。从此，巧云就和邻居的姑娘媳妇在一起，挑着紫红的荸荠、碧绿的菱角、雪白的连枝藕，风摆柳似地穿街过市，发髻的一侧插着大红花。她的眼睛还是那么亮，长睫毛忽扇忽扇的。但是眼神显得更深沉，更坚定了。她从一个姑娘变成了一个很能干的小媳妇。

十一子的伤会好么？

会。

当然会!①

这个小说结尾，比《边城》还要明亮、明媚和给人希望。从这个结尾，我倒觉得，汪曾祺比他的老师沈从文，还要更加“温爱”一些。汪曾祺另一个短篇小说《徙》也在“东边日出西边雨，道是无晴却有晴”方面，堪称佳作。由于有自己的老师高北溟真人作底，汪曾祺在这个小说当中，也倾注了自己很多的抒情式人道主义者的情怀。小说绝大部分篇章，都是有关高北溟的各种记略，夹杂着各种风俗、典故和奇人，等等。看似不经意、不动声色的叙述，其实都体现了贴近人物叙述、道是无情却有情的写作理念。而小说濒近结尾所写高北溟女儿高雪与医生汪厚基的爱情故事，也是极简且美。让人徒生如文中所写的怅惘情怀：“墓草萋萋，落照黄昏，歌声犹在，斯人邈矣。”对于一般小说家，可以大书特书的少女的

① 汪曾祺. 大淖记事［M］//邓九平. 汪曾祺全集：第一卷　小说卷. 北京：北京师范大学出版社，1998：433.

爱情，汪曾祺都如此吝于笔墨和峻洁，以致有研究者不禁感慨：一个美丽少女的爱情对于接受者意味着什么他当然非常清楚，但叙述人偏偏一点即走，太多非常重要的情节居然都不交待，后来安排某位医生说个“抑郁症”，让美女死掉了事，居然就此把接受者扔在了一边！高雪之死也是汪曾祺所有小说中最有魅力的场景之一，叙事精炼且极具张力。只是，虽然写得极美，想象的空间也很空旷，但总感觉是不是叙述人太残酷了，以至对文字是那样的吝啬？[①] 但是，这也正是“汪氏文体”独具魅力的地方。言有尽而意无穷，余韵悠长，“东边日出西边雨，道是无晴却有晴”……试问 20 世纪 80 年代以来，还有哪位小说家能够做到如此的峻洁、极简，又情怀深在呢？“有情”的小说，“有情”的汪曾祺。

---

① 刘旭．汪曾祺小说的叙事模式研究：“汪氏文体”的形成［J］．文学评论，2015（2）：120.

第五章

抒情传统与迟子建“小说的丛林”

迟子建有篇创作谈《小说的丛林》，写得美而感人。她以散文、美文的笔触，娓娓道来她的人生经历和小说创作之路，以及她对于小说写作的一些心得和想法。她说自己在大兴安岭长大，是个典型的“林中女孩”。因为那里地广人稀，所以少时在小镇的路上遇见生人，她会有微微的紧张感。她说是因为，人在那里是“少数族类”，而动植物却是“多数族类”。而她熟悉林中的树木花草、溪流河谷、野猫野兔……她春天去山里采野菜，夏天时去河边洗衣服刷鞋子，常常把洗好的衣服晾在草丛或柳树丛上，就去林中采野果吃去了。到了秋天，大人孩子都爱往林中钻，在五彩的落叶中采榛子，蘑菇，把它们晒干了，冬天就有“好嚼儿”了……她说冬天，大雪封山，扒拉开向阳山坡的积雪，可找到未被采摘的雅格达（红豆），雪中的雅格达味道难以言传的好，酸甜，有点淡淡的酒味。还可划开桦树皮，舔舐桦树皮里清香微甜的汁液。①

她说童年时她还喜欢去山里采野花……迟子建说：“这些体验，在我写作以后，都进入了我的小说世界。比如《花瓣饭》里的那些五彩的花儿，比如《群山之巅》中栽在猪食槽子中的达子香。”“有了丛林的动植物，当然就有活动于其中的人”，“这些人物的特征，在我的《采浆果的人》、《伪满洲国》、《布基兰小站的腊八夜》等小说中，都有表现。”家中的人，“在我爱上小说以后，他们以不同方式，隐身而入，如《北极村童话》、《原始风景》、《解冻》、《白雪的墓园》等，他们也许只是一声叹息，或是一个背影。当然还有我的爱人，他化身为‘魔术师’，走进《世界上所有的夜晚》，带给我爱情的绝响。除了亲人，我还熟悉了邻居，小镇的人和小镇以外的人，他们更是为我塑造人物，提供了最真实生动的原型”。而动物们则是：“它们在多年后‘潜入’我的小说，比如《北极村童话》、《日落碗窑》、《越过云层的晴朗》、《雾月牛栏》、《腊月宰

---

① 迟子建. 小说的丛林［J］. 中国文学批评，2017（1）：47.

猪》、《逝川》、《一匹马两个人》、《行乞的琴声》、《额尔古纳河右岸》、《白雪乌鸦》等等。这些动物不会说话，但我在与它们相处的过程中，听懂了它们心底的话，看得见它们的眼泪，所以它们在我小说中留下了‘话语’。”①

善良与丑恶，纯洁与污秽，不是人性天空的两极，它们常常相伴相绕。就像环绕我们生活的，既有山间清澈的溪流，也有居民区纵横的污水沟。写出人性的复杂性，才是写出了世界。从这个意义上说，小说永远有可开掘的空间。

从现实的丛林穿行到小说的丛林，使我拥有了另一种生活——面向心灵的生活，对我来说，它比现实生活更广阔，也更具诱惑性。在虚构的世界中，我的呼吸更顺畅，更自由和奔放。当然我也有过写作的迷惘，但这样的迷惘就像丛林的晨雾一样，不管多么浓烈，都会被喷薄的日出照散。

作家因生长地不同，经历不同，艺术气质不同，也就拥有不同的小说丛林。小说的丛林在想象的世界中，可以无限大。一个作家能走多远，就看他们自己在艺术上的造化了。在这个过程中，坚持很重要，没有对一种文体始终如一的爱，孜孜以求的探索，以及不怕失败的实践精神，再炫目的想法都是空谈。一个作家能够真正褪去浮华，不被虚张声势的雷声所迷惑，不惧鞭挞，耐住寂寞，你才能切近小说朴素而芬芳的内核。

每一个将艺术奉为至高神灵的作家，在小说的丛林穿行，必须踏出独属于自己的路，才能开辟新天地。懂得自

---

① 迟子建. 小说的丛林 [J]. 中国文学批评，2017（1）：48.

> 省、苦修、仰望，你终将拥有“不干的活泉，永流的江河”（考门夫人在《荒漠甘泉》中所言）。这样的文学之旅，也是一颗凡心得到升华，在泥泞的跋涉中洞见彩虹的最美岁月。①

她对自己的小说（具有抒情性和散文化特征），和怎样在小说的丛林穿行，踏出独属于自己的路，做出了最富抒情意味和如散文美文一般的总结。本章我们意在考察的，就是抒情传统如何走进迟子建“小说的丛林”，使得迟子建从现实的丛林，穿行到小说的丛林并踏出一条独属于她自己的路。

第一节　抒情传统的赓续和扩展：童心与诗心的文学书写——以萧红、迟子建为例

解读抒情传统与迟子建的“小说的丛林”，不能不联系和追溯到萧红那里去。由萧红与迟子建创作的联系考察和比照探讨，可以见出抒情传统这其中的一脉，是如何在中国文学的现代、当代时期，得以赓续和扩展。抑或可以更好地帮助我们，寻觅到抒情传统是如何深入到迟子建“小说的丛林”当中去的秘径。

萧红和迟子建是中国现代和当代时期著名的东北女作家，她们都以独特的艺术家的气质禀赋，携踏实稳健的创作实绩，将她们自己的名字深深镌写入中国文学发展的历史。相较于同时代作家，她们都显得颇为独特，童心与诗心，是她们所具有的难能可贵的创作心性。童心和诗心所带来的女性书写，带给我们多维度多向度的审

① 迟子建. 小说的丛林［J］. 中国文学批评，2017（1）：49.

美意蕴和意义诠释。两位作家的童心与诗心的女性书写，显示了相同地域——东北边地——的女作家的文学书写，在现代与当代一个很长的时间跨度里遥相呼应以及传承，而她们又共同徜徉在中国文学抒情传统的流脉里，是中国文学抒情传统在中国现代和当代时期所结出的两朵美丽绚烂的花朵。

20世纪三四十年代的中国社会现实，是“救亡”成为压倒一切的历史文化主题，同时代作家多被战时文学和宣传抗日的历史洪流裹挟而去，以《生死场》崭露文坛并获得声誉的萧红，在她耀眼而短暂生命的后期，带给我们的是《家族以外的人》《后花园》以及她艺术上的巅峰之作《呼兰河传》，她以真实的情感和恣意表现的个性，自弃于时代抗战主流之外，并在千帆过尽后，让人们对天才女作家的文学才华和流星划过天际般短暂的生命心生扼腕之情，尤其一部《呼兰河传》，宛若作家成年之后在社会现实中寂然孑立、蓦然回首，对自己的孩提时代和家乡小城写作的一部“自叙传”，却能够在历时代磨折与风雨之后，终于彰显出它熠熠生辉的文学成就和华彩，以致夏志清都予以至高评价：“我相信萧红的书，将成为此后世世代代都有人阅读的经典之作”①；又有研究者认为：“文评家们在时空上距战时的中国越远就越认为该书是写作技巧上最成功之作”②。

而迟子建自20世纪80年代中期以来，从跻身文坛到写作日渐成熟稳健扎实，在流派纷呈、多元化格局的当代文坛，她没有受到物欲横流的熏染，也没有受一些女性作家惯于所谓“身体叙事”的影响，一直不失特立独行的姿态，孜孜追求和构建她自己的艺术世界。其鲜明的个性特征和几乎无法复制的艺术品格，富有天性般想

① 林贤治．前言：萧红和她的弱势文学［M］//林贤治．萧红十年集：下．北京：人民文学出版社，2009：14.

② 葛浩文．萧红传［M］．上海：复旦大学出版社，2011：113.

象又细腻近乎工笔的充实细节，对世态的清醒、对复杂世相的洞察与近乎童心般纯净心灵形成的艺术世界和谐共生，等等，使她在当代文坛成为一道独特的风景。迟子建不属于任何一个流派或者潮流，她自己就是一个特异性存在。

毋庸置疑，萧红和迟子建的创作实绩是丰赡和不容忽视的，但相对于同时代作家，她们似乎都选取了较为边缘的文化选择，她们都有着敏感细腻气质禀赋和并不和同随俗的艺术追求，加之白山黑水、辽阔东北边域带给她们创作的独特气韵，令她们的创作有不少气韵相通之处，比如对北国风俗民情的重视和描摹等。相通相近的地域文化脉动，给作家创作带来许多相关性。而本节的主旨在于，拨开相关性、相似性的层层面纱，通过童年经验对萧红和迟子建影响的考察，借由作家主观心理体验层面，试图接近她们那富有亲切感和持久力的艺术世界。童年经验，是一种心理效应，这种心理效应随着作家年龄增长和环境变化而流动和改变，对作家一生的创作产生不同程度的影响。并因其取之不尽、用之不竭并且不断变异的特性，而恰如童庆炳先生所指出的那样："它意味着一个作家可以在他的一生的全部创作中不断地吸收他的童年经验的永不枯竭的资源"。①

一、童心、赤子之心烛照下的景物描写

现代心理学认为，一个人从出生到身体发育成熟前这一时期为其"儿童期"，而儿童经验就是作家从自己儿童期所获得的生命体验。许多研究者或者读者都注意或者意识到：作家的创作与其儿童时期的心理结构和儿童经验有着不同程度的内在联系。近年叙事学发展，很多研究者意识到：作品的隐含作者和作品的真正作者常常

---

① 童庆炳．作家的童年经验及其对创作的影响［J］．文学评论，1993（4）：54.

不是同一的，同一个作者在创作不同作品时，可能甚至必然会生成不同的隐含作者，亦即作者在创作不同作品时候的状态或者说价值立场可能是不同的。更不可思议的是，隐含作者的价值观和道德评判可能与真实作者不同乃至相反，通俗地说，就是文不一定如其人。即便如此，我们也不得不承认，绝大多数作家，尤其是优秀的作家，在心理结构层面大多都与儿童时期的心理结构有着相似、相近、相通之处。作家怀有如儿童一般的赤子之心，拂去世俗矫饰，具备不为世俗和种种利益所侵扰的眼光和观察力，可以激发更多的灵感，取得他们读取世界和人生乃至人性的途径，从而能够塑造富于诗意的艺术世界。相对于成年人的经验和眼光，儿童经验和视角往往更能拨动生命的琴弦，奏出更为切近生命本真的乐音，并探幽烛微，能够进入读者心灵的深处。老子《道德经》中有言：“为天下谿，恒德不离，复归于婴儿”。亦即愿做天下溪谷，容纳永恒诚意和德性，而这一切需“复归于婴儿”。明代思想家李贽讲：“夫童心者，绝假纯真，最初一念之本心也。”法国作家都德也说过：诗人就是还能用儿童的眼光去看的人。难得的是，萧红和迟子建都是能够以一颗童心去画出、写出生活之本真的女性作家。

在萧红的《家族以外的人》，尤其后期《呼兰河传》、《后花园》和《小城三月》等篇章中，都是以一个儿童“我”的眼光来看取世界的。《后花园》中近于结尾一句听到有人屋里喊着：“小春，小春……”园主的小孙女悄然现身。即便不出现这样的情节安排，读者也很容易感受到作品里常常隐现的儿童心性和儿童天性的自然流露。以孩童般天真纯朴的心去进行文学书写的时候，常常令有些读者、研究者感觉其小说不像小说，或者说与规范的小说形构——环环相扣的情节铺排、严谨的小说结构、贯穿整篇作品的逻辑线索、有机整体的故事和人物安排等——相背离的样貌特征。茅盾在 1946 年为《呼兰河传》作序即已明确指出：“也许有人会觉得《呼兰河传》不是一部小说。”而迟子建早期的《北极村童话》，也没有完整严谨的小说结构，作品中更多的是童年生活片段的截取，很多细节是作者个人化感触和作者孩童心态的自然流露，如发生在你我他身边的真实生活一般，看起来太缺少虚构性和典型性，所以曾经两次被退稿，但现在读来，恐怕没有人可以质疑作品里作者童心般心性的自然流露和颇为纯净的艺术感觉。读懂了《北极村童话》，也就可以理解迟子建后来作品的那种独特的品格和意味。

在童心的烛照之下，作家笔端常常流露“我向思维”的特征，以主体“我”为中心，将一切等同于有生命的“我”，在一种好似不能区分有生命还是无生命的状态之中，把物或者是人亦即整个世界都当作有生命的或者说是情感投寄的对象来加以对待，这一种特征鲜明地表现在萧红和迟子建对于风俗景物的描写当中。萧红《呼兰河传》中描写晚饭一过的晚霞（也就是“火烧云”）时这样写：“五秒钟之内，天空里有一匹马，马头向南，马尾向西，那马是跪着的，像是在等着有人骑到它的背上，它才站起来的”；“忽然又来了一条大狗，这条狗十分凶猛，它在前边跑着，它的后面似乎还跟了好几条小狗仔”；“又找到了一个大狮子”，“它表示着蔑视一切的样子，似乎眼睛连什么也不睬”……这一切，都是儿童物我不分，把世界和事物都看成与自己等同、可以平等交流对话的生命个体的一种表现。而迟子建《北极村童话》中也有描写天上的云：“天上缀满了云，雪白雪白的。它们有的像兔子蜷在那睡觉，有的像猫在捕捉老鼠，还有的像狗、像鱼。它们自由自在地游着、飘着。天真大！它能容得下那么多的云。云多好啊，它可以睡觉，可以奔跑，可以俯身看到树木花鸟，可以仰头望见星星月亮。”在萧红《呼兰河传》里，那“说‘晚霞’人们不懂，若一说‘火烧云’就连三岁的孩子也会呀呀地往西天空里指给你看”的“火烧云”，到了迟子建这里，是：“天边飞着晚霞，深一块，浅一块的。它们有的大红，有的粉红，有的则金黄。那大红的像炉膛的火，粉红的像小猫的舌头，金黄的像大公鸡的尾巴。它们深的颜色变浅了，浅的更淡了，星星就眨着眼跳出来了。”①

有意味的是，萧红和迟子建在童心烛照之下的这种风景描写，是很不同于中国现代和当代时期许多小说家的风景描写所传达的精神表征和韵味情致的。中国文人自古便是“达则兼济天下，穷则独身其身”。这种旨趣常常影响文人对景物的感受和描绘。古代文人笔下的景物描写，往往是“借物起兴”抒发壮志情怀或者寄寓文人雅趣、离愁别恨，抑或是表达讽喻之意，抑或是慰藉自己归隐田园的心怀，等等。在古典文学的风景书写里，文人在观照自然的时候，常常把自己的情感与幻想投射到外在无生命的物质上面，使无生命的事物生命化，达到物我沟通、物我两忘的境界。由此进一步，作者进行艺术创作，构思最微妙的境界，也便是那主体与客体完全融合一致、与物俱化，从而达到“物我两忘”的美学境界。

五四以来，风景在作家笔下慢慢具有了现代性的精神表征，风景在现代时期，小说家笔下的风景描写，作为主体的小说家常常是跟作为描写对象的客体保持一定的距离，主客体拉开距离后，作家主体和外部事物的关系，更多是认识和被认识的关系，“所谓风景乃是一种认识性的装置”，即便“风景是和孤独的内心状态紧密联接在一起的”，写风景的人“对眼前的他者表示的是冷淡”，因为“只有在对周围外部的东西没有关心的‘内在的人’（inner man）那里，风景才得以发现”。② 外部事物作为客体，是一个被作家观照但却好像跟作家没有什么关系或者说关系不大的“他者”。譬如郁达夫，且不说他还有许多带着隐逸思想寄情于自然山水的许多篇游记散文，在他的小说中，自然风景的描写，美则美矣，更多慰藉

① 迟子建．北极村童话［M］//迟子建．迟子建文集1：原野上的羊群．南京：江苏文艺出版社，1997：2，9．

② 柄谷行人．日本现代文学的起源［M］．赵京华，译．北京：生活·读书·新知三联书店，2006：12－15．

孤独苦闷、漂泊无依灵魂的功效。在解放区文学的小说里，乡村的风景描写，依然可见从五四时期知识分子那里沿袭而来的美学特征和精神因素。解放区文学的经典之作里有大量的风景描写，其中，有非常客观性、不带情感色彩的风景描写：“这种段落从叙事学来看是作者化身的隐含作者发出的，停留于风景之中的、缺失了发出者和接受者的叙事片断类似隐含作者的内心独白，但奇怪的是片段里读不出带着明显感情色彩的词，也就看不出隐含作者/叙述人对农村是欣赏还是厌恶，叙述人只是毫无表情地描写这一切”；而在带明显愉悦和欣赏的正面情感的风景描写中，也依然视风景为客体和“他者”：“这种情感恰是五四启蒙影响下第一个十年风靡文坛的个体的小资化情感，却与农民无关，农村成了被欣赏被塑造的他者，农村风景变成隐蔽地表现小资情怀的场所”。①

怀有童心、赤子之心，使萧红和迟子建没有把自然景物看作与自己拉开距离、仅供自我观照的“他者”，而是打通了视觉、听觉、嗅觉等各种感官知觉，把自己和景物融为一体：

> 花开了，就像花睡醒了似的。鸟飞了，就像鸟上天了似的。虫子叫了，就像虫子在说话似的。一切都活了。都有无限的本领，要做什么，就做什么。要怎么样，就怎么样。都是自由的。倭瓜愿意爬上架就爬上架，愿意爬上房就爬上房。黄瓜愿意开一个谎花，就开一个谎花，愿意结一个黄瓜，就结一个黄瓜。若都不愿意，就是一个黄瓜也不结，一朵花也不开，也没有人问它。玉米愿意长多高就长多高，它若愿意长上天去，也没有人管。蝴蝶随意地飞，一会从墙头上飞来一对黄蝴蝶，一会又从墙头上飞走

---

① 刘旭. 隐含作者与虚构：赵树理文学的深层结构分析［J］. 文学评论，2013（3）：101－102.

了一个白蝴蝶。它们是从谁家来的，又飞到谁家去？太阳也不知道这个。①

在这段广被征引的文字里，自然景物在萧红笔下，都被赋予了灵动的生命色彩，后花园里所有的树木菜蔬、花鸟昆虫、天空白云，都似乎变成了有生命的、与人有着血缘亲情的东西。花、鸟、虫子、倭瓜、黄瓜、玉米，乃至蝴蝶，等等，都是与人一样有感情有尊严的生命个体。极为精简的文字，传达出萧红对后花园景物的无限追怀和诗意一般的感情。也可以看出文字后面的隐含作者没有把这里的花花草草当成一种纯然的客体和“他者”，作者主体真诚地在拥抱客体，取一种真正平等的交流而不是高高在上的俯瞰姿态。从语言表达层面讲，没有任何的炫技和故弄玄虚，没有为写景而写景或者表达小资情调的因素。都可以为小学生阅读欣赏的文字，却是我们读解萧红对故家情怀、进入作家主体心灵深处，能够读解出《呼兰河传》那简朴文字背后传达出无限深厚复杂审美意蕴的一把锁钥。

可贵的是，在迟子建这里，我们依然看到了景物描写当中主体与客体的真诚拥抱，拟人化、打通人的感觉知觉能力，是迟子建在做景物描摹时候常常采取的态度：“雪住了，天也晴了。只是刮着西北风，冷嗖嗖的，院子中的树朝着东南方向不住地点头哈腰，似乎有求于那个方向似的。”② 这种叙事方式，很容易让人想到萧红在《呼兰河传》里的景物描写，景物像有生命似的：

---

① 萧红．呼兰河传［M］//林贤治．萧红十年集：下．北京：人民文学出版社，2009：703－704．

② 迟子建．旧时代的磨房［M］//迟子建．迟子建文集2：秧歌．南京：江苏文艺出版社，1997：123．

> 房脊上的正梁一天一天地往北走，已经拔了榫，脱离别人的牵掣，而它自己单独行动起来了。那些钉在房脊上的椽杆子，能够跟着它跑的，就跟着它一顺水地往北边跑下去了；不能够跟着它跑的，就挣断了钉子，而垂下头来，向着粉房里的人们的头垂下来，因为另一头是压在檐外，所以不能够掉下来，只是滴里郎当地垂着。①

在萧红这里，漏粉的人租住的老旧得实在是不行了的草房，正梁能够“走”，如人一般“脱离别人的牵掣”，“自己单独行动起来”，“跑”，“挣断”，“垂下头来”，等等，都须是作者有着一颗稚拙的孩童浑然天成一般的心性，才能够如此生动传神地表情达意。萧红进一步写这房子在雨夜里是“会叫的”：“可曾有人听过夜里房子会叫的，谁家的房子会叫，叫得好像个活物似的，嚓嚓的，带着无限的重量，往往会把睡在这房子里的人叫醒。”房子会“叫”，会“走”，会“要搬场了似的”，拟人化之外，是儿童或者说有一颗真率童心才能够做到的打通各种感官知觉的能力。同样的能力和景物描摹，也出现在迟子建这里，对迟子建来说，北国寒春交接之际是：

> 正月一过春天就不太远了。春天首先在花市街的柳树上显出样子，花市街的柳树枝发软了，而且枝条上鼓出了嫩嫩的芽苞。如果春风再粘稠一些，那么这些芽苞就会被绽破，嫩绿的叶片将会爬满枝条。
>
> 地上的雪坚强地存在了一个冬天，终于没能在春风的柔情下再坚强下去，它坚强不住了，化做了春天的泥泞，

① 萧红．呼兰河传［M］//林贤治．萧红十年集：下．北京：人民文学出版社，2009：728．

任人踩着，也任人埋怨着。①

与很多小说家做景物描写时为写景而写景的拟人化不同，萧红、迟子建的景物拟人化是为其童心、赤子之心烛照和浸泡的，主体客体之间浑然一体、亲密无间，也有着我们审美接受层面的了无间距之感，简约的文字背后常常掩蔽着苍凉复杂乃至淳厚、深刻的人情世态。读她们两位的景物描写，没有那种景物只是被欣赏的“他者”的阅读感受，反而是一种能够楔入我们心怀和心底的生命感受。童心般纯真的心地，一直影响着迟子建读解世界的途径和方式，她这种对于自然景物的描写方式一直贯穿于她的写作中，她曾自述对大自然的态度：“大自然使我觉得它们是这世界上真正不朽的事物，使我觉得它们也有呼吸，我对它们敬畏又热爱，所以是不由自主地抒写它们，其实我在作品中对大自然并不是‘纵情地讴歌赞美’，相反，我往往把它处理成一种挽歌，因为大自然带给人的伤感，同它带给人的力量一样多。”② 在迟子建眼里，大自然是真正不朽的，作家的感觉和感知里，自然万物皆有呼吸。她能够在作品中没有人云亦云、和同随俗“纵情地讴歌赞美”，没有把大自然当成“他者”，而是与自然进行生命的交流，既获取大自然带给人的伤感，也获取大自然带给人的力量，哪怕常常让我们感受的是一种凄美挽歌情调的低回吟唱，也是从作家心底和生命深处流淌而出的生命吟唱。心底和生命的隽永吟唱，终究是能够经历时间的洗砺淘汰而不失其魅力和精神底蕴的。

---

① 迟子建. 旧时代的磨房［M］//迟子建. 迟子建文集 2：秧歌. 南京：江苏文艺出版社，1997：130.

② 文能，迟子建. 畅饮“天河之水”：迟子建访谈录［J］. 花城，1998（1）：119.

二、童心、诗心与物我两忘的文学书写

由于儿童的“我向思维”——把无生命外部事物等同于有生命的“我”——赋予无生命的事物生命化，达到物我沟通、物我两忘的境界，形成了对五四以来风景的描写中景物是客体、是被认识的“他者”这一认识的反拨。作家主体具备童心的重要性是显而易见的，而童心给两位女性作家带来的意义还远不止景物描写这样简单，从作品客体层面说，它带来了小说结构、故事、人物与情节、逻辑线索、叙述方式等方面的一些与众不同的特点。从作家主体来看，萧红和迟子建在进行艺术创作和审美创造的时候，她们笔下的对象常常不是与作家主体相对立的单纯的实体存在，而是受到作家生命力和主体精神灌注的鲜活生动的、自我对象化的形象。可以说，她们的作品从形式到内容都无不表现出独特性。

解读萧红和迟子建的作品不难发现，两位作家即便身处的时代不同，难得的是都具备超越时代潮流和世俗凡俗的“诗心”。作家的赤子之心、我向思维、创造性想象，乃至敏感、富于同情心、易受伤害，等等，都是诗心与童心的可以互相对应的结构因素，也是童心与诗心的相通相似之处。但不能否认，物我两忘，是她们璞玉一般可贵的诗心得以具备的重要源泉，也是萧红和迟子建创作所能达致的境界。《庄子·齐物论》中有庄周梦为蝴蝶：“昔者庄周梦为胡蝶，栩栩然胡蝶也。自喻适志与，不知周也。俄然觉，则蘧蘧然周也。不知周之梦为胡蝶与，胡蝶之梦为周与?”所说就是一种物我不分，亦即物我两忘的境界。沈约《郊居赋》中说：“惟至人之非己，固物我而兼忘。”指艺术创作时艺术家主体与创作对象的客体浑然为一而兼忘的境界。唯其如此，艺术创作才能身与物化，由此，叙述和剪裁常常是丝毫不露人工斧凿痕迹而形神兼备。从这个意义上说，萧红和迟子建都是能够将自己与自然景物融合为一，达到“物我两忘”境界的作家。

萧红创作生涯（有文章刊发可见的）涉历1932年到1941年，只有短短的10年，早期创作的《生死场》深得鲁迅赞赏，还有一系列描写人民生活苦难、寻求民族出路的作品。但经历时代岁月涤荡淘洗，其最成功的作品是她后期的《呼兰河传》、《后花园》和《小城三月》等，包括有婉讽风格的未完之作《马伯乐》等（回忆纪念鲁迅的文章《回忆鲁迅先生》不是小说，但也是杰作、代表作）。物我两忘、具备孩童和女儿一般的诗心，是她后期作品的典型特征，也是使其小说常常叙述性强而乏故事性，在情绪传达和审美特征上都不像小说而更带有叙事诗特征的重要原因。萧红艺术上的巅峰之作《呼兰河传》，就是一部不乏诗意情怀的小说，茅盾在为这部作品所写的序里，说它“要点不在《呼兰河传》不像是一部严格意义的小说，而在于它这‘不像’之外，还有些别的东西——一些比‘像’一部小说更为‘诱人’些的东西：它是一篇叙事诗，一幅多彩的风土画，一串凄婉的歌谣”①。葛浩文也说它“这书严格来说，不能算是典型的小说”，“但书中却有着像诗样美的辞章”。② 研究者已经注意到了叙事诗一样的小说，得益于行云流水一般流畅、精简、优美的文笔，更得益于“她个人与故事的密不可分的关键上”③ ——一种物我不分、物我两忘的境界。

萧红的《回忆鲁迅先生》，在浩如烟海的回忆纪念鲁迅先生的文章中独树一帜，没有对鲁迅思想或者社会活动的涉及，却妙笔生花一般把鲁迅先生写活了，生活画面感极强，深深的感情不行于表而深埋于心，是“被公认为到目前为止纪念鲁迅文字中最隽永、最深入的一篇”④，林贤治也说它“在所有纪念鲁迅的文字中，萧红

① 茅盾．呼兰河传·序［M］//萧红．萧红全集：上卷．哈尔滨：哈尔滨出版社，1998：107－108.
② 葛浩文．萧红传［M］．上海：复旦大学出版社，2011：106.
③ 葛浩文．萧红传［M］．上海：复旦大学出版社，2011：133.
④ 葛浩文．萧红传［M］．上海：复旦大学出版社，2011：90.

的这篇回忆，是最生动，最隽永，最富于人性温暖的一篇”①。任何的客观描写都有言不尽意之处，任何的摄影摄像镜头在捕捉画面的时候，都由于镜头的限制，只能呈现一幅幅被截取的镜头画面，哪怕是摄像，也无法突破镜头拍摄所带来的框架感。萧红却突破了这种框架感，她的语言活力具有一种还原性，能够给读者带来生活画面的完整性，让人随时随地都有一种感同身受、身历其境的感觉。

> 鲁迅先生的笑声是明朗的，是从心里的欢喜。若有人说了什么可笑的话，鲁迅先生笑的连烟卷都拿不住了，常常是笑的咳嗽起来。
>
> 鲁迅先生走路很轻捷，尤其使人记得清楚的，是他刚抓起帽子来往头上一扣，同时左腿就伸出去了，仿佛不顾一切地走去。
>
> 鲁迅先生不大注意人的衣裳，他说："谁穿什么衣裳我看不见的……"②

这是《回忆鲁迅先生》开篇三个独立成段的文字，段与段之间，又隔开一行。无论形式还是文字内容上面，都让人有一种身历其境之感。而且在萧红这里，我们感受到的不是言不尽意或者言难尽意，而是言精简而意无穷，很有中国画用笔或者审美的妙处，这

---

① 萧红．回忆鲁迅先生［M］//林贤治．萧红十年集：下．北京：人民文学出版社，2009：557.

② 萧红．回忆鲁迅先生［M］//林贤治．萧红十年集：下．北京：人民文学出版社，2009：529.

段文字妙处不止在于萧红所写出的东西，更在于她所没有直言和直接写出的那一片无边的虚白上面，寥寥数语，“可以生无穷之情”（王船山评王俭《春诗》绝句语），无笔墨处，似乎隐藏着更多解读不尽的东西。生活实感、生活质感，对生活做敞开和多元的看取态度，场景截取和细节描写的无机心实则匠心独具，具有无限诗意和多向度、多维度的可诠释性。在《回忆鲁迅先生》里，这样的文字俯拾皆是：

> 那天下午要赴一个宴会去，我要许先生给我找一点布条或绸条束一束头发。许先生拿了来米色的绿色的还有桃红色的。经我和许先生共同选定的是米色的。为着取美，把那桃红色的，许先生举起来放在我的头发上，并且许先生很开心地说着：
>
> “好看吧！多漂亮！”
>
> 我也非常得意，很规矩又顽皮地在等着鲁迅先生往这边看我们。
>
> 鲁迅先生这一看，脸是严肃的，他的眼皮往下一放向着我们这边看着：
>
> “不要那样装饰她……”
>
> 许先生有点窘了。
>
> 我也安静下来。①

简朴的文字，活画出人物当时的状态。不需要所谓的心理描写，也不需要故作姿态人为的分析和判断，生活的质感、实感和诗意旁逸而出。熟悉鲁迅、许广平和萧红当时生活情境和交情的人，

---

① 萧红．回忆鲁迅先生［M］//林贤治．萧红十年集：下．北京：人民文学出版社，2009：530.

可以从中读解到更多更复杂和深在的心理、情绪乃至人物关系的向度维度。也就明白在所有纪念鲁迅先生文章当中，为什么萧红的回忆是最生动、最隽永、最深入、最富人性温暖、最耐人寻味的了。

一般人和一般作家，很难突破或者超越物的限制，萧红却成功超越了这种限制。看似随意了无机心的景物、事件、人物的剪裁和选取，突破和超越了一般作家常常遭遇的物的限制规约，具有很强的画面感、真实感和生动的生活实感，扑面而来真实生动的生活气息却又超越于一般生活实录之上，富有诗意、人性的温暖及人情的真纯。能够若是，或可以归因于萧红有一颗孩童样未被尘世熏染、得自天然浑然如璞玉一样的童心、诗心。熟读萧红作品的读者，最为被她打动的，或许就是她能够在具备这一份明净纯澈之外，又不失深度力度，并不妨害其后期小说在文学性和审美特征等方面意蕴繁富、具有多重可诠释性的意义维度。

这种诗意化、散文化的小说，在迟子建这里做出了呼应和回响。迟子建在写作《北极村童话》时，“充满了怀想，完全没有感觉是在写小说，而是一发而不可收地如饥似渴地追忆那种短暂的梦幻般的童年生活”，两次投稿，均被退回，原因是“说它太‘散文化’”。[①] 这种剪裁得看似随意却不乏诗意，故事性不够强，小说质感不够浓烈，在迟子建小说当中，尤其是比较有特色的代表性小说中，一直或强或弱地显现。像《秧歌》、《原始风景》和《东窗》等，都可以作为散文化小说来读。迟子建自己也意识到了，“《东窗》发表后几乎无声无息，也许是因为它有些‘散文化’，缺乏故事的凝聚力”，跟萧红《呼兰河传》相类似，小说在体式、写法和情绪情感传达上的这些可贵和颇具才情的地方，却不一定为时下的读者们所欢迎和喜爱：“虽然《芙蓉》把它置于头条位置，但几乎

① 迟子建．自序［M］//迟子建．迟子建文集 1：原野上的羊群．南京：江苏文艺出版社，1997：1.

没有任何读者和朋友对我说这部小说如何如何，可见是一潭死水，其实它其中的一些章节我是非常偏爱的。”① 迎合读者追求俗趣或猎奇心理的因素在《东窗》等小说里面是找不到的，强烈的感官刺激没有，故事性也不强，没有主要人物和典型形象，是追忆故乡小镇的回述性小说，一样具备萧红《呼兰河传》那种熔铸了作家生命体验的、带自传体式文体风格的小说的特点。

阅读《东窗》，很自然地就联想联系到了《呼兰河传》，这种联系是下意识的，不是牵强附会，是迟子建在精神气韵和文学书写方面，有着许多可以和《呼兰河传》里联系乃至对比阅读的东西。乡民乡情的生活细节、平凡凡俗的生活故事里潜藏的男人和女人根性的东西，还有人性的根柢，当然，也有显见的女性作家真纯真挚的情感投注，叙事诗般、散文化，琐事叙写也不失自然诚挚和栩栩如生——“呼兰河这小城里住着我的祖父”；“呼兰河这小城里边，以前住着我的祖父，现在埋着我的祖父”；“老主人死了，小主人逃荒去了”……整部小说共分七章，却每章相对独立自成一个叙事单元，但却又顺理成章自然而然，没有主角没有中心人物，是以祖父的孙女“我”孩童的眼光来回述故事。而像第四章，几乎每一个小节，开头都有“我家是荒凉的”及“我家的院子是很荒凉的”，形成循环往复的主题词似的，也奠定了小说的情感基调，“荒凉”便是作者要表达的情感基调的一个重要的构成因素。

《呼兰河传》里萧红也提到过的胭粉豆花，到了迟子建《东窗》里面，竟然以循环往复的主题意象似的，在小说中数次出现，每次出现，都伴随着叙事的转换。小说开篇就是“胭粉豆花一开，女孩子们就有些手忙脚乱了”，而“东窗外的胭粉豆花黯淡了”，是要转入下面叙事单元：“我总有稀奇不完的事情”，然后接下来讲

---

① 迟子建．自序［M］//迟子建．迟子建文集 2：秧歌．南京：江苏文艺出版社，1997：2.

了是哪些“稀奇不完的事情”；“东窗外的胭粉豆花不见了”，原因是“雪来了”，更要紧的是，下面的叙述转入杨学礼家里的故事；“胭粉豆花又开了三茬”；“胭粉豆花又开了，东窗外红红的一片”，朝气蓬勃的日子里，却是引出了做着想当王妃美梦的李曼云死了；“胭粉豆花是少有香气的，但是花开的时候窗户照例是打开着的”，引出的是大地主张得富与黄鼠狼怄气的带些神性的故事以及和奚美兰的情事；“胭脂豆花开了许多年了”，而“我们那小镇一如往昔地存在着”，“小镇越来越古老了”。这里，“胭粉豆花”的开与谢，是故事与故事之间的连接点，也营造出了小说的情调氛围。哪怕到了后来的《伪满州国》，迟子建在仿“地方志”的写法中，在选题原本或许应该宏大叙事建构的书写中，更多把目光投向了民众卑琐平凡的实际生活，在本该时代涤荡和历史沧桑巨变中，更多传达出“变”中“不变”或者说历久而恒定如常的东西。不是从中挖掘出家仇国恨和民族叙事史诗，而是一如《东窗》中那样，在时间一天一天流逝当中，感受民众生存的苦痛、细碎的挣扎和生活惆怅。

具备一颗虽经尘世纷纭而不改其初衷本真和朴拙天成的赤子之心，能够具有一种诗意的思维和为文学写作所准备的诗心，这也许就是迟子建很难被当代文学史叙述谱系归类而始终葆有她写作的独有魅力的重要原因吧。她自言：

> 我曾经在一篇童话作品中抒发过我的一种奇想。我背着一个白色的桦皮篓去冰面上拾月光。冰面上月光浓厚，我用一只小铲子去铲，月光就像奶油那样堆卷在一起，然后我把它们拾起来装在桦皮篓中，背回去用它来当柴烧。月光燃烧得无声无息，火焰温存，它散发的春意持之永恒。你听到这也许会发笑吧，可是我多年以来一直有这样的幻想。我生于一个月光稠密的地方，它是我的生命之火，我的脚掌上永远洗刷不掉月光的本色，我是踏着月光

走来的人，月光像良药一样早已注入我的双脚，这使我在今后的道路上被荆棘划破脚掌后不至于太痛苦。①

作家的这种奇想亦梦亦幻亦真，白色的桦皮篓、冰面上面捡拾月光，都是在北国故地才会有的风物，月光能够用小铲子去铲、能够奶油样堆卷起来装在篓中背回去，这是打通了物我界限、持物我同一之感的孩童才会有的感受和感知能力。月光能够无声无息诗意燃烧，散发的春意在作家看来持之永恒，也暗寓了作家会在她的创作中始终不忘追寻散发这春意永恒般温暖的“月光”，月光已是作家生命之火，良药一样注入作家双脚，使她在日后即使为荆棘划破脚掌也不至于太痛苦。读懂了这段文字，也就读懂了迟子建创作中许多一以贯之的精髓的东西。可以明白迟子建为什么对人间温情那样驻足流连，又为何会对大自然和故乡边地的书写，常常沐浴一种泛着神性的恩泽的灵光的东西，甚至在写下那支对鄂温克民族萨满文化的挽歌《额尔古纳河右岸》时，心中有着对鄂温克文化神性和灵性的着迷和景仰之情，迟子建自言：“其中浸润着我对那片土地挥之不去的深深的依恋之情和对流逝的诗意生活的拾取”②。迟子建的诗心，同样表现在她那几乎一以贯之的对于乡间、民间、人性人情的“温情叙事”上面。

萧红在她的创作尤其是1936年以后的作品当中，身处当代文化转型期的迟子建在她的小说世界里，都能够以浑然天成、璞玉般可贵的心性，结合她们特有的女性视阈和立场，构建起她们不乏诗意而且充满思想和审美意蕴的艺术世界。萧红和迟子建，具备一份

① 迟子建．原始风景［M］//迟子建．迟子建文集2：秧歌．南京：江苏文艺出版社，1997：204.

② 胡殷红，迟子建．人类文明进程的尴尬、悲哀与无奈：与迟子建谈长篇新作《额尔古纳河右岸》［J］．艺术广角，2006（2）：35.

难得的童心和诗心，她们的小说或许因为其不追逐潮流而曾经被误读误解，或许不为当时读者和研究者所追捧，但她们的创作却具备穿越时间和空间的艺术魅力，能够在拂去历史重重迷雾的遮蔽后绽放异彩，或者能够在流派纷呈的当代社会葆有一份率真、明净、诗意而不失深刻——童心与诗心的女性书写，是她们共同具有的独特心性和创作品格。由之，她们亦令抒情传统在现代、当代，在属于她们的维度、向度层面得以赓续和扩展。

第二节 神性书写与迟子建小说的散文化倾向

中国现当代作家小说中的“散文化”因素或者倾向，不惟迟子建所专有。从现代白话小说伊始的鲁迅、郁达夫，到废名、沈从文、汪曾祺等人，尤其是萧红就更有典型性。对百年汉语新文学，小说的“散文化”几乎可以做连续性和谱系性的整体研究。迟子建小说中的宗教情怀、神性因素，虽已为很多迟子建研究者所注意到，但鲜有人能够从神性书写的角度，对迟子建小说的散文化倾向做出细致的梳理分析。第一，与萧红相类，迟子建具备诗心、童心、赤子之心和“我向思维”，有着童心与诗心的文学书写方式。但与为寂寞和悒悒心境所纠缠的萧红不同的是，迟子建对于大自然、家乡物事——东北边地的书写，常常为一种神性灵光的东西所沐浴，沐浴着神性的自然风景，饱蕴诗性以及由诗性所衍生的抒情性；沐浴着神性的生活和人事，氤氲出人性的诗性和抒情性，令诗意化、散文化，成为迟子建小说的一个典型特征。亦即神性书写中的风景、人性与“抒情传统”的关系。第二，历史与现实中拯救小说的日常生活美学。当中国当代文学中的“从民族国家拯救历史”已经成为一种成熟的叙述模式，或以宏大叙事或以“新历史主义”小说等方式，纷纷热衷于塑造“村庄史”、“家族史”、“民间野史”

和“个人史”等对应于“民族国家史”的“小历史”的时候，迟子建以蕴含神性书写的小说，恢复日常生活的审美性和复杂性，既能够沿循着文学的路，“历史从细微处开始”地处理历史题材，又能够腾挪出心灵与艺术想象的空间，跟过于写作“生活流”而几乎压缩掉艺术性和文学性的“新写实”拉开了距离。第三，也只有在迟子建这里，神性书写，已经成为一种重要而且有效的写作素材，甚至影响到了小说的情节构造，令原本能够以情节和故事性取胜的小说，向抒情性的方向转化，故而令原本可以写成情节性较强的小说，变身为抒情性较浓的散文化倾向的小说。

鲁迅作为白话文、现代白话小说的先驱者，人们往往更加关注他小说里的呐喊、彷徨、失望、绝望和批判等，但迟子建点评鲁迅小说，会选择《社戏》（1922），认为它“充分体现了一个文学家骨子里的那股忧愁和浪漫的情怀”，并认为没有这样的情怀，是产生不了像《药》（1919）、《孔乙己》《风波》（1920）、《故乡》、《阿Q正传》（1921）等一系列作品的，在她看来：“我读到了《社戏》，读到了一首哀婉的乡间恋曲，读到了好小说所应具有的朴素而优雅的品质。从《社戏》中，我们看到了另一个鲁迅，一个满含着伤怀泪水的柔情的鲁迅，其温暖的情怀跃然纸上，令人感动。《社戏》是鲁迅写给自己的一首《安魂曲》，在他的作品中，《社戏》因为没有更多的思想之核‘哽’在其中，呈现着天然、圆润、质朴、纯真的气质。现在读它，依然是那么的亲切、感人。”① 迟子建所认为的鲁迅很多小说中有“更多的思想之核”，其实也就是萧红所认为的鲁迅是“从高处去悲悯他的人物”。而萧红能够以不

① 《北京文学·中篇小说月报》编辑，迟子建．与迟子建对谈：鲁迅在骨子里其实是一个浪漫主义者［J］．北京文学·中篇小说月报，2005（3）：140.

“一定写得像巴尔扎克或契诃夫的作品那样”与“我的人物比我高”① 这样的小说写作态度，也才会写出宛若“一篇叙事诗，一幅多彩的风土画，一串凄婉的歌谣”② 的小说《呼兰河传》。葛浩文在《萧红传》中曾经盛赞萧红的简洁、不雕琢、自然得像诗样美的精炼行文，而她如行云流水般的文体，被认为是她成功的关键所在，这也令萧红后期的小说，尤其《呼兰河传》呈现出诗意、抒情性的散文化特征。而这散文化特征在彼时包括文学史很长一段时间里，是不被主流文学思潮所接纳和推崇的。但从小说的写法和体式上来看，谁又能够否认其价值呢？以《呼兰河传》为例，如果不是“叙事诗”、抒情散文一样的笔调和写法，未必能够实现像钱理群所说的——摹写出了代表“民族的生活方式”的社会风俗画卷。正是由于对散文化倾向小说的喜爱，迟子建更加喜欢给学生去开一个郁达夫的专题。郁达夫小说中情绪、情怀的浸润，饱蘸了许多感情自然流动的抒情结构，是吸引迟子建的一个重要因素。现代文学资源的汲取、东北边地的地域性因素等影响，产生了迟子建小说的散文化倾向：“在黑龙江这片寒冷的土地上，人与生存环境抗争的时候，会产生无穷无际的幻想，再加上这片土地四季的风景变幻如同上天在展览一幅幅绚丽的油画，所以具体到作品中时，从这里走出的作家，尤其是女作家，其小说中的‘散文化’倾向也许就悄然生成了。”③

---

① 聂绀弩．回忆我和萧红的一次谈话［M］//季红真．萧萧落红．北京：人民文学出版社，2001：5－6．

② 茅盾．呼兰河传·序［M］//萧红．萧红全集：上卷．哈尔滨：哈尔滨出版社，1998：108．

③《北京文学·中篇小说月报》编辑，迟子建．与迟子建对谈：鲁迅在骨子里其实是一个浪漫主义者［J］．北京文学·中篇小说月报，2005（3）：141．

一、神性书写中的风景、人性与“抒情传统”

有人认为，迟子建小说创作所显示的宗教情怀，是一种综合性的对宗教的理解、认识和情感体验，其中既有基督教、犹太教、萨满教元素，又有道教、佛教的熏习濡染。不无道理，但一切的根基和主要的影响，还是原始宗教，鄂伦春和鄂温克少数民族的原始宗教，尤其是萨满文化的影响，而这一切，都奠基在“万物有灵”的基础之上。迟子建在《文学的“求经之路”》里讲到了民间神话和原始宗教对自己的影响，她在作品里常常写到的鄂伦春和鄂温克民族（《额尔古纳河右岸》），“这两个少数民族信奉万物有灵，在他们眼里，花、石头、树木等都是有灵魂的”。①

笔者在先前的研究中曾经指出，迟子建能够怀有如儿童一般的赤子之心，拂去世俗矫饰，具备不为世俗和种种利益所侵扰的眼光和观察力，可以激发更多的灵感，取得其读取世界和人生乃至人性的途径，从而能够塑造富于诗意的艺术世界。而童心与诗心的烛照之下，作家笔端常常流露“我向思维”的特征，将周围的一切事物等同于有生命的“我”，把物和整个世界都当作有生命的或者说是情感投寄的对象来加以对待②，这一特征表现在迟子建小说大量的风景描写，尤其是泛着神性的风景描写当中。比如，《额尔古纳河右岸》中比比皆是的万物都有灵魂的风景描写，像“顷刻间，森林已是雨雾蒸腾，一派朦胧了。雷公大约觉得这雨还不够大，它又剧烈咳嗽了一声，咳嗽出一条条金蛇似的在天边舞动着的闪电，当它消失的时候，林间回荡着‘哇——哇哇——’的声音，雨大得就像

① 迟子建．文学的“求经之路”［J］．华中科技大学学报（社会科学版），2017（2）：7.

② 刘艳．童心与诗心的女性书写：萧红、迟子建创作品格论［J］．齐鲁学刊，2013（3）：147.

丢了魂儿似的，四处飞舞，空中出现的不是丝丝串串的雨帘，而是一条条奔腾而下的河流了”①，等等。迟子建早期最具代表性的作品《北极村童话》可以说是迟子建写作的出发地和回溯地，这与她早期的很多作品，如《秧歌》、《原始风景》和《东窗》等一起，都有着不少这种视万物都有生命的风景描写。很难想象，如果《额尔古纳河右岸》中略去了充盈了神性光照的风景物事的描写，小说还能否成为那样富于诗性和抒情性地展现鄂温克民族几十年生活变迁的“叙事诗”。万物皆有灵的信念发展到一定程度，便有了《越过云层的晴朗》这样以动物——一条狗的视角来叙事的小说。“狗”的视角，人作为被“狗”来观看和叙述的对象，叙述视角设置为一条狗的视角，这可能是万物皆有灵性的最实在的一种尝试方式，一种视万物皆有生命的观察事物的感知角度和看待事物的立场与态度。

只有具备了超越时代潮流和世俗化写作的诗心，才能够具有这样的诗性思维和创造性想象，才能够在风景描写当中达到一种物我不分、物我两忘的境界，就像沈约《郊居赋》中所说的：“惟至人之非己，固物我而兼忘。”达到作家主体与创作对象的客体浑然为一而兼忘的境界。能够突破或者超越外物为物和只是物的限制，打通人的各种感觉、知觉，并不是一件容易的事，在萧红的后期小说哪怕是纪念性文字《回忆鲁迅先生》当中，就有很多突破物的限制、打通人的感觉知觉能力的描写，但并不像迟子建的文字，这样鲜明的神性书写和神性光照下的各种感觉知觉能力的打通。迟子建那段描写月光的文字，理应得到足够重视：“我曾经在一篇童话作品中抒发过我的一种奇想。我背着一个白色的桦皮篓去冰面上拾月光。冰面上月光浓厚，我用一只小铲子去铲，月光就像奶油那样堆卷在一起，然后我把它们拾起来装在桦皮篓中，背回去用它来当柴

---

① 迟子建．额尔古纳河右岸［M］．北京：人民文学出版社，2010：57.

烧。月光燃烧得无声无息，火焰温存，它散发的春意持之永恒。你听到这也许会发笑吧，可是我多年以来一直有这样的幻想。我生于一个月光稠密的地方，它是我的生命之火，我的脚掌上永远洗刷不掉月光的本色，我是踏着月光走来的人，月光像良药一样早已注入我的双脚，这使我在今后的道路上被荆棘划破脚掌后不至于太痛苦。”月光的生命感、富有诗意，“我”与月光之间毫无间隔，月光几乎与我的生命融为一体，它很典型，喻示着迟子建能够自如打通物我的界限、持物我同一之感。这段文字对于迟子建的写作来说，又几乎是一种象征和隐喻：月光是迟子建写作的生命之火，迟子建是踏着月光行走的人，生命之火令迟子建的生命永远不会失去月光的本色，这月光已经注入“我”的双脚，让人生道路上的荆棘和伤害都不至于太痛苦，有着疗伤和治愈的作用……“月光”的象征和隐喻，一直贯穿在迟子建的小说当中。在迟子建的第一部长篇小说《树下》中，七斗与米三样婚礼的前夜，有着反复出现的对于月光的描写，月光俨然已经与七斗的心灵和一举一动交织相融、缩合在了一起……“月光满满荡荡地从天空泻下来，在雪地上映出了许多美丽的光影”，七斗漫无目的地在房屋的周围散步，“月光下的山脊呈现出清亮的奶白色，就像涂了一层蛋青一样”，“一路上她不停地看着天上的月亮和映在雪地上的月光，比较着哪一种光晕她更喜欢”，结论是她更喜欢月光了。看到月光下鄂伦春人的马站在树下，她知道鄂伦春人来喝喜酒了，“她没有走进米家，因为她很清楚走进去意味着什么”，她走回自己的木屋，月光与她的心情交织在了一起，那样的了无间距：“她没有点灯，她就坐在黑暗中，月光透过窗户，只给窗台附近的地面和墙壁留下一些乳白的光影，而其它地方它却爱莫能助。七斗喜欢这种半明半暗的氛围。她坐在暗处，越发体会到窗外月光的明亮。”而七斗估计鄂伦春人的马队就要离开时，她披着棉大衣走到外面：“这时月亮因为释放了一夜的光芒而显得十分苍白疲倦，它形象淡泊地映在西边天上，就像一片薄纸一样，似乎稍微来一股风就会把它吹散。”① 月亮和月光也读得懂七斗的寂寂心境。

无论是万物皆有灵性的风景描写，还是打通了人与物的界限、能够物我不分和物我两忘，这样的风景描写，既有神性、灵性，又令迟子建的小说不是以故事性强和浓烈的小说质感取胜，而是铺展着诗意化、散文化的小说质地，情绪、情怀行云流水自如流淌在小说的艺术世界里。前面讲过，五四以来，风景在作家笔下慢慢具有了现代性的精神表征，小说家笔下的风景描写，作为主体的小说家常常是跟作为描写对象的客体保持一定的距离，主客体拉开距离后，作家主体和外部事物的关系，更多是认识和被认识的关系。借用柄谷行人的话来说，“所谓风景乃是一种认识性的装置”，写风景的人“对眼前的他者表示的是冷淡”。② 解放区文学的经典之作里有大量的风景描写，其中，有非常客观性、不带情感色彩的风景描写，带明显愉悦和欣赏的正面情感的风景描写，也依然视风景为客体和“他者”。当代作家能够不把风景当“客体”和“他者”来写的，也比较难得。迟子建没有把风景看作与自己拉开距离、仅供自我观照的“他者”，而是打通了视觉、听觉、嗅觉等感官知觉，把自己和景物融为一体。迟子建的风景描写，是对五四以来很多作家那种视风景为“他者”与“客体”的一种自觉反拨。在有的研究者看来，当代小说难以找到好的、传神的风景描写，其实就和作家叙事耐心的丧失有很大的关系。“诗性产生抒情性，而抒情性的获得和一个作家的叙事耐心有关”；“当代的小说显得单调，很大的原因是作家对物质世界、现实世界越来越没有感觉，他们忙于讲故

---

① 迟子建．迟子建文集 4：树下［M］．南京：江苏文艺出版社，1997：224－227.

② 柄谷行人．日本现代文学的起源［M］．赵京华，译．北京：生活·读书·新知三联书店，2006：12－15.

事，却忽略了世界的另一种丰富性——没有了声音、色彩、气味的世界，正是心灵世界日渐贫乏的象征”。① 迟子建小说里泛着神性光辉的风景描写，还原了世界本来的声音、色彩与气味，而且，往往比对话、心理描写，更加能够衬托和反映出人物内心情感和情绪的流动与复杂况味。

不止是风景描写里内蕴神性色彩，迟子建很多小说里神性书写还氤氲出人性的诗性和抒情性。《逝川》里的泪鱼，是有灵性和神性的，捕捉泪鱼更是有着神性谕示般的仪式。泪鱼每年九月底或者十月初从逝川上游哭着下来了，阿甲渔村的渔民再累也要打上几条泪鱼，才算对得起老婆、孩子和一年的收获。渔妇们则赶紧把丈夫捕到的泪鱼放到硕大的木盆中，一遍遍地祈祷般安慰它们，它们果然就不哭了，然后次日再放生它们。老吉喜要为年轻时的恋人胡会的儿媳接生，错过了捕捉泪鱼，当她终于能够赶到逝川捕捉泪鱼时，却一无所获；许多渔民开始将捕到的泪鱼放回逝川的时候，她惊讶地发现木盆的清水里竟游着十几条美丽的蓝色泪鱼。泪鱼是有神性的，而为了接生错过捕捉泪鱼，也隐喻了当年吉喜在胡会另娶后一直孤身的人生。可吉喜还要为胡会的儿媳接生，这种人生的哀伤、无助、凄凉和泪鱼那神性意味的蕴藉，让一个看似简单的故事，腾挪出诗性和抒情性的空间。这种散文化的笔调，是那种被经济和商业意识形态影响的写作所不可能拥有的。《白雪的墓园》中父亲死了，变成一颗红豆藏在母亲的眼睛里，直到母亲去墓园看过他的坟茔，他才安心留在那里，这时母亲眼睛里那颗红豆消失了，母亲眼中红豆的在与消失，成了一种神性的隐喻；《亲亲土豆》中妻子要离开丈夫的坟，坟顶一只土豆滚落，一直滚到妻子脚边，是“仿佛一个受宠惯了的小孩子在乞求母亲那至爱的亲昵”般的“跟

---

① 谢有顺. “70 后”写作与抒情传统的再造［J］. 文学评论，2013（5）：177.

脚”，生命逝去、无限悲伤当中的神性书写，成为慰藉人心的一种力量。哪怕是首部长篇《树下》中姨夫强奸了少年的七斗，迟子建也为被人行凶全家暴毙的姨夫一家人寻觅到了灵魂安妥的家园、另外的世界，七斗还在梦境里数次与他们不失人间温暖地重逢。《额尔古纳河右岸》、《布基兰小站的腊八夜》和《群山之巅》里，太多的由神性书写所带来的人性的诗性和抒情性，它们影响形成了迟子建小说的散文化倾向，但迟子建小说的散文化倾向，并没有给作家带来如期而至的热闹喧嚣和荣光。跟当年后期发生写作转向的萧红在文学史叙述和评价里一度所遭遇的情况相似，迟子建是少有的没有进入当代文学史叙述谱系的重要作家，以致会被认为在别人获稻的时候，她却在捡拾弃置在收获的田野上的稗子。当年的先锋文学姑且不论，对于关注现实人生的小说家，无论是写历史还是写现实，是一味屈服于事实，只在事象层面描绘并求证生活真相，还是也呈现事实背后的心灵轨迹和心灵跋涉？“价值想象力的获得，首先就要求小说家必须脱离就事论事的困局，要扎根于诗性、梦想，寻找灵魂中还未被充分认知的那些不可思议的力量和可能性，有了这种精神腾跃的空间，小说就不仅是描摹、发现，它还是创造。小说不单要告诉我们生活是怎样的，它还要告诉我们生活可能是怎样的。”①

近几十年，沈从文、陈世骧、普实克已经先后论述并创造了“抒情传统”的语境，加上唐君毅、徐复观、胡兰成、高友工等人的论述，已经成为20世纪中国文学史的一场重要事件。沈从文在《抽象的抒情》（1961）中指出生命的发展，“惟转化为文字，为形象，为音符，为节奏，可望将生命某一种形式，某一种状态，凝固下来，形成生命另外一种存在和延续，通过长长的时间，通过遥遥

① 谢有顺．“70后”写作与抒情传统的再造［J］．文学评论，2013（5）：177.

的空间，让另外一时一地生存的人，彼此生命流注，无有阻隔”。陈世骧《中国的抒情传统》英文稿首发于1972年，提出了“抒情传统”的概念。而到了高友工，他已经将起自文体的“抒情传统”，广义为整个文化史上某一些人的“意识形态”，包括他们的“价值”和“理想”，以及他们具体表现这种“意识”的方式……并因此以“抒情美典”名之。王德威本人则是把对抒情传统的讨论延伸到中国现当代文学研究领域，但主要是以启蒙与革命等话语作为参照系来理解抒情传统的现代传承。[①] 在这种情形下，有研究者已经在考察“70后”作家在小说写作上对抒情传统的赓续和扩展。[②] 先前就有研究者在讲到迟子建是没有进入文学史叙述谱系的重要作家的时候，就明睿地提出迟子建的写作，是自有谱系的。而笔者要进一步说，若要考察当代文学与抒情传统之间的关系，迟子建是其中最为重要的一个例证。迟子建的写作，令抒情传统有了非常动人的一个当代传承。

二、沿循着文学的路写历史与构建日常生活美学

巴赫金认为，“整个世界”及其历史，作为与长篇小说的艺术家相对的现实，在歌德那一时代发生了深刻而重要的变化。“整个世界”曾只是一种特殊的象征符号：“在这个象征的‘整个世界’中，目力所及和已经认识把握了的、真实可靠的东西，仅仅是地球空间里的一个孤立的小碎块，也只是从真实时间中分割出来的同样不大的一个片段；其余的一切都影影绰绰地消失在迷雾中，与彼岸世界，与孤立的、理想的、幻想的、乌托邦世界纠结交织在一起。问题不仅在于彼岸的和幻想的东西填补了贫乏的现实，把现实的碎

---

① 王德威．抒情传统与中国现代性：在北大的八堂课［M］．北京：生活·读书·新知三联书店，2010：6－63．

② 谢有顺．“70后”写作与抒情传统的再造［J］．文学评论，2013（5）．

片组合、充实而成为一个神话的整体。”更为重要的是：“彼岸的未来，脱离了地球空间和时间的水平线，作为彼岸的垂直线扶摇直上达到真实的时间流。这时，彼岸的未来使得真实的未来以及作为这一真实未来活动的舞台的地球空间变得虚无空洞，使一切都披上了一层象征的意义，凡是不能作为象征理解的，则全都失去了价值而被弃置脑后。”① 巴赫金言称“凡是不能作为象征理解的，则全都失去了价值而被弃置脑后”，固然有点绝对化，但是，他的这段话，明确了作家的长篇小说不能只局限于目力所及已经认识把握了的、真实可靠的东西，强调彼岸和幻想的东西对于作家长篇写作的重要性。而如果能够借由彼岸的未来——作为通过彼岸的垂直线扶摇直上而到达了真实的时间流，这对于一个作家来说是多么重要，迟子建无疑做到了这一点。在这个此岸到彼岸的垂直线上，神性书写，便托举着迟子建从现实世界来到了文学世界和艺术世界。无论是历史题材还是现实题材，迟子建的神性书写，都恢复了历史与现实当中日常生活的审美性和复杂性。迟子建在一种历史与现实的“伤怀之美”当中，承续和恢复了文学的抒情传统。

面对历史题材，迟子建自言：“我们读惯了某一类描写历史的‘大’作品，把他们奉为了‘经典’，可能接受《伪满洲国》就会艰难。我觉得一部作品，如果呈现的是教科书的‘历史’，不管人物如何鲜活，都是失败的。我写历史题材的作品，只愿意沿循着文学的路。这样的路，在我心目中才是正路。”② 而《额尔古纳河右岸》其实就是一部关于神灵的史诗：“无论是批评家还是迟子建自己，基本把《额尔古纳河右岸》的解读放在行将消逝的文明的挽歌

---

① 巴赫金．教育小说及其在现实主义历史中的意义［M］//巴赫金全集：第3卷　理论卷．石家庄：河北教育出版社，2009：254.

② 迟子建，郭力．迟子建与新时期文学：现代文明的伤怀者［J］．南方文坛，2008（1）：60.

之上。而我倾向于《额尔古纳河右岸》是关于神灵的史诗。”① “十七年文学”的历史书写，采用的是民族国家宏大叙事的方式，也就是迟子建所说的描写历史的“大”作品。20 世纪 80 年代中后期开始的一段新历史主义思潮，以及由其催生或者陆续出现的其他“从民族国家拯救历史”的小说，能够提供一种“复线的历史”（杜赞奇语），对于纠偏或者说补充“十七年文学”两种基本类型的小说——“红旗谱”和“创业史”那种宏大的民族国家单线历史叙事方式，是有价值和意义的。《红高粱》、《古船》、《活着》、《白鹿原》、《长恨歌》、《尘埃落定》和《丰乳肥臀》等小说的出版，令中国当代文学中的“从民族国家拯救历史”已经成为一种成熟的叙述模式，“村庄史”、“家族史”、“民间野史”和“个人史”等对应于“民族国家史”的“小历史”，也不断成为批评家和文学研究者评价这类书写中国近现代历史小说的常用研究视角。但研究者已经意识到并加以反思，小说作为历史建构的一种方式提供了远远比历史研究丰富的“日常生活审美”，而且，“复线的历史”似乎并不必然地带来文学审美的丰富性，一种极端的倾向，是忽视人在历史中的复杂性，甚至将暧昧、幽暗、矛盾的人历史符号化。所以，像迟子建新世纪长篇小说《额尔古纳河右岸》和《群山之巅》，虽然所涉及的题材都已经在中国当代文学被许多作家做成了“民族志”和“村庄史”，研究者考虑的却是，迟子建怎样舍弃建构“复线的历史”的努力，转而将自己融入人间万象，和小说人物结成天然的同盟，形成共同的担当，“从历史拯救文学”，进而逐步建立以“伤怀之美”为核心的文学和日常生活的美学。②

---

① 何平．重提作为“风俗史”的小说：对迟子建小说的抽样分析［J］．当代作家评论，2009（4）：101．

② 何平．从历史拯救小说：论《额尔古纳河右岸》和《群山之巅》［J］．中国文学批评，2017（1）：15－16．

“迟子建的兴趣不在建构‘复线的历史’，她别出新径，从历史中拯救小说。如果一定要说《额尔古纳河右岸》的主题，我觉得最切近的是迟子建自己说的‘现实和梦想’。”① 在历史书写当中恢复和建立日常生活的美学，所有的神性书写也都是与日常生活交融，并且令“伤怀之美”为核心的日常生活之美学特征得以凸显。不惟尼都萨满和妮浩萨满的日常尤其跳神，是神性的又是日常的。就是“我们”部族的一切活动、日常，也都有着与神灵、与自然之神浑然一体的意味，神性色彩的文学书写令小说的日常生活呈现一种诗性、抒情性。达西与鹰的故事、母亲和尼都萨满的故事，等等，无不如此。妮浩萨满在成为萨满的时候，就得到了神的谕示——每救一个人，她就失去一个自己的孩子，可她还是要去跳神，去救人。在迟子建看来，妮浩萨满本身就是神灵，但其神性，又是与鄂温克部族生活的自然环境融为一体的。迟子建自己都说：“如果把萨满请下山，让他在哈尔滨给一个人做法，他一定做不了，因为这里不接天不接地，没有气场，没有灵性。可是在大自然里面，在青山绿水当中，神灵就会显现。”② 也就是说，这神性是与自然和鄂温克人的日常生活浑然一体的。神性和充满神性的自然之灵性，都是从此岸抵达彼岸的垂直线。令人印象深刻的是，小说中出现多次的部族男女情爱书写也是借由自然界的“风声”来呈现，有着人与自然浑融一体的生活美学意味：“深夜，希楞柱外常有风声传来。冬日的风中往往夹杂着野兽的叫声，而夏日的风中常有猫头鹰的叫声和蛙鸣。希楞柱里也有风声，风声中夹杂着父亲的喘息和母亲的呢喃，这种特别的风声是母亲达玛拉和父亲林克制造的

① 何平．从历史拯救小说：论《额尔古纳河右岸》和《群山之巅》［J］．中国文学批评，2017（1）：17－18．

② 迟子建，郭力．迟子建与新时期文学：现代文明的伤怀者［J］．南方文坛，2008（1）：61－62．

……”① （省略号为笔者所加）《白雪乌鸦》写作准备阶段，迟子建查阅了大量资料，但是她没有陷入宏大历史叙事的套路，也没有让自己的小说成为从民族国家拯救历史的“复线的历史”，散落其中的宗教情怀和神性书写，是与当时人的日常生活交融在一起的，呈现一种日常生活美学。

“事件、细节只是文学世界构成的现实元素，是真实性幻觉得以维持的物质基础；它们要想获得生机，还需要一盏放置在内心深处的‘台灯’的照临；而宗教情怀——慈悲、伤怀、哀愁，正是这样的‘台灯’，它打通了迟子建的心灵，使她的‘世界’有了光，飘出了特有的气味”。② 如果是惯常那种描写历史的“大”作品，写作的客观性和真实性会使真实作者尽可能不去侵犯“叙述者”和“隐含作者”；而且，自现代以来，中国小说在获得成熟现代小说经验的问题上，亟须进益的是限制叙事和限知视角的采用。但迟子建的文学书写，都不能用这样的文学观念去规训和“定制”。迟子建《额尔古纳河右岸》等小说，可以说是“作者”无所不在介入到写作中的文本，“作者”、“隐含作者”、“叙述者”和小说中的人物确实存在着无法分离的混合性。迟子建在写作过程中，自己其实已经是文本的一个有机部分，就像她说《额尔古纳河右岸》的写作：“小说所弥漫的那股自然而浪漫的气息已经不知不觉间深入到我心灵中了。”③ 无怪乎苏童会这样说：“迟子建的小说构想几乎不依赖于故事，很大程度上它是由个人的内心感受折叠而来。”④ 如果没

---

① 迟子建．额尔古纳河右岸［M］．北京：人民文学出版社，2010：8.

② 郭洪雷．论迟子建小说创作中的宗教情怀：由其长篇处女作《树下》说开去［J］．中国文学批评，2017（1）：33.

③ 何平．从历史拯救小说：论《额尔古纳河右岸》和《群山之巅》［J］．中国文学批评，2017（1）：21.

④ 何平．从历史拯救小说：论《额尔古纳河右岸》和《群山之巅》［J］．中国文学批评，2017（1）：25.

有这种作者主体生命和情感与文本的浑然一体，也就没有小说文本的诗意化、抒情性和散文化倾向。

历史题材，迟子建是沿循着文学的路。而现实题材的小说，要挣脱事象层面的束缚；不是一味求证生活真相，并不容易——且不说近年流行过的“非虚构”写作，就是20世纪80年代后期以及90年代的“新写实”，一些作家俨然已经踩在了从虚构文学前往纪实文学的门槛上。在“新写实”们“本色”的“生活流”书写中，有研究者已经表达了其忧虑：文学“它的本质精神是在与现实的抗衡中升华出来的，因此才有虚构另一个现实物质世界以外的世界的必要性”；“在现实上面，有精神的天空；在现实下面，有精神的深渊。天空高扬希望，深渊传达绝望。谴责‘新写实’的文章说这些作品使人看不到希望，倡扬‘新写实’的文章说这些作品并不让人绝望。我不知道‘希望’在哪里，也不知道‘绝望’在哪里，我从大多数的‘新写实’作品中感受到的是无可奈何的情绪”①。很多小说其实是在过度拘泥于现实中丢失了小说作为艺术品的品性。迟子建小说中的神性书写，是她的小说之所以能够恢复和重建一种日常生活美学的重要一翼，使她的小说在一种散文化韵致当中呈现一种诗性与抒情性。《逝川》、《亲亲土豆》、《布基兰小站的腊八夜》、《晚安玫瑰》和《群山之巅》，等等，莫不如是。

三、神性书写：小说素材与情节性、故事性向抒情性的转化

同样是小说的散文化倾向，在神性书写上面，迟子建与萧红小说中的隐含作者却秉持不同的取径和价值判断。萧红对于跳神等活动，是冷眼旁观，采取限制性叙事和视角也是意在呈示其背后的人性之恶，她认为这是一种作假的行为——跳神不止没有救得了小团

① 刘纳．无奈的现实和无奈的小说：也谈“新写实”［J］．文学评论，1993（4）：107．

圆媳妇的命，反而是加速或者说促成了她的殒命。在迟子建这里，她和她小说的隐含作者，不止相信萨满是通灵的，对自然神性也满怀敬畏。神性书写，成了迟子建小说中常见的笔调，甚至直接启发她的构思和成为她小说的写作素材。前面举例的迟子建的一些小说，都是如此。

以中篇小说《布基兰小站的腊八夜》为例，这个小说故事性并不强，如果真要找出它的“故事核”的话，就是迟子建自述的：“前年飘雪季节，我在故乡，听到这样一个故事。山上一个林场派出所的警察，抓到一个贼，擅自把他放了。因为警察到案犯家调查时，发现他家一贫如洗，面临断炊的窘况。而这个贼，偷的不过是用以果腹的一袋米。这个警察不仅把贼放了，还买了粮食和豆油，送到案犯家。”“这个故事看似‘暖’，其实背后是‘冷’的。我要探究的是，这‘冷’缘何而来？来自民间的‘暖’，能不能抵御人间种种的‘冷’呢？”“不仅在这个警察那儿，在我熟悉的鄂伦春人中，他们人性中的‘暖’，也是存在的。不过，少数民族人性中的‘暖’，往往是与他们信奉的宗教联系在一起的。这样的宗教，总脱离不了神话的色彩。于是，云娘这个形象悄然出现了。”① 这段话，很好地诠释了迟子建小说构思与神性书写之间的密切关联。而神性书写成为小说素材和情节，还尤其表现在这个中篇所设置的那对提着红鱼去为儿子结阴婚的夫妇的故事和情节上面。没有神性的慰藉，这对老夫妇怎样面对孤苦的人生？而云娘的狗嘎乌最后以衰老的身躯越过铁轨，用死亡阻止了快速列车的前行，让老夫妇终于能够因为火车的暂停而踏上了快速列车。“小说中的顺吉，在结尾时说了这样一句话：‘这样有神的夜晚，以后再也不会有了！’而我是多么希望这样有神的夜晚，以后仍然存在啊。因为有神的夜

① 迟子建．创作谈：这样有神的夜晚还会有吗［J］．北京文学·中篇小说月报，2008（10）：26.

晚，即使再黑暗，我们的心里，也会有丝丝缕缕的光明!”① 到了《群山之巅》里面，仍然有绣娘、安雪儿这些神性的人物以及相关的故事与情节。神性书写，在迟子建这里，已经化身为小说的素材、故事和情节，就像迟子建将她的心灵与小说文本合而为一一样。

在迟子建这里，神性书写，甚至影响了小说的故事性，让小说不是以故事性和情节性较强取胜，而是向一种抒情性的散文化结构和笔调转化。比如处女作长篇《树下》，《树下》可以说是七斗的女性成长叙事。少女的七斗被姨妈苛待，又遭到姨夫强奸，但姨夫一家被邻人枪击射杀暴毙后，七斗没有心怀怨恨，反而是以一种近乎宗教的情怀原谅和宽宥了他们。如果我没有数错，小说先后设置了四次梦境（第221－223、257－258、311－314、338页）——让七斗在梦里与姨妈姨父相遇，在梦里让他们表达自己的忏悔。② 而七斗对他们，也没有任何的仇恨在里头。在此岸与彼岸的垂直线上面，哀愁和伤怀之美化解了所有的戾气和仇恨。

宗教、神性，影响了小说故事性，导致小说故事性和情节性并不强的一个最为典型的小说文本，应该说是《晚安玫瑰》。我很想把迟子建的《晚安玫瑰》与乔叶的《认罪书》做一个对比研究。都是女性成长叙事和复仇叙事的文本，却有着明显不同的小说气质。《认罪书》中的金金，是母亲与邻人哑巴所生，这种不伦的出身，是一种“创伤性体验”，但金金并没有向生父复仇，而是选择了另外的复仇对象。复仇的缘起，是由于金金被“始乱终弃”这样一种女性的情感仇怨，后来才转向对梁家家族罪恶和历史之恶、普通个体身上“平庸的恶”的揭示和反省，而这一切，经历了一个叙

① 迟子建．创作谈：这样有神的夜晚还会有吗［J］．北京文学·中篇小说月报，2008（10）：26.

② 迟子建．迟子建文集4：树下［M］．南京：江苏文艺出版社，1997.

事逻辑的转换，就是对于恶的揭示，让位于一种复仇叙事。小说以金金为主线进行的叙事，偏重的是对复仇行为、复仇过程和复仇结局的展现。小说故事性和情节性是很强的，当金金的复仇目标达成后，小说也以善必胜恶和因果报应而较为仓促地结尾。《认罪书》的复仇叙事，更多体现中国复仇之作所惯常的“更多地激发善必胜恶的愉悦感”和因果报应的善恶伦理。所以，《认罪书》的故事和情节是很吸引人的，是典型的小说文本。而《晚安玫瑰》中的赵小娥，是当年母亲在上坟时被人强奸致孕，这种与金金类似的“创伤性体验”，让赵小娥将复仇的目标对准了生父。但生父的出现是意外的，赵小娥的杀人，也缺乏预谋性和长期缜密的谋划，几乎是仓促的。小说后面的情节设置，生父意外现身，赵小娥杀了他，几乎是一种“冲动式”、单纯为母亲报仇式的杀人行为。而与赵小娥有着相近的“弑父”经历的犹太老妇人吉莲娜（年轻时杀了设计害自己失身日本人的继父），所持的宗教信仰以及由此衍生的神性色彩，消解了小说复仇叙事的强度与烈度。《晚安玫瑰》就犹如一篇散文，谁又能够否认，不是小说的神性书写维度和迟子建的宗教情怀，将复仇本该有的处处心机和人心诡诡，复仇叙事小说本该有的较强的故事性和情节性，加以疏解和淡化的呢？更不要说像写作复仇叙事小说文本《安慰书》的北村那样的男作家，几乎是在一种层层悬疑和推理当中，以很强的故事性和情节性结构而成小说文本，并且小说情节和故事，几乎是在一种善与恶的近乎“天人交战”的方式和状态当中纠结着往前推进。[①] 从这个意义上讲，神性书写，不止浸润到了迟子建小说的字里行间，是她的小说离不开的素材要件，而且还直接影响了她对小说的构思；让迟子建的小说，从小说惯常所具有的故事性、情节性强，向抒情性较浓的散文化倾向转

---

① 刘艳．无法安慰的安慰书：从北村《安慰书》看先锋文学的转型［J］．当代作家评论，2017（3）．

化，具备抵达人心的“伤怀之美”。

第三节 最是沧桑显温情
——以迟子建中篇小说《候鸟的勇敢》为例

迟子建曾经说：“我写历史题材的作品，只愿意沿循着文学的路。”① 而无论是写历史题材的小说，还是写现实题材的小说，迟子建都在意图恢复日常生活的审美性和复杂性。有研究者说，迟子建试图建立以“伤怀之美”为核心的文学和日常生活美学。前文已述，沈从文自言：“对于农人与兵士，怀了不可言说的温爱，这点感情在我一切作品中，随处都可以看出。”（《〈边城〉题记》）沈从文对小说中的人物，即对农民、士兵、手工业者，怀着“不可言说的温爱”——须注意是“温爱”而不是“热爱”，这关系一种抒情美学主张和追求。对此，汪曾祺多次在文中转述并加以自己的阐发，并形成了自己“东边日出西边雨，道是无晴却有晴”——“道是无情却有情”的写作理念。汪曾祺有一篇文章，题目就是《道是无情却有情》。② 从“不可言说的温爱”，到“道是无情却有情”，再到迟子建的“伤怀之美”、最是沧桑显温情，可以看到中国现当代小说抒情一脉的薪火传承。

迟子建的最为晚近的中篇小说《候鸟的勇敢》（2018），封面上有这样竖排的两句话：“红尘拂面，寒暑来去”和“所有的翅膀都渴望着飞翔”。渴望着飞翔的，是候鸟们，是那对最终也没有逃

---

① 迟子建，郭力. 迟子建与新时期文学：现代文明的伤怀者［J］. 南方文坛，2008（1）：60.

② 汪曾祺. 道是无情却有情［M］//邓九平. 汪曾祺全集：第三卷 散文卷. 北京：北京师范大学出版社，1998.

出命运的暴风雪的东方白鹳，更是饱经沧桑的张黑脸和德秀师父。即使熟知迟子建小说素有的抒情性和散文笔调与诗意，还是会被这个小说深深地打动。懂得迟子建，便会懂得作家是怎样用了心、情和生命在写这个小说，温和素朴的文字里，包裹着她最为情怀深在的温情与爱意……以历尽沧桑的温和笔调，写出永恒的温情与爱意，心和生命流淌出的文字，让《候鸟的勇敢》在迟子建的众多小说当中，仍能显得如此地与众不同。小说字里行间，缓缓流淌出的人情、世情、自然之情，等等，令小说自带一种味道——不矫揉，不造作，如同发酵好的酒，又经陈年的窖藏之后，所散发出的醇厚气味。

很容易看到，《候鸟的勇敢》当中，是鸟儿与人的沧桑故事，其所关联的物事与人情，也记录和反映着时代与社会生活面影。这个小说在个人情感的纪念，与开阔深阔的社会问题和时代生活的记录之间，实现了微妙的平衡；是一个在个人生命体验之外，关联社会性和现实性的很好的小说范本。也有迟子建写作中一直持续的她对人与自然关系的思考，读者和评论者很容易从中发掘出很多的主题和可阐释的问题，足以总结出一部“自然启示录”。人、候鸟与自然之间，呈示小说可精神腾跃的空间，展现生活和生活的可能性。小说借对自然的描摹，可以摆脱就事论事的困局，更加扎根于诗性和梦想。

最是沧桑显温情，温情与爱意的永恒主题。《候鸟的勇敢》，当然不是当下流行的生态小说。发生在候鸟自然管护站的张黑脸和毗邻的娘娘庙里德秀师父之间、娘娘庙三圣殿坐窝的那对东方白鹳之间的温情与爱意故事，才是小说真正要讲述的故事。东方白鹳的故事，其实也是为了映衬人的故事。苦难中的温情与爱意，一直是迟子建小说自带的温度，苏童说“一只温度适宜的气温表常年挂在迟子建心中”。即使骨子里深藏对世界和人性残缺的洞察，她也总是愿意给悲凉的世界一抹温暖和亮光。从早期的《逝川》、《白雪的墓园》和《亲亲土豆》等，及处女作长篇《树下》，到晚近的《额尔古纳河右岸》、《布基兰小站的腊八夜》和《群山之巅》等，她始终愿意给人以希望。毕飞宇曾经讲过，这个世界上最独特的人际是什么？是小说家和他所描绘的人物。一个在明处，一个在暗处。一个是物质的，一个是非物质的。他们处在同一个时空里，他们又没有处在同一个时空里。“这是一种非常独特、非常微妙、近乎诡异的人际。”① 当然，这种复杂性和诡异性依然和人的情感有关。有理由相信，按照小说自身的逻辑，《候鸟的勇敢》的情节和结局，最应该安排张黑脸与德秀师父被暴风雪吞噬。但迟子建心中的爱，她对人物的感情，让她无法做这样的安排和命意，她内心的不忍与对人的眷顾，让她这样来做小说结局：那对白鹳，雄鸟受伤，被救治后，始终不能完全复原，雌鸟在霜降之后，送走了它们的三个孩子，然后回来寻夫，雪就要来了，“它们以河岸为根据地，雌性白鹳一次次领飞，受伤白鹳一遍遍跟进”，却终于没有逃出命运的暴风雪，翅膀贴着翅膀，相拥而死。张黑脸指着它们对德秀师父说“这只白鹳叫树森，那只叫德秀，我和你，你和俺，就是死了”，他们俩埋了它们——暗寓他和她之间的所犯之罪，也由这对鸟儿代为赎过了。尽管暴风雪中没有北斗星和哪一处人间灯火可做他们的路标，戛然而止的笔触，却给这两个苦命人的爱和人生，留下了绵长的未来和可能性……2002 年 5 月，迟子建经历了丈夫车祸去世。《候鸟的勇敢》后记里也写到了爱人去世前一年他们散步曾经偶遇东方白鹳，令她在《候鸟的勇敢》中将它拉入画框。从《世界上所有的夜晚》、《额尔古纳河右岸》和《群山之巅》等，到《候鸟的勇敢》，“与生命等长的伤痛记忆”所带来的沧桑感历经时间的酝酿和窖藏，醇厚到了极致。越是沧桑中的温情与爱意，越能给寂寂人心和悲凉的世界一抹亮光与许多的温暖。

---

① 毕飞宇．小说课［M］．北京：人民文学出版社，2017：140－141．

小说在个人的情感纪念和生命体验之外，也记录和反映着时代和社会生活的面影。个人性与社会性的有效平衡，令小说厚蕴独具。《候鸟的勇敢》以候鸟管护站、娘娘庙和瓦城，形成小说的空间叙事。诚如福柯所说：“我们所居住的空间，把我们从自身中抽出，我们生命、时代与历史的融蚀均在其中发生，这个紧抓着我们的空间，本身也是异质的。换句话说，我们并非生活在一个我们得以安置个体与事物的虚空中（void），我们并非生活在一个被光线变幻之阴影渲染的虚空中，而是生活在一组关系中，这些关系描绘了不同的基地，而它们不能彼此化约，更绝对不能相互叠合。”① 不同的空间叙事关联起的，其实是社会关系和人情世态。张黑脸回城是为剃头，但关联起的是如意蒸饺店、福照大街等种种人情物事。周铁牙进城，是偷偷送礼和贩卖他偷猎的野鸭，但关联起的是瓦城里的候鸟人、商人和官员等阶层的人与事。小说记录下了东北边地瓦城的人情世态和时代众生相。

《候鸟的勇敢》中，有迟子建一直葆有的对人与自然关系的思考。张黑脸十一年前被老虎吓呆之后，感知自然的本能却提高了。德秀师父纠结于自己与张黑脸犯下的身体之罪，也是从茂草中野花间翻飞的蝴蝶借以排遣和得到启示：

> 德秀师父没提禅杖，她觉得戴罪之身，无需保护了。为了消磨时间，边走边下到沟塘去看花草。茂草中的野花静悄悄地开，那红的紫的粉的白的花儿，有的朵大有的朵小，有的簇生有的单生，不管姿态颜色如何，它们看上去都没心事，恣意开放，不像她满心阴云，总遭霜打。她想自己哪天死了，变成一朵花也好。与她一样贪恋花儿的，

① 福柯．不同空间的正文与上下文［M］//包亚明．后现代性与地理学的政治．上海：上海教育出版社，2001：21.

是翻飞的蝴蝶。它们的羽翼就像姑娘穿的花裙，蓝紫红黄绿白皆有，它们参加舞会似的，与金莲花轻舞一曲后，又飞入千屈菜的怀抱，在千屈菜的怀抱没有多久，又飞到五瓣的老鹳草身上，用裙边扫它的脸。德秀师父以往只注意到蝴蝶的美丽和自由，没想到它还这么风骚！它这搂搂，那亲亲，不犯戒吗？最后她想明白了，蝴蝶犯戒和不犯戒，终不能获得长生。到了深秋，它们的花裙子就七零八落了，不能再飞，在林地像毛毛虫一样蠕动，瑟瑟发抖，等待死亡。如此说来，它们风华正茂时尽情欢娱，等于积攒死亡的勇气，有啥不可饶恕的呢？就是她自己，当她痛悔与张黑脸做下那样的事情时，更深人静，她也会不由自主想起那天的情景，想起他健壮的躯体散发着的野马似的气息。

德秀师父这样想着，心里似乎敞亮一些，当她发现一片马莲草托着一颗圆润的水珠时，吃惊极了！她确信这是一颗甘露，因为夕阳还在，晚露未生成呢。她听一个进香的居士说，昆虫汲取各种植物汁液，经由它们酿造，将精华的部分吐露出去，就是甘露。

德秀师父觉得这是上天赐予她解脱痛苦的甘露，于是俯下身子，想啜饮了它。它被夕照映照得晶莹剔透，散发着琥珀的光泽。她伸出舌头，可是舌尖刚触着它，它竟像长了脚似的，沿着叶脉一路下滑，直坠草丛。它的坠落在德秀师父心里，比落日的坠落还要触目，她真切地听到了“嘭——”的回声，她想菩萨这是不想饶恕她了，她起身的时候泪涟涟的，又是满心迷茫了。

德秀师父呆呆地坐在草丛中，直至日落，各色花草失了颜色，这才起身。她走过月牙桥时，深深叹息了一声。①

这几段文字，与整个小说的文字风格是统一的，却让人格外印象深刻。将德秀师父与张黑脸相好了之后内心的纠结形容和刻画得纤毫毕现，而且是通过风景，通过山间的花草和翻飞的蝴蝶来体现。在这里，我们看到从五四作家，从郁达夫、废名、沈从文、萧红、汪曾祺等以来，一直都没有终止过的中国现代抒情小说的余绪和回响。小说的风景描写，也打通人与物的界限，能够物我不分和物我两忘，充满灵性，小说虽不以故事性强和浓烈的小说质感取胜，但情绪、情怀行云流水自如流淌在小说的艺术世界里，铺展着诗意化、抒情性的小说质地，是中国文学抒情传统的当代赓续。

《候鸟的勇敢》还有一个很大的变化，就是在迟子建一如往常的小说的散文化、抒情性倾向当中，我们看到了作家如何地贴近人物叙述，灵活地使用人物的限知视角和限制叙事，来产生能够更加打动人的艺术真实感。《候鸟的勇敢》中每个人物都有其自身的特点，没有流于类型化，多半也由此而来。人物的限知视角和限制性叙事，运用得最为巧妙和成功的，是张黑脸这个人物形象。小说开篇，女儿张阔希望要出发去候鸟管护站的父亲张黑脸能够带上剃头用具，张黑脸不肯带。

张阔见父亲不肯带剃头用具，不再强求。自打十一年前他被老虎吓呆后，脑子就与以前不一样了。他感知自然的本能提高了，能奇妙地预知风雪雷电甚至洪水和旱灾的发生，但对世俗生活的感受和判断力，却直线下降，灵光不再。父亲以前性格开朗，桀骜不驯，而现在话语极少，

① 迟子建．候鸟的勇敢［M］．北京：人民文学出版社，2018：173－175．

> 呆板木讷，似乎谁都可对他发号施令。像今天这样能与女儿争执几句，在他来说已属罕见。①

不要小觑这段文字，这是一个重要的伏笔，草蛇灰线，伏脉千里。如果没有张黑脸的这个“对世俗生活的感受和判断力，却直线下降，灵光不再”，后面的很多情节和小说叙事，都将完全无法展开。比如，在候鸟管护站，张黑脸发现储藏间网笼挂满了鸭毛，网笼是周铁牙做的，张黑脸质问周铁牙：“俺等你一夜了！储藏间网笼挂满了鸭毛，谁都知道，那间屋窗户和门都关着，野鸭飞不进来。网笼是你做的，俺没用，你用了，它干了啥，你说说看呐！我和俺，不能答应你这么干！你不是站长了，哪有站长晚上不回管护站的！”② 只有张黑脸，才有这样的话风，才会以“我和俺”称呼自己，才会接下来竟然让周铁牙几句谎就骗过去了。还有，要来管护站住几天的蒋局长，与张黑脸开玩笑说，不让他住，他就去和候鸟睡。张黑脸却把玩笑话当真了，他郑重其事地说：“那可不行，人家候鸟可都是一对一的夫妻，正是下蛋的时候，你掺和进去，万一下个隔路的蛋，孵出来的东西，人不人，鸟不鸟的，那可咋办?”③ ——这是正常人不会有的思维逻辑，但在张黑脸这里，却无比正常，不止是因为前面那个伏笔，而且是因为整个小说很好地做到了“贴近人物叙述”：凡是涉及张黑脸的叙述，尤其是对话和行动，都是符合小说开篇那个伏笔所为张黑脸预设的人物身份和实际情况的——“对世俗生活的感受和判断力，却直线下降，灵光不再”。读过《候鸟的勇敢》，就会在看似平易朴素的文字里，体会作家、隐含作者在人物的限知视角和限制性叙事方面，能够做到极

---

① 迟子建. 候鸟的勇敢［M］. 北京：人民文学出版社，2018：3.

② 迟子建. 候鸟的勇敢［M］. 北京：人民文学出版社，2018：81.

③ 迟子建. 候鸟的勇敢［M］. 北京：人民文学出版社，2018：82－83.

为成功地运用和所取得的长足的进步。这与萧红所主张的“我的人物比我高”，与汪曾祺主张的“贴近人物叙述”，可以说是一脉相承的。在某种程度上，甚至可以说，限知视角和限制叙事的成功，“文气”的拿捏允当，直接带来了这部小说在小说叙事方面的成功。

小说后记《渐行渐近的夕阳》中，迟子建讲到这部小说写作的灵感缘起：

> 这部小说写到了多种候鸟，而最值得我个人纪念的，当属其中的候鸟主人公——那对东方白鹳。我爱人去世的前一年夏天，有天傍晚，也是夕阳时分，我们去河岸散步，走着走着，忽然河岸的茂草丛中，飞出一只我从未见过的大鸟，它白身黑翅，细腿伶仃，脚掌鲜艳，像一团流浪的云，也像一个幽灵。爱人说那一定就是传说中的仙鹤，可是它缘何而来，缘何形单影只，缘何埋伏在我们所经之地，拔地而起，飞向西方？爱人去世后，我跟母亲说起这种鸟儿，她说她在此地生活了大半辈子，从未见过，那鸟儿出现后我失去了爱人，可见不是吉祥鸟。可在我眼里，它的去向，如此灿烂，并非不吉，谁最终不是向着夕阳去呢，时间长短而已。因为八九十年，在宇宙的时间中，不过一瞬。我忘不了这只鸟，查阅相关资料，知道它是东方白鹳，所以很自然地在《候鸟的勇敢》中，将它拉入画框。①

有这样的人生经历，才会有如此举重若轻的小说叙事，才会在平易素朴的文字中显现最为沧桑内蕴的情怀—— 最是沧桑显温情。愈是沧桑中的温情与爱意，愈能给寂寂人心和悲凉的世界一抹亮

① 迟子建．候鸟的勇敢［M］．北京：人民文学出版社，2018：202－203.

光。迟子建说到初稿完成时，已是深秋，“夕阳因为雄浑，显得无比大，有股逼视你的力量，仿佛离我很近的样子。这时我喜欢背对它行走，在凝结了霜雪的路上，有一团天火拂照，脊背不会特别凉”。《候鸟的勇敢》，生动演绎这样一种——最是沧桑显温情。《候鸟的勇敢》虽然只是一部中篇小说，但是，这部小说抒情性特征显著，在迟子建所有抒情性和散文化特征的小说里，《候鸟的勇敢》在对抒情传统的赓续和扩展方面很有代表性。而且，从小说叙事的角度，已见更多人物的限知视角和限制性叙事的自觉运用。抒情和叙事，自古以来的诗骚传统与史传传统，不是那么截然分开的；东方抒情传统与西方叙事史诗传统，更不须故作泾渭分明地来加以对待。中国的现当代作家，以他们的创作实践和不俗的写作实绩，向我们，向文学史，交出了一份让人缅想和感动的答卷。

附　　录

“70后”写作与抒情传统的再造

谢有顺

20世纪60年代，陈世骧提出抒情传统这一概念后，得到了高友工及诸多学者的持续关注，在古典文学、美学研究领域形成了一个互有关联、又有差异的学术话语谱系。王德威近年则把有关抒情传统的讨论延伸至中国现当代文学领域，以启蒙、革命等话语作为参照系来理解抒情传统的现代传承。但其对抒情传统的辨正大多停留在国族政治领域，忽略了经济或商业意识形态对20世纪中国文学的影响，更没有注意到新一代作家对抒情传统的呼应和再造所作出的探索。“70后”作家在小说写作上，开始形成自己的代际特征，他们在情感意识、人生哲学、价值立场上对抒情传统都有很好的赓续和扩展，可以看作是当代文学与抒情传统之关系的重要例证。

20世纪60年代，陈世骧在美国提出了“抒情传统”这一概念，他认为，相比荷马史诗和希腊戏剧，同时期的中国文学里并没有出现像史诗那样醒目的作品，但中国文学的荣耀不在史诗，而是在抒情传统里。这一概念的提出，无疑为中国文学研究开出了新的视界，尤其是在台湾。它在高友工等学者的进一步阐释下，形成了一个互有关联、又有开放性与差异性的学术话语谱系。[1] 王德威后来又把有关抒情传统的论述延伸至中国现当代文学的领域，从启蒙、革命、国族、时间/历史、创作主体等角度，来展开他对抒情传统与中国现代性的研究，但他主要是以启蒙、革命等话语作为参照系来理解抒情传统的现代再造，对抒情传统的辨正多是停留在国族政治领域，而相对忽略了经济或商业意识形态对20世纪中国文人生活与写作的影响。[2] 事实上，商业意识形态对现代文学的影响并不亚于政治意识形态。阿多诺、霍克海默等人对现代文化工业的研究表明，这两者间存在着互相借用的关系。本雅明对机械复制时代文学艺术的生产所进行的阐述，波德里亚对景观社会或消费社会生产模式的分析，也告诉我们，在从现代向后现代转变的历史进程中，商业意识形态对文学艺术的影响要远远超过政治意识形态。即使是围绕晚清以来的文学实践展开讨论，也不可能离开商业意识形态这一维度。陈平原在研究清末民初的小说时，就用了不少篇幅来谈论“新小说的商品化倾向”这一问题；有学者在分析20世纪30年代“革命加恋爱”式的左翼文学实践时，也早已注意到这是商业、政治、文人性情等多重因素共同塑造的。[3] 20世纪中叶以后，受国家管理文学的具体方式与政策影响，文学写作中的商业因素虽然一度有所降低，但是从20世纪80年代中期以来，尤其是1992年以后，恰好又迎来了一轮压抑后的反弹。彼时商业化的因素，极大地影响了民众的生活，也参与塑造了文学的基本面貌。政治意识

---

① 有关抒情传统在台湾的具体发展过程，可参考沈一帆《台湾中国抒情传统研究述评》，发表于《华文文学》2011年第1期.

② 王德威. 抒情传统与中国现代性：在北大的八堂课［M］. 北京：生活·读书·新知三联书店，2010：1.

③ 陈平原. 中国现代小说的起点：清末民初小说研究［M］. 北京：北京大学出版社，2005；刘剑梅. 革命与情爱：二十世纪中国小说史中的女性身体与主题重述［M］. 郭冰茹，译. 上海：上海三联书店，2008.

形态与商业意识形态所构成的那种既共谋又互相冲突的社会境况，给抒情传统提出了更需要面对的复杂挑战。

这一挑战，在新一代作家身上表现得更为复杂，尤其是“70后”作家对抒情传统的呼应和再造，值得研究。尽管用一个年代来命名一代人的写作，是机械的，不准确的，但是，一代人有一代人的文学，也是一个不争的事实。“70后”作家最早的出场时间是20世纪90年代中期，那时，文学正面临被边缘化的压力，商业主义的思潮也开始进入文学领域，媒体的商业化运作也为作家提供了新的平台。正如20世纪80年代中国作家着迷于把语言变成一种叙事权力一样，90年代以来，如何把个人经验彻底合法化，也成了中国当代文学发展的重要动力。于是，经验和故事，身体和欲望，就成了这十几年来小说写作中极为重要的两对关键词。“70”后作家一度是经验、欲望和身体书写的践行者，在面对历史和现实的讲述中，个体是叙事的中心，他们所描述的情感创伤或生存破败，更多是个人的记忆，而无关国族和社会这些宏大命题。这种新的叙事者的出现，其实也可解读为是抒情主体的隐秘变化：他们的情感指向，他们歌唱或诅咒的对象，都和个体有关，无论是颂歌还是哀歌，他们所推崇的，不过是关于“我”的真实表达。因此，要在现代语境中重新辨识抒情传统，围绕“70后”写作来展开讨论，未尝不是一个新的角度。

一

如果借用普实克有关抒情与史诗的区分，可以发现，“70后”作家群中较少有像茅盾、莫言这种以注重表现广阔的社会画面为中心的“史诗的”写作，而更多是一种“抒情的”写作。“史诗的”写作，对一个作家的精神体量和叙事方法，都有更高的要求，这也是为何一些作家以长篇写作见长，一些作家却以中短篇小说写作见长的缘故。“70后”作家也写长篇小说，但普遍字数都在十多万字，结构上更像是一个大中篇，比如“70后”较早发表的几个长篇《高跟鞋》（朱文颖）、《上海宝贝》（卫慧）、《拐弯的夏天》（魏微），叙事规模都不大，但这些关于青春记忆的个人书写，却有着鲜明的抒情风格。也许，任何人的青春里，都有一种可以被宽恕的狂放；他们的叛逆，破坏，颠覆，也理应被理解。菲茨杰拉德说：每个人的青春都是一场梦，一种化学的发疯形式。而梦和疯狂，是文学创造力的两个核心要素，也是抒情主体不可或缺的情感成因。

而我以为，再写实的小说，就其内在的精神旋律而言，都必须要有诗性和抒情性，才有更为丰富的文学性。中国的小说革命，一度在极端写实和极端抽象之间摇摆，如“新写实小说”，写出了日常生活的事实形态，但缺乏一种精神想象力，而先锋小说一度致力于形式探索，把情感和记忆从语言的绵延中剔除出去，也因失之抽象而把小说逼向了绝境。小说要写得优雅、从容、饱满，就要有日常性，也就是说，小说的物质外壳必须由来自俗世的经验、细节和情理所构成，此外，它还要有想象、诗性和抒情性，这样才能获得一个灵魂飞升的空间。

诗性产生抒情性，而抒情性的获得和一个作家的叙事耐心有关。何以在当代小说中难以找到好的、传神的风景描写？其实就和作家叙事耐心的丧失有很大的关系。20世纪以来，写风景写得最好的作家，一个是鲁迅，一个是沈从文。在鲁迅的小说里，寥寥数笔，一幅惆怅、苍凉的风景画就展现在了我们面前，像《社戏》、《故乡》这样的篇章，已经看不到鲁迅惯有的悲愤，而是充满了柔情和悲伤。沈从文的小说也注重风景的刻画，他花的笔墨多，写得也详细，那些景物，都是在别人笔下读不到的，他是用自己的眼睛在看，在发现。像他的《长河》，写了农民的灵魂如何被时代压扁和扭曲，原本是可以写得很沉痛的，但因为沈从文在小说中写了不少“牧歌的谐趣”，痛苦中就多了一种凄凉的美。他们的写作不仅是在讲故事，而是贯注着作家的写作情怀，所以，他们的小说具有一种不多见的抒情风格。我喜欢鲁迅和沈从文小说中的抒情性，苍凉、优美而感伤，这表明在他们的笔下，一直有一个活跃的感官世界，我们能在他们的作品中，看到田野的颜色，听到鸟的鸣叫，甚至能够闻到气息，尝到味道。当代的小说显得单调，很大的原因是作家对物质世界、现实世界越来越没有感觉，他们忙于讲故事，却忽略了世界的另一种丰富性——没有了声音、色彩、气味的世界，正是心灵世界日渐贫乏的象征。好的小说，固然要有坚实的物质外壳，要有事实层面的逻辑、情理和论证——但除了事实的想象力，小说家还需具有价值的想象力。价值想象力创造精神奇迹。一个小说家，如果只屈服于事实，只在事象层面描绘和求证生活的真相，它就会成为一个实证主义者（而非现实主义者），而小说最可贵的品质之一，是呈现事实背后的心灵跋涉。价值想象力的获得，首先就要求小说家必须脱离就事论事的困局，要扎根于诗性、梦想，寻找灵魂中还未被充分认知的那些不可思议的力量和可能性，有了这种精神腾跃的空间，小说就不仅是描摹、发现，它还是创造。小说不单要告诉我们生活是怎样的，它还要告诉我们生活可能是怎样的。

呈现生活的无限可能性，是小说最迷人的气质之一，而这种可能性正是隐藏于小说家的灵魂之中——通过想象，激动这个不安的灵魂，把灵魂的秘密和精神的奇迹写出来，你既可说这是小说，是虚构，也可说这是一份关于人类梦想和存在的真实报告。有梦想，有秘密，有可能性，有精神奇迹，有价值的想象力，这样的小说才堪称是抒情的、诗性的。并不是说，小说只有这样一种神采飞扬的写法，而是就中国当代小说的现状而言，当我读到了太多斤斤计较、油腔滑调或就事论事的小说之后，就不由得开始想象一种有心灵秘密、有梦想和抒情风格的小说了。具有诗性和抒情性的小说家，他们的语言往往有弹性和速度感；他们笔下的青春，即便是梦想的残片，也不乏冷峻，并有一种令人心碎的美；他们面对历史，撬动的是那些深藏不露的隙缝，从而找到和自我相关的联索；他们热爱现实，但在现实面前没有放弃想象的权利，在看到现实的残酷的同时，也学习在情感上如何把隐忍变成一种力量。

“70后”作家很多都有这种叙事自觉，尤其是他们的中短篇小说，不乏出色的篇章，但他们成长于一个长篇小说处于绝对强势的时代，在短篇小说上即便做再多的努力，也不易引起大家的注意。但“70”后的写作普遍转向个体记忆，重在写小事、小情感、精神的碎片，并把小说视为一种精致的艺术，所以他们更愿意在中短篇小说上用力。说“70后”作家是“抒情的”一代，就因为他们在叙事层面上有着鲜明的抒情风格，有的作家是在历史的感伤中找寻自我的位置，有的作家是在民族的记忆中观察现实，有的作家充满对小人物的同情，有的作家却以温婉而柔韧的情感线条，满带感情而朴实的语言，理性而欲言又止的人物关系结构成篇，他们甚至能在这个热衷于身体和欲望叙事的年代，凭一种简单、美好并略带古典意味的情感段落来打动读者，并由此接续上一种令人久违了的抒情传统。这方面比较有代表性的“70后”作家是魏微，她的短篇小说《乡村、穷亲戚和爱情》（《花城》2001年5期）就是很典型的“抒情的”写作。这篇小说，情感上暗藏着一种隐忍的高尚，叙事上既简约，又节制，它写了一个城市女孩和一个乡村男人之间那种微妙、细腻的情感起伏。它不是以故事取胜，而是蕴藏在简单的故事和人物关系背后那种充沛、温婉的情感在驱动着叙事，在这里，情感就是精神，它主导了小说的叙事方向。小说写到的“我”，最初也是一个享乐主义式的物质女孩。就是这样一个人，在一次将奶奶的骨灰送回乡下的过程中，不知觉地在自己的内心发生了一场爱情：她居然短暂地爱上了乡下的表哥陈平子，表哥也爱她，“一切都昭然若揭了”，可由于这场爱情是如此地不切实际，它的命运注定只能是稍纵即逝。让我们意外的是，这个表哥以前经常到

“我”家，是少女时期“我”不喜欢的穷亲戚的代表。“在我的少女时代，一看见家里来穷亲戚，我就变得意志消沉”，“我确实知道，在我和他们之间，隔着一条很深的河流，也许终生难以跨越。想起来，我们的祖辈曾在同一片土地上生活，我们的血液曾经相互错综，沸腾地流淌。现在，我眼见着它冷却了下来，它断了，就要睡着了”。魏微的抒情才华正是体现在这里：她使一场根本不可能发生的爱情，最终降临在“我”的内心，从而写出了“我”灵魂中的美好品质从沉睡到苏醒的微妙过程。小说写道，“我们家族的人，不管是穷人还是富人，骨子里都是尊贵的，这是从血液深处带下来的，没法子改变的”，“他们淳朴，平安，弱小，也尊贵”。作者正是借着一系列温婉的细节和情感铺垫，使“我”血液中的尊贵品质苏醒过来，并与表哥产生回响。但如果作者停留于此，小说还是过于理想化，魏微巧妙地把这种因内心苏醒而有的爱情限制在内心的范畴，现实的那层却一直让它处于暧昧之中，最终，这种不可能的爱情就成了一个“瞬间的理想”，“它在那个春日的晌午袭击了我，击垮了我，让我觉得浑身乏力，让我觉得精神振奋”。“呵，和贫穷人一起生活，忠诚于贫苦。和他们一起生生不息，最终成为他们中的一分子。这都是我的想象，可是这样的想象能让我狂热”。之后，人物的生活也许又恢复了理性和冷静，但“我”内心苏醒的一些方面已经发生，它真实，动人，庄严而坚韧。

如何对待贫穷、物质与乡土记忆，这是“70后”作家普遍要面对的议题。他们不像“80后”作家，大多成长于都市，可以直接而大胆地描写奢华或靡废；他们也不像“60后”作家，成长途中历经过不少社会苦难，喜欢回望那些阳光灿烂或暗无天日的日子。“70后”作家更多是在物质和精神之间徘徊，他们可能是最早正视物质力量的一代，但又无法沉迷于物质，无法放下自己身上的那份精神自尊。朱文颖的《高跟鞋》（《作家》2001年6期）是比较早开始写物质与精神相较量这一主题的，它不仅写出了物质所具有的广阔力量，也进一步发现这些物质的生长是如何一步步作用于现代人的精神的。朱文颖既不像一些高蹈而抽象的理想主义者那样，竭力地贬损物质，把它视为庸俗和罪恶的代名词加以批判，也不像那些紧跟潮流、向往奢华的现实主义者那样，不顾一切地把物质的力量神化，从而向物质社会的到来全面投诚。朱文颖似乎在说，在我们这个时代里，物质的力量的确是巨大的，甚至物质本身就成了精神，至少，它的合法地位的日益加强，大大地扩展了精神的边界——那种完全漠视物质存在的精神姿态不仅空洞，而且脆弱。但即便这样，也并不等于我们都要以丧失自尊的代价来赢得物质——真正的困难就在这里：我们在生活中往往难以守住自尊的边界，也难以守住那份面对物质该有的笃定。小说里有这样一段描述："对于她们来说，精神的对面不再是物质，而是贫穷。'贫穷。由贫穷产生的屈辱。由屈辱汇集的阴暗。以及由阴暗组成的对于不明之物的仇恨。'这话说的是老魏"，"他最终失败了，并为此卖掉了自己身上的一个器官，但老魏身上有了一股'遍体鳞伤后血肉重聚的力量'，并让安弟觉得，'回想起来，老魏的每一句话，都是一个真理。血淋淋的真理。'或许，这就是一个人要在物质社会生存下去的代价。老魏的经历，似乎让安弟和王小蕊更加坚定了一个观点：有时候，真的让人怀疑，是不是一个人的品质是在童年生活中就确立了。而且很可能，富裕明亮的生活，才是一个人纯净坚韧品质的最好营养，而不是苦难贫穷的生活。"①

这样的看法，有一种属于这一代人才能体会到的透彻。小说中的两个主人公，王小蕊天生是这个时代的尤物。时代现实，她比时代更现实。相比之下，安弟对这个物质社会的认同，内心要复杂得多，因为她一直没有停止对精神、爱情的向往，"她觉得生活是应该有原则的"，所以，她喜欢外婆生活过的三四十年代的旧上海，

① 朱文颖．高跟鞋［J］．作家，2001（6）．

觉得自己在那些历史的暗影里能找到精神的慰藉；她爱过王建军，可她醒来时发现躺在她身边的是老魏，王建军出卖了她；她后来又喜欢上了看上去既超拔又孤独的大卫，可“大卫对于生活的怀疑和绝望，要远远地高于她原来的猜想”。安弟是单纯的，她的单纯使她对任何物质的追求，都要为它找到精神的理由。可是，人周旋于物质之间，结果自己仿佛也变成了微不足道的物质本身，世界如同机械，人心如同沙漠。当庞大而缜密的物质主义世界全面降临的时候，温暖而柔情的人性世界就只好退场了。在这种境遇下，也许安弟和王小蕊都还会活下去，但可以想象，在她们还没有找到新的可靠的信念来对抗物质的侵蚀之前，摆在她们面前的，只能是无边无际的广阔的虚无。朱文颖的这部小说，叙事上有一种怅惘、感伤情怀，有着抒情主义、个性主义的显著风格。金仁顺的小说也有相似的面貌。她的短篇小说《盘瑟俚》(《作家》2000 年 7 期)，同样写得冷峻而感伤，篇幅虽短，却表现出了作者成熟的结构能力和叙事节奏，以及简洁、抒情的语言风格。“盘瑟俚”是朝鲜族特有的一种曲艺形式，它在金仁顺的小说中，起着虚拟性的作用，既可以模糊故事发生的年代，使其更具普泛性，又可以将故事置于一个转述的特殊结构中展开。或许，盘瑟俚这种来自民间的曲艺形式，最适合于叙述民间的苦难和悲情。作者在最后说，“我既是一个说故事的人，同时也是故事里的一个人”，这是金仁顺小说中惯有的宿命意味，里面包含着她对存在的基本理解。明明是一个充满暴力、痛楚和撕裂感的故事，明明是两代女性的被凌辱和被损害，金仁顺的笔触却显得特别舒缓和沉着，这无端地使命运和死亡多了一份残酷。那个伤害“我”和“母亲”的人，是“我”的“父亲”，一个所谓的“贵族的后代”，然而，正是这个“贵族”，成了“我”的耻辱和暴力的来源，我唯一的反抗方式是杀了他；而当我面临被定罪的时候，盛大的同情却来自一个叫玉花的老太太，一个盘瑟俚艺人，她说唱的故事，使“我的眼泪像春天的雨，下起来就没有个完。不光是我，全谷场的人都被玉花说哭了，连冷冰冰的府使大人也用袖子遮住了脸孔”，于是，“我”最终被释放，也成了一个盘瑟俚艺人。整篇小说对传奇的热爱，对宿命的运用，对死亡的冷静处理，可以见出金仁顺的抒情风格中所特有的纤细和单纯。

具体到长篇小说的写作，“70后”作家的叙事风格就要开阔一些。葛亮的长篇小说《朱雀》（作家出版社2010年版）里，有志于以南京这一城市空间为根据地，聚拢起20世纪中国的历史与创伤，行文中也涉及南京大屠杀、国共内战、反右、“文革”等重大历史事件。但它们并没有成为表现的中心，葛亮的着力点，主要还是用在了历史和政治中那些卑微的个体身上。所有的历史事件，在小说里成了人的存在背景，叙事的中心依然是人的情感和人的精神。刘玉栋的长篇小说《年日如草》（作家出版社2010年版）也有意观照20世纪80年代以来中国的城市化进程，涉及改革开放后的诸多政治事件。然而，整部小说读下来，会发现他主要是想写曹大屯如何融入城市，他要表达的，还是个人的成长史。而魏微的《拐弯的夏天》、徐则臣的《水边书》、盛可以的《道德颂》、路内的《少年巴比伦》、金仁顺的《春香》、鲁敏的《六人晚餐》，或是写个人的成长史，或是写个人的周遭世界和当下的内心生活，大多是以精致取胜。而像张楚、阿乙等人的写作，都有不少和小县城有关的作品。在他们的书写中，小县城往往是一个需要逃离的对象，而一旦到了城市里，很多人又只能过一种非常卑微、困苦的生活。这些依然是关于个体命运的讲述，并非是“史诗的”，而更多是“抒情的”。

及物，注重表现当下的现实，善于在细小的经验里开掘出这个时代的特点，是很多“70后”作家所擅长的。蒋一谈的写作就是一例。他的《China Story》（见《中国故事》，上海文艺出版社2013年版）讲述的是一个新时代的父与子的故事。那彬毕业后在北京的《China Story》杂志做编辑，身在乡下的老那因关心儿子的工作、为能读懂儿子参与编辑的杂志而自学英语，甚至因此而爱上英语。后来为了给儿子凑钱交房子的首付而卖掉自己的房子，在生病的时刻仍希望能让孩子在城里扎下根来，过上安定的生活。作者在老那这一父亲形象上倾注了很深的感情。蒋一谈的短篇小说集《栖》（新星出版社2012年版）则以城市女性作为主人公，通过一些生活的横截面来讲述她们内心里的绝望和信心，很多细节的雕刻中都显露出了女性特有的情感世界。马拉的长篇小说《未完成的肖像》（《作家》2011年3期）通过书写一个艺术家群落的生活，揭示了现代艺术的进步主义、激进化、媚俗等诸多法则，对人之内在存在有深入的追问和细微的展现。他的另一部长篇小说《果儿》（《收获》2012年增刊·春夏卷），则通过一个爱情故事来写现代知识者在理想、爱情等方面所遭遇的困境，带有童话般的唯美气息和抒情气息。而计文君、付秀莹、吴文君等最近几年开始受关注的作家，更是无意成为莫言意义上的“讲故事的人”，不再关注宏大的国族叙事，她们甚至不再像王安忆、铁凝等作家那样，试图从相对中立的视角来书写这个时代的历史与现实，而是更多地以抒情为“志业”，重视写作在存在论层面上的意义。对她们而言，写作往往首先是和“我”有关的，为的是传达“我”心里的感觉、意象与心象。

二

有论者认为，《红楼梦》是中国现代抒情小说的鼻祖，是中国抒情传统的集大成者，事实上，抒情小说的创造，自现代以来，亦已形成自身的“小传统”。鲁迅的《呐喊》、《彷徨》，废名的《桥》、《桃园》，萧红的《生死场》、《呼兰河传》，沈从文的《边城》、《长河》，汪曾祺的《大淖记事》、《受戒》，阿城的《棋王》、《树王》、《孩子王》，迟子建的《逝川》、《世界上所有的夜晚》，等等，都属此列。而“70后”作家中，付秀莹的写作，可以看作这一抒情“小传统”在当下的延续。这种延续性首先体现在语言上。她的小说语言，“似有孙犁式的韵味，又似有张爱玲式的精细，似有点沈从文式的散淡，或还有点萧红式的凄婉，全然不像当下流行的那种调调。她能于轻巧跳转的叙述中，把人物心理描画得活脱脱跃然纸上，把人物性格点染得神情毕现，把故事讲得如烟似梦，情节和人物命运的变幻，也严丝合缝，了无痕迹”。① 付秀莹从传统中国的抒情美学中汲取营养，常常采用散点式的结构手法，节奏舒缓，充满诗意。她的《爱情到处流传》、《后院》、《花好月圆》等小说，重视书写人的幽微情绪，也重视意境的呈现。她要么写男女爱情，要么写地方风俗和长辈的既充满苦难又不乏诗意的人生，但不管是何种题材，都写得典雅，节制，富有古典艺术的韵味。吴文君的小说所承接的，也是这一写作传统。她早期的作品，曾受弗洛伊德心理学和伍尔夫意识流小说的影响，在最近几年的写作中则有意回归中国的抒情传统。中国古典文学，往往十分重视意象的运用与创造，吴文君对抒情传统的赓续，也由此入手。对个体内心的复杂、幽微进行探究，始终是她写作的重要动力。而为了更好地照见内在的人，吴文君会经常为心理活动的过程寻找类似于艾略特所说的“客观对应物”。她的《红马》（《小说林》2012 年 4 期）里面不断地提到的马、红马和木马等意象，就相互指引，使得意象的含义不断地生长。这些意象群，起到了一种结构性的作用，使得人物的心理不再是抽象的，也不再破碎，而是变得无比鲜活。通过这种创造意象、经营小说结构的方式，我们也能看出作家的诗心以及他们和抒情传统的关联。

“70 后”作家中，还有另外一些人，注重展现在新的社会语境和精神难题面前，抒情传统所面临的各种问题。弋舟、东君等人的写作，就在赓续抒情传统的同时，也思考在商业、消费等新意识形

① 张清华. 说说付秀莹和她的小说［J］. 山花（B 版），2009（7）.

态的影响下，人的处境发生了哪些变化。他们都一度受西方现代派的影响，经历过“先锋写作”的阶段，注重形式和叙事实验，最终却发现，写作还是得以自身的文化传统为根基。于是，他们逐渐回归中国古典，在写作中与抒情传统展开对话。他们的叙事语言讲求诗意，文人气息浓厚。弋舟的《嫌疑人》、《锦瑟》、《李选的踟蹰》、《等深》、《而黑夜已至》，东君的《苏静安教授晚年谈话录》、《听洪素手弹琴》等，更是直接以诗人、作家、古典文学教授、国学大师、琴师作为主角，通过书写他们在此时此地的生活，来展现中国的文脉在当下所遭遇的困境。

“70后”的写作，往往具有很强的当下性，弋舟的写作就是如此。但他不是直接写当下，而是以20世纪80年代为当下的参照背景，这是一种建立在个人生命的基础上的“历史感”。在弋舟看来，80年代是朝气蓬勃并以理想情怀、浪漫情怀为尚的时代，一个充满诗性和激情的时代，也就是说，那是一个适合抒情的时代。进入90年代以后，整个社会为物质主义和实用主义所裹挟，曾经飞扬的理想情怀已经尘埃落定，与诗性和浪漫有关的“那个时代”早已失去肉身，所留下的不过是剩余的、幽灵般的记忆。他的《嫌疑人》、《怀雨人》、《等深》等作品，都借助这两个时代参与者的人生经历的回顾和“重述”，隐喻式地书写时代变迁，也由此揭开他对商业意识形态的批判。在《李选的踟蹰》（《当代》2012年5期）里，弋舟越过了80年代，将问题放在一个更有纵深感的时间背景上进行审视。他别有深意地以汉乐府《陌上桑》中的“使君从南来，五马立踟蹰”为题，并在小说中穿插对这首抒情诗的激进阐释。在以往的解读中，大多数人认为《陌上桑》所讲的是采桑女罗敷拒绝官员引诱的故事。罗敷本是个明艳高贵的女子，身边的男性都爱慕她，为她着迷而不能专心劳动。她也一度引来某位太守上前调戏，罗敷机智地拒绝了。然而，在小说里的女主角李选看来，这更像是一则斗富、炫富的故事：“罗敷并没有义正词严地去驳斥对方，她用一种近乎兴高采烈的劲头，向引诱者夸耀自己的男人，说自己的男人不但官运亨通、家财万贯，而且肤白髯美，还是个漂亮人物”，“罗敷用来抵挡诱惑的本钱，是杜撰出比诱惑者更有说服力的家底。不知为什么，李选觉得这个古代女子将自己的男人说得天花乱坠，完全是一种自我虚构。可这种虚张声势又显得俏皮可爱，远远胜过铿锵的道德说教”。李选的这种解读，并非纯粹是出于后现代式的解构，而是有感同身受的意味。在她所处的时代，“铿锵的道德说教”早已失效了，她虽然不是罗敷式的少女，而是一位单身母亲，但依然不乏魅力，是所在公司的顶头上司张立均觊觎的对象。为了获得优渥的待遇和更高的职位，她和张立均一直保持着某种隐秘的关系，她并没有从中得到精神上的愉悦或享受。弋舟在小说中围绕《陌上桑》而展开的讨论，不是为了给小说营造一种古典的情调，也不仅仅是出于情节设计上的需要，而是对《陌上桑》的现代式重构。作者试图通过这种方式，来为当下的生活找到一个起源或是参照系，借助古与今的对照，来重新确认“抒情”、情感在我们生活和心灵中的位置。他自己也认为，“‘那个时代’的罗敷与‘这个时代’的李选，古今同慨，又几乎是没有差别的。只不过，这个时代的李选，面临着比那个时代的罗敷更为芜杂的局面——毋宁说，权力与资本在这个时代更具有锐不可当的诱惑力与掠夺性；毋宁说，这个时代的曾铖、张立均比那个时代的使君更加幽暗与叵测、欲望更加地曲折逶迤；毋宁说，这个时代的李选比那个时代的罗敷更多出了许多的不甘、许多的迎难而上的果决的动力”。①

这既是时代之间的差异，也是情感的变迁在现代社会的写照。东君的写作，也有不少类似的探求。他的《苏静安教授晚年谈话录》（《作家》2010 年 5 期），主人公苏静安是一位国学大师，叙述

---

① 弋舟．我们何以爱得踟蹰［J］．北京文学·中篇小说月报，2012（10）．

者“我”则是他的粉丝，在一个研究所工作。“我”一度接受所里的委派，在苏静安教授身边工作，从而有机会切近地理解他的生活世界与内心世界。起初接近苏教授时，他所给“我”的，是一个老年知识分子的智者形象；而他的太太，乃至于家中的保姆都显得不同寻常。然而，相处的时间越长，苏教授生活中破败的一面，就越是触目惊心。初见苏太太，“我”一度觉得她身上曾经透着某位诗人所形容的“陶罐般的静美”，她也一度为马拉美、波德莱尔等人的诗歌所着迷，如今却着迷于搓麻将和谈论“麻将经”。她和苏教授早已貌合神离，最终因为前夫王致庸教授家产丰厚而回到他身边去。备受刺激的苏教授，也因为这一事件和别的刺激而“碰”了自家的保姆小吴，甚至一度精神失常，不再把自己看作是苏静安，而是以自己的老师朱仙田自居。保姆小吴来自乡下，但不愿过农村生活，“宁愿做苏教授的仆人，也不愿待在乡下做一群家畜的主人”。她对知识一度有崇拜感，甚至是崇拜知识的化身，也就是苏教授本人。然而，当苏教授精神失常后，她已不甘于做苏教授的女佣。她因参加过保姆高级培训班和保姆选秀节目而身价大增，更觉得自己可以取代苏太太，成为苏教授的少妻。她们对知识、情感的态度，其实都取决于物质和金钱。在小说的开篇，东君曾引用叶芝的诗句作为题词：“我听那些老人说：/‘一切美好的东西/都像流水般永逝了。’”这既是叙述者“我”的感受，是对小说本身的一种高度概括，也是苏教授有意无意地以朱仙田自居的原因。毕竟，在朱仙田的时代，那“一切美好的东西”还没有“像流水般永逝”。

这种精神溃败，以及中国传统中固有的抒情方式在当今时代所遭遇的困境，在东君的《听洪素手弹琴》（《人民文学》2011 年 1 期）里，有着更直接的表现。洪素手从小就患有孤僻症，不爱说话，但喜欢弹古琴。她承传了顾樵先生的琴艺，在古琴演奏上有极高的造诣，又有超出顾樵之处：不失人之本心。她把弹琴视为流露个人情绪、寄托心意的方式，仅是弹给自己或自己喜欢的人听，而无法将之当作一门赚钱的手艺。然而，哪怕是有顾樵的护佑，她有时也不得不勉强地为人献艺，有一次便因为不愿为大商人唐老板演奏而失手伤人，引发冲突。离开顾樵的山馆后，她与民工小瞿前往上海，在那结为夫妇。洪素手以在公司里替人打字为职业，小瞿则成了在高层建筑上搞清洁为生的“蜘蛛侠”。在故事的结尾，小瞿坠楼而死，怀有身孕的洪素手也不知所终。在叙述中，东君有意将故事情节打乱，并穿插讲述了顾樵、徐三白、唐书记等人的经历。在小说的第一节，徐三白奉命前来看望洪素手时，对其居住的地方有一段描述：“屋子小，显得有些闷热。洪素手建议徐三白到阳台上吹吹风。他们并肩站着，弹琴似的抚弄着栏杆，沉默了许久。对面是一幢银行大楼，有二十多层，高大的阴影铺得很大，有一种扑过来的气势。这个炎热的夜晚，小阳台上竟没有一丝风，好像风跟钱一样，也都存进银行大楼里面了。”这里关于银行大楼的描写，比如高大的阴影有一种扑过来的气势，风跟钱一样也都存进银行大楼里，与其说是一种实物的景象，不如说是一种隐喻——暗指金钱对文人所造成的压抑。而小说里的唐书记及儿子唐老板，一个是官，一个是商，前者把古琴看作是医疗保健品，后者则把古琴也包括弹琴者洪素手视为玩物。他们粗鄙无文，却可以活得肆无忌惮；他们貌似在欣赏艺术，实际上却是在摧毁艺术。这是东君所想要批判的，他所写到的古典艺术在当今时代的处境，也可看作是抒情传统在当下所面临之困境的一个象喻。

面对强大的商业意识形态，以及面对物质的无往不胜，人类的生存正在变得务实而无趣，现代作家几乎已无情可抒。但“70后”作家在这个语境里，转而寻找传统资源，在试图激活这些抒情资源的同时，也不忘珍视个体在现代社会还残存的诗性和梦想，继续张扬一种抒情传统，这种写作，可以看作是对各种新意识形态的一种反抗。抒情的时代也许过去了，但抒情性作为文学性之一种，却不可能在写作中消失。

三

抒情传统不只是一种文学实践，也是一种生命实践。抒情传统中最核心的部分，就在于不把抒情、情感视为小道或仅仅局限于文本，而是表现为对一种生命意识、生活态度、情感结构的体认。人类之所以有必要借助诗、绘画、古琴等方式来“抒情”，是因为文学、艺术、历史和人生，必须“有情”。按照李泽厚的说法，中国文化的主体是一种乐感文化，缺乏对彼岸世界的信仰，着力于肯定此生此世的价值，以身心幸福地在这个世界中生活作为理想和目的。“情本体”，又是乐感文化的核心。最终是以“情”，以家国情、亲情、友情、爱情等各种“情”作为人生的最终实在和根本。① 只有在“有情”的基础上，生命的意义才得以确立。

而在生命实践这一维度上，抒情传统在今天所面临的困境更加复杂、沉重。如果一个时代粗鄙盛行，价值和情感都必须兑换成物质才有效，那么这时代的运行逻辑本身就构成了对“情”的质疑，甚至是直接的否定。我们已经无从确认到底情为何物，更不知情归何处。正因为这种由政治、经济等混合而成的否定性力量特别强大，在这个时代，对情的书写才会显得无力，甚至抒情本身也被异化成了一种反讽。

有不少“70 后”作家，是有志于让文学和自己的人生同构，借助有情的书写来构建、传达个人的人生哲学的。以吴文君为例，她的《蚂蚁》、《圣山》、《在天上》等作品，都表现出一种要顺其自然地度过人生的观念。《蚂蚁》（《人民文学》2013 年 1 期）里的水沽，曾在花盆里种下了一个石榴。“水沽埋石榴那天是立了秋的第四天。秋天有杀气，古时候秋后是处决犯人的时候，所谓秋后问

---

① 李泽厚. 实用理性与乐感文化［M］. 北京：生活 · 读书 · 新知三联书店，2005：55.

斩，不是栽种的日子。她也没期望从那花盆里长出一棵石榴树来”。这石榴种子并没有发芽，而花盆里突然多了很多蚂蚁。蚂蚁的出现，又干扰了水洁的生活，让她不胜烦恼。刚开始，她并不想弄死它们，而是希望让它们自己爬走。用了很多办法，蚂蚁却不为所动。最后，她只好用母亲所给的猛药，将蚂蚁杀死。蚂蚁的“大患”是解决了，水洁“心里却像少了什么。是什么，却又说不出来，心里莫名地悲伤”。紧接着，花盆里又多了一棵植物，也就是《诗经》里所说的荼——苦菜，苦苣菜。就像她伤害蚂蚁一样，小说也简略地提到水洁所受到的各种伤害。这来自她的前夫付义，来自她所生活的世界，但水洁并没有过多地放在心上。对于那些伤害过她的人，她也常常能发现他们的好。小说表达了这样一种生命哲学：对于恶，对于种种伤害，我们可以选择谅解和宽容，这样，人生的亮色就能有所保存，暖意也能有所积淀；哪怕是受到致死的伤害也不必有怨气，毕竟生命本身是一种轮回。小说写到的石榴变成蚂蚁，蚂蚁变成苦苣菜，就是一次生命的轮回。而《圣山》（《山花》2011 年 7 期）里的刘瑞，可以看作是另一个水洁。早年时，在面对人生的阴影，比如遭人欺凌，刘瑞也一度有反抗之心，甚至会觉得自己的父亲过于懦弱。“我看了契诃夫的《一个文官之死》，觉得他就是那种按着钟点上班的胆小的文官”。等到发现更多的不如意悄然逼来时，他反而逐渐学会了忍耐、接受，也开始理解他父亲的性格和行为。从这样一种生命哲学出发，他得以幸存，既没有完全被苦难裹挟，当然也没能从中脱身。他过得既不好也不坏，不在光明或黑暗的任一端，而是在两者之间。但是，这样一种人生态度，也有它的局限。我们固然要竭力维系各种“情”，但总以有情之心来对待无情，这本身就是对情的一种瓦解，而不是对情本身的呵护。

有时候，外部的种种恶，是需要直面的。东君的《听洪素手弹琴》，既是在展示一种琴艺，也是通过“琴”来写父女之情、夫妻之情、兄弟之情、师徒之情，“琴者情也”。他对“情”的书写，给读者带来了不少暖意。然而，悲哀的是，这里面的各种“情”都是守不住的，在时代的各种蛮力面前，它们往往如苇草一般脆弱。这就是作家要直面的现实。东君并没有刻意回避时代的恶，而是直接指明这恶的存在，让恶与善同在。《听洪素手弹琴》、《苏静安教授晚年谈话录》等作品，既有浓厚的抒情气息（这是对善与美的肯定与确认），又流露着巨大的反讽精神（这是对恶与丑的揭示与显形）。克尔凯郭尔曾如此解释反讽：“根本意义上的反讽的矛头不是指向这个或那个单个的存在物，而是指向某个时代或某种状况下的整个现实。”① 这个定义，对于理解东君的一部分写作也是有效的。我们不应该把他笔下的抒情与反讽的共生共存仅仅视为修辞学上的融合，而应该将之视为一种时代精神的显现，视为精神结构的一种形式。东君对当今时代种种物欲病的批评意图，也隐含在这两者所构成的张力之中。既有抒情，又有反讽，既有肯定，又有否定，这是东君所取的写作路径。

弋舟在写作中也形成了自己独有的情感结构。在面对“情为何物、情归何处”等问题的追问上，他更为焦虑，对自我的卷入和反思也更为彻底。在《李选的踟蹰》、《等深》等作品里，时代变迁所造成的“情”的无以落实，是弋舟所关注的问题。在《等深》（《小说选刊》2012 年 11 期）的叙述者刘晓东看来，正是时代的巨大变化，造成了一代人的溃败，将一代人抛入绝境之中。尤其值得注意的是，在揭发种种时代病症时，刘晓东，也包括弋舟的《而黑夜已至》、《怀雨人》等小说中的叙事者，往往也带有非常强烈的自省精神。

就像一些学者所注意到的，自现代以来，很多中国作家都倾向

① 克尔凯郭尔．论反讽概念［M］．汤晨溪，译．北京：中国社会科学出版社，2005：218.

于把文学看作是启蒙与救亡的手段，重视文学在建立现代民族国家方面的作用。然而有不少人，在对各种社会现实问题进行揭露和批判时，是把自我排斥在外的。作家的潜在主体，在小说里所担当的只是审判者、受害者、见证者这种角色。[①] 就好像所有的丑与恶，任何的罪与罚，都跟自己毫无关系似的。“70后”的一些作家似乎意识到了这个问题，他们写作很少站在伦理和道德的制高点上，也很少天然的精神优越感，而更多的是和自我对话，并试图重构自我与世界的关系。尤其是他们作品中自我批判、自我反省的气质，使他们在重审人与他者、人与历史等诸多关系中，多了一份“耻”和“罪”的意识，这就使得“70后”的写作在情感深度上开阔了许多。

按照丸尾常喜在《耻辱与恢复——〈呐喊〉与〈野草〉》一书中提出的看法，“耻”是一种包括“耻辱”、“惭愧”、“含羞”等不同形态的、意义相当宽泛的意识。“‘耻’是在自己之中兼具‘能够看见的自己’与‘看人的自己’的意识。所谓‘看人的自己’，是指人给自身设定的典范或征象；而‘能够看见的自己’，则是在这一典范或征象映照之下显出否定性真相的‘现在的自己’，换言之，这是同典范或征象相背离的意识。人希望弥补这种背离、超越现在的自己，因而在这种深度的背离之前不能不表现出含有紧张的沉默”。[②] 这种“耻”的意识，经常是弋舟小说所着力书写。《等深》里的刘晓东，在发现大家对待性的态度是如此的随意时，心里便涌起了浓重的“耻”的意识：“我和这个瘦削的男人都在宾馆里与茉莉会面——这个事实让我痛苦的程度，甚于这个男人存在的事实本身。我是一个连说出和别人一样的话都会倍感羞耻的人。”

---

① 刘再复，林岗．罪与文学［M］．北京：中信出版社，2011：157.

② 丸尾常喜．耻辱与恢复：《呐喊》与《野草》［M］．秦弓，孙丽华，编译．北京：北京大学出版社，2009：7.

《锦瑟》里那位姓张的剧团老琴师，也曾因为自己衰老不堪时还去嫖娼而感到羞耻。在他所疼爱的外孙女成了杀人犯以后，他心里那沉重的耻感便上升为更难消除的罪感。个人情感意识中的罪感，并不单纯是指某人犯了法律方面的罪，也还意味着“我”犯下了良知或宗教意义上的罪。他们觉得眼下种种的不公不义，所有黑暗的、负面的一切，都与“我”脱不开关系。“我”必须对此负责。因此，真正的罪感就体现为一种共同犯罪的意识——弋舟把这称之为“罪”的“等深”或“自罪”。剧团的老琴师觉得，正是因为自己的荒唐行为，自己那可爱的外孙女才会去杀人。“这一切都是我造成的，老天给了我最严厉的处罚，他把一头老公羊犯下的错加在了一头无辜的羊身上”。[①] 后来的事实证明，外孙女杀人和这位老琴师并没有直接的联系，但这种“耻”与“罪”的意识，在老琴师身上，反而显得更加醒目。也正是通过这种“耻”和“罪”的书写，个人对自我内心世界的逼视，达到了一个极致。这种发生在内心里的自我争执，除了呐喊，许多时候也表现为忏悔，这是一种很可贵的情感。除了这位老琴师，小说里的另一个人物，那位姓张的博士生导师、古典文学教授、李商隐研究专家，在获悉自己的学生杀人时，也想着替她顶罪。这也是出自一种“罪”的意识。在弋舟的小说里，之所以有这么多类似的书写，和弋舟本人所信仰的基督教不无关系。如果没有这个背景，“罪”的意识很难产生。作为一个中国人，基督教信仰对其个人情感结构的影响，会和西方人有一些微妙的差异，那就是这些耻感和罪感，最终会落实到李泽厚所说的“情”这一层面。哪怕是进入现代以后，“情”在个体的实际生活和文化心理方面，也依然有着极其重要的地位。而这种“情”、“耻”与“罪”的融合，也构成了对中国抒情传统中具有核心地位

---

① 弋舟. 锦瑟［M］//弋舟. 我们的底牌：中短篇小说集. 北京：作家出版社，2011：143.

的情感结构的改造，呈现出了抒情传统在现代性语境中的另一种复杂面貌。

按照美国社会学家本尼迪克特的看法，西方社会的文化形态和日本的文化形态可分别归结为“罪感文化”和“耻感文化”。其中，“提倡建立道德的绝对标准并且依靠它发展人的良心，这种社会可以定义为‘罪感文化’”。① 罪感文化的道德标准来自宗教传统，来自上帝。而按照基督教的教义，人是生而有罪的。与此相应，李泽厚则用以下词汇来总结中国文化的基本精神：实用理性与乐感文化。“依循中国传统，实用理性本是‘经验合理性’的提升，它重视现实的特殊性多于抽象的普遍性，重视偶然性多于必然性”。② 因此，实用理性多少有些实用主义、功利主义的意味。乐感文化主要是指“肯定此生此世的价值，肯定生的快乐。不是生而有罪（基督教），不是生而悲苦（佛），不是生而有错（老子：‘大患’），而是生而有趣。用李泽厚的话说，不以另一个超验世界为指归，他肯定人生为本体，以身心幸福地生活在这个世界为理想、为目的。‘乐感文化’重视灵肉不分离，肯定人在这个世界的生存和生活。即使在黑暗和灾难年代，也相信‘否极泰来’，前途光明，这光明不在天国，而是在这个现实世界中”。③ 在一些“70后”作家，我们能看到一种“罪”、“耻”与“情”深度交融的书写，可以看作是中国人对现代性的卷入程度越来越深以后，所导致的情感结构的变化。这是我们讨论抒情传统与中国现代性这个论题时所无法忽略的。

---

① 本尼迪克特. 菊与刀［M］. 吕万和，熊达云，王智新，译. 北京：商务印书馆，2012：201.

② 李泽厚. 实用理性与乐感文化［M］. 北京：生活·读书·新知三联书店，2006：25.

③ 刘再复. 李泽厚美学概论［M］. 北京：生活·读书·新知三联书店，2006：56.

因此，“抒情的”而非“史诗的”，可以指证为是“70后”一代作家的写作特征，但在他们这一代，抒情传统既被有效地赓续，也被重新再造，进而呈现出了不同的面貌。尤其是他们面对物质与商业的情感态度，面对古典文化的体悟与理解，面对自我时的批判和内省，包括对西方文化的借鉴和转化，极大地扩展了这一代人的情感书写疆域，也为他们的写作建构起了新的抒情风格。阿多诺说，现代抒情诗发达，乃是由于神恩已经不能安慰人，个人不得不自己唱歌安慰自己。“70后”写作中的抒情性，也多是讲述个人的故事，表达对个体的关怀，但他们所站立的精神背景和情感立场，却不完全是安慰自己，因为在他们的情感记忆里，不仅有“自我”，也开始承认传统的价值，并在一种自省中追寻精神救赎的可能；他们不仅自己唱歌，也试图在作品中开始倾听来自他者、来自彼岸世界的歌声。这种新的抒情传统，既传承情本体的美学源流，也直面物质与商业意识形态对自我的影响，更没有停止对一种存在意义的追索和吁求。这种对固有的抒情传统的再造，表明“70后”作家开始获得更为健全的精神视野，而这一代人的写作也因着健全而开始走向成熟。

（原文刊发于《文学评论》2013年第5期，现注释形式略有变动）

后　　记

有情的历史，有情的文学

王德威在他的著作《抒情传统与中国现代性》序论《“有情”的历史：抒情传统与中国文学现代性》中第一小节《“有情”的历史》里，开篇便是：1961 年夏天，沈从文写下《抽象的抒情》。然后自然引出了就在沈从文默默思考“抽象的抒情”的同时，海外的中国学界已经兴起一股抒情论述的风潮，英语世界里对抒情问题的探讨，首推陈世骧教授的系列文字，而又经同在美国的高友工教授做出进一步的扩展，另外还有捷克学者普实克等人的论述和研究。在王德威看来：“沈从文、陈世骧外加唐君毅、徐复观、胡兰成、高友工等人的抒情论述其实应该视为 20 世纪中期中国文学史的一场重要事件”。而王德威又在他的这本著作里，专章和重点论述了《沈从文的三次启悟》，读来是让人感动的。王德威试图通过“抽象的抒情”，如何在沈从文身上逐渐衍化，并最终形成，以及它所折射出何种层面的“‘抒情’代表中国文学现代性——尤其是现代主体建构——的又一面向”，试图做一个动情的探究。读来尽管意犹未尽，还是很让人感喟。而我在这里，饶有兴致地将沈从文如何从早期那种纯艺术追求的——文学写作是“情绪的体操”，从潜心探究艺术美，转而渐渐转化为一种“抽象的抒情”。我试图从叙事与文体层面，走进沈从文的短篇小说，走进他的《边城》《长河》，尤其是希望能够更加懂得他的《边城》——表现出“向生命的神性凝目”的抒情性的《边城》。

陈平原在《中国小说叙事模式的转变》中，也阐发了“史传”与“诗骚”传统对于新小说、“五四”以后小说家的影响。诗骚和抒情传统的影响，是巨大的。“五四”作家往往把散文当小说读。“五四”时代的小说杂志上常见标为小说的散文，“五四”作家的小说集更常常夹杂道道地地的散文。“五四”作家把散文混同于小说，主要来自中国文学抒情传统的影响，但不能否认也有他们对于西方小说“诗趣”的自觉追求和来自西方文学的影响。当然，小说和散文难以明确区分、面目接近，或者说小说散文化的情况，在郁达夫、沈从文、萧红、汪曾祺、迟子建等很多作家身上，都或多或少、或轻或重地存在着。而且每个人，都以他或者她自己的个性气质和创作理念，与抒情传统分别做出不同维度和层面的对接。而其中有些作家，又几乎毫无疑问地存在着彼此的师承关系或者说影响关系。废名与沈从文、沈从文与汪曾祺，都是师承或师生关系。萧红和迟子建，都是东北边地著名的女作家，都以不失诗心和童心的笔触，对东北边地以及人生做着文学书写。中国现代抒情小说的流脉，或显或隐，一直奔涌在地表附近，一有机会，这清冽的地泉就会汩汩地流出来。不同的作家，不同的“缘情”的书写，让中国文学在20世纪以来，“有情的历史”当中，留下和呈现“有情的文学”。

郁达夫小说的抒情性特征，就表现在他那“沉沦”却又不甘沉沦的孤独者的写作。郁达夫把“凄切的孤单”，作为“我们人类从生到死味觉到的唯一的一道实味”。郁达夫小说的抒情性特征，受来自西方“抒情”一义的影响较多，而他所受的中国古典文学的教育和熏陶，也同样不可忽视。郁达夫小说的叙事结构是那样地重视情绪与感觉，而不是以情节和其他来作为小说叙事结构的重心。他的作品常以主观抒情为主，在小说结构上并不讲究逻辑严密性，而是以主人公情感的起伏来结构成篇，形成一种饱蘸了许多感情的自然流动的抒情结构，像《茑萝行》等小说，就是典型的以人物思绪流动为线索结构而成的篇章。

沈从文，是我深为喜爱的一个作家。沈从文小说诗化、散文化。他的每一篇脍炙人口的小说，都可以当散文来读，他的小说抒情性和散文化倾向明显。沈从文擅长画境、意境和情境的营造，很多小说的书写，都达到了一种“无我之境”的生成，但背后，又有一个“有情之我”。沈从文自己有苗族血缘，和湘西特殊的人文环境——这里本就是屈原《楚辞》取材和诞生的地方。从陈世骧对于抒情传统的论述、陈平原对中国小说叙事模式的转变的论述，我们都知道《楚辞》在中国文学抒情传统中，是一个重要的源头。今处古时的源头，必然可以在好多事上“可以由今会古”。沈从文毫不讳言他与楚辞的地域渊源，他的写作与水的关系，他如何视写作为“情绪的体操”，并做了不少非常形象生动的文论和阐说。我们想看他，是如何在“事功”和“有情”的思考中，一步一步走向“抽象的抒情”……

萧红《呼兰河传》是萧红最后的杰作，也是她文学和艺术上的巅峰之作。茅盾说“它是一篇叙事诗，一幅多彩的风土画，一串凄婉的歌谣”，《呼兰河传》明显散文化，故事性不强，几成共识。葛浩文虽也认为“这书严格来说，不能算是典型的小说，它大部分牵涉个人私事”，却又偏偏说它“叙述性强，但书中却有着像诗样美的辞章，以及扣人心弦的情节”。就是这样吊诡，《呼兰河传》是如何在“不能算是典型的小说”——故事性不强和散文化之外，又能兼具“叙述性强”和“扣人心弦的情节”的呢？只有求助于叙事学和文体学研究的方式方法——从隐含作者、叙事结构、情节性以及限制叙事的可能性，从童心与诗心的意向结构与非成人视角的叙事策略角度，以及如入化境的限制叙事——“我的人物比我高”的层面，方可以发现《呼兰河传》的文学性以及其何以成为一部不朽小说的原因所在。而能够发现萧红《呼兰河传》是“限知视角和限制叙事的小说范本”，其实是我用了近二十年的思考时间，和对于文学对于生活的感悟，才能够擦出的一点火花。

汪曾祺是当代文学史的重要作家。汪曾祺专擅短篇小说，其小说在20世纪80年代及其后的中国小说创作中具有的重大意义，殆无疑义。他在《短篇小说的本质》当中，那段被广为征引的名言："我们宁可一个短篇小说像诗，像散文，像戏，什么也不像也行，可是不愿意它太像个小说，那只有注定它的死灭。"我把它看作汪曾祺对于小说，尤其是短篇小说的一个文学宣言。汪曾祺无数次满怀感情地说："我是沈从文先生的学生。"我几乎可以想象得出汪曾祺这样说时，他的感怀，他的铭记，他的缅想……汪曾祺还说："一个短篇小说，是一种思索方式，一种情感形态，是人类智慧的一种模样。"桐城派和归有光的"文气"概念，对汪曾祺影响很深。汪曾祺在自己的文章中，曾多次细述他对归有光的喜爱，及他与归有光某些方面的文学旨趣的相投。汪曾祺自言："有人问我受哪些作家影响比较深，我想了想：古人里是归有光，中国现代作家是鲁迅、沈从文、废名，外国作家是契诃夫和阿左林。"由汪曾祺这段话，其实串起了中国现代抒情小说一条史的线索，也显示了中国现当代抒情小说在汪曾祺身上所体现出来的古今中外的艺术渊源。其实，研究汪曾祺就会发现，果如有研究者所说，中国文学史一条中断已久的"史的线索"的接续——这便是从鲁迅的《故乡》、《社戏》，废名的《竹林的故事》，沈从文的《边城》，萧红的《呼兰河传》，师陀的《果园城记》等作品延续下来的现代抒情小说的线索。可以说，《受戒》和《异秉》的发表，犹如地泉涌出，使鲁迅开辟的现代小说的多种源流（写实、讽刺、抒情）之一脉，得以赓续。

中国现当代文学史上，抒情传统的赓续和扩展，女作家迟子建是绕不开的。中国现当代作家小说中的散文化、抒情性因素或者倾向，在迟子建之前的作家那里，就广泛存在着。从现代白话小说伊始的鲁迅、郁达夫，到废名、沈从文、萧红等人，还有在20世纪70年代末"复出"的汪曾祺等。对百年汉语新文学，小说的"散文化"、抒情性，几乎可以做一连续性和谱系性的整体研究。而宗教情怀、神性因素，虽已为很多迟子建研究者所注意到，但鲜有人能够从神性书写的角度，对迟子建小说的散文化倾向做出细致梳理分析。与萧红相类，迟子建具备诗心、童心、赤子之心和"我向思维”，有着童心与诗心的文学书写方式。但与为寂寞和悒悒心境所纠缠的萧红不同的是，迟子建对于大自然、家乡物事——东北边地的文学书写，常常为一种神性灵光的东西所沐浴，沐浴着神性的自然风景，饱蕴诗性以及由诗性所衍生的抒情性；沐浴着神性的生活和人事，氤氲出人性的诗性和抒情性——这些都令诗意化、散文化，成为迟子建小说的一个典型特征。

抒情传统与中国现当代文学的流脉里，还有很多作家，未能述及或者细述，比如废名，比如师陀，等等。而有研究者已经提出，“抒情的”而非“史诗的”，可以指证为是“70 后”一代作家的写作特征。而限于篇幅，我在这本书里，还不能将这些“70 后”作家引入，或者展开论述——希望这是将来可以完成的一份工作。为弥补这一大遗憾，特意在附录里，列入了谢有顺教授《“70 后”写作与抒情传统的再造》一文，而他本人也欣然同意。在此谨致谢意。

这本书的写作过程里，同时也在做着我的国家社科基金项目的研究和写作，二者是可以兼容并互为启发的。在此，也谨以此书，作为我的国家社科基金项目“新世纪海外华文作家的中国叙事研究”（项目批准号：17BZW171）的一个阶段性成果，奉献出来，就教于大家。同时，对一直以来，默默关心、支持和鼓励我的师友们，致以最真诚的谢意。

刘 艳

2018 年 11 月 10 日